BASTEI
LÜBBE

Über den Autor:

Philip Jolowicz, geboren 1959, war fast zwei Jahrzehnte lang als Investment-Banker und Wirtschaftsjurist in London, New York und Hongkong tätig, unter anderem in der Abwicklung der Schulden von Drittweltländern. Zuletzt war er Leiter der Rechtsabteilung in der Londoner Zentrale von Merrill Lynch International – eine der führenden juristischen Positionen in der europäischen Finanzindustrie. Diese Stellung gab er auf, um sich ganz dem Schreiben zu widmen.

PHILIP JOLOWICZ

DAS REICH DER BLINDEN

THRILLER

Aus dem Amerikanischen
von Dietmar Schmidt

BASTEI
LÜBBE

BASTEI LÜBBE TASCHENBUCH
Band 15 632

1. Auflage: Februar 2007

Vollständige Taschenbuchausgabe

Bastei Lübbe Taschenbücher und Gustav Lübbe Verlag
in der Verlagsgruppe Lübbe

Titel der englischen Originalausgabe: Empire of the Blind

Textredaktion: Rainer Schumacher
Titelabbildung: Martin Lisec, Prag, Tschechische Republik
Umschlaggestaltung: Hilden Design, München
Satz: SatzKonzept, Düsseldorf
Druck und Verarbeitung: GGP Media GmbH, Pößneck
Printed in Germany
ISBN-13: 978-3-404-15632-0

Sie finden uns im Internet unter
www.luebbe.de

Der Preis dieses Bandes versteht sich einschließlich
der gesetzlichen Mehrwertsteuer.

Wenn ich weiter sehen konnte, so deshalb,
weil ich auf den Schultern von Riesen stand.
Sir Isaac Newton

Im Reich der Blinden ist der Einäugige König.
Sprichwörtliche Redensart

ERSTER TEIL

KAPITEL 1

Der Frühling hatte immer wieder falsche Versprechungen gemacht.

Während unserer Dreihundertmeilenfahrt von Manhattan nach Vermont brach der Sommer allerdings an, und der Asphalt verwandelte sich in kochende Lakritze.

Als wir ankamen, stand die Sonne, erschöpft von ihrem ersten vollen Arbeitstag, niedrig und milde hinter einem Wäldchen aus Ahorn, Fichten und Lärchen am Ende des schmalen Landfingers, der in den Champlainsee zeigte.

Ich saß vornübergebeugt auf dem Beifahrersitz des Cherokee und versuchte herauszubekommen, wo in dem Gewirr aus Schatten und Laub das Baumdickicht endete und High Trees Lodge begann.

Hannah sprang mit einer Frische aus dem Auto, bei der man nicht hätte glauben wollen, dass sie schon seit sieben Stunden hinter dem Lenkrad saß. Sie stellte sich an die Fahrertür und winkte mich ungeduldig heran.

Jetzt haben wir Urlaub, dachte ich. *Nein, mehr als nur Urlaub: eine Feier. Und wir werden einen Schlussstrich unter die Vergangenheit ziehen.*

Als ich mich aus dem Auto manövrierte, bemerkte ich einen starken Luftzug und roch den Duft von altem Unterholz, Baumsaft und See.

Ich reckte mich wie ein Hund und ging zu den Verandastufen.

Die Sneaker an meinen Füßen scharrten über getrocknete

Lehmgrate, Spuren von Fahrzeugen, die in dem engen Wendekreis manövriert hatten, in den wir vorgefahren waren.

»Wo ist Harvey?«, rief Hannah.

Wahrscheinlich hat er vergessen, dass wir kommen, dachte ich.

»Die Haustür wird schon nicht abgeschlossen sein«, entgegnete ich. Schließlich waren wir in Vermont; hieß es nicht, hier sperre nie jemand ab?

Hannah ging gleich weiter in das große, schwach erhellte Esszimmer. Ein riesiger Eichentisch beherrschte den Raum. Ordentlich waren zwei an Kirchenbänke erinnernde Sitzbänke unter die dicke Platte geschoben, und an den beiden Enden des Tisches hielten gedrungene, geschnitzte Eichenthrone Hof. Abgesehen von einer knorrigen, meterlangen Baumwurzel, die in einer Ecke des Zimmers an der Wand aus geglätteten Holzbohlen lehnte, gab es kein weiteres Mobiliar oder Zierrat.

Eine Innenausstattung, die ihrem Besitzer sehr ähnelte: grüblerisch und gutsituiert.

Hannah strich mit der Hand über Buckel aus erstarrtem rotem Kerzenwachs, die auf der glatten Tischplatte hafteten. Durch die Tür fiel Licht auf ihr lebhaftes Gesicht. Hannahs kurzgeschnittenes schwarzes Haar glänzte; ihre Augen funkelten. »Ich sehe Harvey förmlich vor mir, wie er hier ein Dinner für seine überkandidelten Freunde gibt.«

»Überkandidelt sind sie nicht alle«, entgegnete ich. Auch dafür schätzte ich ihn.

Wir gingen weiter durchs Haus.

Ein kurzer Flur führte ins Wohnzimmer.

»Ach du lieber Gott«, wisperte Hannah.

Die schlichten Holzwände waren in rosastichigem Weiß getüncht. Eine cremefarbene, mit Leinwand bezogene Couch nahm drei Seiten eines gewaltigen Quadrats ein, und davor stand ein riesiger Holzblock, der auf Hochglanz poliert und zu einem niedrigen Tisch verarbeitet worden war. Auf ihm lagen willkürlich Zeitungen und Illustrierte verstreut. Hannahs Aufmerksamkeit war jedoch auf etwas anderes gerichtet.

»Was für eine Aussicht«, sagte sie.

Hinter den über zwei Meter hohen Glasschiebetüren war eine Sonnenterrasse aus Holz, von der man auf einen gepflegten Rasenstreifen blickte, und dahinter wiederum lag ein exquisiter Kiesstrand, gesprenkelt mit dunkelgrünem Schilf. Am gegenüberliegenden Seeufer berührten über dem gekräuselten Wasser dünne Wolken die Adirondacks, und an einem kleinen Steg lag ein Segelboot vertäut und schaukelte sanft auf den Wellen.

»Ich habe Harvey wirklich nie als Captain Jack Sparrow gesehen«, bemerkte Hannah.

Ich lachte. »Da bist du nicht allein. Das Boot stammt wahrscheinlich noch vom Vorbesitzer.«

»Sobald wir ausgepackt haben, ist das da das erste Ziel für uns und unsere Margaritas.« Hannah wies auf eine im Freien stehende Whirlwanne, die den Winter nicht allzu gut überstanden hatte.

»Margarit*a*«, korrigierte ich sie. Plötzlich klang ich wie meine Mutter.

»Spielverderber«, sagte Hannah.

Sie schob die riesige Glastür zur Seite und hüpfte wie ein Kind zur Wanne. Mit dem Daumen fuhr sie über den Rand. »Da.« Sie tupfte mir einen Punkt aus Schleim auf die Nase, der sogleich abzurutschen begann. »Du Rambo, ich Jane.«

»Sieht nicht so aus, als könnte man darin besonders sauber werden«, sagte ich.

Hannah neigte den Kopf zur Seite, und ihre Augen blitzten schelmisch. »Wer redet hier vom Sauberwerden?« Es lag eine Weile zurück, seit ihre Miene so offen bekundet hatte, dass eine körperliche Strapaze durchaus glücklich ausgehen konnte.

Wir traten auf die schmalen Laufbretter hinaus, die ein Podest um die Wanne bildeten. Hannah strich über die hochglänzende Silberfläche aus Spritzguss und bohrte den Finger in eine der vielen Düsen für die Hochdruck-Wasserstrahlen.

»So sauber, wie man es sich nur wünschen kann«, sagte sie. »Sogar für Pingel-Alec.«

»Wir müssen trotzdem auf die Mücken achten«, entgegnete ich. Himmel, jetzt ging es schon wieder los. »Ich hole die Fallen und die Citronellkerzen.«

»Wie romantisch ...« Hannah bedachte mich mit einem schiefen Lächeln.

Ich küsste sie am Haaransatz im Nacken und verweilte auf einer Stelle, wo ein kleines Mal lag, das sich nicht entscheiden konnte, ob es Sommersprosse oder Leberfleck sein wollte. Das war so ziemlich der einzige Punkt, wo Hannah Unentschlossenheit zeigte.

Sie schaute auf ihre Uhr. »Zeit für meine Medizin.«

»Donnerwetter«, sagte ich und hob die Hände. »Ich musste dich nicht einmal daran erinnern.«

Auf ihrem Gesicht breitete sich ein wunderbares Grinsen aus. »Ein Wunder«, sagte sie.

Ich nickte. Bevor ich von Sleban hörte, hatte ich nicht an Wunder geglaubt.

Wir lösten uns voneinander und rollten in unsere jeweiligen formgepressten Mulden zurück; nur an den Händen hielten wir uns noch gefasst, und ich versuchte, nicht zu analysieren, wie ich mich fühlte. *Lass es einfach geschehen*, sagte ich mir. *Wenn das Leben gut ist: Leb es aus!*

Ich musterte den bourbonfarbigen Lichthof, der die fernen Adirondacks umgab, und lauschte auf das Brodeln des Wassers aus den Düsen.

»Besser geht's nicht«, sagte ich, zog Hannah auf mich und nahm ihr Gesicht in beide Hände.

Hannah küsste mich, und ich schmeckte den warmen Mineralgeschmack des Badewassers, das sich mit ihrem Speichel mischte.

»Stell die Düsen ab«, sagte sie. »Ich möchte die Zikaden hören, oder die Grillen, oder was auch immer.«

Ich streckte den Arm aus und drückte auf dem Tastenfeld herum, bis das Brodeln aufhörte, und sofort übernahmen die Grillen; sie summten wie eine Oberleitung. Es mussten Grillen sein: Zikaden gab es erst im Spätsommer.

»Das Tempo ihres Zirpens ändert sich mit der Temperatur«, bemerkte ich.

»Diesen Anmachspruch hast du wohl auf der Wall Street gelernt, was?«

Ich legte den Kopf auf den gepolsterten Wannenrand und blickte ins Blätterdach.

»Gibt es auch Glühwürmchen?«, fragte Hannah.

Ich kniff die Augen zusammen.

Hannah schmiegte ihren Kopf unter mein Kinn. »Nein, im Ernst«, sagte sie. »Ich möchte es wirklich wissen. Ich mag Glühwürmchen.«

»Müsste …«

»Gut«, murmelte sie. »Ich mag Glühwürmchen.«

Nach einer kurzen Weile richtete sie sich wieder auf, indem sie mir die Ellbogen gegen die Brust stemmte.

»Wir haben uns noch gar nicht bei Harvey bedankt«, sagte sie.

Ich nahm mein Glas und stieß mit ihr an. »Auf Harvey und das Sleban – und die paar Milliarden, die er damit verdient.«

»Das Geld fließt, wohin es fließt«, erwiderte Hannah. »Ist mir egal.« Ihre Augen glänzten. »Auf Harvey. Auf dich, auf Ben und auf die Eastern Trust Bank.«

»Ich bin nur ein Trittbrettfahrer«, murmelte ich. »Ben hat die ganze Arbeit gemacht. Er ist der Banker.« *Wie edel von mir*, dachte ich. Nach all der Zeit war es mir noch immer unangenehm, ihn ihr gegenüber zu erwähnen.

Hannah stellte ihr Glas ab und rückte näher zu mir. »Interessiert mich nicht«, sagte sie, während ihre Zunge über meinen Hals glitt und hinter meinem Ohr verschwand. »Ich bin dir dankbar, und ihm, und jedem, der dazu beigetragen hat, dass ich ein lebenswertes Leben führen kann. Ich bin ganz allgemein dankbar, dankbar vom Scheitel bis zur Sohle.«

»Mit deinen ganzen eins sechzig.«

Eine Flutwelle traf mich ins Gesicht, und als ich wieder klar sehen konnte, entdeckte ich im Halbdunkel hinter dem Haus etwas.

»Da!«, rief ich.

Hannah zuckte zurück. »Himmel, Alec, was ist denn?«

»Ein Glühwürmchen.«

Sie boxte mir auf die Brust. »Mensch, ich hätte mich fast nass gemacht.«

Ich löste mich sanft von ihr. »Du kannst sie ja zählen, während ich uns neue Margaritas mache. Schwache.«

»Bring mir auch die Zinksalbe mit«, sagte Hannah. Sie rieb sich die Schulter. »Hier schwirrt winziges Kroppzeug herum.«

»Scheiße. Lass mich mal sehen.«

Hannah drehte die Schulter von mir weg, aber die kleine rote Stelle war deutlich zu sehen. »Ist nicht schlimm. Wird nur ein bisschen jucken. Mach dir keine Sorgen.«

»Vielleicht sollten wir jetzt lieber reingehen.«

»Wenn du wiederkommst«, erwiderte Hannah fest. »Lass mir noch ein paar Augenblicke Zeit mit den Glühwürmchen.«

Ich stieg aus der Wanne, ging ins Haus, durchquerte das

Wohnzimmer und folgte einem dunklen Korridor zu dem Gästezimmer, das Harvey für uns vorbereitet hatte.

Darin strich kühle Luft aus unsichtbaren Schlitzen mit stetem Wispern über die weißgetünchten Wände, und ich gestattete ihr ganz kurz, mir am ganzen feuchten Leib eine Gänsehaut zu machen.

KAPITEL 2

Hannahs Medizintasche bestand aus stahlblauem Satin und hatte einen Schulterriemen, ein Bild von Rita Hayworth sowie eine Botschaft in silbernen Buchstaben an mögliche Schnüffler: *Hände weg, du Sack.* Die Tasche sah mehr wie die Nase eines Weltkriegsbombers aus, nicht wie Hannahs mobile Apotheke.

Früher hätten die Fläschchen, Röhrchen und Blisterstreifen mit Prednisolon, Methotrexat und verschiedenen anderen starken Immunsuppressiva und Malariamitteln aus der Fülle von herkömmlicheren Medikamenten hervorgestochen, aber das war vorbei: In den Tiefen der Tasche drängelte sich nur noch ein Sortiment schwach wirksamer Pharmazeutika. Dazu kamen Protokollkärtchen, auf denen Hannah ihre Fortschritte in Phase II der klinischen Sleban-Studie festhielt. Und das Sleban selbst natürlich.

Nur die Zinksalbe fand ich nicht.

Vielleicht im Auto?

Ich zog mir etwas über und ging vorne hinaus. Im Cherokee lag die Salbe auch nicht.

Ich knallte die Wagentür zu. Dabei knackte ein Zweig unter meinem Fuß, und etwas peitschte mir ins Gesicht. Meine Hand schoss hoch und packte einen dünnen Ast, der aus den Büschen ragte.

Ich senkte den Blick. Trotz der schlechten Beleuchtung war offensichtlich, dass sich auf diesem Lehmflecken einiges ereignet hatte. Jemand hatte Buschwerk abgebrochen, sich aber nicht die Mühe gemacht, hinterher aufzuräumen.

Einige Meter weiter entdeckte ich die Spuren eines ungeschickten Versuchs, das Kleinholz unter das Gestrüpp zu schieben. Ich ging dorthin. Die Äste waren direkt vom Stamm gerissen worden; ihre Enden glänzten wie ein zerschmetterter Knochen. Ich zupfte an einem davon. Eine kleine Lawine aus Blättern und Schutt fiel mir vor die Füße, und ich stand in einer Wolke Waldstaub.

Ich blickte in die gezackte Öffnung eines primitiven Tunnels.

Ich drückte Äste beiseite, die mir mit einem einzigen Schlag ein Auge ausschlagen konnten, und drang mit dem Kopf voran durch das Buschwerk in den Gang dahinter vor.

Nach einigen Metern stach mir ein spitzer Aststumpf in den Zwischenraum am unteren Saum meiner Chinos und ritzte mir die Wade auf.

Ich betastete die Stelle mit den Fingerspitzen. Die Haut klebte vom Blut. »Das ist Schwachsinn«, sagte ich zu mir. »Es ist schließlich nur ein dämliches Loch in einer dämlichen Hecke.«

Aber jemand hatte versucht, es zu tarnen. Warum?

Sieben Meter weiter berührten meine Hände, vorgestreckt wie bei einem Schlafwandler, kaltes Metall.

Vorsichtig tastete ich mich an der Wagenseite entlang. Die Fahrertür war unverschlossen, und es gelang mir, sie so weit aufzuziehen, dass die Innenbeleuchtung anging und den Innenraum mit einem schwachen gelben Licht erhellte.

Ich stemmte mich an die Türsäule, drückte fest gegen die Tür und konnte mich in den Wagen winden.

Ich sah mich keinem Ast gegenüber, dessen Ende man zu einer Speerspitze geschnitzt, durch die Windschutzscheibe gestoßen und in die Brust eines lange toten Harvey Aldous versenkt hätte. Ich sah mich überhaupt nicht vielem gegenüber. Auf der Plakette in der Mitte des Lenkrads stand ›Landrover‹, und am Zündschloss hing ein Schlüsselbund. Der Innenraum war schmuddelig und zeigte die Flecken und Risse, wie sie typisch für einen Geländewagen sind, den man tatsächlich im Gelände benutzt; doch davon abgesehen fand ich keine Zeichen für hochdramatische Geschehnisse: kein Blut auf den Konsolen und keine Airbags, die aus dem Armaturenbrett hingen wie eine zerplatzte Kaugummiblase.

Das Handschuhfach enthielt eine Bedienungsanleitung und ein ungeöffnetes Päckchen Minzbonbons. Die Bodenmatte starrte vor Lehm; davon abgesehen war sie sauber. Die Rücksitze waren leer, der Boden ebenfalls. Ich durchstöberte die Ladefläche: ein Wagenheber und eine schmutzige graue Decke, unter der nichts lag.

Mit der Hand fuhr ich unter die Vordersitze: An der Fahrerseite fand ich nichts, aber unter dem Beifahrersitz ertastete ich eine Tragetasche.

Eine Pappschachtel befand sich in der Tasche.

Ich öffnete den Deckel, und der Inhalt – mehrere hundert Karteikarten – rutschte auf den Boden.

Jede Einzelne von ihnen sah aus, als sei sie von einer Ascheschicht bedeckt. Ich wedelte sie, blies die Asche ab und hielt dann eine vor die trübe Innenbeleuchtung.

Name, Adresse und Telefonnummer, maschinengeschrieben; unter der Rubrik Besonderes sah ich eine Masse von Ziffern und Buchstaben in hastiger, unordentlicher Handschrift.

Solche Karten kannte ich. Hannah musste ihre Exemplare jeden Tag ausfüllen: was sie aß, wann sie Stuhl hatte, wie sie schlief, wann sich welche Symptome zeigten – alles in einer Kurzschrift niedergeschrieben, ersonnen von einer gequälten Seele bei dem Verein, der die klinische Studie für Sleban durchführte. Hannah und ich protokollierten den scheinbar endlosen Strom erforderlicher Informationen mit geradezu andächtiger Akribie, auch wenn ich glaube, dass ich ihr in puncto Frömmigkeit ein paar Rosenkränze voraus war.

Die Karten waren in alphabetischer Reihenfolge sortiert gewesen, und ich fuhr mit dem Fingernagel über ihre Ecken bis an die Stelle, wo ich M vermutete.

Ich hatte falsch vermutet. Hannah Mayne war nicht darunter. Ich ging die Karten bis N und zurück bis L durch. Meine Frau war nicht zu finden.

Ich rüttelte die Karten zu einem Block zusammen und hielt ihn fest zwischen den Fingern, damit ich ihn wieder in die Schachtel zurückstecken konnte. Ein paar würden an der falschen Stelle sein, aber nicht viele, sagte ich mir. Trotzdem wollte ich nicht so lange hier bleiben, um sie von A bis Z alle durchzugehen.

Die meisten Karten passten sauber hinein. An einem Ende jedoch stand noch etwa ein Dutzend von ihnen hervor. Ich drückte sie ungeduldig mit dem Handballen hinunter, aber sie bogen sich nur widerwillig.

Dort gab es ein Hindernis. Ein paar Karten, zusammengeheftet und in der Mitte gefaltet, hatten sich in der Papplasche am Boden der Schachtel verfangen.

Ich holte die Irrläufer heraus und faltete sie auseinander.

Insgesamt waren es sechs. Die oberste war von anderer Form und Aufteilung als die anderen; die Patientenakte einer gewissen Akiko.

Hannahs Karte kam als nächste – sie war neu und hauptsächlich von mir ausgefüllt.

Ich sah mir die übrigen an. Auf den ersten Blick unterschieden sie sich nicht von Hannahs Karte. Namen standen darauf: Sabin, Smith, Drucker und Horowitz. Ich las sie laut vor; sie klangen wie Teilhaber einer Anwaltskanzlei. Neben den Namen standen über die ganze USA verteilte Adressen: Washington D. C., Vermont, New York und Kalifornien. Und darunter fanden sich die wöchentlichen Einträge, geschrieben mit unterschiedlichem Maß an Sorgfalt.

Auf Akikos Karte fand ich keine Adresse.

Ich bog die Karten in der Hand; dann schob ich sie mir in die Tasche.

Ich bemerkte, dass ein Stoffstück aus blutroter Seide an der Unterseite der Schachtel hing. Ich schob sie in die Tüte zurück und legte alles an die Stelle, wo ich es gefunden hatte. Anschließend wand ich mich wieder aus dem Wagen und kehrte auf gleichem Weg zurück. Die Zufahrt war nun vollkommen finster, und ich tastete mich vorsichtig zur Veranda vor. Als ich nach dem Türgriff suchte, spürte ich, wie etwas unter meinem Fuß nachgab, und hörte ein Schmatzen.

Von meinem Schuh aus hatte sich ein Spritzer Zinksalbe über die Türschwelle gelegt. Mit der Hand nahm ich so viel davon auf, wie ich konnte, und kehrte zur Sonnenterrasse zurück.

Hannah hatte die Wasserdüsen wieder aufgedreht. Über dem See tanzte ein flackerndes Sternbild aus Glühwürmchen wie Feuerzeuge auf einem Rockkonzert.

»Siehst du«, sagte ich, »Glühwürmchen in Hülle und Fülle.«

Hannahs Hand war am Badewannenrand zu sehen. Im Licht der Citronellkerzen wirkte sie orange.

»Du wirst wie eine Walnuss aussehen.« Ich stieg auf das Podest. »Ich habe Harveys Auto gefunden. Und die Zinksalbe ...« Ich hob die Hand mit dem Cremeklumpen.

Hannahs Augen waren geschlossen. Sie hatte den Kopf in merkwürdigem Winkel vorgeneigt. Ihr Kinn ruhte auf der Brust, die unter Wasser war. *Unter Wasser.*

Ihr Mund auch.

»Himmel, nein!«, schrie ich, sprang in die Wanne und erzeugte dabei eine Welle, die gegen die Wand prallte und Hannah beim Rückfluten aus ihrer Position riss, sodass sie ganz unter Wasser sank.

»Bitte, lieber Gott, nein, bitte nicht ...!«, rief ich immer wieder, während ich Hannah unter den Achselhöhlen packte und an die Luft zurückzerrte.

Ich holte ihr Gesicht nahe heran, wischte das Wasser fort und legte mein Ohr an ihre gespenstisch gekräuselten Lippen. *Atmete sie noch?* Alles andere zählte nicht, nur ein Atemstoß, ein Husten, ein Schnaufen. Irgendein Lebenszeichen!

Das Sprudeln des einströmenden Wassers überdeckte alle nützlichen Geräusche, durch die mir Hannahs Körper vielleicht etwas mitzuteilen versuchte.

Ich legte sie auf den Terrassenboden und lauschte erneut auf ihren Atem. War das schwache Wehen an meinem Ohr nur Wunschdenken? Ich starrte angespannt auf ihre Brust, um vielleicht eine Bewegung zu entdecken, sah aber nichts.

Ich fühlte an ihrem Handgelenk nach dem Puls. Nichts.

Harvey Aldous hatte mir einmal gesagt, ich müsse immer darauf gefasst sein, dass Hannah in einen kritischen Zustand fiel, und ich hatte mich für einen Erste-Hilfe-Kurs eingeschrieben und tatsächlich an einer halben Stunde teilgenommen; dann war ich ins Büro zurückgerufen worden und hatte mich um eine dringende Anfrage der New Yorker Börse kümmern müssen, wie der Großauftrag eines Kunden zu behandeln sei, der den Aktienindex steigen und sinken ließ wie einen Trapezkünstler.

Ich faltete die Hände auf Hannahs Brustkasten und begann rhythmisch, fest zu drücken. Meine panischen Bewegungen entsprangen vermutlich mehr den gelegentlich angeschauten *Baywatch*-Folgen als der halben Stunde in einem Schulzimmer.

Schließlich hörte ich auf zu drücken und vergewisserte mich, dass ihre Zunge noch in ihrer Mundhöhle steckte und nicht in die Kehle gerutscht war; dann legte ich meinen Mund auf ihre Lippen und atmete in einer Serie von kurzen, gleichmäßigen Stößen in sie hinein. Ich hob ihren Kopf und wiederholte den Vorgang.

Nicht jetzt, nicht so, es gibt noch so viel für uns … Schlaglichtartig kamen mir Erinnerungsfetzen in den Sinn. *Niemals!*, schrie ich, vielleicht laut, vielleicht nur in meinem Kopf. *Wir werden uns zusammen an alles erinnern*, sagte ich zu ihr, als ich wieder mit der Herzmassage begann.

Dennoch gab es keine sichtbaren Lebenszeichen. Wie oft konnte ich das tun – Kopf, Herz, Kopf, Herz? Wann wurde es sinnlos? Wie lange, bis ich die Niederlage würde eingestehen müssen?

Plötzlich riss ich den Kopf zurück. Ich würgte und spuckte eine warme, bittere Flüssigkeit aus, während Hannah unter mir zuckte und sich schüttelte wie ein Kind in den Sekunden, ehe es aus einem Albtraum erwacht.

Das war Leben. Unschön und am Rande des Todes, aber dennoch geliebtes Leben. Lachend und weinend bettete ich ihren Kopf in die Armbeuge, während ich mit der anderen Hand das Zeug wegwischte, das ihr tröpfelnd von den Lippen rann.

Schrill klingelte eine Alarmglocke in meinem Kopf. *Es ist noch nicht vorbei; das Wasser muss raus!*

Ich stand auf und zog Hannah zur Gartentreppe; dann legte ich sie kopfüber auf die Stufen. Ungelenk umschlang ich ihre Taille. Ich rüttelte und schüttelte sie, als wolle ich einen Wäschesack ausleeren. Dabei betete ich, dass die Schwerkraft das ganze Badewasser aus ihr herauszog, doch nichts geschah. Ich zerrte sie zurück, legte sie in einer orthodoxeren Position auf den Bauch und drückte ihr leicht ins Kreuz. Fast augenblicklich ergoss sich eine gräuliche, milchige Flüssigkeit über die Terrasse.

Ich blickte ihr ins Gesicht, doch sie öffnete die Augen nicht. Sie würgte nicht mehr, und ihr Atem ging leichter, aber sie machte keinen Laut.

Wie lange war sie bewusstlos gewesen? Wie lange hatte ihr Gehirn keinen Sauerstoff mehr erhalten?

Ungefähr fünfzehn Minuten hatte ich von Hannah zum Landrover gebraucht und ungefähr fünf für meine Rückkehr. Also: insgesamt zwanzig, und das war nur ein kleines bisschen weniger als die Ewigkeit.

Wenn Hannah sofort, nachdem ich sie allein gelassen hatte, abgesunken war, dann hatte ich niemandem einen Gefallen getan, als ich sie wiederbelebte. Wenn ihr Kreislauf aber erst kurz, bevor ich sie gefunden hatte, zusammengebrochen war ...

Welchen Sinn hatten Spekulationen? Die Antwort lag in Hannahs Kopf, und darauf hatte ich keinen Zugriff.

Sanft legte ich Hannah auf die Seite, vergewisserte mich, dass ich ihre Zunge sehen konnte, und rannte dann ins Schlafzimmer. Dort holte ich mein Handy und eine Decke, mit der ich ihr es ein bisschen bequemer machen wollte, oder zumindest etwas würdevoller.

»Ich brauche einen Krankenwagen«, sagte ich, als an der Notrufnummer nach nur einem Klingeln abgehoben wurde.

»Worin besteht der Notfall, Sir?« Eine ruhige, freundliche Frauenstimme.

Ich sagte nicht, ich hätte zugelassen, dass meine kranke Frau sieben Stunden lang am Steuer saß und von einer Mücke gestochen wurde, dass ich sie mit Margaritas abgefüllt, eine Stunde lang mit ihr geschlafen und sie danach in der Badewanne allein gelassen hätte, während ich in einer Hecke herumgekrochen war. Für mein schlechtes Gewissen war die Nummer nicht zuständig. »Meine Frau hatte einen Atemstillstand in der Badewanne. Ich habe die Atmung wieder in Gang gesetzt, aber sie ist noch bewusstlos.«

»Wo genau befinden Sie sich, Sir?«

Teufel, wo genau war ich?

»High Trees Lodge, irgendwo südlich von Burlington, am Strand. Professor Aldous' Haus.« Ich war mir ziemlich sicher, dass jeder in der Umgebung wusste, wo Harvey wohnte. Es war eine Kleinstadt, und er musste zur örtlichen Prominenz gehören.

»Ich fürchte, Sie müssen etwas genauer sein, Sir. Auf meinem Bildschirm habe ich kein Anwesen und keinen Ansässigen dieses Namens in diesem Distrikt.«

Ich rannte bereits ins Haus zurück, um die Wegbeschreibung und die Karte zu suchen, mit der wir hierher gefunden hatten. Sie waren nirgends zu sehen.

»Ich kann weder Wegbeschreibung noch die genaue Adresse finden. Mein Gott.«

»Keine Angst, Sir«, antwortete die Telefonistin unerschütterlich. »Sie sprechen von einem Mobiltelefon, richtig? Gibt es im Haus einen Festnetzanschluss? Geben Sie mir die Nummer, und wir können sie zu Ihrem Aufenthaltsort zurückverfolgen.«

»Hier gibt es kein Telefon.« Ich begriff allmählich, wieso Harvey einmal gesagt hatte, bis er tatsächlich dort ankomme, denke er immer, High Trees Lodge könne nur ein Traum sein.

Meine Gedanken überschlugen sich; es musste doch irgendeinen simplen technischen Trick oder meinetwegen auch einen Pfadfinderkniff geben, mit dem man uns finden konnte, um Gottes willen.

»Was ist mit dem Handysignal?«, stieß ich hervor. »Können Sie mich nicht darüber finden? Kann man es nicht orten ...?«

»Wir sind in Vermont, Sir.«

Ich wurde etwas klarer im Kopf. »Wo ist das nächste Krankenhaus?«

»Das Cedargrove Hospital am Ortsrand von Burlington, gegenüber der Highschool. Der Weg ist gut ausgeschildert, Sir. Aber sind Sie sicher, dass Sie das tun wollen? Ich denke, wir finden Sie schon, wenn Sie nur einen Augenblick ruhig sind.«

»Ich rufe wieder an, wenn ich Sie brauche.« Ich legte auf.

Ich ging wieder auf die Sonnenterrasse, kniete mich neben Hannah und wickelte sie wie ein Indianerbaby in die dünne graue Decke. Sie atmete noch und hatte die Augen geschlossen, aber wie ein Engel schlief sie nicht. Ich fasste sie unter den

Armen und hob sie hoch; ihr Kopf rollte zur Seite, und als ich ihn mit der Handfläche stützte, spürte ich ihr feuchtes, samtiges Haar. Ich fuhr ihr mit dem Gesicht über die Lippen. Sie waren kalt und zeigten die falsche Farbe, als hätte jemand an ihrer Software herumgespielt und das Blau hochgedreht.

Hannah öffnete die Augen, aber die Lider blieben schlaff, blinzelten nicht. Die Augäpfel zeigten keine Regung; sie bewegten sich zwar ein wenig, aber sie reagierten nicht, als ich vor ihnen meinen Finger bewegte.

Hannah begann zu stöhnen. Ich küsste sie auf die Stirn und eilte so schnell durch das Haus, wie ich es wagte.

Auf der Veranda legte ich sie wieder ab und flüsterte ihr beruhigend ins Ohr. »Bleib am Leben«, verlangte ich dann lauter. Dieser Satz musste mit Bestimmtheit ausgesprochen werden, fand ich, denn vor Beginn der letzten drei Monate hatte sich Hannah vor allem mit der Frage nach dem Zeitpunkt ihres Todes beschäftigt.

Erst in der vergangenen Woche hatte die Society of Ideas in Law ihren Vergleich zwischen modernen juristischen Positionen zum Hirntod in östlichen und westlichen Gesellschaften und dem Umlegen eines Ein-Aus-Schalters veröffentlicht. Das war nicht der Titel, nur der Kernpunkt; der eigentliche Titel beanspruchte eine ganze Seite.

»Die werden mich nie dazu bringen, die Einverständniserklärung zu unterschreiben«, sagte ich.

Ich riss den Kopf hoch. Ich hatte ein Geräusch gehört. Ich legte die Hand ans Ohr und lauschte angestrengt.

Ich hatte es mir nicht eingebildet: Ich hörte tatsächlich Reifen. Ein Paar Scheinwerferkegel bestrich den Rand des Wendekreises, bevor es die Stufen hinaufglitt und mir genau ins Gesicht leuchtete. Mit lautem Knirschen hielt ein Fahrzeug.

Hinter dem grellen Schein bemerkte ich schwach, wie sich Autotüren öffneten, aber nur auf der Fahrerseite stieg jemand aus.

Fast augenblicklich hörte ich eilige, scharrende Schritte auf den Stufen, und in meiner Verwirrung fragte ich mich flüchtig, ob das alte Holz nun unter der Intensität der Scheinwerfer nachgab und zu splittern begann.

Doch dann stellte ich fest, dass mich zwei kleine Hunde in die Mitte nahmen; ihre Stummelschwänze zuckten hin und her.

Absurderweise bemühte ich mich eifrig, mir ihre Namen zu Gedächtnis zu rufen. Aus irgendeinem Grund war es mir wichtig, mich daran zu erinnern, als wäre das eine notwendige Voraussetzung für Hannahs Rettung.

Die Scheinwerfer verloschen, und ich konnte allmählich eine große Gestalt ausmachen, die die Treppen hinaufkam.

»Ha... Harvey«, stammelte ich.

Er blickte auf die Planken, wo Hannah lag, und ohne ein Wort streckte er die Hand zum Dachgesims aus und legte einen Schalter um. Zwei Halogenlampen strahlten über der Veranda auf.

»Was ist passiert?« Harvey kniete sich neben Hannah, fuhr ihr mit seiner riesigen Hand übers Gesicht, hob ihre Lider, steckte ihr einen Finger in den Mund und tastete an der Halsschlagader nach dem Puls.

Der Lichtschein von oben zeichnete ihn als ein Monster, mit dem man kleine Kinder schreiend zu ihrer Mutter jagt: grimmige Risse und Furchen in den Wangen, dunkle Tröge, in denen unter buschigen Brauen die Augen glitzerten, dichtes Haar, das ihm schwer auf dem Schädel lastete. Und unter ihm Hannah – die Schöne und das Biest.

Das war eigenartig – normalerweise sah Harvey genauso aus wie das, was er war: ein brillanter Professor für Biochemie, der, seinen vielen weiblichen Bewunderern nach zu urteilen, auf Frauen sehr gut wirkte.

»Wir waren in der Badewanne«, antwortete ich und hörte das Beben in meiner Stimme. »Sie ist in Ohnmacht gefallen, und ich habe sie wieder zum Atmen gebracht. Ich wollte sie gerade ins Krankenhaus fahren.« Ich holte zitternd Luft. »Wollen wir dein Auto benutzen?«

Harvey sah mich streng an. »Nur wenn du sie umbringen willst«, sagte er. »Bring sie in euer Zimmer.«

Ich schob meine Arme unter sie wie ein Gabelstapler. Hannah war so leicht, als schwinde zusammen mit dem Leben auch das Gewicht aus ihr.

»Kommt Hannah wieder in Ordnung?«, hörte ich mich fragen.

»Das weiß ich nicht«, antwortete Harvey.

KAPITEL 3

Das Licht im Zimmer war abgedimmt, und in einen Perlschimmer getaucht lag Hannah mit schweren Lidern auf dem riesigen Bett und atmete stoßweise.

Ich streichelte die weichen Fransen an ihrem Haaransatz. »Harvey wird dich wieder in Ordnung bringen«, wisperte ich und streichelte ihr über die Wange. Eine Sekunde lang schreckte ich zurück: Die Haut fühlte sich wie Gummi an, kalt und leblos. Die Hunde saßen unweit von uns auf dem Boden; ihre Schwänzchen wippten wie geistesgestörte Scheibenwischer hin und her. Sie keuchten durch konfuzianische Schnurrbärte, als warteten sie darauf, dass Hannah etwas Außergewöhnliches tat: leben, sterben oder einen Ball werfen, den sie fangen konnten.

Ihr Herrchen hatte das Zimmer verlassen und kehrte nun mit einer großen Pappschachtel wieder zurück, die er aufs Fußende des Bettes legte. Er nahm eine Glasampulle heraus, schnippte den Verschluss ab wie einen Kronenkorken und durchstach das Gummiseptum mit einer Injektionsspritze.

»Was ist das?«, fragte ich.

Harvey antwortete nicht, sondern zog die Decke von Hannahs Oberkörper zurück.

»Hat sie getrunken?«

»Zwei Margaritas«, antwortete ich, »mit kaum Tequila drin. Sie trinkt nicht viel; das weißt du. Sie würde sich nie betrinken.«

Er wies auf ihre Schulter und grunzte: »Und was ist das?«

»Ein Mückenstich. Als wir ankamen, sind wir auf die Sonnenterrasse gegangen und ...«

»Pst«, machte Harvey und stach Hannah mit der Kanüle in die Brust. Er nahm eine Atemmaske und eine kleine Sauerstoffflasche aus seiner Pappschachtel, hob vorsichtig Hannahs Kopf vom Kissen, befestigte die elastischen Halteriemen über ihren Ohren und öffnete langsam das Ventil.

Meine Muskeln entspannten sich leicht, als dringe der Sauerstoff in meinen Kreislauf ein.

Harvey starrte Hannah an und hielt ihre Hand.

Wenigstens haben wir professionelle Hilfe, dachte ich. Trotzdem genügte es mir nicht: Ich konnte nicht glauben, dass Hannah ohne Schläuche wieder in Ordnung kommen würde – ohne dass alles, was die Technik zu bieten hatte, rings um sie summte und piepte, ohne Elektroden und Scanner und Tropfinfusionen. »Ich rufe einen Krankenwagen«, sagte ich.

»Wozu?« Harvey sah nicht auf. Mit der Hand hielt er Hannah fest, als wolle er sie am Gehen hindern.

»Weil sie krank ist«, antwortete ich. »Ich bin zwar kein Arzt, aber ich weiß trotzdem, dass sie ins Krankenhaus sollte.«

Harveys Gesicht war grimmig und von Müdigkeit gezeichnet. Er schien zehn Jahre gealtert zu sein, seit ich ihn das letzte Mal gesehen hatte. Das war auf einem Empfang gewesen, mit dem die Notierung von Platonics in die New Yorker Börse gefeiert worden war.

»Traust du mir nicht?« Die Beklemmung in seiner Stimme beunruhigte mich; normalerweise scherte ihn nie, was ein anderer von ihm dachte.

»Aber sicher traue ich dir. Nur, um Himmels willen, wir wissen doch noch nicht einmal, was ihr fehlt.«

Harvey runzelte die Stirn. »Das ist eine Reaktion auf einen Mückenstich. Wer sich mit der hiesigen Ökologie auskennt, der weiß, dass *Cules pipiens* in dieser Gegend vorkommt.«

»Ein Mückenstich hätte doch nie ...«

»Von *Cules pipiens* ist bekannt, dass er das West-Nil-Fieber-Virus überträgt.«

Mir blieb fast das Herz stehen. »Sie hat West-Nil-Fieber?«

»Trottel«, fuhr Harvey mich an. »Nein, ich sage nicht, dass sie West-Nil-Fieber hat; ich unterstreiche nur die Tatsache, dass man die Wirkung eines Mückenstichs auf die Verletzlichen niemals unterschätzen sollte.«

»Du meinst also, dass ...«

Harvey hob die Hand. »Hannah wird gestochen. Sie reagiert allergisch auf das Venenum. Sie verliert das Bewusstsein, und du rettest sie gerade noch vor dem Erstickungstod.«

»Aber warum ging es ihr dann wieder schlechter?«

»Anaphylaktischer Schock.«

Was das war, wusste ich; vielleicht aus einer anderen, nebenbei aufgenommenen *Baywatch*-Folge.

»Deshalb habe ich ihr Adrenalin gespritzt: um sie aus dem Schock zu holen.«

Harvey zog Hannahs Augenlid hoch. In einer Pfütze gräulicher Milch schien eine haselnussbraune Sichel zu schwimmen, doch Harvey nickte zufrieden. »Sie erholt sich wieder«, erklärte er.

»Aber sie ist immer noch bewusstlos ...«

»Also schön«, seufzte er. »Ruf mit deinem Handy einen Krankenwagen. Störe Hannah unnötig, wenn du das wirklich für die richtige Vorgehensweise hältst – wenn du wirklich glaubst, du müsstest eine zweite Meinung einholen und sie von den hiesigen Stümpern behandeln lassen, die mit ihrem Krankheitsbild nicht vertraut sind. Wir sind hier in einer Kleinstadt, und du bekommst Kleinstadtbehandlung. Vielleicht schaden sie ihr nicht, aber wenn doch etwas passiert, lehne ich jede Verantwortung ab.«

»Warum zum Teufel tust du das?«, fragte ich.

»Ich begreife einfach nicht, wieso du nach allem, was gewesen ist, ausgerechnet jetzt anfängst, meine Kompetenz infrage zu stellen.«

»Du verdrehst die Tatsachen«, erwiderte ich. »Hier geht es überhaupt nicht um dich, sondern um Hannah. Ich verstehe nicht, weshalb du dich so sehr dagegen sperrst, sie in ein Krankenhaus zu bringen.«

Während er vom Bett aufstand, schien er am ganzen Körper resigniert zu beben. »Ruf schon deinen verdammten Krankenwagen, wenn es denn sein muss.«

Die Hunde kläfften unisono und stellten sich links und rechts von ihm auf. Wie hießen die verdammten Köter doch gleich?

Vom Bett kam ein Stöhnen.

Harvey und ich wirbelten herum und starrten Hannah an.

Sie hatte sich die Atemmaske heruntergezogen und versuchte aufzustehen.

»Langsam«, sagte ich und legte ihr die Hand auf die Schulter.

Harvey nahm die Maske und brachte sie sanft an Ort und Stelle zurück. »Lass sie noch ein bisschen auf deinem Mund.«

Ich nahm Hannahs Hand. »Wie fühlst du dich?«

Ihre Zunge fuhr über trockene Lippen, und sie schob die Maske wieder weg. »Durst«, keuchte sie.

Sie schaute die beiden Hunde an, und ihr Kopf wackelte und sank wieder aufs Kissen zurück. »Pebble und Shell«, wisperte sie mit einem matten Lächeln. Sie schloss die Augen. »Harvey«, fügte sie hinzu.

Ich hielt ihr einen Plastikbecher an den Mund, und sie nahm einen Schluck Wasser, benetzte sich damit die Lippen und ließ es an ihrem Kinn hinunterlaufen.

»Ich bin krank geworden, oder?«, fragte sie schließlich.

»Eine Reaktion auf einen Mückenstich«, sagte Harvey. »Wenn dir das Atmen schwerfällt, nimm den Sauerstoff.«

Sie sah ihn perplex an. »Irgendwas Schlimmes ist passiert«, sagte sie. »Ich habe einen Streit gehört. Oder war das nur im Traum?«

»In deinem Traum, nur im Traum.« Ich sah sie an, und Erleichterung stieg in mir auf.

»Was ist mit mir passiert?«, fragte sie.

KAPITEL 4

Hannah starrte mich mit glasigen Augen an, und ich war nicht sicher, ob sie viel von dem aufgenommen hatte, was ich ihr gesagt hatte.

Als sie schließlich sprach, klang ihre Stimme schwach und monoton. »Ich will nicht ins Krankenhaus.«

Sie war bleich, ihre Augen matt, die Stimme schwach. Alle paar Sekunden sog sie Sauerstoff aus der Atemmaske.

»Du wärst fast gestorben«, entgegnete ich. »Du bist entkräftet. Du gehörst ins Krankenhaus. Was, wenn du einen Rückfall bekommst? Was sollen wir dann tun? Wir sind hier mitten in der Wildnis, um Gottes willen.«

»Harvey ist doch hier«, erwiderte sie und hob leicht die Stimme. »Ich brauche nicht ins Krankenhaus. Eine schlimme Reaktion auf einen Mückenstich, das ist alles. Lass es mich ausschlafen. Harvey ist hier; du bist hier. Ich will nur schlafen.« Sie drehte den Kopf von mir weg. »Lass mich doch einfach schlafen«, murmelte sie, und ihre Stimme versickerte im Kissen.

Ich befestigte ihr die Maske vor dem Mund und stieg vom Bett. »Okay«, sagte ich. »Wenigstens fürs Erste.«

Die Küche lag auf der anderen Seite des Wohnzimmers. Durch die hohen Fenster fiel das Mondlicht ein und versilberte Dutzende von Papierfetzen am Fußboden.

Ich hob einen davon auf, dann noch mehr. Sie waren angefüllt mit der Fachsprache der Immunologie, Harveys Sprache. Wörter wie *Lysis*, *Leukozyt*, *Histokompatibilität*, *DHEA*, *Thalidomid* ...

Plötzlich wirkte das Papier in meiner Hand dunkler, und die Fetzen ringsum wurden dunkelgrau.

Harvey stand in der Tür. Er hielt ein Handy in der Hand und klappte es zu. »Schläft sie?«

Ich nickte.

In diesem Moment hatte er nur wenig von einem herausragenden Kliniker an sich. Eine Haarsträhne hatte sich gelöst und hing über einem Auge herab, und in seinem schmutzigen weißen Leinenanzug machte er den Eindruck eines des Amtes enthobenen Priesters in einer Geschichte von Tennessee Williams, der in einer Dschungelsauna irgendwo südlich von Panama seinen endgültigen Niedergang erlebt.

Harvey bückte sich und nahm einen Papierschnipsel auf. »Noch eine Rede«, sagte er. »Ich bin nicht zum Redner geboren. Das war schon immer so. Und jetzt ...« Er seufzte. »Seit Platonics an der Börse notiert ist, bin ich zum Schauspieler verkommen, zu einem Schmierendarsteller; ich gebe den Politiker, während die Bankiers, Anwälte, Buchhalter, Börsenexperten, PR-Berater und Kreditgesellschaften an mir vorbeiflanieren.« Er hielt kurz inne. »Die müssen wohl auch ihre Arbeit tun.«

Das war unerwartet: Normalerweise bezeichnete Harvey sie als schmarotzende, schwachköpfige Blutsauger.

»Aber manchmal frage ich mich«, fuhr er fort, »ob sie dadurch, dass sie mir die ganze Zeit über die Schulter gucken, nicht ausgerechnet das erschweren, was sie erreicht sehen wollen. Wie das Prinzip der Unbestimmtheit in der Quantenmechanik ... Man beeinflusst das Phänomen allein dadurch, dass man es beobachtet.«

»Ohne sie«, entgegnete ich sanft, »gäbe es kein Geld. Und ohne Geld gäbe es kein Sleban.«

Er ging ans Fenster. »Hast du die *Netsuke* gesehen? Mein Boot?«

»Ja. Sehr hübsch ...«

»Ich muss ein bisschen Arbeit reinstecken; sie braucht Lack, und ein paar Schrauben muss ich auch festziehen.«

Ich kannte mich mit Booten nicht aus, aber mir schien, als hätte sie erheblich mehr nötig: Trockendock und komplette Umrüstung.

»Ich hatte große Pläne mit High Trees, weißt du?« Er drehte sich wieder zu mir um. »Ein sehr abgedroschenes Wunschbild: Sonnenschein, Kinder … ich am Schreibtisch bei der Arbeit, aber von Zeit zu Zeit sehe ich auf und sauge es ein, erlaube ihm, mich zu nähren und zu inspirieren. Ganze Tage möchte ich im Boot auf dem See verbringen. Abende in der Wanne, mit meiner Kameradin, meiner Seelengefährtin …«

Ich kannte ihn seit fünf Jahren, und zum ersten Mal zeigte er die Andeutung einer Regung, eines Sehnens nach Dingen, nach denen sich normale Menschen sehnten.

»Das kann geschehen«, sagte ich. »Warum sollte es nicht so kommen?«

Er schüttelte den Kopf.

»Die Einheimischen erzählen von einem Ungeheuer im Champlainsee«, sagte er. »Ein Überbleibsel aus der Kreidezeit oder Jura. Vermont-Voodoo, wenn es so was gibt. Manchmal frage ich mich …«

»Du bist Wissenschaftler, Harvey«, unterbrach ich ihn. »Ich habe gehört, was du von Gott hältst.«

»Von Religion«, korrigierte mich Harvey. »Ich habe mich über meine Ansichten zur organisierten Frömmigkeit verbreitet. Von Gott habe ich nie gesprochen, oder genauer, vom Kosmos.«

»Aber ein Ungeheuer im See, Harvey? Um Himmels willen …«

»Ein Gleichnis«, murmelte er. »Eine Metapher.«

»Was ist los?«, fragte ich.

»Ich habe dir vorhin zugesetzt.«

»Du bist sehr gut zu uns gewesen«, sagte ich. »Hannah lebt ein unermesslich besseres Leben, und das verdanken wir dir.«

Er ließ sich neben die Hunde auf die Couch sinken. Pebble und Shell sprangen auf.

»Du hast mir vertraut, an mich geglaubt«, sagte er, »und nur das zählt.« Er sah mich ernst an. »Als ich aus Japan wiederkam, dachte ich, mit Sleban wäre es aus. Aber du hast weiter an mich geglaubt. Ohne dich wäre Sleban nie entstanden.«

»Das war ich nicht allein«, erwiderte ich. »Auch Ben hat den Kopf für dich hingehalten.«

»Ja, ja, Ben, sicher«, gab er abwesend zu. »Aber geglaubt hast *du* an mich.«

»Ich hatte guten Grund dazu. Ben ist mit niemandem verheiratet, dessen Leben durch Sleban hätte auf den Kopf gestellt werden können.«

»Ja«, murmelte Harvey. Er nahm ein Stück Papier und ließ es beinahe sofort wieder zu Boden fallen.

»Vor ein paar Monaten habe ich überlegt, wieder nach Japan zu gehen.«

»Wieso das denn?«

»Zurück ins Labor, weg von dem Papierkram. Zurück zum Wesentlichen.«

»Platonics braucht dich«, sagte ich.

»Jemand wie du könnte die Firma leiten.«

»Ich?«

»Wieso nicht? Du hast ein geschicktes Händchen, Alec. Wenn ich jemandem die Zügel von Platonics übergeben würde, dann dir.«

»Aber du hast es dir anders überlegt«, sagte ich. »Mit Japan, meine ich. Du bist noch hier.«

»Die Welt hat sich ein bisschen zu schnell gedreht.«

»Wie meinst du das?«

»Weißt du was?«, rief er aus, plötzlich von neuer Energie

erfüllt. »Hannah und du, ihr könntet langsam wieder über Kinder nachdenken.«

»Ich glaube, es wird noch eine Weile vergehen, bis Hannah bereit . . .«

»Blödsinn«, unterbrach mich Harvey. »Das war im Ausland. Die Zeit war schlecht. Ich war schuld. Ich habe die Anzeichen übersehen.«

»Es war nicht deine Schuld«, widersprach ich. »Das weißt du genau. Laura war nicht bereit fürs Leben: Mit ihr war zu viel nicht in Ordnung; sie war innerlich zu unfertig.«

Harvey rieb sich die Stirn, während er die Hunde beobachtete. »Du solltest trotzdem über Kinder nachdenken. Sleban ist kein Hindernis; das weißt du doch, oder?«

»Es ist nicht wegen des Slebans, Harvey.«

Plötzlich stand Verzweiflung in sein Gesicht geschrieben.

»Was ist passiert, Harvey?«, fragte ich. »Etwas mit Platonics? Gibt es Ärger?«

»Hat jemand etwas gesagt?«, fragte er scharf.

»Ganz im Gegenteil. Jeder sagt, wie gut es läuft – wie erfolgreich du bist –, dass du auf der Siegerstraße fährst.«

»Platonics ist nur eine Firma«, brummte er.

»Ein bisschen mehr als das ist es schon.«

Harvey beugte sich vor und hob auf, was Pebble und Shell von seinen Papieren übrig gelassen hatten. »Du solltest nach Hannah sehen«, sagte er plötzlich. »Und ich muss eine Rede schreiben.«

»Ich war vorhin draußen«, sagte ich widerstrebend. »Ich habe den Landrover gefunden . . .«

Harvey stand auf und ging zum Lichtschalter, aber er betätigte ihn nicht; seine Hand schwebte nur in der Nähe. »Morgen«, sagte er fest, aber nicht unfreundlich. »Morgen sprechen wir über alles, was du möchtest: Autos zwischen den Bäumen, Babys, Bilanzen, Gewinnspannen, das Lymphsystem. Was immer du möchtest. Das Wetter wird wunderbar sein, und wir können auf dem See segeln oder mit Pebble und Shell spazierengehen. Wir werden Steak essen. Es ist euer Urlaub, und morgen gehöre ich Hannah und dir, niemandem sonst.«

Morgen also. Aber als ich mich zum Schlafzimmer wandte, konnte ich nicht anders, als mich zu wundern, was in Harveys Gesicht nicht für mich bestimmt gewesen war.

KAPITEL 5

Als ich am nächsten Morgen aus dem Schlafzimmerfenster blickte, sah ich einen klaren blauen Himmel durch die Lücken im Blätterdach und musste gestehen, dass ich eingenickt war. Allerdings fühlte ich mich keineswegs, als hätte ich geschlafen; ich hatte mich aus einem Mahlstrom von Bildern und Gedankenketten erhoben, die darauf bestanden, ich sei die ganze Zeit über wach gewesen, ohne dass sie die tröstende Wirkung des Zusammenhangs besaßen.

Ich blickte zu Hannah. Sie atmete schwer, aber gleichmäßig. Die Sauerstoffmaske lag nicht mehr über ihrem Mund, sondern sie hielt sie wie einen geliebten Teddybär mit einer Hand fest.

Hannah lebte. Der Tag war wunderschön, ganz wie Harvey ihn angekündigt hatte.

Trotzdem kam mir alles falsch vor.

Nachdem ich zu Bett gegangen war, hatten Harveys Worte wie Säure an mir genagt. Er war den Fragen ausgewichen, die ich ihm stellte, und hatte Antworten angedeutet, wo ich mich gar nicht erkundigt hatte. Auch in den besten Zeiten waren Gespräche mit ihm nicht leicht, doch diesmal hatte ich das Gefühl bekommen, der echte Harvey sei überhaupt nicht anwesend.

Ich stieg in eine Hose und zog mir ein T-Shirt über; dann verließ ich auf Zehenspitzen das Zimmer.

Ich stand vor Harveys Schlafzimmertür; sie war angelehnt, und ich lauschte auf einen Laut, der mir seine Anwesenheit verraten hätte.

Sein Zimmer war kleiner als unseres und sogar noch spartanischer eingerichtet. Kein Bett, nur ein Futon auf dem Fußboden, ordentlich und unberührt. Keine Kleiderschränke, keine Bilder, keine Lampen, keine verstreuten Kleidungsstücke, keine Toilettenartikel, kein Computer, keine Bücher. Auf dem niedrigen Regal unter dem Fenster stand eine Glasvase mit dünnem Hals, in der eine kränkliche Orchidee mit grauen gefleckten Blättern steckte.

Vielleicht machte er einen frühmorgendlichen Spaziergang mit den Hunden oder war einkaufen. Als ich das Zimmer verließ und dem Korridor folgte, lockerte sich die Spannung in meinem Magen kein bisschen.

Die Papierfetzen im Wohnzimmer waren aufgelesen worden, und der Raum wirkte sauber und ordentlich. Ich durchquerte das halbdunkle Esszimmer und trat auf die Veranda heraus.

Harveys Wagen parkte noch immer vor den Stufen. Unser Cherokee ebenfalls.

Ich wagte mich erneut in den gespenstischen Tunnel und arbeitete mich zum Landrover vor. Er sah noch genauso aus, wie ich ihn verlassen hatte.

Ich kletterte nach hinten auf den Rücksitz. Noch immer war der ganze Fußboden voll Asche, doch als ich mit der Hand unter die Vordersitze fuhr, fand ich nichts.

Ich ging zum Haus zurück und begab mich auf die Sonnenterrasse. Ein Blick zum Strand hob meine Stimmung ein wenig. Die Szenerie war wirklich idyllisch. Jeden Augenblick konnten Pebble und Shell durch den Garten stürmen und mich kläffend begrüßen.

Dennoch, irgendetwas stimmte nicht. Etwas fehlte.

Das Boot. Die *Netsuke* war fort.

Ich eilte die Stufen hinunter und rannte zum Landungssteg.

Vorsichtig arbeitete ich mich über das tückische Flickwerk aus verrottenden Planken vor, das auf einem Skelett von in den Seeboden gerammten Pfählen ruhte, und erreichte schließlich den stabilen Pfosten am Ende. Ich klammerte mich daran fest und suchte den Horizont ab.

In einiger Entfernung durchschnitt ein Wasserskifahrer das ruhige Wasser. Zu meiner Linken – im Süden, nahm ich an – stand ein Angler in einem Ruderboot und warf mit geübtem Geschick seine Angel aus. Ein Stück rechts von mir wiegte sich eine Boje auf dem Wasser.

Davon abgesehen störte nichts die Oberfläche des Sees.

Ich spielte mit den ausgefransten Enden des alten Taus, das am Pfosten befestigt war.

Bist du bloß zu einer frühmorgendlichen Spritztour rausgefahren?, fragte ich mich. Nur machte Harvey keine Spritztouren. Ihn interessierten nur Fahrten, auf denen man große Flächen auf der Landkarte überquerte; oder noch besser, Fahrten, für die es noch gar keine Landkarten gab.

KAPITEL 6

Als ich in unser Zimmer zurückkehrte, hatte sich Hannah die Sauerstoffmaske wieder aufgesetzt und beugte und reckte ihre Glieder, als suche sie in der engen Gefängniszelle ihrer Halbbewusstlosigkeit nach einem Ausweg. Fieberte sie? Jedenfalls ging es ihr nicht besser, so viel stand fest; ihr Zustand verschlechterte sich, aber ich wusste nicht, wie rasch und in welche Richtung.

»Hast du Schmerzen?«, fragte ich.

Sie stöhnte.

Ich wählte Harveys Handynummer und wurde sofort zu seiner Voicemail weitergeleitet.

»Wo zum Teufel steckst du?«, flüsterte ich rau ins Mikrofon. »Du hättest etwas sagen sollen, wenn du einen Bootsausflug unternimmst. Hannah kommt mir immer noch ziemlich krank vor. Mir ist egal, was du denkst; ich bringe sie jetzt ins Krankenhaus.«

Ich wählte die Nummer von Platonics. Jemand – nicht Harveys übliche Sekretärin – teilte mir mit, er sei auf einem Kongress in Colorado und nicht zu erreichen, und es habe keinen Sinn, eine Nachricht zu hinterlassen, weil er sie nicht abrufe.

»Alec ...«

»Was ist denn, Süße?« Ich hielt mein Ohr dicht über Hannahs Gesicht.

»Sleban«, sagte sie.

»Es ist noch nicht Zeit für deine Dosis ...«

»Egal«, keuchte sie. »Schmerzen. Hilft vielleicht.«

Ich ging zu der *Hände-weg-du-Sack*-Tasche und suchte darin. »Hier ist es nicht.«

»Muss es aber«, murmelte Hannah.

Ich schüttelte den Inhalt der Tasche aufs Bett und wühlte darin herum. Alles wirkte so unvertraut, so privat. »Okay«, sagte ich übertrieben langsam, während ich innerlich das Band zurückspulte. »Du warst im Bad ... Du hast mich gebeten, dir das Sleban zu holen ... Das habe ich getan, und dann habe ich es sofort wieder in die Tasche zurückgelegt ...«

Aber es war nicht in der Tasche.

Ich durchsuchte das Schlafzimmer, dann den Rest des Hauses.

In Harveys Wohnzimmer betrachtete ich die Scherben. Ich wusste nun, dass ich das Sleban nicht verlegt hatte. Harvey hatte es gestohlen. Das Sleban war dort draußen: irgendwo auf dem Champlainsee. Oder irgendwo darunter.

Ich ging wieder in unser Zimmer zurück.

»Ich werde dich jetzt ins Krankenhaus bringen«, sagte ich.

KAPITEL 7

Hannahs Aufnahme ins Cedargrove Hospital in Burlington war ein undeutlicher Wirrwarr aus Schläuchen, Nadeln, Maschinen, Fachchinesisch, Fragen und Papierkram – alles zugleich wie während eines Autorennens beim Pitstop, wenn sämtliche Teile des Wagens auf einmal ersetzt werden müssen, und zwar in weniger als einer Minute.

»Fast ertrunken, sagen Sie, Mr Mayne? Wo ist das passiert?«

»In einer Badewanne.«

»Wie lange war sie bewusstlos?«

»Ein paar Sekunden oder neunhundert. Und sie ist von einer Mücke gestochen worden. Danach gab es einen anaphylaktischen Schock. Erst Adrenalin, dann Sauerstoff.«

»Sind Sie Arzt oder Rettungssanitäter?«

»Ein Freund hat die Maßnahmen durchgeführt. Ich bin Anwalt bei der Eastern Trust Bank.«

»Wo ist Ihr Freund jetzt?«

»Das weiß ich nicht.«

»Welche anderen Beschwerden hat Hannah?«

»Lupus.«

Einen Augenblick lang hält der Stift inne; Augenbrauen werden hochgezogen.

»Wie der Wolf, Latein für Wolf.«

»Das wissen wir, danke. Welcher Typ? Diskoid, schwangerschaftsbedingt oder systemisch?«

»Systemisch. Das volle Programm. Systemischer Lupus erythematodes. Der größte, fieseste Mistkerl im ganzen Wolfsrudel.«

»Die gegenwärtigen Symptome bitte.«
»Keine.«
»Sie wollen uns wohl auf den Arm nehmen – *keine?*«
»Sie bekommt ein Medikament in der Erprobungsphase; sie nimmt an einer klinischen Studie teil.«
»Seit wann?«
»Seit drei Monaten.«
»Welche Symptome hatte sie vorher?«
»Ich werde sie ihnen aufzählen, aber das dauert eine Weile: die Probleme mit den Nieren und der Leber, der Hautausschlag, die schmerzenden Gelenke, die Lichtempfindlichkeit, die Nebenwirkungen der Steroide, die Ungewissheit, ob der kommende Tag wieder Schmerzen bringt. Und die Nächte. Die Nächte waren am schlimmsten.«
»Und jetzt nichts?«
»Nichts Nennenswertes. Hin und wieder eine kleine Magenverstimmung nach einer Überdosis Eiscreme.«

Ich sehe auf Hannah: Die Schläuche und Kabel schlängeln sich von ihr ausgehend in alle Richtungen, einige zu Monitoren, andere zu Beuteln mit Flüssigkeit an stählernen Masten, manche zu Tüten, die diskret unter dem Bett befestigt sind. Aus ihrem Mund ragt ein geriefter Plastikschlauch, und an der Kuppe eines Fingers hat sie etwas, das aussieht wie eine Wäscheklammer.

Die Szenerie bereitet mir eine Gänsehaut. Eine Schwester bittet mich, mich zu konzentrieren.
»Wie heißt das Medikament?«
»Sleban.«
»Den chemischen Namen von Sleban, Sir, wenn Sie ihn wissen.«
»Ich weiß ihn nicht. Ich kenne ihn zwar, aber im Augenblick ist die Riesenmenge von Silben in zufälligen Mustern weit über mein Gehirn verteilt.«

»Wer stellt es her?«

»Platonics Incorporated.«

Die Schwester hat ein Laptop und ruft es bereits auf.

»Haben Sie Sleban bei sich?«

»Nein, wir haben … es verlegt. Tatsächlich wird es jetzt Zeit, dass Hannah ihre Dosis einnimmt.«

»Darum werden wir uns kümmern. Machen wir zunächst hier weiter. Irgendwelche anderen medizinischen Vorfälle in den letzten vier Jahren?«

»Sie hat ein Baby verloren.«

Vor vier Jahren und drei Tagen, genauer gesagt. Ich könnte Ihnen sagen, wie viele Stunden, wenn es Sie interessiert.

»Wie weit war die Schwangerschaft abgeschlossen?«

»Komplett.« *Komplett mit Armen, Beinen und einem Geschlecht; komplett mit zehn Minuten Leben, mit einem Namen. Ein zehnminütiges Leben in Tokio, um für eine Ewigkeit dort begraben zu liegen. Ihren angelsächsischen Namen haben wir allerdings mit nach Hause genommen. Laura.*

»Das tut mir sehr leid. Wir sind jetzt beinahe fertig.«

Ich fange gerade erst an.

»Andere Episoden im Krankenhaus?«

»Von der Behandlung des Lupus abgesehen, nein.«

Für Hannah ist ein Hospital ein Spukhaus, ein finsterer Keller, ein von Fachsprache erfülltes Ödland. Im Vergleich dazu ist Sleban eine Oase der Klarheit und Einfachheit, deren innere Struktur vielleicht unfassbar kompliziert ist, deren Wirkung jedoch auch ohne Elektronenmikroskop beobachtet werden kann. Sleban arbeitet bei Tageslicht und macht die Nacht erträglich. Sleban ist die Zauberkugel, die Silberkugel, die man braucht, um den Wolf zu töten.

»In welchem Beruf arbeitet Hannah?«

»Sie macht gerade ihren Doktor in Rechtsphilosophie an der Columbia.«

»Nächste Angehörige?«

»Ich. Nur ich.«

Dann fand ich mich auf einem Stuhl einen Meter von Hannahs Bett entfernt wieder, befingerte den rosa Baumwollmorgenmantel, den ich trug, ohne mich erinnern zu können, ihn angezogen zu haben. In der Hand hielt ich einen Pappbecher mit Wasser.

Das Geräusch einer Maschine, die *Ker-pflutt* machte, bohrte sich mir in den Kopf. Die Schläuche und Kabel, die sich von Hannah ausbreiteten, erschienen mir mehr wie Fesseln als lebenserhaltend.

Ein mit einem Klemmbrett bewaffneter Arzt kam herein und stellte sich als einer der Chefärzte vor.

Er deutete auf Hannah. »Also gehört Ihre Frau zu Harveys Wundermädchen.«

»Sie haben schon von Sleban gehört?«

»Von Professor Aldous und seiner Zauberkugel haben wir alle schon gehört.«

Ich runzelte die Stirn.

»Nur die Ruhe«, sagte er. »Wenn die Food and Drug Administration Sleban zulässt, dann reicht das einem alternden Kurpfuscher in der tiefsten Provinz.«

»Zugelassen ist es ja noch nicht«, entgegnete ich. »Es ist halb durch Testphase II.«

»Ich weiß.« Er beugte sich vor und sah sich Hannah genauer an.

»Was ist los?«, fragte ich beunruhigt.

Der Arzt richtete sich wieder auf und lächelte mich beruhigend an. »Sie kommt schon durch. Daran zweifle ich nicht. Aber Sie sagten, Ihre Frau hätte in ihren wachen Momenten nach dem Zwischenfall über starke Schmerzen geklagt.«

»Ja. Sie konnte nicht bequem liegen. Sie bekam Gliederschmerzen, wie früher, wenn sie ...«

»Einen Lupusanfall hatte«, vervollständigte der Arzt. »Genau. Ich fürchte, wir können die Möglichkeit nicht ausschließen, dass sie mit solch einem Anfall aufwacht. Ihr Labor zeigt abnorm viele T-Lymphozyten und Begleiterscheinungen, wie sie zu einem Anfall passen.«

»Aber wie ist das möglich? Sie stand unter Sleban. Sie hat eine Dosis genommen, bevor wir in die Wanne gestiegen sind.«

»Stand sie unter Alkohol?«

»Ein, zwei Margaritas. Klein und schwach. Sie trinkt kaum je etwas; sie weiß, dass sie das nicht darf.«

»Am Alkohol lag es also nicht.« Der Arzt drehte seinen Ehering am Finger. »Ich nehme an, sie hat erbrochen, nachdem Sie sie wieder zu Bewusstsein gebracht hatten, korrekt?«

»Ja. Sie muss die Tagesdosis verloren haben.«

»War sie allgemein brav? Ich meine, hielt sie ihre Medikation ein?«

Ich musste zugeben, dass sie am Vortag eine Dosis vergessen hatte.

»Also zwei Tage kein Sleban.«

»Würde das ausreichen, um einen Anfall auszulösen? Ich habe von Patienten gehört, die ihr Medikament drei oder vier Tage ausgelassen haben, ohne dass ihnen etwas zugestoßen wäre.« Harvey stöhnte oft über die unberechenbaren Verhaltensweisen von Patienten, die an einer Studie teilnahmen. Er fand Mäuse erheblich zuverlässiger.

»Das weiß ich nicht. Deshalb habe ich das Testzentrum angerufen, das für Ihre Frau zuständig ist.«

»Und was hat man Ihnen gesagt?«

»Nichts. Ich habe nur eine Ansage gehört, man sei vorerst für Anfragen nicht erreichbar, und Anrufer sollten sich an ihren Hausarzt wenden.«

Das war verrückt – der Anschluss des Testzentrums sollte sieben Tage pro Woche und rund um die Uhr von echten, lebenden Menschen besetzt sein.

»Wer ist ihr Hausarzt?«, erkundigte sich der Krankenhausarzt.

»Sie hat keinen mehr. Sie will nicht mehr zu ihrer letzten Ärztin. Hannah kommt mit Medizinern nicht gut zurecht, und sie hasst Krankenhäuser.« Bevor er sich dazu äußern konnte, fuhr ich fort: »Aber Sie könnten es bei Platonics versuchen.«

»Das habe ich schon, aber auch dort nimmt man keine Anrufe entgegen. Deshalb habe ich über die Website eine E-Mail geschickt.«

»Und jetzt?«

»Ein Mückenstich kann sehr ernste Folgen haben. Einige Symptome Ihrer Frau passen jedoch nicht recht dazu.«

»Wie meinen Sie das?«

»Es könnten lediglich Begleiterscheinungen eines Anfalls sein«, sagte er, »aber ...« Er schien nur ungern fortfahren zu wollen.

»Aber?«

»Wenn sie weder von dem Stich noch dem Anfall kommen, dann ...«

»Dann was?«

»Es wäre nur eine Spekulation ...«

»Mir kommt es so vor, als hätten Sie schon munter spekuliert, ehe Sie hier ins Zimmer gekommen sind.«

»Fundiert spekuliert, wie ich hoffe«, entgegnete er.

»Wollen Sie andeuten, dass es am Sleban liegt, dass die Mücke nur eine falsche Fährte ist und Hannah vom Sleban in der Badewanne ohnmächtig wurde?«

Er zögerte, bevor er antwortete: »Ausschließen lässt es sich nicht.«

Ich blickte dem Mann in die warmen, klugen Augen. Ein

Hügel aus weichem grauem Haar krönte seinen Schädel. Das war kein Anfänger, der krampfhaft anzubringen versuchte, was er am Vortag in der Vorlesung gehört hatte.

»Deshalb möchte ich mit dem Testzentrum oder Platonics sprechen«, fuhr er fort. »Ich möchte niemanden beunruhigen, Sie zu allerletzt. Wahrscheinlich hat der Zustand Ihrer Frau nichts mit dem Sleban zu tun, aber ich würde meine Pflicht vernachlässigen, wenn ich nicht alle Möglichkeiten in Betracht ziehen würde.«

»Es kann nicht am Sleban liegen«, flüsterte ich.

Seine Miene verhärtete sich leicht. »Es ist ein sehr kompliziertes Medikament, Mr Mayne. Die biochemischen Details gehen weit über meine Kenntnisse hinaus, aber es vereinigt mehrere Strategien in sich – einige davon sind wohlüberprüft, andere sind sehr radikal. Ich muss Ihnen gewiss nicht sagen, dass einzelne Segmente der Ärzteschaft die Substanz als kontrovers ansehen.«

Ich wusste, was kommen würde. Ein einziges Wort, ein Wort, das immer wieder benutzt wurde, um einen Schatten auf Sleban zu werfen.

»Und von allem anderen abgesehen«, fuhr er fort, »ist da noch die Frage des ...«

»Des Thalidomids«, vervollständigte ich.

Der Arzt seufzte. »Ich war noch ein junger Assistenzarzt in London, als die Contergan-Generation ohne Arme oder Beine geboren wurde. Ein entsetzlicher Anblick.«

Immer dieses Wort. Thalidomid. Der Wirkstoff im Contergan. In den Sechzigerjahren des zwanzigsten Jahrhunderts hatten es Frauen in Europa als Schlafmittel erhalten. Schwangere Frauen, die Contergan einnahmen, brachten Kinder mit katastrophalen Missbildungen zur Welt.

»Heutzutage gibt es zahlreiche ungefährliche Anwendungen für Thalidomid«, entgegnete ich. »Außerdem enthält Sleban kein Thalidomid.«

Der Arzt drückte sich die Brille fest auf den Nasenrücken. »Sie scheinen Ihre Hausaufgaben gemacht zu haben; deshalb werden Sie wohl auch wissen, dass durchaus ein Zusammenhang besteht. Die Verbindungen haben ähnliche Stammgerüste.«

»Ich hätte nicht zulassen dürfen, dass wir uns darin hineinziehen lassen.«

Er lächelte wieder. »Über jedes neue Medikament gibt es tausend verschiedene Ansichten, und es muss schon recht sicher sein, damit überhaupt eine klinische Studie genehmigt wird.«

Da hatte er recht. Phase II verlief reibungslos, und jeder erwartete, dass Phase III ein Spaziergang sein würde. Danach würde die Genehmigung durch die FDA folgen, und das Medikament stünde auf den Regalen der Apotheken.

Der Arzt blickte auf sein Klemmbrett. »Ich habe noch mit jemand anderem gesprochen, einem alten Freund in Los Angeles. Er betreibt eine Fachklinik für Lupus. Er sagt, seinen Patientinnen, die an dem Programm teilnehmen, gehe es wirklich gut ...«

Ich spürte, dass wieder ein ›aber‹ drohte, und wappnete mich.

»Eine jedoch«, sagte er, »hat eine Episode durchgemacht, die Hannahs Zustand sehr ähnlich ist.«

Ich wollte es wirklich nicht hören. »Sie wurde von einer Mücke gestochen?«, fragte ich eisig. »Sie ist fast in der Badewanne ertrunken?«

»Nein«, erwiderte er ohne eine Spur des Tadels, den ich für meine Gereiztheit verdient hätte. »Sie ist Hausfrau und Mutter, immer beschäftigt, und hat sich in der Küche böse verbrannt. Sie fiel in einen Schock, wurde herausgeholt und zeigte danach Symptome eines Lupus-Anfalls.«

»Verbrennungen verursachen Schocks, oder?«

»Richtig. Aber hat in diesem Fall die Verbrennung den Schock verursacht? Oder war es umgekehrt? Und warum Lupus-Symptome? Was verdeckte hier was?«

»Weiß Ihr Freund das?«

»Noch nicht.« Er legte sein Klemmbrett auf den Tisch neben mir und ging zu Hannah. »Sobald Ihre Frau transportfähig ist, sollten Sie sie vielleicht ins Mount Sinai in New York bringen. Dr. Feinstein ist dort Chefärztin; sie kann Ihnen besser helfen als ich, es sei denn natürlich, Professor Aldous beehrt uns direkt mit seiner Weisheit.«

Ich warf einen Blick auf das Klemmbrett. Die oberste Seite war fast komplett mit Krakeleien gefüllt.

Der Arzt richtete sich auf, und ich wandte den Kopf ab wie ein Kind, das nicht dabei ertappt werden will, wie es bei der Klassenarbeit abschreibt.

»Glauben Sie mir«, sagte er, »ich hoffe inständig, dass es nichts mit dem Sleban zu tun hat.«

»Und was werden Sie nun tun?«, fragte ich.

»Wir machen weitere Tests«, seufzte er, »und geben ihr, was Sie vermutlich die alten Arzneien nennen würden.«

Er blickte Hannah wieder an, und ich nutzte die Gelegenheit, um noch einmal auf das Klemmbrett zu schauen. Am Rand der Seite, umgeben von etwas, das wie Noten auf Linien aussah, stand ein Name.

»*Mein Gott!*«, hauchte ich.

Der Arzt fuhr herum. »Wie bitte?«

Ich schüttelte den Kopf. »Ich habe nichts gesagt, Doktor.«

»Ach bitte«, sagte er. »Mein Vorname ist Connor. Jeder hier nennt mich Doc Connor.«

KAPITEL 8

Nachdem Doc Connor das Zimmer verlassen hatte, blätterte ich durch die aussortierten Patientenkarten, die ich behalten hatte, bis mir die von Petra Sabin in die Hände fiel.

Kein Zweifel: Das war der Name, den ich auf Docs Klemmbrett entdeckt hatte. Die Adresse auf der Karte war in Santa Ana. Petra Sabin war Doc Connors Hausfrau und Mutter aus L. A.

Ich beugte mich im Sessel vor und rieb mir die Schläfen, damit der Schusswechsel in meinem Kopf aufhörte.

»Alec.«

Hannah hatte die Sauerstoffmaske abgenommen und schaute mich wütend an. Seit wann war sie wach?

»Ich bin im Krankenhaus ...«

Ich beugte mich über sie und streichelte ihr die Wange.

»Gut, dass du wieder da bist.« Ich drückte ihr einen Kuss auf die Stirn. »Himmel, hast du mir eine Angst gemacht. Wie fühlst du dich?«

»Überall Schmerzen.« Sie schüttelte an den Kabeln und Schläuchen, die mit ihr verbunden waren. »Ich muss aussehen wie ein verdammter Oktopus.«

»Ich musste dich hierher bringen«, sagte ich. »Ich konnte nicht verantworten ...«

»Bin ich in Vermont?«

»Ja.«

»Wo ist Harvey?«

»In der Nähe.«

»Ich dachte, ich könnte mich darauf verlassen, dass er mich aus so einem Mausoleum raushält.«

Doc Connor kam wieder herein. »Willkommen im Cedargrove, Mrs Mayne. Und einen sehr späten guten Morgen. Was können wir Ihnen zum Frühstück bringen?«

»Wann komme ich nach New York zurück?«

Der Arzt bedachte sie mit einem leicht zerknirschten Blick. »Sobald wir ein paar Untersuchungen abgeschlossen haben. Wir versuchen noch immer herauszufinden, was genau mit Ihnen passiert ist; aber bislang bin ich mir ziemlich sicher, dass Sie mit einem Lupus-Anfall aus der Badewanne gekommen sind ...«

»Ich habe zwar erst seit ein paar Sekunden mein Bewusstsein zurück, aber darauf bin ich schon von allein gekommen.« Hannah verschob sich. »Ich habe höllische Schmerzen.«

Ich wandte mich Connor zu und versuchte zu lächeln. »Ich hab's ja gesagt: Sie mag keine Krankenhäuser.«

»Ich kann nicht behaupten, dass ich sie selber so toll finde.« Er kam näher und untersuchte Hannah. Seine zierlichen Finger wanderten geschickt über sie, klopften hier, drückten dort. Kurz musterte er die Monitore und Tropfe, dann zog er einen Ausdruck zwischen Daumen und Zeigefingern hindurch und betrachtete ihn durch die schmale Lesebrille auf seiner Nasenspitze.

»Bevor Sie fragen«, sagte er, nahm die Brille ab und kratzte sich an einer Augenbraue, »ich spiele jetzt den Arzt, der seine Patienten zur Raserei bringt, und gebe Ihnen kein klares Ja oder Nein. Wie gesagt, ich fürchte, wir brauchen noch mehr Tests. Ich komme später wieder und rede mit Ihnen.«

»Warten Sie nicht zu lange«, erwiderte Hannah. »Sonst bin ich vielleicht nicht mehr hier.«

»Hannah, um Himmels willen ...«

Doc Connor hob die Hand. »Ich verstehe Sie sehr gut, aber Sie sind nicht gesund genug, um schon entlassen zu werden.«

»Ich habe eine Dosis Sleban verpasst«, sagte Hannah. »Ich muss aufholen.«

Doc Connor sah mich an. »Ich lasse Sie beide allein, damit Sie reden können.«

»Warum gibt er mir nicht einfach das verdammte Zeug?«, fragte Hannah, nachdem Doc Connor den Raum verlassen hatte. »Worüber zum Teufel sollen wir reden?«

»Wir können deine Tablettenstreifen nicht finden«, sagte ich.

Hannah setzte sich mühsam auf. »Du willst mich wohl verscheißern ...« Die Maske war ihr vom Gesicht gerutscht, und ihr Atem ging röchelnd.

Ich setzte ihr die Maske wieder auf. »Beruhige dich, Süße. Du bist gerade erst aufgewacht. Eins nach dem anderen ...«

Sie stieß mich weg und riss sich die Maske herunter. »Behandle mich bloß nicht wie ein kleines Kind, Alec.« Sie begann, an ihren Kabeln und Schläuchen zu ziehen. »Was ich gesagt habe, das meine ich ernst. Ich werde nicht hier bleiben. Wenn ich aus dem Fenster gucke, will ich auf Wolkenkratzer sehen, Sirenen hören und mir von Ming's das Essen bringen lassen können. Der nächste Baum, den ich sehe, steht gefälligst im Central Park.«

»Hör auf damit, Hannah!«, brüllte ich sie an.

Ihre Hände hielten augenblicklich in der Bewegung inne, und sie schlug sie vors Gesicht. Sie weinte. »Du begreifst überhaupt nicht, wie ich mich fühle«, murmelte sie schließlich mit tränenerstickter Stimme.

Ich drückte sie eng an mich, und sie fühlte sich schlaff an in meinen Armen.

»Sie haben sie mir weggenommen«, schluchzte sie.

»Das ist vier Jahre her, Schatz«, wisperte ich. »Das war im Ausland, in einem anderen Krankenhaus.«

»Das hier ist Ausland«, brachte Hannah schniefend hervor

und zog sich von mir zurück. »Wo ist Harvey, und wo ist das Sleban?«

»Wir sollten uns nicht ewig von Harvey und dem Sleban abhängig machen ...«

Sie sah mich ungläubig an. »Wie kannst du so etwas sagen? Du hast mich doch erst dazu gebracht, an Harvey und seine Zauberkugel zu glauben. Und jetzt sagst du mir so was?«

»Hör zu«, schlug ich sanft vor. »Wie wär's, wenn ich es einrichte, dass du deine Wolkenkratzer siehst und Essen von Ming's angeliefert bekommst?«

Sie biss sich auf die Lippe und nickte, während ihre Augen wieder feucht wurden. Dann schmiegte sie sich erneut in meine Arme.

»Aber im Krankenhaus ...« Ich wappnete mich für einen weiteren Ausbruch. »Anscheinend gibt es im Mount Sinai am Central Park eine Dr. Feinstein. Sie ist eine Kapazität, und sie kennt Harvey. Meinst du, das schaffst du?«

Diesmal wich sie nicht zurück, sondern vergrub ihr Gesicht an meiner Brust. »Es tut so weh«, wimmerte sie. »Was ist schiefgegangen? Harvey hat mir versprochen, dass ich diese Schmerzen nie wieder würde aushalten müssen, und du hast mir garantiert, dass ich mich auf ihn verlassen kann. ›Bankfähig‹ hast du sein Versprechen genannt. Ein Scheißausdruck, aber ich habe mich trotzdem eingekauft.« Sie schöpfte Atem, und ein Schluchzer schüttelte sie. »Bitte, Alec, mach, dass diese Schmerzen weggehen. Bring mich nach New York; hol mich nur hier raus.«

»Das verspreche ich dir, Süße«, sagte ich und legte sie wieder auf das Kissen. »Ich tätige jetzt ein paar Anrufe.«

KAPITEL 9

Ich ging nach draußen, setzte mich unter eine der Zedern, die Cedargrove seinen Namen gaben, und holte die Patientenkarten aus der Tasche.

Es handelte sich um eine kleine Auswahl aus mehreren hundert Studienteilnehmern, und im Zeitraum weniger Stunden waren zwei von ihnen an entgegengesetzten Enden des Landes ins Krankenhaus gekommen.

Was war mit dem Rest?

Die oberste Karte war anders, älter. Keine Anschrift, nicht einmal ein ganzer Name, nur Akiko. Hannahs Karte kam als nächste, gefolgt von einer Sadie Horowitz in Washington D. C. Dann Dolores Smith von der East End Avenue, Manhattan, und die Mutter aus L. A., Petra Sabin.

Zuletzt kam die Karte einer Emily Drucker aus Lake Farm kurz außerhalb von Burlington, knapp zehn Meilen von der Stelle entfernt, an der ich saß.

Die zuerst, beschloss ich. Ich wählte ihre Nummer.

Nachdem es mehrmals geklingelt hatte, drang eine dünne Frauenstimme durch die Leitung. »Sie haben ... äh ... Lake Farm erreicht.«

»Dürfte ich wohl Miss Emily Drucker sprechen, bitte?«

Es klang, als müsste die Frau schwer schlucken; dann sagte sie etwas, das ich nicht verstand, als wäre der Hörer unter Wasser.

»Wer ist da?«, fragte eine völlig andere Stimme in herrischem Ton. War das nun Emily Drucker?

»Ich bin ...«

»Himmel, haben wir denn nicht genug um die Ohren!«, rief die Frau. Sie legte eine Hand über die Sprechmuschel, und ich hörte nur das gedämpfte Murmeln eines kurzen Gesprächs.

»Ist Aldous am Apparat?«, fragte die Frau scharf.

»Nein, ich bin ein Partner. Ich arbeite für …«

»Dann kommen Sie am besten sofort her.«

»Ich glaube, Sie verwechseln mich …«

»Keine Zeit für Ausflüchte«, fuhr sie mich an. »Kommen Sie einfach her.«

Die Verbindung wurde abgebrochen.

Als ich in Hannahs Zimmer zurückkehrte, schlief sie von einer Schwester bewacht.

»Wir haben ihr ein Schmerzmittel gegeben«, sagte die Krankenschwester.

Ich zog den rosa Morgenmantel aus und streifte mir meine Kleidung über.

»Ich werde eine Weile fort sein«, sagte ich. »Wenn nötig, kann man mich auf dem Handy erreichen.«

KAPITEL 10

Ich bog auf einen unbefestigten Weg ab, der sich durch saftige Wiesen wand und unvermittelt am See endete. Ich hielt den Wagen an. Das Farmhaus stand im Windschatten eines Wäldchens links von mir.

Vor mir lagen zwei Ruderboote einsam am Kiesstrand. Wahrscheinlich war es für sie der sicherste Ort. Ein Segelboot stand unsicher in einer behelfsmäßigen Helling auf zwei riesigen Holzrädern, denen etwa die Hälfte aller Speichen fehlte.

Einen Augenblick lang rechnete ich fast damit, Harveys Boot zu entdecken, auf den Strand gezogen; es hätte hierher gepasst.

Ich machte mich auf den Weg zum Haus, einem traurigen, verwahrlosten Bau. Vermutlich war die Verschalung einmal weiß gewesen – aber vor sehr langer Zeit –, doch jetzt waren die Holzplatten grünlich grau und an den Rändern wellig wie schimmeliges Brot. Zwei der Fenster im Obergeschoss hatte man mit Brettern vernagelt; die Scheiben der anderen waren fast undurchsichtig vor Schmutz, sodass man die mottenzerfressenen Stores dahinter kaum noch sehen konnte.

Der widerlich süße Geruch nach Viehdung drang mir in die Nase, und nicht allzu weit entfernt muhte eine Kuh. Allerdings bemerkte ich keine Tiere vor den Nebengebäuden der Farm: einer Scheune, einem lang gestreckten, niedrigen Melkunterstand und einer Reihe von Schuppen im fortgeschrittenen Stadium des Verfalls. Unter meinen Schuhen knirschte ein Teppich aus getrocknetem Kuhmist.

Vor der offenen Haustür sah ich das Heck einer Frau. Es ragte aus der Beifahrertür eines zerbeulten, alten Chevrolet Impala mit Türen, die schwer in den Angeln hingen, und einstmals scharfen Heckflossen, die stark zerknittert waren.

»Entschuldigen Sie«, sagte ich und scharrte auf der Dungkruste, um auf mich aufmerksam zu machen.

Die Frau fuhr auf und stieß sich den Kopf am Wagendach.

»Gütiger Himmel«, sagte sie in erstaunlich stoischem Ton.

»Alles okay mit Ihnen?«, fragte ich rasch.

Sie richtete sich auf und rieb sich das Schädeldach. Aus einem Gesicht, das anscheinend dazu ausersehen war, traurige Hingabe auszudrücken und sonst nur wenig, blickten mich stumpfe Augen an.

»Nichts passiert, schätze ich«, antwortete sie tonlos. »Sie haben mich 'n bisschen erschrocken; das ist alles.«

»Das tut mir leid. Sind Sie Emily Drucker?«

Sie blinzelte mehrmals.

»Himmel, nein«, antwortete sie schließlich. »Ich bin Betsy Drucker, ihre Schwester.«

Sie sah sich nervös um und deutete dann auf den Impala. »Ich hol nur das Salz aus dem Wagen. Fahren tu ich natürlich nicht. Darf ich nicht.«

Sie duckte sich wieder hinein, und ich hörte sie grunzen und stöhnen, während sie mit etwas kämpfte, was ich für eine große Tüte Salz hielt.

»Soll ich mit Hand anlegen?«, fragte ich.

Sie kam aus dem Wagen hervor und drückte sich mit dem Rücken gegen die Seite wie ein in die Enge getriebenes Tier.

»Auf gar keinen Fall«, erwiderte sie schockiert.

Ich hob die Hände und trat einige Schritte zurück. »Bitte«, sagte ich. »Ich wollte nur ...«

»*Bet-sy ...*«

Die Furcht erregende Stimme, die über den Hof schallte,

gehörte einer kleinen Frau Mitte Fünfzig, die mit beunruhigender Entschlossenheit auf uns zustapfte.

»Meine Schwester«, flüsterte Betsy mir zu.

»Geh ins Haus, Betsy.«

Betsy nickte und hoppelte zum Eingang.

»Sie sind der Kerl, der vorhin angerufen hat.«

»Ja. Ich wollte Ihrer Schwester keine Angst machen.«

Die Frau zog sich den einfachen Tweedrock glatt und überprüfte die Knöpfe an ihrer dünnen blauen Strickjacke; dann betastete sie den schiefen grauen Dutt an ihrem Hinterkopf. »Betsy ist ein bisschen simpel gestrickt«, sagte sie; »aber sie ist eine herzensgute Seele. Als Schwester könnte man sich keine bessere wünschen.« Sie schaute auf meine Hände. »Wo ist Ihre Tasche?«

»Wie bitte?«

Sie schnalzte verärgert mit der Zunge, wirbelte herum und ging forschen Schritts zum Haus. »Mitkommen«, befahl sie.

Über einen dunklen Flur wurde ich in die Tiefen des Hauses geführt. Es stank nach Dunst, Dung und zu lange gekochtem Gemüse, und dazu kam noch etwas anderes – süßlich wie Kuhmist, aber mit einem Hauch von Fruchtigkeit.

Der Korridor wurde breiter und führte in eine vollgestellte Küche, wo es unerträglich warm war und noch schlimmer stank als im übrigen Haus.

Betsy Drucker saß auf einem einfachen Schemel an einem geschwärzten Herd, auf dem ein noch geschwärzterer Kessel pfiff. Ihre Schwester ging rasch zu ihr und legte Betsy mit überraschender Zärtlichkeit eine Hand auf das dunkle, verfilzte Haar.

»Du bist ein gutes Mädchen«, sagte sie, ehe sie sich mir zuwandte. »Wenn die Schlauköpfe es auf die einfachen Leute abgesehen haben und ihnen was Wertvolles abnehmen, können wir uns wenigstens noch auf die Familie verlassen.« Sie senkte den Blick zu Betsy. »Auch wenn manche Verwandten etwas weich im Kopf sind.«

Sie tätschelte Betsy die Hand. »Vielleicht möchte unser Gast einen Tee.«

Ich warf einen Blick auf die traurige Auswahl angeschlagener und schmutziger Tassen auf dem Tisch neben dem Ofen. Drei benutzte Teebeutel lagen auf einem umgedrehten Deckel, der vielleicht zu einem Krug gehörte, drei dunkle, feuchte Kissen, von denen ich annahm, dass jedes davon in seinem Arbeitsleben mehr als eine Tasse Tee ergeben hatte – und ihr Schicksal schien zu sein, noch öfter aufgebrüht zu werden, bevor sie sich endgültig im Abfall zur Ruhe setzen konnten.

»Danke, aber ...« Ich fühlte den Druck zweier erwartungsvoller Gesichter, die mich gespannt ansahen. »Das wäre sehr freundlich von Ihnen. Ohne Zucker, nur ein bisschen Milch.«

Betsy machte sich an die Arbeit, und ich war erleichtert zu sehen, dass sie eine alte Blechdose aus dem Regal nahm und einen frischen Beutel herausholte.

»Sie können Ihren Tee später trinken«, sagte Betsys Schwester zu mir. »Vorher sehen Sie sich lieber Emily an.«

»Wie bitte? Ich dachte, Sie wären Emily Drucker.«

»Nein«, entgegnete sie. »Ich bin Ruth Drucker. Das hier ist Betsy. Emily ist unsere andere Schwester.« Sie runzelte die Stirn. »Ich begreif's immer noch nicht mit der Tasche. Es hat sich alles viel zu sehr verändert – und ganz bestimmt nicht zum Besseren.«

Sie ging zu der zweiten Tür am anderen Ende der Küche.

»Hören Sie«, sagte ich, »ich glaube, Sie haben den falschen Eindruck ...«

»Sie haben doch gesagt, Sie seien ein Partner von Aldous.« Sie hob den Riegel.

»Ja, aber ...«

»Hinterher müssen Sie mir sowieso schon genug erklären,

Mister. Das können Sie mir glauben. Aber erst, nachdem Sie Emily gesehen haben.«

Sie marschierte rasch über die Schwelle und verschwand im Halbdunkel.

Ich folgte ihr, und worin ich mich wiederfand, erinnerte mehr an einen Tunnel als ein Zimmer.

»Der Daddy unseres Daddys hat das Haus gebaut«, hörte ich Ruth Drucker, während ich fühlte, dass sie stehen blieb und sich bückte, um etwas vom Boden aufzuheben. Ich hörte ein Klicken; dann bewegte sich vor uns der schwache Strahl einer Taschenlampe. »Überall Gänge und Tunnel; verrät wahrscheinlich eine ganze Menge darüber, wie es in seinem Kopf aussah, aber es ist besser als nichts.«

Der Boden unter meinen Füßen fühlte sich eher wie Erde an, und während ich mich vortastete, sah ich, dass die Wände von Regalen eingenommen wurden, in denen Büchsen, Einmachgläser und landwirtschaftlicher Kleinkram standen. Ich senkte den Kopf, um einem Bombardement des toten Geflügels und der Tierteile auszuweichen, die an Haken von der Decke hingen. Zwischen dem Fleisch sah ich kleine Kräuterbündel und Netze voller Obst und Gemüse.

Hier war es zwar kühler als in der Küche, aber es stank erheblich schlimmer.

Wir torkelten ungefähr drei Meter weiter vor. Ich bezweifelte allmählich, dass dieser schmale Sarg von Durchgang überhaupt irgendwohin führte.

»Ich dachte, wir wollten zu Ihrer Schwester«, bemerkte ich.

»Stimmt auch«, erwiderte Ruth Drucker.

Sie schob eine große Ente zur Seite, die von einem an ihren Füßen befestigten Draht baumelte. Unter dem Schnabel des Vogels war eine Blechdose als primitiver Eimer aufgehängt, in dem das Tierblut sich sammelte, und Ruth Druckers Fingernagel scharrte mit einem furchtbaren Geräusch darüber.

»Na, dann schauen Sie mal selbst, wie das Sleban Emilys Leben verändert hat«, sagte sie und warf den Schein der Taschenlampe direkt nach vorn.

»O mein Gott«, sagte ich.

Unmittelbar vor mir saß eine junge Frau in einem Demin-Arbeitsanzug zusammengesackt auf einem einfachen Holzstuhl. Ihr Kopf hing auf der Seite. Ihre Augen standen offen, ihre Lippen ein Stück auseinander, und ihre Zungenspitze lugte zwischen schlechten Zähnen hervor. Auf der Stirn hatte sie eine kleine, blutverkrustete purpurne Platzwunde.

Ich wich ein paar Schritt zurück und stieß mit dem Kopf gegen die Ente und einen Gemüsebeutel.

Ruth Drucker versuchte, die Hände der Toten auf deren Schoß übereinanderzulegen, aber ein Arm ließ sich nicht biegen, wie sie wollte. »Die Totenstarre hat eingesetzt; war ja auch Zeit«, sagte sie gereizt und versuchte, den Ellbogen zu knicken. Mit einem zornigen Knurren gab sie auf. »Als sie noch lebte, hat sie auch nie gemacht, was man ihr sagte. Aber wir vergeben der armen Kleinen.«

»Ich verstehe nicht ...«, stammelte ich.

Ruth Drucker blickte zu mir hoch, und in dem trüben Licht sah ich Tränen in ihren Augen glitzern.

»Es ist ganz einfach«, erklärte sie. »Emily wurde krank, und sie versuchte, Aldous ans Telefon zu bekommen. Er nahm nicht ab, und deshalb wollte sie das Ufer entlang zu diesem protzigen Haus gehen, wo er wohnt; sie dachte, der Spaziergang täte ihr gut. Betsy ist mitgegangen. Nicht weit vom Haus entfernt ist Emily dann zusammengebrochen – als ob sie keine Knochen mehr gehabt hätte, sagt Betsy. Sie hat sich den Kopf an einem Stein angeschlagen. Kein schlimmer Sturz – sehen Sie selbst. Betsy rannte zu mir zurück. Ich kam raus und fand Emily, ganz wie Betsy gesagt hatte: wie eine hingefallene Puppe. Bis ich sie wieder hier hatte, war sie tot. Aldous hat sie im Stich gelassen, als sie ihn am dringendsten gebraucht hat, und jetzt schickt er uns hier seinen Frischling, weil er nicht wagt, uns ins Gesicht zu sehen und zu sagen, dass es nicht an seiner Medizin liegt.«

Sie nahm meine Hand und zerrte mich zu Emilys Leiche. »Na los«, forderte sie mich mit bebender Stimme auf. »Machen Sie schon. Untersuchen Sie Emily – wozu immer das auch gut sein soll.«

»Ich bin kein Arzt«, entgegnete ich.

»Was sind Sie dann?« Ihr drohte die Stimme zu versagen. »Wa... Warum haben Sie dann gesagt ...?«

»Das habe ich nicht«, erwiderte ich sanft. »Ich habe nur gesagt, dass ich ein Partner von Aldous bin.«

Sie schüttelte verwirrt den Kopf. »Ich begreif's nicht«, sagte sie. »Er ist Arzt. Dann müssen auch seine Partner Ärzte sein. Alles andere ergibt doch keinen Sinn.«

»Ich kenne ihn«, sagte ich. »Aber der Grund, weshalb ich angerufen habe, ist meine Frau ...« Ich verstummte. Ruth Drucker war zu Boden gesunken und hatte dabei die Taschenlampe losgelassen. Sie lag auf dem Boden und badete Emily Druckers schmutzige Zehennägel in ihrem Strahl.

»Warum sind Sie hergekommen?«, schluchzte sie. »Sind Sie vielleicht hier, weil Sie uns zum Schweigen bringen wollen?«

Sie rappelte sich wieder auf und leuchtete mir mit der Taschenlampe in die Augen.

»Na, das wird nicht klappen, junger Mann«, sagte sie. »Wir sind vielleicht einfache Leute, Leute, wie Aldous sie in seinen Experimenten benutzen kann. Emily hat ihn für Gott gehalten, aber ich habe den Mann durchschaut – er ist ein Scharlatan, der sein patentiertes Wundertonikum verkauft. Alles nur leere Worte. Emily hat er betört, aber mir konnte er nichts vormachen.«

»Ich bin wegen meiner Frau hier«, sagte ich fest, den Unterarm über das Gesicht gelegt, um meine Augen vom Lichtschein abzuschirmen. »Sie ist von einer Mücke gestochen worden und in Schock gefallen.«

»Ist sie tot?«, fragte Ruth Drucker.

»Nein. Sie liegt im Cedargrove.«

»Dann hatte sie mehr Glück als die arme Emily«, wisperte sie.

Ich gestattete dem Schweigen, sich zwischen uns auszudehnen.

»Was hat Emily gefehlt?«, fragte ich nach einer, wie ich hoffte, angemessenen Pause. »Ich meine, bevor sie aufgebrochen ist.«

Ruth antwortete nicht sofort. »Sie sind ein Freund von Aldous«, sagte sie schließlich. »Ich traue Ihnen nicht. Sie drehen mir bloß die Worte im Mund rum.«

»Ich will überhaupt nichts rumdrehen. Meine Frau hat auch an dem Test teilgenommen. Sie wäre heute Nacht fast gestorben. Vielleicht besteht eine Verbindung. Es hat noch so einen Fall gegeben – an der Westküste. Bitte glauben Sie mir; ich möchte nur begreifen, was da vor sich geht.«

Ruth streckte die Hand aus und begann Emilys Haar zu ordnen. Mit Fingern und Nägeln glättete sie Strähnen, die zu feuchten Klumpen erstarrt waren. Während sie zupfte und kämmte, summte sie etwas, das wie ein Wiegenlied klang.

»Sollten Sie nicht lieber einen Krankenwagen rufen?«, fragte ich.

Ruth schniefte laut, ohne die Arbeit ihrer Finger zu unterbrechen. »Als Emily und Betsy klein waren, spielten sie immer hier drin; sie glaubten, hier wäre ein geheimer, verzauberter Ort, wo niemand ihnen etwas anhaben konnte. Emily ist erwachsen geworden, aber Betsy nicht. Sie hält es hier immer noch für verzaubert. Solange Emily hier drin ist, kommt Betsy nicht in den Sinn, dass ihr irgendwas passiert sein könnte.«

Sie leckte sich den Finger und fuhr damit über Emilys Lippen, als wolle sie sie zum Glänzen bringen. »Betsy glaubt, Emily ist noch am Leben und kommt bald hier raus, blitzblank sauber. Ich weiß nicht, wie ich ihr sagen soll, dass unsere liebe Schwester tot ist.«

Sie drückte Emily die Augen zu.

»Ich habe sie schon mal zugemacht«, sagte sie. »In den Begräbnisinstituten haben sie diese Stachelpflaster, die sie unter die Lider kleben, damit sie zu bleiben. Aber vielleicht will Emily auch nur Betsy eine Freude machen und tut so, als wäre sie noch nicht tot.«

»Sie können sie doch nicht einfach ...«

Sie schob sich an mir vorbei. »Wenn Sie das nächste Mal Ihren gottallmächtigen Professor Aldous sehen, dann richten Sie ihm was von mir aus: Sagen Sie ihm, dass Ruth Drucker fast zu Ende getrauert hat, und sobald sie sich um Betsy gekümmert hat, wird sie in keiner versöhnlichen Stimmung sein. Sagen Sie ihm, er wird dafür bezahlen, was er getan hat.«

Sie blieb stehen und drehte sich zu mir um. Die Taschenlampe wies auf den Boden, sodass ich ihr Gesicht nicht sehen konnte. Dafür war ich dankbar.

»Ich möchte, dass Sie jetzt gehen. Stellen Sie mir keine Fragen mehr, und erzählen Sie mir nichts von Ihrer Frau – ich will nicht respektlos sein, aber jede Familie kümmert sich um sich selbst. Und sagen Sie bloß nichts, was Betsy auf den Gedanken bringen könnte, Emily könnte tot sein. Haben Sie verstanden?«

Als wir wieder in die Küche kamen, stand Betsy da, die Hand ausgestreckt, und hielt mir eine Tasse hin.

»Sie haben Ihren Tee vergessen. Hat er Ihnen nicht geschmeckt?«

Ich griff nach der Tasse und hob sie an meine Lippen. »Köstlich«, sagte ich.

»Sie haben Emily gesehen, oder?« Betsy grinste glücklich. »Sie ist so schön, nicht wahr?«

Ruth nahm mir die Teetasse aus der Hand. »Der Herr geht jetzt«, sagte sie. »Er muss eine Botschaft überbringen.«

Während ich – zu schnell – zum Krankenhaus zurückfuhr, rief ich die Nummern auf den verbliebenen beiden Krankenkarten an, die von Dolores Smith in Manhattan und Sarah Horowitz in Washington. Bei beiden ging ein Anrufbeantworter an den Apparat, und ich hinterließ ihnen die gleiche Nachricht.

KAPITEL 11

Nach den nächsten beiden Stunden konnte ich bestätigen, dass ein unanständiger Haufen Geld und ein Packen unterschriebener Verzichtserklärungen so ziemlich alles zu bewirken vermag. Man konnte damit sogar Doc Connor übergehen, indem man darauf hinwies, dass Hannah über einundzwanzig war und niemand sie aufhalten konnte, wenn sie ein Krankenhaus verlassen wollte. Man konnte sich mit dem Krankenwagen zum Flughafen von Burlington fahren lassen, wo eine Gulfstream mit einem kompletten Sanitäterteam bereitstand und einen samt Frau zum La Guardia flog, von wo man wiederum ins Mount Sinai Hospital an der Ostseite des Central Parks gefahren wurde.

Von der Fahrt zum Flughafen hatte ich nur einen Haufen Sirenen mitbekommen und Hannahs Hand, die meine Hand umklammert hielt wie ein Schraubstock. Der Flughafen selbst wurde so schnell durchquert, dass ich glaubte, die Trage habe einen Kompressormotor.

Nachdem meine kostbare Fracht ins Flugzeug geladen worden war, kehrte für eine Weile Ruhe ein. Hannah lag festgeschnallt auf ihrer Krankentrage vom Typ Spectrum Aeromed, umgeben von ihrem Team, das ein wenig mehr als das üblicherweise erlaubte Handgepäck mitgebracht hatte: ein Transport-Beatmungsgerät T-Bird VS02, einen Defibrillator von Zoll und einen Multiparameter-Monitor zur nichtinvasiven Blutdruckmessung und Atemfrequenzüberwachung. Damit ist zumindest die halbe Ausrüstung beschrieben, die man ins Flugzeug gestopft hatte. Während ich auf der Einstiegsrampe stand, musste ich noch mehr Papiere unterzeichnen, als wäre ich ein Prominenter, der seinen glühendsten Fans Autogramme gab.

Mein Handy klingelte: Harveys Nummer wurde angezeigt.

»Harvey«, rief ich, aber meine Erleichterung sollte nur von kurzer Dauer sein.

»Hier ist nicht Harvey«, antwortete eine Stimme.

»Wer ist da?«

»Ben Reilly, du Blödmann. Dein Ex-Zimmergenosse, dein Kollege in der Eastern Trust Bank – du weißt schon, dieser hässliche Glasturm auf der Avenue of the Americas.«

»Was zum Teufel machst du an Harveys Handy?«

»Nicht wichtig«, entgegnete Ben. »Wie geht es Hannah?«

»Ist Harvey bei dir?«, fuhr ich ihn an. »Gib ihn mir!«

»Er ist nicht bei mir.«

»Weißt du, wo er verdammt noch mal steckt?«

»Ich habe ihn seit zwei Tagen nicht mehr gesehen. Ich hatte mir sein Handy geliehen, um einen Anruf zu machen, und als ich mich wieder umdrehte, um es ihm zurückzugeben, war er weg. Völlig von der Bildfläche verschwunden. Du weißt selbst am besten, wie er manchmal ist.«

Ich setzte ihn knapp über Hannah ins Bild, dann über Emily Drucker. Ein Flugbegleiter bedeutete mir, mein Gespräch zu beenden und mich wieder auf meinen Platz zu setzen.

»Wir sind in ungefähr zwei Stunden im Mount Sinai Hospital am Central Park«, sagte ich rasch. »Komm da hin; wir müssen reden.«

»Scheiße noch mal«, rief Ben. »Was ist denn …«

»Komm einfach hin.« Ich legte auf.

Als ich mich auf dem Sitz anschnallte, auf dem ich Hannah am nächsten war, lächelte sie matt. »Wer war am Apparat?«

»Niemand.« Für Hannahs Wohlergehen war allein ich verantwortlich. Ben nicht. Nicht mehr.

Sie reckte den Hals, um durch das kleine Fenster auf die Landebahn sehen zu können. »Alec?«

»Ja, Süße?«

»Ich möchte nie wieder nach High Trees Lodge.«

KAPITEL 12

Kurz nach neun Uhr abends saß ich im Mount Sinai Hospital Central Park an Hannahs Bett. Nach dem Wirbel im Flugzeug und im Krankenwagen wirkte das Zimmer geradezu gespenstisch still. Hannah war noch immer über mehrere Schläuche mit Tropfen verbunden, und in der Nähe piepte diskret ein Apparat. Man hörte jedoch keinen Sauerstoff mehr zischen und kein *Ker-pflutt* von einer *Ker-pflutt*-Maschine. Nichts ratterte.

Und Hannah schlief.

»Wie geht es ihr?«

Ben stand in der Tür. Er schaute an mir vorbei und trat auf die andere Seite des Bettes.

»Ist sie bewusstlos?« Seine Stimme zitterte, und er fuhr sich mit dem Finger über den Bartwuchs des Tages.

»Sie schläft«, antwortete ich.

»Kommt sie in Ordnung?«

»Ich denke schon; nur hatte sie einen Lupus-Anfall, einen schlimmen.«

»Aber sie bekommt doch Sleban ...«

»Genau darüber müssen wir reden, Ben.«

»Was meinen die Ärzte hier?«, fragte er.

»Sie wissen noch nichts. Sie hat einen Anfall, so viel steht fest. Trotzdem wissen sie nicht, was mit ihr nicht stimmt.«

»Und du sagst, dass Harveys Boot weg ist?«

Ich nickte.

»Scheiße.« Ben wickelte einen Streifen Kaugummi aus und steckte ihn zusammengefaltet in den Mund.

»Was ist hier los, Ben?«, fragte ich. »Ist mit Platonics irgendetwas geschehen?«

Ben schob sich sein üppiges braunes Haar hinter die Ohren und starrte weiter Hannah an. Mir gefiel sein Ausdruck nicht – es war mir zu sehr eine Besitzermiene.

»Ben«, sagte ich schärfer, als ich wollte, »wenn du etwas weißt, dann musst du offen zu mir sein. Die Frau in dem Haus am See ist an irgendetwas gestorben, und irgendetwas hätte beinahe Hannah in High Trees getötet, und wenn das Sleban irgendetwas damit zu tun gehabt haben sollte, hat das Auswirkungen … Nun, dann betrifft es uns alle.«

Er sah nur Hannah an. »Ich hoffe, man weiß hier, was man tut.«

»Hannah ist nicht mehr deine Verantwortung«, sagte ich.

Ben funkelte mich an.

»Ich muss wissen, ob es mit Harvey ein Problem gibt, oder mit Platonics«, sagte ich.

»Für Platonics *bin* ich verantwortlich. Ich bin der Investmentbanker; also lass mich meine Arbeit machen.«

Ich packte ihn an der Schulter. »Und ich bin der Scheißanwalt, und Hannah ist meine Frau. Wenn es Probleme gibt, muss ich davon erfahren.«

Er blickte auf die Uhr.

»Hast du einen Termin?«, fragte ich.

»Es gibt viel zu tun«, antwortete er gedankenverloren.

»Zum Teufel noch mal, Ben, was ist passiert?«

Er wandte sich ab und betrachtete Hannah aufs Neue.

»Wenn du es mir nicht sagst, muss ich mir jemanden suchen, der es tut.«

Ben fuhr herum. »Wen?«

»Dr. Bonny Cooper.«

»Bist du verrückt?« Seine Augen blitzten. »Himmel, Alec … Wenn ich das vorschlagen würde, dann würdest du mich feuern.«

»Erstens: Aldous ist weg. Zweitens: Im Testcenter ist niemand, und Platonics nimmt keine Anrufe entgegen. Drittens: Der Arzt im Cedargrove Hospital hat Sleban in Verdacht.« Ich schwieg kurz. »Ich glaube, du weißt etwas. Und wenn es irgendetwas mit Sleban zu tun hat, dann weiß Bonny Cooper es ebenfalls. Du lässt mir kaum eine andere Wahl.«

Ben stieß mir den Finger vor die Brust. »Hör zu, Freundchen«, sagte er. »Dreh jetzt nicht durch. Dein Platz ist an Hannahs Seite. Du brauchst nicht durch die Nacht zu taumeln und die Mülltonnen umzureißen.«

»Ich kann nicht hier rumsitzen und gar nichts tun«, erwiderte ich.

Bens Miene entspannte sich. »Du hast einen üblen Schreck bekommen. Du hast eine Tote gesehen, die dich aus einem Haufen Gemüse angestarrt hat. Komm erst mal zur Ruhe: Nimm eine Tablette; schlaf ein bisschen, und lass mich meine Arbeit machen.« Er drückte meinen Arm. »Okay, alter Freund?«, fragte er ernst.

Ich nickte.

»Alles klar«, sagte er. »Ich rufe dich morgen an. Zu Hause oder hier im Krankenhaus.«

»Ich bin im Büro«, entgegnete ich.

Er schüttelte den Kopf. »Du hast noch Urlaub. War ein Wahnsinnsurlaub, ich weiß; aber trotzdem hältst du dich besser vom Büro fern.«

Ich antwortete nicht.

»Das ist mein Ernst«, sagte Ben mit fester Stimme. »Bleib weg. Und mach um Himmels willen einen weiten Bogen um Bonny Cooper.«

KAPITEL 13

Irgendwie hatte ich erwartet, dass Dr. Bonny Cooper sich, wie der Schullehrer fernab des Klassenzimmers und der Soldat ohne Uniform, außerhalb der Arbeitszeiten von der Frau unterschied, die ich aus dem Büro kannte. Vielleicht war sie ja zugänglicher und liebenswerter als die personifizierte Abweisung, als die sich die Chefanalystin für biotechnologische Forschung von Eastern Trust normalerweise gab.

Doch als sie mir ihre Wohnungstür öffnete, stand ich vor der steif gekleideten Alltags-Bonny, der Bonny, die weder mit Unwissenden noch sonst wem Geduld kannte. Ihr einziges Zugeständnis daran, dass sie daheim war, schien darin zu bestehen, dass sie keine Schuhe trug.

»Der Portier sagt, Sie seien sehr beharrlich«, bemerkte sie kühl. »Ich möchte Ihnen sagen, dass ich es nicht schätze, wenn jemand aus dem Berufsleben sich in mein Zuhause drängt. Besonders, wenn es sich um einen Anwalt handelt.«

»Es tut mir leid«, sagte ich. »Aber es ist wichtig, und Sie wollten meine Anrufe nicht entgegennehmen.«

Sie wies grunzend auf meine Schuhe, um mir zu bedeuten, dass ich sie ausziehen solle. Dann winkte sie mich in ihr Apartment.

Sie führte mich in ein riesiges Wohnzimmer, dessen Wände sparsam von aggressiv moderner Kunst bevölkert wurden und dessen Mobiliar ähnlich unbehaglich anzusehen war. Die einschüchternde Atmosphäre des Raums wurde zum Teil durch eine gewaltige hölzerne Säule gemildert, die aus dem Boden wuchs und zur Decke strebte. Dabei handelte es sich um eine kreisförmige Bibliothek, vollgestopft mit Büchern und Zeitschriften; es mussten Tausende Bände sein. An einem Geländer nahe der Spitze war eine Leiter befestigt, die auf einem weiteren Geländer ruhte, welches in den auf Hochglanz polierten Parkettfußboden eingelassen war.

Bonny bückte sich, hob eine Flasche Evian auf und stellte sich, die Mineralwasserflasche in der Hand wie ein Kind, unter eine gewaltige Leinwand, auf die jemand mit blauer und schwarzer Farbe geschossen hatte. Es sah aus, als sei das wütende Kunstwerk ihre Denkblase.

»Sie sind doch der mit dem Sekretär, oder?«, fragte sie.

Ich nickte. »Callum.«

Sie schürzte die Lippen. »Mir kommt der Kerl ziemlich aufsässig vor.«

Prima. Da erhielt Bonny alle paar Tage ein Memo von mir, und wir nahmen regelmäßig an den gleichen Sitzungen teil, aber angeblich kannte sie mich nur durch meinen heldenhaft unverschämten Sekretär.

»Trotzdem«, fuhr Bonny fort, »handelt es sich dabei um ein angenehm seltenes Phänomen, wo schwarze Biotech-Analystinnen nun nicht mehr solch eine große Neuigkeit sind.«

Ich wusste allerdings, dass sie keineswegs Dutzendware war. Sie galt als die beste Biotech-Analystin an der Wall Street – und zugleich als die furchteinflößendste.

Bonny betrachtete mich, als wäre ich eine Bilanz. »Also«, sagte sie und fixierte mich mit ihren haselnussbraunen Augen. »Welches klägliche Ansinnen führt Sie so spät abends in meine Wohnung?«

»Die Angelegenheit ist eher persönlicher Natur.«

Sie machte große Augen.

»Meine Frau leidet an Lupus«, begann ich ein wenig unsicher. »Und sie ...«

»Und sie möchte ins Sleban-Programm aufgenommen werden«, sagte Bonny. »Sie und ein paar tausend andere. Und Sie denken, weil Aldous ein Kunde von Eastern Trust ist und ich die Analystin, die über die Aktien wacht, kann sie einfach um einen Platz ersuchen und bekommt ihn.«

»Meine Frau ist bereits im Sleban-Programm.«

»Warum sind Sie dann hier?«, fragte sie forsch.

»Sie ist in der Badewanne ohnmächtig geworden«, erklärte ich. »Ich habe sie wieder zu Bewusstsein gebracht, und dann fiel sie in einen anaphylaktischen Schock. Zuerst glaubte jeder, die Ursache wäre ein Mückenstich, aber der Arzt im Krankenhaus zog die Möglichkeit in Betracht, dass Sleban eine Rolle spielen könnte. Außerdem hatte sie zum ersten Mal seit Monaten einen Lupus-Anfall.«

Bonnys Gesichtsausdruck blieb unbeteiligt, und sie nahm einen kleinen Schluck Wasser aus ihrer Flasche. »Hat dieser Arzt Thalidomid erwähnt?«

»Ja.«

»Dann ist der Idiot auf dem falschen Dampfer, und Sie sollten sich an die ursprüngliche Diagnose halten.«

»Das hätte ich gern getan. Allerdings habe ich dann eine Entdeckung gemacht, was andere Sleban-Patienten betrifft.« Ich berichtete ihr von Emily Drucker und der Mutter aus L. A.

Als ich fertig war, runzelte Bonny die Stirn, und die Evian-Flasche war arg verbeult.

Das Schweigen wurde bedrückend.

»Was halten Sie davon?«, fragte ich.

»Ich weiß kaum, was ich davon halten soll«, entgegnete sie. »Sie haben so wenig Informationen geliefert ...«

»Aber die Ähnlichkeiten«, sagte ich. »Sleban – Unfall – anaphylaktischer Schock. Drei Fälle innerhalb von vierundzwanzig Stunden. Zwei Überlebende, ein Todesfall. Nach allem, was wir wissen, kann es gut noch mehr solcher Fälle geben.«

»Trinkt Ihre Frau?«

»Nein.« Zwei Margaritas, die kaum die Tequila-Flasche aus der Nähe gesehen hatten, zählten nicht.

Bonny schüttelte den Kopf. »Also trinkt sie nicht – aber ein Mückenstich, eine ernste Verbrühung, ein Schlag vor den Kopf. Unter den richtigen Begleitumständen genügt alles, um zu erklären, was geschehen ist.«

»Aber die Kopfverletzung war nicht ernst«, widersprach ich. »Ich habe sie gesehen.«

»Sind Sie plötzlich Neurochirurg geworden?«, entgegnete Bonny. »Was wissen Sie denn wirklich? Sie haben die Testergebnisse der Frau aus Los Angeles nicht gesehen; für Ihre Kopfverletzung gibt es nicht einmal Daten, und was Ihre Frau angeht, so können Sie mir nicht einmal präzise Angaben zu ihrer T-Lymphozytenzahl machen, zu ihren Komplementwerten oder anderen Schlüsselmessungen.«

»Aber wieso sollten Hannah und die Patientin in Los Angeles Symptome eines Lupus-Anfalls zeigen, wenn sie Sleban genommen haben?«

»Ausgelassene Dosen«, entgegnete Bonny.

»Der Arzt hat aber nicht gesagt, dass die Patientin in L. A. eine Dosis verpasst hätte.«

»Hat er Ihnen gesagt, dass sie keine Dosis ausgelassen habe?«

»Nun, nein. Aber das hätte er doch sicherlich erwähnt.«

Bonny blickte an die Decke. »Das ist eine ziemlich waghalsige Vermutung. Ich hätte gedacht, ein Anwalt überprüft seine Fakten, bevor er das Maul aufreißt.«

»Genau das mache ich gerade.« Ich hörte, wie ich die Stimme hob. »Ich überprüfe meine Fakten bei Ihnen; Sie sind die Expertin.«

»Na«, sagte sie, »dann sollten Sie zu dem Schluss kommen, dass Sie keine Fakten kennen außer dieser: Sleban wirkt. Und es ist ungefährlich.«

Sie ging zur Tür.

»Sie müssen jetzt gehen«, sagte sie. »Ich habe morgen sehr viel zu tun.«

Ich folgte ihr durch den Flur.

An der Tür zögerte sie. »Weiß bei Eastern Trust jemand, dass Ihre Frau an der Sleban-Studie teilnimmt?«

»Nein.« Ben wusste davon, aber der zählte nicht.

»Dann«, erwiderte sie, »sind Sie ein gewaltiges Risiko eingegangen, als Sie mir Ihre Bedenken mitgeteilt haben. Von hochrangigen Wirtschaftsjuristen erwartet man eigentlich ein anderes Verhalten.«

»Ja«, bestätigte ich. »Das ist mir durchaus bewusst.«

Sie nickte nachdenklich. »Das ist schön«, sagte sie. »Für die Menschen, die man liebt, sollte man immer zu Risiken bereit sein. Fahren Sie jetzt nach Hause und erholen Sie sich. Ich werde Ihnen nicht sagen, dass Sie sich um Ihre Frau keine Sorgen machen sollen, aber von Sleban haben Sie beide nichts zu befürchten.«

Behutsam schob sie mich über die Schwelle und schloss die Tür.

KAPITEL 14

In unserer Wohnung ging ich direkt in die Küche, schenkte mir drei Fingerbreit MacAllan ein, warf einen Eiswürfel ins Glas und hielt nur inne, um auf das beruhigende Klingen von Kristallglas zu lauschen, wie man es zur Hochzeit geschenkt bekommt.

Kurz musterte ich den sporadischen Inhalt des Kühlschranks, bis mir klar wurde, dass der Schmerz in meinem Magen nicht vom Hunger kam, und so ließ ich mich auf die Couch im Wohnzimmer sacken, nachdem ich mir noch einmal Maltwhisky hinzugegossen hatte.

Ich dachte an meinen Besuch bei Bonny Cooper. Hatte er mich beruhigt? Selbst die verwickeltsten Probleme konnten in der Behaglichkeit eines Luxusapartments auf der Central Park West plötzlich ganz unkompliziert erscheinen. Bonny hatte jedoch nicht Emily Drucker gesehen, wie sie aus toten Augen in einen Korridor voller Mobiles aus geschlachtetem Geflügel starrte.

Bonny Cooper hatte für Sleban ihren Ruf aufs Spiel gesetzt; wenn sie falsch lag, hatte sie viel zu verlieren. Aber Bonny Cooper irrte sich nie … oder? Damit hatte sie sich schließlich ihr Preisschild verdient, auf dem ›Zwei Millionen Dollar jährlich‹ stand.

Ich wühlte mich mit dem Rücken tiefer in die Kissen. Mir kam es vor, als sei es eine Ewigkeit her, seit ich mich zum letzten Mal auf vertrauten, bequemen Möbeln niedergelassen hatte.

Selbst im zehnten Stock und durch die Doppelverglasung hindurch hörte ich das dumpfe Rumpeln des Straßenverkehrs, das ferne Jaulen eines Feuerwehrwagens. Keinen Vogelgesang, keine Zikaden und keine Grillen.

Kein Gefühl, dass im Gestrüpp etwas Unangenehmes lauerte.

Hannah hatte Recht: Unsere Wohnung war ein wunderbares Zuhause, und wir waren dankbar, dass wir sie hatten.

Ich schaute auf den Tisch, wo sie eine Sammlung von Erinnerungsstücken und Fotografien ausgelegt hatte. Wir beide auf dem Markusplatz in Venedig. Mich mit ausgebreiteten Gliedmaßen auf dem weißen Zeug – mein erster Versuch, in Vale zu snowboarden. Hannah im Alter von zehn Jahren, wie sie dem Präsidenten die Hand schüttelte, als er ihre Schule besuchte. Ein Gruppenfoto: Hannah, Ben und ich in todschicker Abendkleidung vor einem protzigen Ball in Harvard. Bens Smoking hatte ihm selbst gehört; meiner war geliehen gewesen. Auch mein unbehagliches Lächeln wirkte gemietet. Man konnte Bens linke und Hannahs rechte Hand nicht sehen; sie hatten sich damit außer Sicht aneinander festgehalten, während meine Arme schlaff an den Seiten herunterhingen.

Aber keine Fotos von unserem Jahr in Japan. Ein ganzes Jahr lang war ich Syndikus der Tokioter Zweigstelle von Eastern Trust gewesen.

Es war kein gutes Jahr gewesen.

Hundegebell drang durch die Wand in unsere Wohnung. Ich erkannte das fade Gekläff von Mrs Slatskys Schoßhündchen, einer weißen Puderquaste mit einem Loch an jedem Ende, die ständig irgendwelchen Auswurf in den Augenwinkeln hatte. Ich blickte auf die Armbanduhr – fast Mitternacht. Normalerweise führte Mrs Slatsky ihren Alphonse gegen zehn zum Schlummerschiss aus, und von einem letzten Kläffen vor dem Reinkommen abgesehen war es bis zum Morgen still. Vielleicht hatte Alphonse Hundealbträume. Mein Mitgefühl war ihm sicher.

Ich nahm das Telefon von dem Beistelltisch neben mir und

setzte es mir auf den Schoß. Das LCD zeigte mehrere Nachrichten an.

Ich drückte auf die Abspieltaste.

»Ich weiß, Sie sind im Urlaub, verdammt«, dröhnte eine barsche, von Zigarrenrauch raue Stimme aus dem Lautsprecher. Sie gehörte meinem Chef, Morty Pelzer.

»Ich hasse es, wenn Sie im Urlaub sind«, fuhr er wütend fort. »Dieses ausgekochte Schlitzohr Hudson Falmer lässt sich über Platonics aus. Irgendwelche Schwierigkeiten, die Konten abzuschließen, oder so was. Ich hasse diese Firma. Und ich hasse Falmer, ihn und diesen geschniegelten Jungbanker Ben Reilly.«

Er hielt inne.

»Verdammte Scheiße«, rief er. »Sie sind wirklich weg, was? Sie sind weg-weg. Sie hören das erst in einer Woche oder so. Das heißt, ich muss Sie auf dem Handy anrufen.«

Er legte auf.

Die zweite Nachricht wurde abgespielt.

»Hier spricht Tommy Itoh. Ich nehme an, Sie erinnern sich an mich, Mayne-*san*. Bitte rufen Sie mich an. Es ist wichtig.«

Er hinterließ eine Handynummer.

Ich sackte noch tiefer in die Couch, während mich ein nur allzu vertrautes Gefühl überkam: ein Gemisch aus Angst, Demütigung und Abscheu.

»Halt dich aus meinem Leben raus, Itoh!«, schrie ich das Telefon an. »Vier Jahre sind nicht lange genug. Eher schneit es in der Hölle, als dass ich *dich* anrufe.«

Als die dritte Nachricht begann, klingelte es an der Tür.

Fluchend stapfte ich durch den Flur und entdeckte Mrs Slatsky, als ich durch den Türspion blickte. Sie pickte sich mit dem Fingernagel die Zähne, und in dem Bett aus verkrustetem Speichel in ihrem Mundwinkel klebte eine Zigarette.

»Wie schön, Sie zu sehen, Mrs Slatsky«, sagte ich, als ich die Tür aufriss. Mit ihrem nikotinfleckigen, flatternden Haar, dem ausgeblichenen Morgenrock und den nicht zusammenpassenden Pantoffeln sah sie aus wie die Hausmeisterin eines osteuropäischen Wohnblocks auf der Flucht.

»Ich dachte mir, dass Sie wieder da sind«, sagte sie mit heiserer Stimme und breitem Akzent.

»Ja«, antwortete ich. »Viel früher als erwartet.«

Sie zuckte mit den Schultern, zog kräftig an der Zigarette und blies den Rauch aus den Nasenlöchern – jetzt wirkte sie weniger wie eine Concierge als vielmehr wie ein runzeliger alter Drache.

»Gut, dass Sie wieder da sind«, sagte sie. »Ich hab was für Sie.«

»Das ist sehr freundlich von Ihnen, aber es muss doch nicht ...«

Mrs Slatsky beäugte mich verächtlich. »Kommen Sie mit«, sagte sie und schlang den Morgenrock enger um die Brust.

Auf ihrer Türschwelle stand ein großer, purpurroter Transportbehälter für Haustiere.

Ich stand wie angewurzelt da. Kehrte Mrs Slatsky in ihre estnische Heimat zurück und erledigte letzte Vorbereitungen? Wollte sie mir Alphonse schenken?

Doch als ich den Blick hob, sah ich Alphonse bedrückt am Ende von Mrs Slatskys Wohnungsflur sitzen.

»Was ...?«

»Heute ist ein Mann gekommen«, sagte Mrs Slatsky. »Ein sehr gut aussehender Mann.« Sie tätschelte sich das spröde Haar, als wolle sie sich für seine mögliche Rückkehr zurechtmachen.

Ich kniete mich neben den Behälter und blickte durch die Gitterstäbe.

Zwei Augenpaare starrten mich an.

»Scheiße«, wisperte ich.

In diesem Augenblick leckte Pebble an Shells Schnauzbart.

»Wie sah der Mann aus?«

»Oh, *sehr* gut.«

»Ja, das sagten Sie schon«, entgegnete ich geduldig.

»Ich hatte meine Brille nicht auf. Ich trage sie lieber nicht, wenn ich Männerbesuch empfange. Ich glaube, er hatte grüne Schuhe an. Er war *sehr* groß.«

»Was hat er gesagt?«

Angestrengt legte sie das Gesicht in Falten. »Er sagte ›Guten Tag‹ und fragte, ob ich wohl die beiden Hunde an Mr Mayne übergeben könne. Ich sagte, es wäre mir ein Vergnügen, vielen Dank.«

»Sonst noch was, Mrs Slatsky?«

»Nein«, antwortete sie nach langem Überlegen. »Ich hielt es nicht für richtig, das Gespräch zu sehr auszudehnen – was sollte er denn von mir denken!« Mit hoffnungsvoller Miene blickte sie zu mir auf. »Glauben Sie, er kommt wieder?«

»Das bezweifle ich.«

Im Flur unserer Wohnung ließ ich Pebble und Shell laufen, und beide kackten prompt auf den Teppich.

Nachdem ich die Sauerei beseitigt hatte, setzte ich mich wieder hin. Die Hunde legten sich zu meinen Füßen nieder, eindeutig in mehr als nur einer Hinsicht erleichtert.

Ich griff wieder zum Telefon und drückte die Wiedergabetaste für die dritte Nachricht.

Ein paar Sekunden lang hörte ich nur Atemgeräusche. Ein Spinneranruf oder jemand, der sich nicht entscheiden konnte, ob er eine Nachricht hinterlassen wollte.

Ich wollte gerade die Löschtaste drücken, als eine Frau mit schwacher Stimme zu reden begann.

»Diese Nachricht ist für Alec Mayne. Ich kenne Sie nicht, aber Sie haben bei Sadie Horowitz angerufen. Ich habe es auf Ihrem Handy versucht, und Ihr Antwortdienst hat mir eine lange Liste von Nummern gegeben, unter denen ich Sie angeblich erreichen kann. Das ist die letzte, und ich denke, ich sollte irgendwo eine

Nachricht hinterlassen. Ich fürchte, es ist keine schöne Nachricht.«

Eine erstickte Pause folgte. Weinte sie?

»Ich bin Beryl Horowitz, Sadies Schwester«, fuhr sie schließlich fort. »Es tut mir leid, Ihnen mitteilen zu müssen, dass die arme Sadie heute bei einem Autounfall ums Leben gekommen ist. Wenn Sie sich über die Beerdigung informieren möchten, dann wenden Sie sich bitte zwischen neun und siebzehn Uhr an das Bestattungsunternehmen Moreau unter 555-9767 in Washington D. C. Alle Fragen sollten über Moreau gestellt werden, da in Sadies Haus während der *Shiwa* niemand ans Telefon gehen wird. Danke, dass Sie Sadie gekannt haben.«

Ich drückte die Ausschalttaste, und meine Hand ruhte schwer auf dem Telefon.

Wieder blickte ich zum Tisch, auf dem unsere Fotos lagen. Aus unserer Zeit in Japan fand sich dort zwar keines, doch ich sah etwas, das wir von dort mitgebracht hatten: eine kleine Maske aus Pappmaché. Sie war blutrot, und aus ihrer Mitte entsprang eine übergroße Nase wie bei Pinocchio, nur dass man dieses Gesicht – mit seinen überhängenden Brauen, die grimmig zu den schwarzen Augenlöchern abfielen, und dem kleinen Schnurrbart über dem grausamen Mund – niemals für das eines Disney-Helden halten konnte.

Tengu. Ein Kobold, ein Gott, ein Krieger. Ein Prahlhans und Lügner. Herr eines Waldes in Südjapan, ein Geist, der durch das Tal zieht und die steilen Flanken eines heiligen Berges hinaufschwebt, des Kurama-yama; dem es gelingt, gleichzeitig boshaft und gutwillig zu sein. Harvey Aldous hatte uns die Maske geschenkt, nachdem er nach Kurama gefahren war, um dort die Geothermalbäder auszuprobieren. Hannah hatte ihn geneckt, die finstere Miene erinnere sie an ihn. Sollte Harvey den Scherz in die richtige Kehle bekommen haben, so hatte er es sich jedenfalls nicht anmerken lassen.

Du hast gesagt, in Japan sei während der klinischen Studie niemand gestorben. Hannah wäre gestern fast umgekommen. Ebenso die Mutter aus L. A. Emily Drucker ist tot und Sadie Horowitz ebenfalls. Wenn ich dich nun noch einmal fragen würde, ob jemand bei dieser Studie zu Schaden gekommen ist, bekäme ich dann wieder die gleiche Antwort?

KAPITEL 15

»Wenn Sie«, knurrte Callum, mein Sekretär, »verfrüht aus dem Urlaub zurückkommen, können Sie nicht unbedingt erwarten, dass jeder vor Freude einen Kopfstand macht. Ich mache das jedenfalls nicht. Ich habe mich verdammt wohl gefühlt, bis Sie wieder aufgekreuzt sind.«

»Haben Sie Ben Reilly schon erreicht?«

»Sechs meiner besten Männer arbeiten rund um die Uhr daran«, entgegnete er trocken.

»Wie bin ich nur an Sie geraten, Callum?« Ich blickte aus meinem Fenster im sechsten Stock auf die Gebäude, die wie Schachfiguren zwischen uns und dem Südende des Central Parks standen.

»Ich habe einen neuen Freund«, sagte er und stellte mir eine Tasse Kaffee auf den Schreibtisch. »Ich brauche Sie nicht mehr. Ich bin *verliehiebt.*«

»Ihnen meinen Glückwunsch; ihm mein Beileid.«

Callum sah mich fröhlich an und schüttelte den Kopf. Er war Anfang dreißig, blond und sonnengebräunt. Als er vor einem Jahr in die Bank eingetreten war, war seine Sonnenbräune noch original kalifornisch gewesen; er hatte sie aus Hollywood mitgebracht, wo er sich als Filmproduzent ausgegeben hatte, der angeblich gerade zwischen zwei Projekten stand. Seine Hautfarbe im Ton gebrannten Umbras stammte heute aus dem Sonnenstudio Premier Ecru, ein paar Blocks vom Büro entfernt.

»Sie sehen aus wie Hundi-A-a«, sagte er. »Ist Ihre strahlende Erscheinung mit dem Reisegepäck verloren gegangen?«

Mit den Fingerspitzen blätterte ich durch den unordentlichen Haufen von Papieren vor mir, während ich den Aktienpreis von Platonics auf dem Computermonitor musterte. Ein Dollar Kursverlust bei anziehendem Markt, ohne dass die Firma eine Erklärung abgegeben hätte.

»Wo bist du, Ben?«, fragte ich laut.

Callum pflückte den Papierstoß unter meinen unruhigen Fingern hervor. »Ich hatte mal ein Kätzchen wie Sie«, sagte er. »Sie war fast sechs Monate alt, bevor sie das erste Mal freiwillig ins Körbchen ging. Bei Ihnen ist es natürlich der Eingangskorb.«

Ich bemerkte, wie auch sein Blick über den Computerbildschirm zuckte. »Sie hängen seit Ihrer unerwünschten Ankunft auf dem gleichen Kanal. Normalerweise würden Sie Ihre E-Mails durchgehen. Was ist los?«

»Nichts«, antwortete ich und fuhr den Computer runter.

Callum wollte den Raum verlassen. In der Tür blieb er stehen. »Übrigens«, sagte er. »Unter den Anrufen, die Sie erwidern müssen, werden Sie ein immer wieder auftauchendes Leitmotiv entdecken: einen höchst beharrlichen, japanischen Gentleman namens Tommy Itoh. Ich denke, er sollte auf Ihrer Rückrufliste ganz oben stehen – seine Versuche, Sie zu erreichen, sind mittlerweile richtig beängstigend geworden.«

»Von mir aus kann er in der Hölle schmoren.«

»Wie Sie wünschen«, entgegnete Callum. »Ich werde dann wieder an meinen Platz gehen und Heftklammern prüfen.«

Ich blickte auf die Uhr: eine Minute nach neun. Ich wählte die Nummer des Bestattungsunternehmens Moreau in Washington D. C.

»Ich rufe wegen Sadie Horowitz an«, sagte ich.

»Aber natürlich«, antwortete eine feierliche Männerstimme. »Die Bestattungszeremonie wird Freitag auf dem Judean Gardens von Olney in Maryland stattfinden, etwa neun Meilen von D. C. entfernt. Soll ich Ihnen eine Wegbeschreibung mailen?«

»Das wird nicht nötig sein, danke.« Ich schwieg kurz. »Soviel ich weiß, ist Sadie Horowitz bei einem Autounfall ums Leben gekommen.«

»Das ist richtig.«

»Wissen Sie vielleicht nähere Einzelheiten über ...«

»Oh nein, Sir. Ich kann zu den Umständen von Miss Horowitz' Heimgang nichts weiter sagen. Wenn Sie Fragen zum Begräbnis haben, zu Blumen, bevorzugten Wohltätigkeitsorganisationen *et cetera*, so helfe ich Ihnen gern weiter.«

»Nein, aber trotzdem danke.« Ich legte auf.

Ich rief Dolores Smith an, die Letzte auf den verwaisten Patientenkarten, die am nächsten zu uns wohnte – in Manhattan.

Vier Unfälle. Zwei bestätigte Lupus-Anfälle. Zwei Todesfälle.

Anrufbeantworter. Ich hinterließ eine Nachricht.

Callum kam wieder herein. »Morty Pelzer möchte Sie in seinem Schweinestall sehen.«

»Teufel«, flüsterte ich. Ich hatte Ben ausquetschen wollen, bevor ich vor meinen Chef trat.

»Soll ich ihm sagen, Sie seien in Staatsgeschäften unterwegs?«

»Nein.« Ich zog mein Jackett an.

»Kommen Sie wieder, wenn Sie fröhlich sind«, sagte Callum.

»Ich werde vielleicht eine ganze Weile fort sein.«

Ich fand Morty nicht vor, wie ich ihn erwartete. So früh am Morgen lag er normalerweise auf seinem mottenzerfressenen Lehnsessel, die Füße auf einen wackligen Haufen aus Zeitungen gelegt, mit der Morgenausgabe der *Washington Post* über dem Gesicht.

Heute saß er an seinem Schreibtisch, im Mund eine unangezündete Zigarre. Sein Computer war eingeschaltet. Eine Seltenheit. Und er starrte auf den Schirm. Beinahe unerhört.

Als ich hereinkam, drückte er den Netzschalter am Computer, ohne sich die Mühe zu machen auszuloggen.

»Wo ist Falmer, dieser verdammte Scheißer, und sein Taschenträger Reilly?«, brüllte er.

»Das versuche ich auch herauszufinden«, antwortete ich, ging zu seiner Kaffeemaschine und goss mir eine Tasse von dem zähen Zeug ein. »Niemand scheint es zu wissen.«

Morty winkte mir ungeduldig, was heißen sollte, dass er eine Tasse Kaffee nötig hatte. Ich brachte sie ihm.

»Warum haben Sie es auf Falmer und Reilly abgesehen?«, fragte ich.

Morty stürzte den brühheißen Kaffee auf einmal hinunter und blickte auf seinen leeren Computerbildschirm. »Ich bin hier ganz allein«, brummte er. »Peach hat sich für seine Familienkrise wirklich einen beschissenen Zeitpunkt ausgesucht.«

Morty Pelzer war technisch Zweiter in der Befehlskette der Rechtsabteilung. Über ihm stand der Syndikus der Eastern Trust Bank, Coltrane Peach, doch der hatte Sonderurlaub und saß am Krankenbett seiner Frau, die gerade an Krebs starb.

Morty schnappte sich eine Ausgabe der Newsweek, auf deren Titelbild Carly Earl zu sehen war, die Vorstandsvorsitzende der Eastern Trust Bank. ›Königin der Wall Street‹ lautete die Bildunterschrift.

Morty funkelte das Bild an. »Und sie interessiert sich nur für ihre Rede vor den Aktionären auf der Jahreshauptversammlung. Vager Müll: Herausforderungen, blabla, Chancen, blabla, gut positioniert, um den Aufschwung zu nutzen. Der übliche Scheiß, den durchzusehen man keinen Anwalt braucht. Einen brauchbaren Schreiberling vielleicht, aber keinen Anwalt.«

Er warf das Magazin auf den Boden. »Und ich steh allein da und muss mich um alles kümmern.«

»Jetzt bin ich ja hier«, sagte ich so aufmunternd, wie ich konnte.

Das schien Morty nicht besonders zu besänftigen.

»Ihre Nachricht auf meinem Anrufbeantworter«, sagte ich. »Sie sprachen von Schwierigkeiten, die Konten von Platonics abzuschließen.«

Morty verzog angespannt das Gesicht. »Der Preis ist heute Morgen schon um einen Dollar gefallen. Haben Sie es auf der Beobachtungsliste?«

Er nahm an, ich sei verfrüht aus dem Urlaub gekommen, hätte augenblicklich die Preisbewegung erkannt und sofort Maßnahmen ergriffen. Da hatte er sogar recht.

»Ja, habe ich.«

Morty nickte gedankenverloren.

»Was zum Teufel geht da vor?«, stöhnte er und biss fest auf die Zigarre.

»Während ich im Urlaub war, ist etwas passiert …«

Mortys Telefon klingelte.

»Ja?«, schrie er in den Hörer; dann schob er ihn mir zu. »Das ist Ihr bescheuerter Sekretär.«

»Meine Agenten vor Ort haben Ben Reilly aufgespürt«, verkündete Callum.

»Wo ist er?«

»Auf dem Weg zu einer Besprechung im Ford-Zimmer.«

»Mit wem?«

»Hudson Falmer, unserem Investmentbanking-As.«

»Ich weiß, wer das ist. Wer noch?«

»Keine Ahnung«, antwortete Callum. »Sie kennen nun alle meine Erkenntnisse.« Kurz schwieg er. »Na, wenigstens alle Informationen.«

»Danke.«

Ich legte auf und sagte zu Morty: »Im Ford-Zimmer findet eine Besprechung statt. Hudson Falmer und Ben Reilly werden dort sein, aber mein Sekretär weiß nicht, wer noch oder worum es bei der Besprechung geht.«

Morty spielte mit einer Streichholzschachtel. Er grunzte, zog ein Streichholz heraus, riss es an und entzündete seine Zigarre. Normalerweise rauchte er im Büro nur, wenn er betrunken war.

»Morty«, drängte ich. »Die Besprechung geht gleich los. Was wollen Sie unternehmen? Vielleicht geht es um Platonics.«

Er hob den Kopf und sah mich leer an. Auf einem Fleischhügel links unter seinem Kiefer war ein unrasierter Fleck. Die Säcke unter seinen Augen wirkten wie ungemolkene Euter. Er nahm die Zigarre aus dem Mund, sodass sich ein Seil aus Speichel zwischen ihr und seinen Lippen spannte. »Natürlich geht es um dieses Scheiß-Platonics.«

»Soll ich hingehen?«, fragte ich.

»Ja, gehen Sie«, sagte er matt.

KAPITEL 16

Ich ging zum Kundenempfang auf der Siebzehnten.

Auf fast zweitausend Quadratmetern voller Sofas und bequemer Sessel war jeder sorgfältig darauf bedacht, sich in maximalem Abstand zu allen anderen zu setzen, als sei man in einer leeren U-Bahn. Zwei Kleinbanker kauerten über einem Laptop und nahmen letzte Änderungen an ihren Spreadsheets vor. In der hinteren Ecke saß ein Mann mit dem Gesicht hinter einer *Financial Times*. Sein pechschwarzes Haar zeichnete sich scharf über dem Rosa der Zeitungsseiten ab. Neben ihm blätterte eine junge Frau in Papieren. Auf der anderen Seite saß eine weitere Frau mit steifem Rücken und dem Ausdruck eines Kaninchens, das nachts auf dem Highway unversehens in Scheinwerferlicht gebadet wird. Mit beiden Händen presste sie sich eine Aktentasche aus braunem Leder an die Brust, als wäre sie eine Rettungsweste. Sie wartete auf ein Vorstellungsgespräch, jede Wette.

»Ist schon jemand ins Ford-Zimmer gegangen?«, fragte ich die Empfangssekretärin.

»Nein, Mr Mayne.«

»Kommt noch jemand von draußen hinzu?«

»Ich habe hier nur den Chef der Investmentbankingabteilung und Mr Ben Reilly«, antwortete sie.

Ich musterte den Empfangsbereich und schaute gerade rechtzeitig auf den Mann mit der Zeitung, wie er umblätterte, sodass ich sein Gesicht sehen konnte.

Die Entfernung war ziemlich groß; ich konnte mich geirrt

haben, aber der Stich hinter meinem Brustbein verriet mir, dass ich nicht danebenlag.

»Himmel«, flüsterte ich.

»Bitte?«, fragte die Empfangssekretärin.

»Der Mann mit der Zeitung ... Hat er sich bei Ihnen gemeldet?«

Sie ließ ihren Blick durch den Raum schweifen. »Nein«, antwortete sie. »Ich wollte ihm noch ein paar Minuten Zeit lassen und ihn dann fragen, wie ich ihm helfen kann.«

Ich sah Ben näher kommen. Er wirkte erschöpft.

»Was zum Teufel machst du hier?«, fragte er.

»Mit wem trefft ihr euch?«

»Weiß ich nicht«, antwortete Ben. »Falmer hat mir nur gesagt, ich soll sehen, dass ich hierher komme.«

»Ich glaube dir nicht. Du weißt, dass bei Platonics irgendetwas vorgeht. Jetzt versuch mir bloß nicht weiszumachen, bei der Besprechung gehe es nicht um Platonics.«

»Vielleicht geht es um Platonics«, sagte Ben. »Vielleicht kommt jemand vom Vorstand und der Rechnungsprüfer. Ich weiß nichts Genaues.«

Ich wies auf den Mann mit der *Financial Times.* »Was will er dann hier?«

Ben folgte meinem Finger. »Heilige Scheiße«, sagte er. »Vielleicht wartet er ja auf eine andere Besprechung.«

Das Kribbeln in meinem Bauch sagte mir jedoch, dass Roy Carp, wenig liebevoll der ›Totengräber‹ genannt, das Ford-Zimmer in seinem Terminkalender stehen hatte.

»Wie auch immer«, sagte ich, »ich nehme an der Besprechung teil.«

»Das kannst du nicht«, entgegnete Ben.

»Wieso nicht?«

Ben öffnete den Mund zur Antwort; dann hielt er inne. Er schaute an mir vorbei.

»Weil ich es sage«, sagte eine Stimme.

Hudson Falmer war bekannt dafür, dass er sich an Leute heranschlich, ohne dass sie es merkten, aber heute erlebte ich es zum ersten Mal aus erster Hand.

»Morty Pelzer hat mich angewiesen, daran teilzunehmen«, entgegnete ich.

Falmer rückte seinen Schlips gerade und starrte mich verächtlich an. »Morty Pelzer ist ein widerlicher Kerl und sagt dem Chef der Investmentbankingabteilung nicht, wer an seinen Besprechungen teilnimmt oder nicht.«

Ich wich keinen Zoll zurück. »So läuft das nicht«, widersprach ich. »Das sollten auch Sie wissen. Wenn die Rechtsabteilung an einer Besprechung teilnehmen möchte, dann nimmt sie daran teil. Wenn es Ihnen nicht gefällt, kann in Abwesenheit des Syndikus nur Carly Earl die Entscheidung umstoßen.«

Und der Syndikus war abwesend.

Falmer hob die Hand, als wolle er sie auf die Empfangstheke knallen, doch dann schlug er nur leicht mit den Knöcheln auf das Holz. Mit spitzen Lippen sagte er: »Also gut. Dann verteilt sich der Schmerz vielleicht sogar besser.« Er drohte mir mit dem Finger. »Aber glauben Sie nur nicht, Carly würde Ihre Anwesenheit genehmigen, wenn ich etwas dagegen hätte.«

Hudson Falmer ließ uns stehen. Während er wegging, erhob sich der Mann mit der Zeitung und kam ihm entgegen. Jetzt, wo man sein Gesicht deutlich sehen konnte, bestand kein Zweifel mehr: Es war Roy Carp. Und er lächelte.

KAPITEL 17

Roy Carp saß mit säuberlich gefalteten Händen an dem kleinen Tisch. Seine Assistentin himmelte ihn an, als wäre er Christus kurz vor der Bergpredigt. Ich saß ihnen mit Falmer und Ben Reilly gegenüber, und meine Sichtweise auf Carp war ein bisschen weniger wohlwollend. Es war, als hätte man Todfeinde gezwungen, zusammen im gleichen engen Aufzug zu fahren.

»Es wird nicht lange dauern«, verkündete Carp. Er hatte eine Stimme wie ein Rasiermesser. Eigentlich sollte er Firmen heilen, doch nur wenige seiner Patienten genasen, und wenn, dann waren sie hinterher entsetzlich entstellt. Die Banken liebten ihn jedoch; er genoss den Ruf, jeden einzelnen Aktivposten zu finden und ihn bis auf den letzten Cent gnadenlos auszuquetschen. Angestellte und Lieferanten hatten weniger Grund, ihn zu lieben; die Kälte, mit der Carp sie zurückließ, war bitter und hoffnungslos. Aktionäre bekamen nur selten etwas von ihrem Kapital zurück.

Ich legte meinen Stift vor mich auf die Tischplatte und starrte ihn an. Ich hätte ihn gern zwischen den Fingern gedreht, meiner wachsenden Panik ein Ventil geboten; doch ich würde dagegen ankämpfen, nahm ich mir vor. Ich war der dritthöchste Anwalt bei Eastern Trust, und ich würde ruhig bleiben. Zumindest nach außen hin.

Carp schob die Hand in die Tasche. »Sie wissen, was das ist?«, fragte er und zog etwas hervor, das wie eine Tube Hautcreme aussah. Ich erkannte sie.

»Man nennt es Famellin«, erklärte er. »Eine Salbe gegen Hautausschlag, sehr beliebt bei Lupus-Patienten.«

»Platonics stellt Famellin nicht her«, erwiderte Ben.

»Ganz genau«, rief Falmer. »Guter Punkt, Ben.«

Carp spitzte die Lippen. »Sie haben recht, Mr Reilly«, sagte er. »Platonics stellt die Creme nicht her. Aber ich wette, man wünscht sich dort, man täte es. Jährlich werden Millionen solcher Tuben verkauft.«

»Na und?«, fragte Falmer. »Was zum Teufel hat das mit den Finanzgeschäften von Platonics zu tun?«

»Finanzgeschäften?«, entgegnete Carp höhnisch. »Sie glauben, darum geht es?«

»Sie wollten am Telefon nichts erklären«, sagte Falmer gepresst. »Worum sonst sollte es gehen?«

Carp schüttelte den Kopf. »Das hätten Sie wohl gern, Hudson, wie? Es wäre so schön einfach – leicht zu verstehen, zu erklären und dann auszuräumen. Ein Betrug oder eine Unterschlagung von ein paar Millionen.« Er wandte sich an seine Assistentin. »Das hätten die wohl gerne, was, Sofia?«

Sofia nickte unterwürfig.

Carp legte die Tube auf den Tisch. Bei einer Besprechung in der Bank blickte ich auf einen alltäglichen Gegenstand aus Hannahs Leben als Beweisstück.

Meine Finger griffen nach dem Stift und rollten ihn ein paar Mal auf der Tischplatte hin und her. Aber ich hob ihn nicht auf.

Ich warf einen raschen Blick auf Ben. Er sah schlimmer aus als die Bewerberin am Empfang.

»Nein«, fuhr Carp vor. »Hier geht es darum, wie Professor Aldous die Bilanz von Platonics benutzt, als wäre sie sein Privatkonto.« Er nahm die Tube wieder an sich. »Ich habe eine Illustration mitgebracht, die selbst ein Banker der Eastern Trust verstehen kann. Die Famellin-Creme wird von allen Teilnehmern am klinischen Test von Sleban regelmäßig benutzt, ob es regnet oder die Sonne scheint, und keine andere Marke ist erlaubt. Die Patienten tragen sie auf, geben die Tube am Ende der Woche zurück und bekommen eine neue, ganz egal, wie viel sie verbraucht haben.«

Er hielt Falmer die Tube hin. »Hier, Hudson. Drücken Sie etwas davon auf ein Stück Papier. Sie tragen doch gern dick auf.«

»Wie bitte?«, fragte Falmer. »Was zum Teufel soll das alles, Carp?«

»Das werden Sie schon sehen.« Carp schob die Tube gebieterisch über den Tisch. »Tun Sie es einfach. Bitte.«

Falmer grummelte, doch schließlich schraubte er die Kappe ab und drückte zwei, drei Zentimeter der weißen Creme auf ein Blatt Papier; dann schob er die Tube wieder über den Tisch.

»Da«, sagte Falmer. »Aber das ist das letzte bisschen Publikumsbeteiligung bei dieser Besprechung.«

»Sie ahnen gar nicht, wie recht Sie haben«, entgegnete Carp geheimnisvoll; dann hob er die Tube hoch, damit wir sie alle sehen konnten. Er wies auf die Delle, wo Falmer gedrückt hatte.

»Hudson ist ein Mittendrücker«, sagte Carp. »Das ist seine Handschrift, wenn Sie so wollen, und das Gleiche gilt wahrscheinlich für seine Zahnpasta, seine Rasiercreme und sein Tomatenmark; allerdings bezweifle ich, dass ein feiner Pinkel wie Hudson schon einmal eine Küche von innen gesehen hat.«

»Kommen Sie endlich zur Sache«, sagte Falmer.

»Aber natürlich«, entgegnete Carp in gleichmütigem Tonfall. »Also, da haben wir die Handschrift, und wenn sie zehn verschiedene Menschen testen, bekommen Sie drei, vielleicht vier verschiedene Drückstile: den Pedanten, der nur am flachen Ende drückt, den Nach-mir-die-Sintflut-Typen, der gleich hinter der

Öffnung quetscht. Dann gibt es noch Leute wie Sie, Hudson, die sich für die Mitte entscheiden. Ein Psychologe könnte Ihnen sagen, was es bedeutet, aber darum geht es hier nicht. Worum es hier geht, ist, dass Sie mit Hilfe von zahlreichen Befragungen ein recht hübsch informatives Bild aufbauen können, wie die Quetschstrategien aussehen sollten.«

»Ich bin fasziniert«, spöttelte Falmer.

»Das sollten Sie auch sein«, entgegnete Carp. »Und noch mehr fasziniert es einen, wenn ein Sachverständiger sämtliche Daten darüber, wo die Tuben gequetscht worden sind, zusammenträgt und es mit dem vergleicht, was er als Statistiker erwarten würde. Es wird ziemlich unwiderstehlich, fesselnd sogar, wenn die Daten nicht passen. Das lässt auf einiges schließen.«

»Und worauf?«, fragte Falmer.

»Auf Schwindel«, antwortete Carp und tat erstaunt, dass er es überhaupt aussprechen musste. »Auf Manipulation, auf Fälschung. Auf sämtliche Furcht erregenden Wörter, die Ihnen im Zusammenhang mit klinischen Studien so einfallen wollen.«

»Wollen Sie damit etwa sagen, dass bei dem Sleban-Test betrogen wurde?«, fragte Ben. Er hätte den Mund halten sollen; seine Stimme bebte entsetzlich.

Carp ignorierte die Frage und hielt den Blick fest auf Falmer gerichtet.

»Ich nehme an, Sie haben Ihren Master in Betriebswirtschaftslehre?«, fragte Carp. »Irgendwas Exklusives?«

»Und ich nehme an, Sie haben Ihre Hausaufgaben gemacht«, erwiderte Falmer eisig. »Folglich kennen Sie die Antwort schon.«

Carp nahm das eindeutig als Kompliment und grinste.

»Also«, fuhr er fort, »wissen Sie alles über Kurtosis, Scatterplot-Matrizen, Mahalanobis-Distanz, Zahlenpräferenz, Cluster-Analyse, Chi-Quadrat, Stem-and-leaf-Plots.«

»Das eine oder andere«, gab Falmer zu, als sei das Einräumen von Kenntnissen in der Statistik gleichbedeutend mit dem Geständnis von Hexerei.

»Nun«, sagte Carp, »ich habe in den letzten paar Wochen mit diesem Zeug leben müssen, und einem einfachen Buchhalter schwirrt davon der Kopf, aber es kommt immer wieder die gleiche Antwort raus, selbst für mich. Es ist ganz einfach: Aldous hat die wissenschaftlichen Bücher von Platonics frisiert. Atemberaubend dreist und arrogant – mit anderen Worten genauso, wie Aldous alles angeht. Sleban und seine Studie sind, statisch gesehen, krebsverseucht. Und zwar im Endstadium, würde ich sagen.«

Falmer legte die Hände auf den Tisch und erhob sich ein Stück. »Jetzt mal halblang, Carp. Wir sind die Investmentbank für Platonics, und wenn es ein Problem mit der Firma oder einem seiner Produkte gäbe, dann würde jemand aus dem Management, ein unabhängiges Mitglied des Verwaltungsrates oder ein Angehöriger des wissenschaftlichen Beirats, sich an uns wenden. Wir handeln für die Firma und ihre Aktionäre, nicht für eine Einzelperson, nicht einmal für Professor Aldous. Was Sie hier anstellen, ist Unruhestiftung übelster Sorte nach Carp-Corp-Art, und zwar selbst dann, wenn man an Ihre üblichen Erpressungstaktiken gewöhnt ist. Sagen Sie uns, was Sie wollen, und dann gehen Sie bitte.«

»Auch ich möchte nur das Beste für die Firma und ihre Aktionäre«, erwiderte Carp gelassen und sichtlich zufrieden mit Falmers offensichtlicher Entrüstung. Niemand konnte sich daran erinnern, dass Carp je die Beherrschung verloren hätte, und Falmer – so klug er auch sein mochte – spielte ihm in die Hände. Falmer konnte sich vielleicht gut an Leute heranpirschen; sein Problem war nur, dass er zu viel Krach schlug, wenn er sie erreicht hatte.

»Sie haben natürlich ganz recht«, sagte Carp. »Wenn eine

Firma in Schwierigkeiten ist, dann sollte sie ihrem Berater vertrauen. Vorausgesetzt allerdings, der Berater ist vertrauenswürdig.«

Carp zog eine pechschwarze Braue in Ben Reillys Richtung hoch und fügte hinzu: »Und vorausgesetzt, dass die Banker und Analysten der Investmentbank vom höchsten Kaliber sind und man sich darauf verlassen kann, dass sie klug, angemessen und integer handeln.«

»Ich warne Sie, Carp«, sagte Falmer wütend. »Alec Mayne ist einer unser ranghöchsten Juristen und notiert sich alles, was Sie sagen.«

In einem Akt grotesker Machtlosigkeit nahm ich meinen Stift und bemerkte, dass kein Papier darunter lag.

Carp bedachte mich mit einem schiefen Grinsen. »Ach, tatsächlich«, sagte er. »Nachdem Coltrane Peach unabkömmlich ist und Morty Pelzer ohne Zweifel in irgendeiner finsteren Ecke dieses Gebäudes vor sich hinfault, ist Alec Mayne das Beste, was Sie aufzubieten haben. Ich denke, Carly Earl fühlt sich ein wenig exponiert, wo ihr Juristenteam plötzlich haart wie ein Hund bei Sommeranfang.«

»Das ist unwichtig«, sagte Falmer. »Es geht darum ...«

»Es geht nur darum«, unterbrach ihn Carp, »dass die Ergebnisse der Sleban-Studie komplett unbrauchbar sind.« Seine Stimme fiel um ein Register und beschleunigte sich, als hätte er im Verkehr eine wenig befahrene Schnellstrecke erreicht, wo keine Polizei lauerte und keine Blitzgeräte standen; eine Stelle, wo seine Worte tatsächlich mit Schallgeschwindigkeit reisen konnten. Auf diesem Straßenabschnitt hätte es ohnedies keinen Sinn gehabt, sich Notizen machen zu wollen.

Es gebe einen Untersuchungsbericht, sagte Carp, verfasst von Sachverständigen, führenden Leuten auf ihrem Gebiet, Experten, die insgeheim beauftragt worden seien und schnell, aber gründlich handelten. Und was sie gefunden hatten? In Kürze?

Perfektion, wie es schien: einen Haufen Ergebnisse, die allesamt einfach zu perfekt waren. Viel zu disziplinierte Studienteilnehmer, die immer ihr Medikament nahmen und ihre Papiere allzu gründlich und exakt ausfüllten. Menschen seien in Wirklichkeit jedoch nicht so diszipliniert, erklärte Carp, und deshalb seien diese Teilnehmer entweder Roboter, oder die Ergebnisse würden manipuliert. Die Werte seien zu gleichförmig, die Zahlen zu rund, und runde Zahlen, so laute eine Statistikerweisheit, seien immer falsch.

In einer perfekten Umgebung dürfe man durchaus damit rechnen, ein, zwei merkwürdige Wunder zu finden, und Carp informierte uns, dass Sleban die Sachverständigen in dieser Hinsicht nicht enttäuscht habe. Medikamente, die angeblich verabreicht worden waren, seien in Tablettenstreifen bei der Firma sichergestellt worden, die den Testlauf durchführte. Und waren die Naturgesetze schon in diesem Fall gebrochen worden, erscheine das nur als minderer Zaubertrick im Vergleich zu zwei offensichtlichen Beispielen für Totenerhebung: zwei Teilnehmerinnen, die brav ihre Berichte eingeschickt hätten, seien tatsächlich schon seit einem beziehungsweise drei Monaten tot gewesen. In einem Center habe eine Patientin so ermutigende Reaktionen auf Sleban gezeigt, dass der begeisterte Fälscher ihre Ergebnisse obendrein gleich dreimal kopiert habe.

»Und überall hat Aldous seine Fingerabdrücke hinterlassen«, sagte Carp. »Wie Katzenpfoten in nassem Zement. Wie sich herausstellte, wird die Studienfirma unter dem dünnen Firnis angeblicher Unabhängigkeit von zwei Kommanditgesellschaften mit Verbindungen zu Aldous kontrolliert. Ich könnte Ihnen noch ein halbes Dutzend weitere Beispiele für inakzeptable Interessenkonflikte aufzählen. Nehmen Sie mein Wort darauf: Aldous hat die Fäden gezogen, und seine Handschrift kennzeichnet alles, was an der Sleban-Studie stinkt.«

»Ihr Wort nehme ich auf keinen Fall«, erwiderte Falmer

wütend. »Ich will den Sachverständigenbericht sehen, und ich verlange eine Erklärung, wie er überhaupt in Auftrag gegeben und geschrieben werden konnte, ohne dass wir darüber informiert wurden.«

»Eine Kopie des Gutachtens ist bei der FDA«, sagte Carp. »Die Polizei und die Börsenaufsicht haben ebenfalls Kopien. Ihnen wird das Gutachten zu gegebener Zeit vorgelegt.«

»Aber wir sind die Finanzberater der Firma, um Himmels willen«, protestierte Falmer. »Ich verlange eine Kopie.«

»Ab neun Uhr heute Morgen«, erwiderte Carp, »haben Sie keinerlei Beziehung mehr zu Platonics. Der Vertrag ist gekündigt.«

Falmer wandte sich an Ben. »Wussten Sie irgendetwas davon?«, stieß er hervor. »*Wieso* haben Sie davon nichts gewusst?«

»Ich ...«

»Schnauze!«, brüllte Falmer; dann deutete er mit dem Finger auf Carp. »Von Leuten wie Ihnen nehmen wir keine Kündigung an!«, schrie er. »Wir werden die Angelegenheit mit Professor Aldous besprechen und ergründen, wie Sie auf die Idee kommen, Sie könnten einfach hier reinmarschieren und wilde Behauptungen aufstellen.«

Als ich auf die Tischplatte blickte, bemerkte ich, dass ich angefangen hatte, den Stift um meine Finger zu drehen.

»Professor Aldous ist verschwunden«, sagte Carp. »Was für eine Überraschung.«

Mein Stift geriet ins Schwanken, flog vom Tisch und fiel klappernd zu Boden. Ich machte mir nicht die Mühe, ihn aufzuheben.

»Schreibkrampf?«, fragte Carp. Er klopfte mit einem Fingernagel auf den Tisch, und Sofia reichte jedem von uns ein Dokument, auf das ENTWURF und VERBREITUNG BIS ZUR FREIGABE DURCH SCHRIFTLICHE ANORDNUNG VON ROY CARP VERBOTEN gestempelt war.

»Diese Erklärung wird in Kürze ergehen«, sagte Carp. »Während wir geredet haben, ist der Handel mit Platonics-Aktien ausgesetzt worden, und ein kurzes Statement weist den Markt darauf hin, dass Einzelheiten bald folgen werden.«

Carp legte die Hände auf seine Kopie des Entwurfs. »Mal sehen, ob ich die Einzelheiten zusammenfassen kann. Erstens: Betrug bei der Sleban-Studie; Studie gestoppt. Zweitens: Aldous verschwunden. Drittens: Eastern Trust Bank als Berater gefeuert. Viertens: CarpCorp engagiert. Fünftens: Insolvenz von Platonics Inc. steht unmittelbar bevor.«

»Das ist absurd«, sagte Falmer.

Carp zuckte mit den Schultern. »Wie ich es sehe – und andere werden es genauso sehen –, ist es absurd, dass die Eastern Trust Bank Platonics je an die Börse bringen konnte. Aldous hat seine Forschung auf dünnem Eis begonnen, und jetzt ist er eingebrochen. Meiner Meinung nach stehen uns eine Menge Rechtsstreits bevor, und neunstellige Summen werden den Besitzer wechseln; ich sehe voraus, dass der Ruf von Eastern Trust eine gewaltige Schlappe wird einstecken müssen.« Er musterte uns drei der Reihe nach. »Ich sehe Köpfe rollen, und einige davon sind in diesem Zimmer. Vielleicht noch andere, die in Büros weiter oben sitzen. Wer weiß? Das ist erst der Anfang.«

»Warum verzögern Sie die Verlautbarung?«, fragte ich. »Wenn Sie so sicher sind, dass das Problem so groß ist, wie Sie sagen, warum veröffentlichen Sie das Papier nicht sofort?«

Der kleine grüne Flecken Hoffnung verwitterte im gleichen Augenblick, in dem ich das kindliche Blöken meiner eigenen Stimme vernahm.

»Wie rührend«, seufzte Carp. »Die Stimme eines Mannes, der nach Strohhalmen greift. Aber trotzdem eine sinnvolle Frage. Ich hätte es vorgezogen, sie in dieser Besprechung zu veröffentlichen. Allerdings führt der Aufsichtsrat noch unbedeutende Argumente an – man stellt an Deck der Titanic noch schnell die

Liegestühle um, wenn Sie so wollen. Daher der Handelsstopp und die verzögernde Erklärung.«

»Und was ist mit dem Sleban?«, fragte ich. »Sie sprechen von einem Sachverständigenbericht: Zeigt dieses Gutachten, ob Sleban an sich gefährlich sein könnte?«

»Ich bin kein Wissenschaftler; also verstehe ich das Gequassel nicht«, antwortete Carp. »Aber ich glaube, Sie können davon ausgehen, dass wieder alles möglich ist, was das Sleban betrifft. Wer weiß, ob es sich als Sarin oder Kandis erweist? Fest steht nur, dass es keine vertrauenswürdige klinische Studie gibt, die beweist, dass es Lupus kuriert.«

Carp nickte Sofia zu, erhob sich und schaute erneut auf die Armbanduhr.

»Achtundzwanzig Minuten«, erklärte er mit einiger Zufriedenheit. »Mir bleibt nur noch, Sie davor zu warnen, Dokumente zu vernichten, Bänder zu überspielen oder Computerdaten zu löschen. Sie werden schon sehr bald von den Behörden hören. Die Beschäftigten von Platonics sind angewiesen worden, mit niemandem von Eastern Trust zu sprechen, und von jetzt an haben Sie die gleichen Informationsquellen wie Otto Normalverbraucher. Ich muss zu Platonics zurück, wo meine Leute bereits mit der Wertsicherung begonnen haben.«

Sofia legte ihren Aktenkoffer auf den Tisch und packte rasch ihre Papiere ein.

»Das ist alles?«, brüllte Falmer. »Sie glauben, Sie können hier reinkommen, einen Haufen Scheiße ablassen und dann einfach gehen?«

Carp gab sich verletzt. »Es war ein Höflichkeitsbesuch«, sagte er. »Verpflichtet sind wir dazu nicht. Sie haben den Vorzug erhalten, schnell in die Situation eingewiesen zu werden, hinter den Kulissen sozusagen. Sie sollten uns nicht beleidigen, Sie sollten uns danken.«

Das war zu viel für Falmer. »Sie verdammtes Stück ...«

Er duckte sich und hatte meinem Verdacht nach körperliche Gewalt im Sinn. Ich packte ihn am Oberarm.

»Nein«, sagte ich. »Das ist keine Art, das zu regeln, Hudson.«

Ich konnte ihm seine Absicht nicht verdenken. Mir war nach dem Gleichen zumute. Carp war der Postbote des Teufels.

Falmer ließ sich in seinen Sitz zurücksinken, während Carp und Sofia einen Bogen um uns machten und die Tür öffneten.

»Wir finden selber raus«, sagte Carp.

KAPITEL 18

Ohne die Manöverkritik und die unmittelbar bevorstehenden Gegenbeschuldigungen abzuwarten, ging ich in die Herrentoilette der Siebzehnten und holte mein Handy aus der Tasche.

Ich wählte die Nummer des Krankenhauses.

»Sie ist gerade in der Kernspin-Tomografie«, sagte mir eine Krankenschwester.

»Was macht sie da?«

»Sie wird einem Scan unterzogen.«

»Wieso? Stimmt etwas nicht?«

»Es besteht kein ...«

Sie verstummte abrupt, und in der Verbindung waren Geräusche zu hören.

»Hier Dr. Clarissa Feinstein«, erklärte eine neue Stimme. »Wir machen ein paar Tests mit Ihrer Frau. Es geht ihr gut.«

»Aber man hat schon einen Haufen Tests mit ihr gemacht«, wandte ich ein. »Was ist mit ihr los?«

»Wir decken nur jede Eventualität ab, Mr Mayne; das ist alles.«

»Sie haben etwas gehört, stimmt's?«

»Wie meinen Sie das?« Sie klang streitbar und abwehrend zugleich.

»Über Sleban.«

»Ich bin mir nicht sicher, ob ich verstehe, was Sie ...«

»Jetzt spielen Sie nicht die Dumme. Geht es ihr gut oder nicht? Zeigt sie Anzeichen einer Verschlechterung?«

Es folgte ein langes Schweigen.

»Ich weiß nicht, woher Sie Ihre Informationen haben, und ich sehe mich außerstande …«

»Aus erster Hand, Doktor«, sagte ich.

»Uns fehlen noch verlässliche Daten«, gab Dr. Feinstein nach einer weiteren langen Pause zu. »Wir haben einen Anruf von jemandem bei Platonics erhalten, der behauptete, er überprüfe einzelne Teilnehmer an der Sleban-Studie. Er nannte uns den Namen Ihrer Frau als einer Kandidatin.«

»Was hat er sonst noch gesagt?«

»Dass so gut wie keine Gefahr einer Verschlechterung besteht, wenn Ihre Frau mehrere Stunden lang stabil war, aber wir sollten sie dennoch untersuchen, um sicherzugehen. Und genau das tun wir, Mr Mayne; wir gehen auf Nummer sicher.«

»Ich komme zu Ihnen«, sagte ich.

»Sie können Ihre Frau erst in ein paar Stunden sehen; sie wird im Augenblick von einer Abteilung des Krankenhauses zur nächsten gereicht. Sie wird ihre Kernspin-Tomografie gerade hinter sich haben und ist jetzt auf dem Weg in die …«

Die Leitung wurde still.

»Ja?«

»Ich fürchte, ich kann es nicht mit Sicherheit sagen«, fuhr Dr. Feinstein fort. »Jemand anderes begleitet sie. Unser Krankenhaus ist recht groß, Mr Mayne.«

»Sind Sie sicher, dass es ihr gut ging, als Sie meine Frau zum letzten Mal gesehen haben?«

»Sie zeigte Symptome eines Lupus-Anfalls. Davon abgesehen gab es nichts Nennenswertes. Ich würde mir an Ihrer Stelle keine Sorgen machen.«

»Aber Sie sind nicht an meiner Stelle, nicht wahr?«

»Wie haben Sie von der ganzen Sache erfahren?« Zum ersten Mal klang Dr. Feinstein nervös.

Ben taumelte herein, und ich legte auf, ohne ihre Frage beantwortet zu haben.

Wortlos vergewisserte sich Ben, dass die Kabinen unbesetzt waren; dann beugte er sich vor, stützte sich auf ein Waschbecken und starrte in den Spiegel.

Er atmete laut aus. »Ich bin erledigt. Ich werde gekreuzigt, aber die Auferstehung fällt aus.«

Die Hände in den Hosentaschen, damit sie nicht zitterten, stand ich neben ihm. Auch wenn ich nicht so mitgenommen aussah wie Ben, fühlte ich mich so.

»Ich dachte, es ging um die Konten«, ächzte Ben. »Die Buchprüfer haben ihm neulich die Hölle heißgemacht. Aldous hatte mit Firmengeldern eine ungenehmigte Spende an eine von seinen dämlichen Wohltätigkeitsorganisationen vorgenommen. Wie die Dreckskerle ihm zugesetzt haben, hätte man glauben können, er hätte sich von dem Geld eine Jacht gekauft.«

Er drehte sich zu mir um. »Weißt du, was er noch getan hat?«

»Was?«, fragte ich uninteressiert. Angesichts dessen, was Carp uns gerade mitgeteilt hatte, zählte nichts mehr.

»Er hat die Körperpflege für seine Scheißköter aus den Firmenkonten bezahlt.«

Ich erwiderte nichts darauf.

Ben nickte und sah wieder in den Spiegel.

»Du hast gesagt, das Boot sei weg«, sagte er kühl. »Er hat sich umgebracht, oder? Lässt uns mit dem Scherbenhaufen zurück.«

Das war gut möglich. Aber stand es fest? Ich konnte mir nicht vorstellen, dass er so etwas getan haben könnte: sich über die Reling des Bootes stürzen, eine Flasche Tabletten schlucken, sich mit der Rasierklinge die Pulsadern oder die Kehle aufschlitzen ... Vor meinem geistigen Auge sah ich das Boot, die Flasche und die Rasierklinge, doch Harvey war nicht in ihrer Nähe.

Aber er war geflohen.

»Ich weiß nicht, was er getan hat«, sagte ich.

Ben öffnete den Hahn und spritzte sich Wasser ins Gesicht;

dann wandte er sich mir wieder zu, das tropfnasse Gesicht angespannt, das Haar zerzaust.

»Warum habe ich mir von dir bloß diesen Kerl aufschwatzen lassen?«

Was sollte ich darauf sagen? Ich hatte tatsächlich immer wieder auf ihn eingeredet.

»Du hast mich gekonnt in die Falle gelockt«, sagte er. »Ben braucht einen lukrativen Klienten, um seine Karriere voranzutreiben, und da kommt der Kerl mit der Zauberkugel. Ausgerechnet eine Heilung für Hannah hat er zu bieten. Wie soll Ben bei solch einem Köder widerstehen? Vielleicht glaubt er sogar, er könne am Ende die Uhr zurückdrehen ...«

»Ich habe an Aldous geglaubt.« Mehr konnte ich nicht sagen. »Ich dachte, bei dir wäre es das Gleiche gewesen.«

»Du hast ihm nahe gestanden«, erwiderte Ben. »Wenn ihm jemand in den Kopf schauen konnte, dann du.«

Harvey ließ sich von niemandem in den Kopf schauen. »Ich bezweifle, dass ich ihn besser gekannt habe als du.«

Ben trat gegen den Sockel des Waschtischs. »Jetzt hör aber mal auf. Du hattest Gelegenheit genug. Ein ganzes Jahr in Japan, ihr beide in der gleichen Stadt. Alec Mayne: Syndikus der Tokioter Zweigstelle von Eastern Trust. Ein Traumjob. Oberster Anwalt für die Region. Verkehren mit der Crème de la Crème der dortigen amerikanischen Enklave. Große Wohnung, Dienstmädchen, Dienstwagen und eine Steuervergünstigung, im Himmel erdacht.«

»Es war ein schreckliches Jahr«, entgegnete ich leise. »Das weißt du.«

»Was ist in Japan wirklich passiert, Alec? Darüber hast du dich immer ausgeschwiegen. Warum hat Aldous so plötzlich an der Universitätsklinik aufgehört? Vielleicht weißt du ja mehr, als du gesagt hast.«

»Wir sind mit angemessener Sorgfalt vorgegangen, Ben. Wir

haben seine Zeit an der Universität von Tokio unter die Lupe genommen. Wir hatten ein Empfehlungsschreiben vom Dekan seiner Fakultät. Der Mann hätte sich nicht deutlicher ausdrücken können: Es war eine simple Geldfrage; der Universität fehlten die Mittel, um Aldous' Programm länger zu unterstützen. Warum sollte ein Vorgesetzter für ihn lügen?«

»Ich habe den Brief selbst gelesen, Alec«, sagte Ben.

Die Luft zwischen uns knisterte vor Misstrauen.

Ich sagte die Wahrheit. Zugleich stimmte es aber auch, dass ich Ben an der Nase herumgeführt hatte. Ohne mich wäre nichts von alledem geschehen.

»Ich werde alles offen legen«, versprach ich.

Ben erstarrte. »Was wirst du offen legen?«

»Dass ich es war, der dir Aldous vorgestellt hat«, antwortete ich. »Dass Platonics ohne mich niemals unser Klient geworden wäre. Ich werde aussagen, dass ich ... nun ja ... dass ich dich unter Druck gesetzt habe, als du Zweifel hattest. Ich werde sagen, dass es meine Schuld war.«

»Oh nein, das wirst du schön bleiben lassen. Ich bin der Banker, nicht du. Ich habe mich an den Ausschuss zur Aufnahme neuer Klienten gewandt; ich habe behauptet, ich hätte Aldous monatelang bedrängt und ihn trotz starker Konkurrenz an die Angel bekommen; ich habe mich als verdammten Helden hingestellt. Ein Wort von dir, und mein Antrag an den Ausschuss wird zu einem zehnseitigen Meineid. Nein, Alec. Wenn ich dir auch nur einen Fliegenschiss wert bin, dann sagst du keinen Mucks. Halt dich aus der Sache raus. Du wirst bei jeder Untersuchung zentral beteiligt sein; du wirst wissen, was läuft. Nicht lange, und ich stehe auf freier Flur, während mich die Börsenaufsicht umschwirrt wie ein Schwarm Blattläuse. Ich werde den Wald nicht mehr sehen, geschweige denn die Bäume. Ohne dich bin ich dann blind.«

Er trocknete sein Gesicht ab und musterte mein Spiegelbild.

»Außer dir werde ich niemanden mehr haben«, sagte er verbittert. Er presste die Hände auf die Schläfen. »Aldous das Genie«, stöhnte er. »Der Prachtkerl mit der Prachtidee, der Fremde, der in die Stadt geritten kommt – auf Alec Mayne, seinem treuen Maulesel.« Mit der Faust schlug er gegen den Handtuchspender.

Die Tür öffnete sich, und Hudson Falmer trat ein.

»Ich dachte mir schon, dass ich euch hier finden würde«, sagte er verächtlich. »Ein bisschen kotzen und sich dann aneinander klammern wie zwei Schulmädchen mit Liebeskummer. Ihr wart doch Zimmergenossen auf dem College, oder? Habt alles geteilt? Wie rührend. Es heißt, ihr habt euch sogar die gleiche Muschi geteilt. Wohl nicht genug Blei am Stift, um mit einer Frau allein fertig zu werden.«

Er deutete auf mich. »Mayne. Besprechung mit Carly Earl um zwei. Im Augenblick posiert sie wahrscheinlich vor dem Spiegel und übt ihre dämliche Ansprache. Ich würde vorschlagen, dass Sie in der Zwischenzeit erledigen, was auch immer Sie an erbärmlichen bürokratischen Maßnahmen erledigen müssen. Nicht dass es noch irgendetwas bringen würde.«

»Haben Sie Morty Pelzer informiert?«, fragte ich.

»Wozu denn, in Gottes Namen? Er ist *Ihr* Boss – *Sie* berichten ihm. Carly Earl hat mich aufgefordert sicherzustellen, dass Sie zu der Besprechung kommen. Ich weiß, dass man Sie Dr. No nennt, aber diese Einladung können Sie nicht ablehnen.«

Er wandte sich Ben zu und seufzte tief. »Ach Ben. Bester meiner Jungen. Was ist nur passiert? Und jetzt finde ich Sie mit diesem Arschloch auf dem Herrenklo. Banker halten sich an ihresgleichen, Ben. Vergessen Sie das nicht; Sie haben schon vor Jahren aufgehört, Anwalt zu sein.« Er klopfte Ben auf den Rücken. »Nur keine Sorge. Wir werden das wieder in Ordnung bringen. Ich bin nicht Chef der Investmentbankingabteilung geworden, weil ich meine Banker verstoße, bloß weil ein Klient den Bach runtergeht.«

Er funkelte mich an und fächerte mit der Hand unter seiner Nase. »Ich muss daran denken, dieses Klo nie wieder zu benutzen.«

Ben und ich standen, wo wir waren, sagten nichts, wagten nicht einmal, uns anzusehen.

»Da bin ich fünf Minuten aus dem Urlaub zurück«, wütete Falmer, »und dann passiert so was. Ich hätte auf dem Chateau bleiben sollen.«

Falmer besaß einen Weinberg samt Chateau in Frankreich, das Chateau Chopard. Ben hatte mir einmal erzählt, der Wein von dort schmecke nach Pisse.

Falmer grunzte und verließ den Raum.

Ich ging als Erster zur Tür, und Ben folgte.

»Lass den Entwurf bloß nicht im Becken liegen«, sagte ich.

Ben nahm die triefende Papiermasse heraus, und wir gingen in den Korridor hinaus.

»Ich schaue noch kurz in Mortys Büro rein«, sagte ich.

»Was, wenn er nicht da ist?«, fragte Ben.

Morty war immer da; in seinem Zimmer fühlte er sich wohl, und Morty lebte ganz nach dem Diktat seines Wohlgefühls.

KAPITEL 19

Morty war nicht in seinem Zimmer. Niemand wusste, wo er steckte.

Ich ging in mein Büro und öffnete die Tür mit der Absicht, sie hinter mir zuzuknallen.

Callum war jedoch schneller.

»Halten Sie ein, General!«, sagte er und klemmte den Fuß in die Lücke. »Ich habe Neuigkeiten von der Front.«

»Was?«

»Dieser Tommy Itoh hat wieder angerufen. Ich habe Ihnen seine Handynummer auf den Tisch gelegt. Er sagt, es sei dringend erforderlich, dass Sie ihn umgehend zurückrufen.«

Ich schloss die Augen. »Sie haben ihm doch wohl nicht meine Handynummer gegeben, oder?«

»Ich fühlte mich versucht«, antwortete Callum. »Aber nein; das habe ich nicht.« Er sah mich spöttisch an. »Als Chefjurist hier bekommen Sie manch einen ziemlich üblen Anruf. Aber dieser Kerl ist Ihnen richtig unheimlich, was?«

Ich ging in mein Büro, und Callum folgte.

»Ich bin noch nicht fertig mit dir, junge Dame«, sagte er. »Dr. Bonny Cooper kam vorbei und wollte Sie sprechen. Ich war Manns genug, ihr den Zutritt zu Ihrem Büro zu verwehren.«

»Was wollte sie?«, fragte ich.

»Sie sagt, sie habe den Entwurf der Verlautbarung gesehen und …«

»Woher zum Teufel hatte sie ihn?«

Callum hob abwehrend die Hände. »Na klar, erschießen Sie

ruhig den Boten! Aber lassen Sie mich vorher doch wenigstens ausreden. Grob gesagt lautet die Botschaft: Wenn Mr Mayne nicht bereit ist zu erklären, was hier vorgeht, so werde ihr jemand bei Platonics Rede und Antwort stehen. Dann ist sie verschwunden und hat mich mit schmerzenden Trommelfellen zurückgelassen, die der Fürsorge bedürfen.«

»Sonst noch was?«, fragte ich.

»Nix. Sie war ganz die Alte, sah aus wie der leibhaftige Schnitter: die Füße ein paar Zentimeter über dem Boden, und jeden Moment konnte ihr Napalm aus den Augen schießen. Es macht mir nicht im Mindesten etwas aus, Ihnen zu gestehen, dass ich bei ihrem Anblick jedes Mal eine Gänsehaut bekomme.«

»Also ist sie zu Platonics gefahren«, dachte ich laut.

Callum nickte. »Ich denke, den Gedanken können Sie festhalten, Herr Einstein.«

»Mist.«

»Ich fürchte, es ist zu spät, um sie im Foyer noch vom Wachpersonal überwältigen zu lassen. Außerdem weiß ich nicht, ob die Jungs eine Chance hätten – sie ist ein verdammt großes Mädchen.«

Ich sah Callum wütend an.

Er tat, als zöge er einen Reißverschluss zwischen seinen Lippen zu. »Nachricht erhalten. Das ist ernst-ernst, nicht wahr? Nicht unser übliches einfaches ernst mit Vanillegeschmack.«

»Ja. Sehr ernst.«

»Ich lasse die komischen Bemerkungen mal. Meinen Humor werde ich mir für die neue Liebe meines Lebens aufsparen. Ich merke schon, dass ich Ihre Stimmung damit nicht hebe.«

»Das wüsste ich zu schätzen«, sagte ich. Einen Augenblick lang dachte ich nach. »Ich brauche einen Wagen nach Fort Lee, New Jersey.«

»Verstanden«, sagte Callum und ging zu dem Telefon auf meinem Schreibtisch.

Platonics war groß, würde sich mittlerweile aber trotzdem komplett in der Gewalt von Roy Carps Leuten befinden. Ich musste wissen, wen Bonny Cooper sprechen wollte.

Ich nahm den Telefonhörer vom Konferenztisch und wählte die Nummer der Retrieval-Abteilung.

»Hier spricht Alec Mayne«, sagte ich, als man abhob. »Ich brauche eine Liste der letzten Anrufe von einem bestimmten Anschluss, bitte.«

»Von welchem Anschluss?«

»Dr. Bonny Cooper, Forschung.«

»Wie weit zurück?«

»Nur die letzte Stunde.«

»Geht klar«, sagte die Stimme. »Sobald ich das Anforderungsformular vorliegen habe, bekommen Sie alles.«

»Ich brauche die Liste *jetzt*«, entgegnete ich. »Über das Telefon.«

»Ich darf nicht ...«

»Bitte«, sagte ich. »Es ist für Carly Earl.« Ich verfluchte mich, je Regeln für die Anforderung von Verbindungsprotokollen verfasst zu haben. Ich hätte eine Ausnahme für mich selbst einbauen sollen.

»Ich weiß nicht ...«

»Ich übernehme die volle Verantwortung.«

Sie begann die Nummern vorzulesen. Himmel, wie viele Anrufe schaffte Bonny in einer Stunde?

»Halt«, sagte ich plötzlich. Eine Nummer in New Jersey. Und der Beginn gehörte eindeutig zu Platonics.

»Danke.« Ich rief augenblicklich die Nummer an, die ich gehört hatte. Der Anschluss schaltete sofort auf Anrufbeantworter.

»Toshio Nakashima ist im Augenblick nicht an seinem Schreibtisch. Bitte hinterlassen Sie eine Nachricht; er ruft Sie zurück.«

Toshio Nakashima.

Ich legte auf, ohne eine Nachricht zu hinterlassen.

Ich stand am Konferenztisch und stützte mich mit der Hand am Telefon ab. Plötzlich fühlte ich mich wie gelähmt.

»Alles okay, Boss?« Callum sah mich beunruhigt an. »Sie sehen aus, als müssten Sie kotzen.«

Die Lähmung ließ ein wenig nach, und ich bemerkte, dass mein Verstand bereits eine Liste zusammenstellte. Einige Menschen sprechen ein Gebet, wenn sie in Panik geraten; andere müssen ihr Gesicht über die nächste Toilette halten; manche brüllen herum. Ich bewältige Panik, indem ich Listen anfertige.

Ich warf mein Exemplar der Verlautbarung auf den Schreibtisch und drückte die Hand gegen meine Stirn. »Platonics: der Nachruf. Faxen Sie es Roland Spitz, dem externen Berater. Sagen Sie ihm, ich habe um zwei Uhr einen Termin bei Carly Earl und muss ihn vorher sprechen.«

Ich hielt inne, damit Callum sich um die Wagenbestellung kümmern konnte; aber er wedelte mit der Hand. »Nur weiter.«

»Lassen Sie von Alice die Platonics-Aktien allgemein sperren. Sie soll eine Kopie der Verlautbarung ans Team weiterleiten. Niemand sonst, ich wiederhole: *Niemand sonst* darf sie zu sehen bekommen. Dom soll prüfen, wie viele Anteile Eastern Trust gehören – er weiß, wie es geht. Und wenn er schon dabei ist, soll er eine komplette Liste der Anteilseigner von Platonics zusammenstellen. Patrice geht zur Investmentbankingabteilung und zieht alle Dokumente ein, die wir über Platonics haben – wirklich alles. Alles hat ganz diskret vor sich zu gehen, und niemand darf sich irgendetwas von Büroboten tragen lassen.«

»Ich könnte ihnen helfen«, bot Callum an.

»Nein«, erwiderte ich. »Sie werden auch so genug zu tun haben.«

Ich sah mich um.

»Lassen Sie hier freiräumen. Das Material von Investmentbanking soll in mein Büro gebracht werden: Das wird eine große Lieferung.«

Callum legte auf. »Der Wagen wartet unten«, sagte er.

Ich ging zur Tür, und Callum folgte mir. »Patrice soll die Bänder und das E-Mail-System auf Eis legen.«

Den Korridor entlang zu den Aufzügen. Nächster Punkt, nächster Punkt ...

»Wir müssen eine Anweisung zum Erhalt von Dokumenten vorbereiten. ›Nicht in den Reißwolf‹ muss unterstrichen werden. Wir geben sie aus, wenn die Verlautbarung offiziell wird. Das kommt auf Patrice' Liste. Seph muss die Unternehmenskommunikation anrufen und das Muster für eine Aufschuberklärung vorbereiten lassen – etwas Neutrales wie: ›Im Moment kein Kommentar, ausführliche Erklärung folgt‹. Ein Entwurf davon muss Carly Earl vorgelegt werden. Dort muss man ihn aufpolieren und menschlicher oder sachlicher gestalten, wie man es für richtig hält. Die Erklärung muss jedenfalls auf Abruf bereitstehen, um losgeschickt werden zu können.« Ich schwieg kurz. »Eine Kopie sollte an Hudson Falmer geschickt werden, damit er Bescheid weiß. An Ben Reilly auch.«

»Sonst noch etwas?«

Mit laut klackernden Schuhen eilten wir über den Marmorfußboden der Eingangshalle.

»Angela soll die Börsenaufsicht und die Börse anrufen«, fuhr ich fort. »Sie soll ihnen sagen, das oberste Management sei sich der Aussetzung des Aktienhandels bewusst und zu Gesprächen bereit. Das sind wir zwar nicht, aber sie werden es auch nicht sein; sie werden in den nächsten Stunden dem eigenen Schwanz hinterherhetzen.«

Als ich auf den Bürgersteig hinaustrat, traf mich die schwüle Luft. Der Fahrer einer Limousine hielt mir die Tür zum Fond auf. Ich stieg ein. Callum sah mich erwartungsvoll an, bereit für allerletzte Instruktionen.

Im Wagen war es eiskalt.

Irgendetwas fehlt.

»Ein Alligator«, stieß ich hervor.

»Wie bitte?«, fragte Callum.

»Ein Litigator«, verbesserte ich mich. »Jemand von Litigation muss sich um einen Haufen Interviews kümmern. Nehmen Sie Myers; er hat Erfahrung. Geben Sie ihm eine Kopie der Verlautbarung. Er wird sofort begreifen, was uns bevorsteht.« Ich hielt inne. »Und, Callum ...«

»Ja?«

»Wenn Myers grinst, dann hauen Sie ihm eine runter.«

»Betrachten Sie ihn als niedergeschlagen«, sagte Callum. »Was ist mit Morty Pelzer?«

Ach, Morty, warum sitzt du nicht in deinem Lehnstuhl, wo du hingehörst?

»Hat sich unerlaubt von der Truppe entfernt«, entgegnete ich. »Versuchen Sie es immer mal wieder in seinem Vorzimmer, und veranlassen Sie ihn, mich im Auto anzurufen, sobald man ihn gefunden hat.«

Callum hing sich aufs Dach der Limousine und schaute mich an. »Brauchen wir Mortys Genehmigung, bevor wir unseren aufregenden Plan in die Tat umsetzen?«

Theoretisch, ja. Aber Morty war nicht, wo er sein sollte. Da der Syndikus Sonderurlaub hatte, stand niemand am Ruder der Rechtsabteilung. Nein, das stimmte nicht; ich hatte das Ruder.

»Drücken Sie einfach auf den Startknopf, Callum; so schnell und so fest Sie können.«

KAPITEL 20

Der Hauptsitz von Platonics stand auf einer Felsnase und schaute gebieterisch über den Hudson River, mit dem riesigen Bogen der George Washington Bridge als privater Zugbrücke. Trotz seines respektheischenden Anblicks war das Gebäude keineswegs protzig: eine Reihe niedriger Ziegelbauten, die ein kurz geschnittener Rasen und eine verblüffende Vielfalt von Bäumen umgab. Ein kleiner Uhrenturm erhob sich über dem Säulengang des Haupteingangs, und im Zentrum des Wendekreises stand die lebensgroße Bronzestatue eines Mannes im Gehrock mit einem Buch in der Hand.

Harvey Aldous hatte nicht die Gewohnheit, andere Menschen zu zitieren, doch die düstere Figur auf dem Sockel, die aus dem England des achtzehnten Jahrhunderts ins New Jersey des einundzwanzigsten geschafft worden war, bildete eine Ausnahme – die dynamische Verkörperung von allem, was die Wissenschaft lohnend machte: Sir Isaac Newton.

Wenn ich weiter sehen konnte, so deshalb, weil ich auf den Schultern von Riesen stand. Manchmal zitierte Harvey diese Worte Newtons als Antwort auf Belobigungen der wissenschaftlichen Fortschritte, die er erzielte. Sie waren mir immer arrogant und bescheiden zugleich vorgekommen.

Je höher sie stehen, desto tiefer fallen sie.

»Lassen Sie mich hier aussteigen«, sagte ich dem Fahrer, als wir noch ein Stück vom Haupteingang entfernt waren. Ich wies auf den nächsten Parkplatz. »Warten Sie dort auf mich. Ich brauche nicht lange.«

Vor dem Gebäude wimmelte es von Arbeitern, die große Kisten voller Dokumente in weiße Lkws ohne Firmenaufschrift verluden. Daneben stand ein Streifenwagen, an dem zwei Polizisten lehnten, Kaffee tranken und sich unterhielten. »He, Sie!«, rief mich einer von ihnen an, als ich vorbeiging. »Was wollen Sie hier? Hier ist Zutritt verboten.«

»Ich gehöre zu Roy Carp.« Ich griff mit der Hand in meine Jacke, als wolle ich eine untadelige Legitimation hervorziehen.

Der Polizist wies mit dem Daumen auf den Eingang und nahm sein Gespräch mit dem Kollegen wieder auf.

Wenn Polizisten Engel waren, dann stand Carp bei Gelegenheiten wie dieser immer auf ihrer Seite.

Die Eingangshalle von Platonics erinnerte an einen Flughafen, auf dem alle Flüge ohne Warnung oder Erklärung Startverbot bekommen und wo die Passagiere unruhig werden. Es wimmelte von Wunderkindern der Biotechnik-Generation, in Jeans, T-Shirts und drahtgefasste Brillen uniformiert, junge Männer mit zwielichtigen Bärten, junge Frauen mit offenem Haar und Laboranten in weißen Kitteln. Der Gesamt-IQ in diesem Chaos musste in die Zehntausende reichen, und das Meiste davon wurde in leidenschaftlichen Protesten gegenüber Männern und Frauen in Geschäftskleidung verbraucht – Carps Leute, nahm ich an. Ein gewisses Maß an geistiger Leistungsfähigkeit blieb jedoch ungenutzt: Ungefähr zehn Angestellte lungerten in mürrischem Schweigen auf den drei, vier Sofas herum, die an zwei Seiten der Lobby standen, oder saßen auf dem Boden, den Rücken an die Wände gelehnt. Sie schienen in unbestimmte Fernen zu blicken, geschockt und starr von den Neuigkeiten, die selbst ihr scharfer Verstand nicht begriff.

Mehrere Polizisten standen herum und verfolgten die heftigen Auseinandersetzungen auf Anzeichen, dass sich die Lage verschärfte, dass es zu mehr kam als erhobenen Stimmen, aber ich bemerkte, dass ständig Leute zum Ausgang marschierten.

Jeder von ihnen hielt ein Stück Papier in der Hand und senkte den Kopf, um beim Gehen zu lesen; vielleicht enthielt das Schreiben die Drohung, sie würden leer ausgehen, könnten durch unterwürfige Mithilfe aber vielleicht etwas mehr herausholen.

Arme Schweine, dachte ich. Wenn Carp ihnen Hoffnungen machte, so waren es falschen Hoffnungen – genau die Art von Währung, mit der er immer zahlte, wenn er in eine Firma einbrach. Seine Angel war echt, aber die Karotte bestand aus Pappmaché.

Ich ging zur Empfangstheke, wo zwei junge Männer an einem Laptop standen, neben dem das interne Telefonverzeichnis von Platonics lag.

Ich klopfte auf die Theke. »Carp will wissen, ob Toshio Nakashima noch im Hause ist.«

»Himmel«, antwortete einer der beiden müde. »Hier geht es zu wie in einem Flüchtlingslager. Wir hätten ihnen Etiketten anheften sollen, dann hätten wir vielleicht eine Chance herauszufinden, wer bleiben und wer rausgehen soll.«

Er wandte sich an seinen Kollegen. »Such mal nach Nakashima, ja?«

»Hab ihn«, erklärte der Kerl mit dem Laptop nach wenigen Sekunden stolz. »Nakashima, Toshio, Doktor. Biochemiker, Forschung. Er soll bleiben. Sieht aus, als wäre Dr. Nakashima eingeteilt, beim Ausschalten der Lampen zu helfen.«

»Wo sitzt er?«, fragte ich.

»Zweiter Stock, Zimmer siebenundzwanzig, Mr ...? Mr ...? Wer sind Sie, Sir? Ich muss ein Protokoll führen.«

Doch ich bewegte mich bereits ins Innere des Gebäudes, während die Stimme des eifrigen jungen Mannes an mein Ohr drang.

Hinter einer Drehtür betrat ich eine andere Welt, eine widerhallende, fast leere Welt aus Korridoren. Wo einst Schwärme von

Wissenschaftlern eilig zwischen Labor und Computerterminal hin und her geeilt waren, gab es nur noch stille Räume mit Glaswänden, in denen mannshohe Kolben leerstanden, sich keine Zentrifuge drehte und Rüttelmaschinen nicht rüttelten. Es lag sogar Abfall am Boden.

Ich ging am Technikum mit den Silos vorbei, in denen die Grundzutaten der biotechnischen Kochkunst hergestellt wurden. Die Forscher im Obergeschoss verknüpften Aminosäuren in kleinem Maßstab zu Peptidketten und modellierten die Proteine am Computer, um zu sehen, wie sie theoretisch aussahen, und wenn sie glaubten, einen aussichtsreichen Kandidaten gefunden zu haben, bestellten sie im Technikum einen größeren Posten ihres Gebräus und marinierten es selbst mit verschiedenen Permutationen genetischen Materials.

Heute wirkte das Technikum wie eine Kreuzung zwischen der Brücke von Raumschiff Enterprise und Onkel Festers Labor; doch statt dass ein Dutzend Techniker Urschleim für die Forscher anrührten, saß nur ein einziger Mann mittendrin und starrte mit leerem Blick auf einen Computermonitor – und auf dem Bildschirm war eindeutig ein Kartenspiel zu sehen. Normalerweise zeigte er ein schier unglaublich kompliziertes Labyrinth von Atomen.

Ich stieg die Treppe hoch und begegnete auf halbem Wege einem Mann, der in die andere Richtung ging. Er schleppte ein schweres Gerät, oder genauer gesagt, er wuchtete es von Stufe zu Stufe. Auf dem Metallgehäuse des Geräts war das vertraute gelb-schwarze Warnsymbol für Radioaktivität zu sehen. Unwillkürlich musste ich ihm einen Blick zugeworfen haben, der die Frage stellte: ›Entspricht das den Sicherheitsvorschriften?‹

Er sah mich finster an, und die unausgesprochene Antwort lautete: ›Als gäbe ich auch nur einen Scheiß drauf.‹

Am oberen Ende der Treppe durchschritt ich eine offen stehende Doppeltür zu einer weiteren Reihe von Labors, die sauberer wirkten und weniger vollgestopft waren als die im Erdgeschoss. Hier spiegelte die Gestaltung die eigentlichen Überlegungen hinter den ausgeführten Prozessen wieder: Ständer mit Reagenzgläsern stauten sich am Beginn einer Anlage, die an eine Einschienenbahn erinnerte. War sie in Betrieb, bewegten sich die kleinen Behälter am Gleis entlang und gelangten in einen Tunnel, wo mit Spritzen verschiedene Zubereitungen genetischen Materials injiziert wurden. Von dort transportierte das System die Gläser in Brutschränke oder markierte sie mit radioaktiven Farbstoffen, die man unter dem Elektronenmikroskop erkennen konnte: ein sehr sauberer und effizienter Rangierbahnhof im Kleinformat; aber heute bewegte sich hier nichts, heute wurde nichts verschoben.

Hinter den Labors kam ich auf einen schmalen Korridor mit einer dicken Tür, deren großer Stahlgriff stolz von der Wand abstand: ein begehbarer Kühlschrank. Bei Temperaturen bis minus hundert Grad eignete er sich kaum dazu, Milch oder Cola aufzubewahren, und ein Mensch konnte sich darin nicht länger als drei Sekunden aufhalten.

Ein Stück weiter kam ich zu einer anderen Tür, in die ein kleines Fenster aus verstärktem Glas eingesetzt war. Ich blieb nicht stehen, um hineinzuschauen; ich hatte schon alles gesehen: Es war die Mausmenagerie, in der mehrere hundert genetisch vorprogrammierte Viecher in ihren Käfigen hin und her huschten, bis das, was auch immer man ihnen gespritzt hatte, Wirkung zeigte. Harvey hatte mir einmal stolz seine ›grünen‹ Mäuse gezeigt: An ihnen war ein Protein dergestalt modifiziert worden, das sie unter ultraviolettem Licht grün fluoreszieren ließ wie Limettenwackelpudding. Durch diese kleinen Helfer, brüstete Harvey sich, könne er zuschauen, wie Gene Zellen herstellten und Krankheiten auslösten. Seine Mäuse mochte er. Für ihn war die Frage: ›Bist du Mann oder Maus?‹ eher ein Kompliment als eine Beleidigung. Jedenfalls seien die Mäuse, sagte er gern, nicht besonders begeistert über Gottes Entscheidung, ihnen eine ähnliche Zellstruktur wie dem Menschen zukommen zu lassen – sie bedeute ihr Todesurteil.

Der Korridor verzweigte sich in eine offen angelegte Fläche mit durch Glaswände abgeteilten Arbeitsplätzen und Büros.

Nur einer der Arbeitsplätze schien besetzt zu sein. Die übrigen waren entweder völlig leer, manche sogar ohne Möbel oder mit Umzugskartons vollgestellt.

Schreibtische, die Hunderte von Dollars gekostet hatten, würde man für zehn verkaufen. Geräte, die einmal ein Preisschild mit Millionenbeträgen getragen hatten, waren nur noch Tausende wert. Und Sleban: Am Tag zuvor war ein Wert von bis zu einer Milliarde nicht unrealistisch erschienen. Doch jetzt ...

»Wo ist Zimmer siebenundzwanzig?«, fragte ich den offenbar einzigen Insassen des Großraumbüros. Er saß vor einem gewaltigen Plasmabildschirm und blickte mich durch eine 3-D-Brille an, als er sich umwandte. An den Händen trug er Handschuhe, von denen sich ein Bündel Kabel zu einem Computer schlängelte.

»Warum sollte ich für Carps Leute auch nur einen Finger rühren?«, fragte er, zeigte mir aber immerhin den behandschuhten Mittelfinger.

»Ich arbeite nicht für Carp«, entgegnete ich. »Ich möchte Toshio Nakashima sprechen.«

»Oh«, antwortete der Mann entschuldigend. Er hob die Hände und wackelte mit den Fingern in meine Richtung.

»Aldous hat die Dinger erst vor ein paar Wochen genehmigt«, sagte er. »Hundert Riesen pro Set. Hiermit kann ich ein Protein dreidimensional modellieren und bewegen und seine Struktur verändern, indem ich nur meine Finger rühre. Ich kann jede DNA oder RNA interpolieren, die ich möchte, und sehen, ob ich einen Tumor übertölpeln oder sechsköpfige Lamas erschaffen kann. Das ist Gottes Computerspiel – was Cooleres haben Sie noch nicht gesehen. Aldous hat drei Stück davon gekauft. Die beiden anderen hat Carp schon eingesackt, aber das hier hat er noch nicht gefunden. Ich bleibe dran, bis die Sturmtruppen kommen, und dann werden sie die Kabel kappen müssen, um mich von hier wegzukriegen.«

Er machte Anstalten, die Brille abzunehmen. »Mal versuchen? Sie werden hin und weg sein.«

Ich schüttelte lächelnd den Kopf. »Danke, aber ich muss dringend zu Toshio Nakashima.«

Der Mann deutete auf eine Lücke zwischen den Arbeitsplätzen. »Ans Ende, scharf nach rechts, am Großrechnerraum vorbei. Toshios Platz ist dann links. Beliebt, der Junge … Eine Lady, die aussah wie eine Schullehrerin, hat vorhin auch nach ihm gefragt.«

»Hat sie sonst noch etwas gesagt?«

»Stehen geblieben ist sie nur, um mich zu fragen, wieso zum Teufel ich noch hier bin. Ich habe geantwortet: Das Chaos wird sich schon ordnen; Aldous wird auftauchen und alles klären. Der lässt uns nicht im Stich.«

»Ich hoffe, Sie haben recht«, sagte ich und ließ ihn weiter mit seiner geliebten Maschine spielen. Er wirkte wie ein geschiedener Mann, der gerade das Sorgerecht für seinen Sohn verloren hat und dem noch fünf Minuten mit ihm allein blieben, bevor seine Exfrau kommt und den Jungen mit sich fortnimmt.

Ich kam vor einer Tür raus, die nicht aus Glas, sondern solide war. Die Trennwände waren weiß und reichten nicht ganz bis zur Decke. Mit Tesa war eine Visitenkarte mit Toshio Nakashimas Namen an die Tür geklebt.

Ich klopfte an.

Nachdem es einige Augenblicke lang still gewesen war, drehte ich den Türknauf und trat ein.

Ich fand mich neben Bonny Cooper wieder. Sie stand vor einem Aktenschrank aus Stahl mit einer aufgezogenen Schublade.

»Nichts drin«, sagte sie tonlos.

Außer ein paar Papierfetzen auf dem Fußboden schien das Zimmer ziemlich leer zu sein. Wenn man Toshio Nakashima beauftragt hatte, die Lichter auszuschalten, so hatte er augenscheinlich mit dem eigenen Büro angefangen.

»Wo ist er?«, fragte ich.

Bonny sah mich finster an. »Na, offensichtlich ist er nicht hier, und es sieht nicht danach aus, als käme er wieder.«

»Ich glaube, wir sollten hier verschwinden«, sagte ich. »Hier wimmelt es von Carps Leuten, und sie werden nicht begeistert sein …«

»Ich bin stolz auf meine Arbeit«, erklärte Bonny laut. »Ich habe die Aktie empfohlen, weil ich an Platonics geglaubt habe, und an das Sleban. Ich gehe hier erhobenen Hauptes hinaus.« Sie sah sich in dem verlassenen Büro um. »Ich werde nicht fliehen wie Aldous oder Toshio. Mir ist egal, was Carp behauptet, diese Hyäne. Das ist alles erstunken und erlogen.«

Sie ging zur Tür. Bevor sie auf den Gang hinaustrat, wandte sie sich mir zu, um zu sehen, ob ich ihr folgte.

Das tat ich nicht. Ich starrte ein bestimmtes Stück Papier an, das auf dem Boden lag. Soweit ich sagen konnte, handelte es sich um eine Liste von E-Mail-Adressen.

»Das ist Firmeneigentum«, fuhr Bonny mich an. »Lassen Sie es liegen. Sie sind sowieso kein Biochemiker.«

Sie blieb stehen und beobachtete mich, bis ich mich wieder aufrichtete und zu ihr ging; das Stück Papier ließ ich liegen, wo es war. Technisch gesehen hatte sie vollkommen recht, mich zu tadeln, aber ich war darauf programmiert, Papierstücke zu sammeln.

Als wir den Arbeitsplatz erreichten, wo ich nach dem Weg

gefragt hatte, war der Kerl mit der 3-D-Brille und den elektronischen Handschuhen verschwunden. Für die Brille, die Handschuhe und den Plasmabildschirm galt das Gleiche. Ich sah jedoch keine zerschnittenen Kabel und keine Spur eines Handgemenges.

KAPITEL 21

In der Eingangshalle war es still geworden; nur eine Hand voll Anzugträger hielt sich dort auf. Die Wissenschaftler und Techniker hatten sich in Luft aufgelöst.

Bonny blieb stehen und blickte sich um. »Was Sie hier sehen, ist ein Verbrechen«, wisperte sie. »Ein Verbrechen an den Leuten, die hier gearbeitet haben, an allen Lupuskranken, allen Idealen und an Aldous.«

Sie drehte sich zu mir um, und ihr Gesicht war nicht mehr reglos, sondern von Verzweiflung erfüllt. »Davon erholt sich Sleban vielleicht nie wieder, wissen Sie. Es hat Jahre gedauert, es aufzubauen, aber nur einen Tag, um es zu zerstören.«

Was sollte ich dazu sagen? Sie wusste schon, dass es für Hannah eine ebenso große Tragödie bedeutete wie für jeden anderen Patienten auch.

Wir verließen das Gebäude. Der Streifenwagen war fort, die Lkws auch. Nur Sir Isaac Newton stand noch Wacht über die Verwüstung.

»Da ist unser Wagen.« Ich wies auf den beinahe leeren Parkplatz, wo unser Fahrer am Auto lehnte und eine Zigarette rauchte.

Bonny stand zu ihrem Wort. Sie hielt den Kopf hoch, und ihr Gang hatte eine trotzige Note.

Draußen war es entsetzlich heiß. Ich hatte das Gefühl, als stünde mein Nacken in Flammen. Bonny blickte nur starr voraus, hatte nur noch das Ziel, den Wagen zu erreichen, wo sie sich in den Sitz fallen lassen konnte, ohne dass ein Zuschauer es beobachtete.

Ich gewann den Eindruck, an der Hitze sei etwas nicht ganz natürlich. Als ich mich umdrehte, blinzelte ich in grelles Scheinwerferlicht.

»Hallo, Bonny«, hörte ich eine schneidende Frauenstimme.

Himmel. Nicht hier, nicht jetzt.

Debra Brassen von Fox Business News trat hinter dem Scheinwerfer hervor. Brassen die Gefürchtete, Brassen die Kreuzfahrerin gegen Wirtschaftskriminalität, Feindin der unehrlichen Vorstandsetagen und raubgierigen Banker. Mit einem Master in Betriebswirtschaft von Wharton und einem Sinn fürs Dramatische, mit dem sie sich in Hollywood nicht hätte verstecken müssen, weckte Brassen selbst im aalglattesten Wirtschaftsverbrecher noch Angst und Schrecken. In gewisser Hinsicht besaß sie zu einem guten Teil die gleichen Talente wie Bonny.

»Gehen Sie weg«, sagte ich und hob die Hand vor ein großes Kameraobjektiv, das auf Bonny gerichtet war.

»Normalerweise tummeln wir uns ja in der Forschungsetage von Eastern Trust, oder?«, begann Brassen, ohne auf mich zu achten. »Eine Bühne für glücklichere Zeiten, nehme ich an. Nicht wie hier, nicht so wie in dieser Fabrik des Betrugs und des Schwindels. Sagen Sie mir, Bonny, was ist wirklich geschehen? Erklären Sie es uns. Stimmt es, was man sich auf der Wall Street erzählt? Dass die Sleban-Studie manipuliert wurde und Aldous auf der Flucht ist? Dass Eastern Trust als Investmentbank von Platonics gefeuert wurde?«

Ich stellte mich vor Bonny. »Der Handel mit Aktien der Firma wurde ausgesetzt«, erklärte ich so gelassen, wie ich konnte, während ich spürte, wie mir der Schweiß hinunterlief und mein Magen sich verknotete. »Zu passender Zeit wird eine Verlautbarung folgen, aber bis dahin kann nichts weiter gesagt werden. Also lassen Sie uns bitte in Ruhe.«

Brassen nickte. »Betreiben Sie schon wieder Feldforschung? Machen sich für den Moment bereit, wo die Sperre aufgehoben wird, und taxieren die Trümmer für ihre nächste Kaufempfehlung für Platonics? Was werden Sie den Anlegern sagen? Vorübergehende technische Schwierigkeiten bieten eine gute Gelegenheit zum Schnäppchenkauf? Ist das Ihre Empfehlung für heute, Dr. Cooper? Wie die anderen Empfehlungen, die Platonics zur begehrten Aktie gemacht haben?«

Bonny schob mich beiseite und hielt ihr Gesicht in die Kamera.

»Ich stehe zu jeder Empfehlung, die ich je für Platonics ausgesprochen habe«, sagte sie.

»Nicht jetzt, Bonny«, warnte ich. »Dazu ist später noch Gelegenheit.« Ich nahm sie beim Arm und versuchte, sie wegzuziehen, aber sie schüttelte meine Hand ab. Ich stand vor einem Dilemma. Sollte ich sie reden lassen? Auf keinen Fall. Aber wie sähe es aus, wenn ich die bedeutendste Biotechnik-Analystin der Wall Street überwältigte und in ein wartendes Auto zerrte?

»Wie bemisst sich denn Ihre Aufwandsentschädigung, Dr. Cooper?« Ein gepresstes Lächeln gefror auf Brassens Lippen. »Vielleicht anteilig zu dem Umsatz, den Eastern Trust mit den Aktien erzielt, anteilig zu der Provision, die die Firma eingestrichen hat?«

Bonny ballte mit schlecht verhohlener Wut die Fäuste. Genauso liebte Brassen ihre Opfer: rauchend und gut durchgekocht.

»Das ist unerheblich«, entgegnete Bonny. »Ich bin unabhängig. Ich mache mir ein Bild und spreche meine Empfehlungen aus. Mein Urteil beruht allein auf wissenschaftlichen und wirtschaftlichen Kriterien. Auf sonst nichts.«

»Vielleicht bestimmen ja die Investmentbanker, wo es langgeht«, fuhr Brassen fort. »Mit der Chinesischen Mauer kenne ich mich aus. Aber machen wir uns nichts vor; die Honorare aus der Wirtschaft sind das große Geld. Hat man Sie unter Druck gesetzt, Dr. Cooper? Hatten Professor Aldous und die Banker von Eastern Trust ein verfrühtes Weihnachtsfest? Ein kleines, nicht auf Gewinn ausgerichtetes Unternehmen wie Platonics Inc. mit einem Star unter den Analysten als Cheerleader. Sehr schmeichelhaft für einen Biotechnik-Unternehmer, der aus dem Nichts gekommen und offenbar wieder dorthin verschwunden ist. Was hat er in Japan genau getan? Über dieses Kapitel seiner Biografie scheint man allgemein nicht gern zu reden. Doch die Gerüchteküche brodelt; es gibt sogar Hinweise darauf, dass bei der dortigen klinischen Studie jemand ums Leben gekommen ist.«

»Sie erheben verleumderische, ungerechtfertigte Anschuldigungen«, sagte ich scharf. »Hören Sie bitte sofort damit auf.«

»Nun«, sagte Brassen, »ich frage mich, ob Sie als Anwalt gut genug sind, um das nachzuweisen, nachdem Ihr Syndikus nicht im Büro ist ...«

»Professor Harvey Aldous ist ein Genie«, erklärte Bonny.

Ich spürte, dass Brassen vor Entzücken fast die Besinnung verlor.

»Lassen Sie uns in Ruhe«, rief ich und rammte die Hand zwischen Bonnys Mund und Brassens Mikrofon.

Brassen fuhr mit gespielter Empörung zurück. »Ein Genie? Wirklich?« Sie wies auf die Statue Isaac Newtons. »Wie er, meinen Sie? Mein Geschichtswissen ist etwas eingerostet, Dr. Cooper, aber wenn Sie nachschlagen, werden Sie feststellen, dass der alte Brite auf dem Sockel dort seine Laufbahn als Leiter der Königlichen Münze beschlossen hat – er prägte Geld für den König. Der Vergleich ist vielsagend, wenngleich wenig schmeichelhaft.«

»Sie drehen mir absichtlich die Worte im Mund herum!«, entgegnete Bonny wütend.

Brassens Miene verhärtete sich. »Ich denke, für Sie ist Platonics nur eine Firma unter vielen; Firmen kommen, Firmen gehen. Falls Sie einen Fehler machen, steht am unteren Ende Ihrer Gutachten ja schließlich das viele Kleingedruckte. Solange die meisten Ihrer Empfehlungen ins Schwarze treffen, soll es Ihnen recht sein, wenn auch einmal was danebengeht, habe ich nicht recht? Schließlich ist das alles nur mathematische Spielerei.«

»Ich sagte bereits«, warf ich fest ein, »dass bald eine Verlautbarung folgt. Das genügt.« Ich zog an Bonnys Handgelenk und spürte zu meiner Erleichterung, dass sie sich von mir wegführen lassen wollte.

»Für Sie und Ihresgleichen ist Platonics doch nur eine Statistik unter vielen«, sagte Brassen.

»Eine *Statistik?*«, schrie Bonny und riss sich wieder von mir los. »Sie glauben wirklich, Platonics und Sleban bedeuten mir nicht mehr? Sie glauben, dass Sleban nur ein Mittel ist, um Geld auf mein Bankkonto zu schaufeln?«

»Woher sollte ich es wissen?«, erwiderte Brassen. »Der Anwalt hier – ich nehme an, er ist ein Anwalt – möchte ja offenbar nicht, dass Sie für sich selbst sprechen.«

Bonny fasste sich an den Kragen ihrer weißen Bluse.

»Sie glauben, es geht nur um Dollars und Cents?«, fragte sie bedrohlich und begann, sich das Kleidungsstück aufzureißen. Die Knöpfe flogen in alle Richtungen und prasselten auf den Boden.

Bonnys Brüste und Bauch waren ein Feld der Verwüstung, ein rotes Netzwerk aus rohem Fleisch, eiternden Beulen und Kämmen mit groben Schneekappen aus einer zähen Salbe.

»Das ... Das wusste ich nicht«, stammelte Brassen. »Sie haben nie gesagt ...« Doch rasch erlangte sie ihre Fassung wieder. »Vielleicht, wenn Sie ...«

»Vielleicht, wenn ich damit durch die Straßen paradiert wäre?«, fragte Bonny verächtlich. »Wenn ich meine Krankheit benutzt hätte, um schwierige Kopfarbeit und ermüdende Laborstunden ruhmreicher erscheinen zu lassen? Vielleicht, wenn ich meine Seele entblößt hätte? Nun, da haben Sie es. Tut mir leid, dass ich keinen BH trage, aber es ist zu schmerzhaft.«

Sprachlos starrte ich auf ihre Brust; dann fiel mir ein, dass noch immer ein Objektiv auf sie gerichtet war. Mit dem Arm schlug ich heftig gegen die Kamera und hätte beinahe den Kameramann zu Boden geschickt.

»Sofort aufhören mit dem Filmen!«, brüllte ich. Ich zog Bonny die Bluse zusammen, legte ihr den Arm um die Schultern, um den Stoff an Ort und Stelle zu halten, und drehte sie um. »Wenn Sie irgendetwas davon senden, klagen wir!«, brüllte ich über die Schulter hinweg.

Bonny stützte schlaff den Kopf an mich. »Ich glaube, sie waren live.«

Unser Fahrer öffnete die Hintertür, und Bonny ließ sich gegen die Armlehne sinken.

»Alles in Ordnung mit ihr?«, fragte der Fahrer.

»Nein«, antwortete ich. Ich nahm an, dass mit Bonny seit Jahren nichts mehr in Ordnung gewesen war.

KAPITEL 22

»Man wollte mich am Sleban-Programm nicht teilnehmen lassen«, berichtete mir Bonny, als die George Washington Bridge hinter uns verschwunden war. »Bei mir gibt es Komplikationen, die die Ergebnisse verzerren würden. Ich habe Aldous angefleht, aber er blieb unnachgiebig.«

»Warum hat er Ihnen nicht außerhalb des Programms etwas gegeben? Aldous hätte das sicherlich machen können.«

»So etwas hätte er aber nie getan.« Sie drückte die Hände gegen das Fenster, vielleicht, um sich abzukühlen.

»Ist Toshio Nakashima Ihre Hauptquelle für Informationen über Platonics?«

»Nein, das ist Professor Aldous«, entgegnete Bonny süffisant.

»Und außer Aldous?«

»Ja, wahrscheinlich schon.«

»Was wissen Sie über Toshios Vorgeschichte?«

»Ich weiß, dass er ein ungesundes Interesse am Inhalt seines eigenen Medikamentenkoffers entwickelt hat.« Sie sah mich misstrauisch an. »Ist das eine offizielle Befragung, Herr Anwalt?«

»Noch nicht«, entgegnete ich, »aber die kommt bald. Zuerst mit unseren Litigatoren und externen Beratern. Dann die Börsenaufsicht. Danach, wer weiß? Die Polizei, die FDA, das Justizministerium. Man wird in ziemlich langer Schlange anstehen, um mit Ihnen zu reden, fürchte ich.« Ich hielt kurz inne. »Sie müssen gewusst haben, dass sein Vater der Dekan des Fachbereichs für Biochemie an der Universität Tokio ist. Professor Nakashima hat das Gutachten geschrieben, das Platonics den Weg an die New Yorker Börse geebnet hat. Letztendlich diente dieses Schreiben als Beleg der Billigung für Harveys gesamte Arbeit in Japan. Und dennoch hat Brassen von einem Todesfall bei der dortigen Studie ...«

»Den es natürlich nie gab«, rief Bonny wütend. »Ein ganz dummes Gerücht ist das.«

Sie blickte aus dem Fenster. Ringsum baute sich langsam das bekannte Manhattan-Panorama auf. »Ich brauche das Gutachten der Sachverständigen«, sagte sie, »von dem in dem Entwurf für die Verlautbarung die Rede war.«

»Woher haben Sie eine Kopie dieses Entwurfs, Bonny?«

Sie winkte ab. »Besorgen Sie mir einfach dieses Gutachten. Ich muss es sehen; ich muss meine, *unsere* Argumentation vorbereiten. Mein Ruf hängt davon ab.«

Sie schloss die Augen, betastete vorsichtig ihre Brust und zuckte dabei vor Schmerz zusammen. »Deshalb ist Sleban so wichtig«, sagte sie. »Es darf nicht sterben. Über Aldous ist es jetzt hinaus; es braucht ihn nicht einmal mehr.« Sie drückte sich in den Sitz, als suche sie nach einer bequemeren Haltung. »Aber heute hält sich ja jeder für einen Experten. Sie schütteln ihren hohlen Kopf und sprechen das Wort ›Thalidomid‹ aus, als wüssten sie, wovon sie reden.« Sie wandte sich mir zu. »Sie wissen, was aus Sleban werden wird, nicht wahr?«

»Sagen Sie es mir.«

»Es wird verschwinden«, sagte sie. »Entweder geht es zu einem Pharmariesen, wo man es begräbt, um weiter die alten, nutzlosen Medikamente verkaufen zu können, oder irgendeine räuberische Biotechnik-Firma aus Übersee kauft es für ein paar Cent und quetscht das Know-how dann für irgendein nichtsnutziges Programm aus, vielleicht um Ameisen gegen Schizophrenie zu behandeln.«

Ich setzte Bonny an ihrer Wohnung ab und rief das Krankenhaus an. Hannah befinde sich noch immer auf ihrer Rundreise, hieß es, und käme erst in einigen Stunden zurück in ihr Zimmer.

Danach telefonierte ich mit Callum. Bevor ich etwas sagen konnte, berichtete er mir, dass jeder nur noch vom Fernsehinterview sprach. »Hudson Falmer hat angerufen«, sagte er. »Er klang stinkwütend. Er konnte Sie auf dem Handy nicht erreichen.«

»Ich hatte es abgestellt. Um mich vor Leuten wie ihm zu schützen. Hören Sie einfach zu, ja? Schicken Sie Angela zur Personalabteilung und suchen Sie für jeden, der je mit Platonics in Berührung gekommen ist, die Registrierung bei der Börsenaufsicht und der Börse heraus.«

»Und was soll sie damit anfangen?«, fragte Callum unschuldig.

»Sie überprüfen, ob sie in Ordnung sind, um Gottes willen; was glauben Sie denn? Wir müssen wissen, ob da irgendjemand ohne Flugschein geflogen ist.«

»He«, entgegnete Callum in verletztem Ton. »Vergessen Sie nicht, ich bin nur der Sekretär.«

»Sie sind das Opfer Ihres eigenen Erfolges.«

»Sonst noch was, Sir?«, erkundigte sich Callum zackig.

»Bitten Sie Angela, die Personalakte von Bonny Cooper mitzubringen – komplett.«

Der Wagen war nun fast vor unserem Firmensitz. »Füllt sich mein Büro mit Dokumenten? Arbeitet die Personalabteilung mit uns zusammen?«

»Wie Sherpas auf dem Mount Everest. Und Ihr Büro sieht aus wie ein begehbarer Aktenschrank.«

»Ich bin bald zurück«, sagte ich. »Hat Tommy Itoh wieder angerufen?«

»Ich wollte es nicht erwähnen«, entgegnete Callum. »Sie können davon ausgehen, dass er angerufen hat, bis ich Ihnen das Gegenteil mitteile.«

KAPITEL 23

Mit einem einzigen Blatt Papier vor mir saß ich am Schreibtisch, nur einem Blatt, ausgewählt aus den Tausenden, die mein Büro füllten, sich in den schwarzen Aktenordnern drängten und den Börsengang der Platonics-Aktien an der New Yorker Börse angemessen dokumentierten.

Auf meinem Schreibtisch aber lag ein Brief auf offiziellem Papier der Universität Tokio.

Ich gestattete ihm, flach auf meiner Handfläche zu liegen. Professor Nakashimas Worte besaßen eine Menge Gewicht, besonders bei Carly Earl, der Vorstandsvorsitzenden der Eastern Trust Bank, an die er adressiert war. Nakashima hatte bestätigt, dass Aldous' Forschungsprojekt in Japan mit intellektueller Schärfe und unbeirrter Integrität durchgeführt worden sei, ihm uneingeschränkter Erfolg bevorstehe und es nur aus Finanznot vorzeitig eingestellt worden sei.

Gleichzeitig hatte Nakashima ähnliche Briefe an die FDA und die Nationale Gesundheitsorganisation gesandt. Dieser Titan der wissenschaftlichen Gemeinde Japans hatte für Aldous seinen Ruf in die Waagschale gelegt.

Bis zu diesem Morgen war der Brief mein großer Beruhiger gewesen, die Widerlegung all meiner Zweifel und Bedenken. Jetzt war er kaum mehr als ein schlaffes Feigenblatt, mit dem man möglichen Prozessgegnern winken konnte, um damit darzulegen, dass wir durchaus unsere Hausaufgaben gemacht hatten.

Nur dass natürlich bei unseren Hausaufgaben nicht aufgedeckt worden war, dass Nakashimas Sohn einen Job in der Firma erhalten hatte, über die der Vater ein objektives Urteil hatte abgeben sollen.

Callum kam mit einem beigen Schnellhefter herein. »Dr. Bonny Cooper«, sagte er und warf ihn mir auf den Tisch. »Ein Leben im Jargon der Personalabteilung.«

»Danke.«

Er zögerte. »Übrigens ist eine Werteinbuße zu verzeichnen.«

»Sie haben es also gesehen«, seufzte ich.

»Ganz schön lausiger Geschmack.« In seiner Stimme lag echte Trauer. »Verpixelung an strategischen Stellen hat es nicht besser gemacht. Arme Lady.«

»Ja«, sagte ich tonlos. »Haben Sie Morty schon gefunden?«

Callum lachte hohl auf. »Ich habe nicht einmal seine Zigarre gerochen. Vielleicht ist er mit Ihrem Professor abgehauen.«

»Das ist nicht *mein* Professor«, widersprach ich ein wenig zu scharf.

Callum zuckte mit den Schultern. »Nur eine Redensart, Alec. Hat nichts zu sagen.«

»Ist das Team okay?«

»Einige glauben, ich schirme Sie vor ihnen ab. Als wäre ich die böse Stiefmutter, die ihnen den Daddy weggenommen hat.«

Ich stöhnte innerlich. Meinen Fernsehauftritt hatten meine Leute sicher mittlerweile gesehen. »Beraumen Sie für morgen eine Besprechung an.«

»Natürlich.«

»Ist noch etwas?«

»Ein Litigator möchte, dass Sie in Ben Reillys Büro runtergehen und überprüfen, ob es zu Ihrer Zufriedenheit geräumt worden ist.«

»Um Himmels willen ...«

»Haben Sie ein Herz, Alec«, sagte Callum. »Der Junge klingt, als wäre er gerade aus den Windeln raus. Er sagt, Myers habe ihm verboten, seinen Posten zu verlassen, ehe Sie Ihr Okay gegeben haben. Außerdem wird Ihnen der Spaziergang gut tun.«

Ich legte Nakashimas Brief auf den Schreibtisch.

KAPITEL 24

Ich gab den Zugangscode ins Tastenfeld neben der Tür zur Investmentbankingabteilung ein. Bens Büro grenzte direkt an das von Hudson Falmer. Falmer war nicht anwesend, und seine Brut von Sekretärinnen, persönlichen Referenten und allgemeinen Kletten beäugte mich mit offener Feindseligkeit, als ich vorbeiging.

Und tatsächlich ... Ein Baby-Alligator stand in dem leeren Raum, der einmal Bens Büro gewesen war. Schreibtisch und Telefon hatte man darin gelassen, aber alles andere war verschwunden.

»Ich hoffe, das geht in O-ordnung so«, stammelte der Junge.

»Sieht gut aus«, sagte ich ernst. Ich kam mir vor wie ein Verräter; als gratuliere ich dem Henker des Mannes, der mein bester Freund gewesen war.

»Hat Reilly geholfen?«, fragte ich.

Mit sichtlichem Unbehagen verlagerte der Litigator sein Gewicht. »Ich glaube, Mr Falmer hat ihm nahe gelegt, nach Hause zu gehen.«

Irgendwie erleichterte mich das.

Ich musterte den Raum. Mein Blick blieb auf einer Teppichfliese hängen, die sich gelöst hatte. Ich sah, dass der stählerne Bodenbelag darunter sich verzogen hatte.

»Als wir die Anrichte hinausschafften, hat sie sich verhakt«, erklärte der Alligator rasch und griff nach der Fliese.

»Lassen Sie das liegen«, sagte ich. »Es ist unwichtig. Gehen Sie jetzt zu Myers; ich werde ihn darüber informieren, wie gut Sie die Sache bewältigt haben.«

»Danke …« Der junge Mann huschte aus dem Zimmer.

Ich machte mir nicht die Mühe, die Tür zu schließen; die Wände waren ohnehin aus Glas, und draußen schien sich niemand besonders für meine anhaltende Gegenwart zu interessieren. Wahrscheinlich würde sich jeder eine Weile von dem Büro fernhalten. Es war verflucht.

Ich zog die Stahlplatte hoch, kniete mich neben das Loch und schaute hinein. Ich sah nur Staub und Kabel, die Blutgefäße, die das ganze Gebäude durchliefen – genug, um sie zum Mond und wieder zurück zu spannen.

Ich zog die Jacke aus und griff mit der Hand in den Hohlraum. Nichts. Keine unbequemen Durchschläge eines Verlustgeschäfts, keine Säckchen mit Kokain. Doch als ich meine Hand längs der Kabel zurückzog, streifte sie kurz über eine Abzweigdose.

Die meisten Abzweigdosen waren rohe Würfel aus Stahl oder Aluminium und fühlten sich kalt an. Diese hier war jedoch klein und aus Plastik, und in der Oberfläche ertastete ich den Umriss einer Telefonbuchse.

Ich ging an Bens Schreibtisch, stöpselte das Telefon aus und steckte das Kabel in die verwaiste Öffnung.

Dann nahm ich den Hörer ab, wartete auf den Rufton und wählte Null für die Hauptvermittlung.

»Welche Nummer ist das, bitte?«

»Zwei-drei-vier-neun«, antwortete die Telefonistin.

»Zu welcher Abteilung gehört der Anschluss?«

Kurze Pause. »Devisenhandel.«

Scheiße. Devisenhandel war fünf Stockwerke von Investmentbanking entfernt; es bestand kein Grund, weshalb die Abteilung hier einen Anschluss haben sollte.

»Hier spricht Alec Mayne«, sagte ich. »Bitte stellen Sie ein Verbindungsprotokoll für diesen Anschluss über die vergangenen sechs Monate zusammen. Schicken Sie es in mein Büro auf der Sechsten.«

»Sie haben es morgen vorliegen.«

»In einer halben Stunde wäre besser. Ich handele im Auftrag von Carly Earl, der Vorstandsvorsitzenden.«

»Äh ... sicher.«

Ich stellte das Telefon auf Bens Schreibtisch zurück.

»Was haben Sie hier zu suchen?«

Als ich herumfuhr, stand Hudson Falmer in der Bürotür und musterte mich wütend.

»Ich überzeuge mich davon, dass die relevanten Papiere eingesammelt wurden.« Ich winkte vage in Richtung der leeren Regale. »Ich gehe davon aus, dass Sie Ben nach Hause geschickt haben.«

Falmer sah mich finster an. »Ich nehme an, Ben war ein lausiger Anwalt, aber er ist ein großartiger Banker, und ich werde nicht gestatten, dass ihm seine Karriere aufgrund eines einzigen Fehlurteils ruiniert wird.«

»Ich muss objektiv bleiben, Hudson«, sagte ich. »Das ist mein Job. Aber Ben ist mein Freund, und ich wünsche mir genauso sehr wie Sie, dass er aus diesem Schlamassel unbeschadet herauskommt.«

»Das sollte er auch lieber. Ich möchte ihn nicht verlieren. Und ich möchte nicht, dass Ihr verfilztes Liebesleben Ihnen die Objektivität trübt, auf die Sie anscheinend so stolz sind.«

»Wie meinen Sie das?«

»Einer der Alligatoren hat ein Foto in Reillys Schublade gefunden; das Foto einer Frau. Hübsche Frau. Ihre Frau, Mayne. Ich werde Sie im Auge behalten. Bleiben Sie nur schön objektiv, und schützen Sie meinen Jungen.«

Mir war, als hätte er mich geschlagen.

»Ich sehe Sie um zwei, in Carly Earls Büro«, brachte ich mühsam hervor. »Ich habe eine E-Mail von Roland Spitz, dem externen Berater. Er kommt auch.«

»Noch mehr verdammte Anwälte«, brummte Falmer und trat zur Seite, um mich aus dem Büro zu lassen.

KAPITEL 25

Ich kehrte in mein Büro zurück und versuchte, aus dem Kopf zu bekommen, was Hudson Falmer gerade gesagt hatte.

Ich öffnete Bonny Coopers Personalakte und betrachtete die Furcht erregende Liste akademischer Würden, die sie in einem Alter angesammelt hatte, als ich gerade mit dem Hauptstudium begonnen hatte. Nach dem Studium hatte sie zunächst als Biochemikerin in der Forschung bei Eli Lilly gearbeitet, dem Pharmariesen. Von dort war sie als Wertpapieranalytikerin im Biotechnik-Sektor bei Goldman Sachs ins Bankfach gewechselt. Nach ein paar Jahren kam sie zu Eastern Trust, wo sie die letzten fünf Jahre beschäftigt gewesen war. Ein Lebenslauf mit einer steil nach oben strebenden Kurve, gestört nur von einer Abmahnung bei Eastern Trust. Einem Geschäftsmann, der sie als ›gefährlichen Schreiberling‹ bezeichnet hatte, hatte sie geantwortet, in den meisten Abstrichen auf einem Objektträger fänden sich mehr Gehirnzellen als bei ihm. Sie nahm die Abmahnung und eine zehnprozentige Kürzung ihres Jahresbonus klaglos hin, weigerte sich aber, die heftige Wertabstufung der betreffenden Firma zurückzunehmen – die sechs Monate später Pleite machte.

Ich wandte mich dem medizinischen Teil zu. Lupus wurde nicht erwähnt, aber Bonny hatte überdurchschnittlich viele Fehltage. Migräne, Migräne, immer wieder Migräne als Begründung – bis auf ein Mal: ein gebrochener Zeh. Versicherungsansprüche waren allerdings nie eingereicht worden.

Ich las noch einmal die Zusammenfassung ihres beruflichen

Werdegangs und suchte nach einer Anomalie. Als ich gerade aufgeben wollte, bemerkte ich, dass jemand um das Jahr ihres Weggangs von Goldman Sachs einen Tintenkringel gezogen hatte.

Ich ging die Akte erneut durch: Bonnys Vertrag bestätigte, dass ihr Beschäftigungsverhältnis bei Eastern Trust im September begonnen hatte. Wann hatte sie Goldman Sachs verlassen? Im gleichen Jahr natürlich, aber in welchem Monat? Gab es hier eine ungeklärte Lücke im Lebenslauf? Ich suchte nach dem Arbeitszeugnis von Goldman, auf dem ihre genauen Daten stehen mussten. Ich fand ein überschwängliches Zeugnis von irgendeinem hohen Tier bei Eli Lilly, aber sonst nichts.

Ich wählte Chip Dexters Nummer. Chip war mein Pendant bei Goldman Sachs. Auf der Wall Street war man sich einig, dass Chip eher Syndikus bei Goldman werden würde, als dass ich die Spitzenposition bei Eastern Trust erreichen würde. Ich fragte mich, ob ihm klar war, dass er nunmehr als Einziger noch im Rennen war.

Er nahm den Anruf an, ohne dass ich vorher an einer Sekretärin vorbeigemusst hätte.

»Hi, Chip«, sagte ich gezwungen fröhlich. »Wie geht's dir, mein Freund?«

»Der übliche Scheiß«, antwortete Chip, »aber danke, dass du fragst. Bei mir marschiert gerade die Börsenaufsicht im Stechschritt durchs Gebäude. Inspektionsbesuch. Und die Buchführung versucht, mir ein neues Überwachungssystem zur täglichen Bewertung der Options- und Terminkontrakte anzudrehen. Die Wertpapierabteilung glaubt, ich versuche, ihr das Geschäft zu ruinieren, weil ich höflich angeregt habe, dass sie alle ihre Abschlüsse meldet. Nenn mich Adolf…« Er seufzte dramatisch. »Und gestern Abend musste ich eine Delegation von der Schanghaier Börse zum Essen und in eine Show ausführen…«

Er schwieg.

»Möchtest du nicht wissen, in welche Show?«, fragte Chip ernst.

Ich tat ihm den Gefallen. »In welche Show?«

»Les Misérables. Die Chinesen fanden sie nicht komisch.«

»Sie ist auch nicht komisch gemeint.«

»Wahrscheinlich nicht«, gab Chip zu. Wieder schwieg er einen Moment. »Ich schätze, bei Eastern Trust gibt's im Moment auch nicht viel zu lachen.«

»Das nicht gerade«, bestätigte ich.

»Ich habe den ... du weißt schon ... Himmel, Alec, diese Debra Brassen ist ein echtes Dreckstück. Bonny war hier mal Analystin, weißt du?«

»Deshalb rufe ich an, Chip. Ich möchte dich bitten, in den Akten etwas über sie für mich nachzusehen.«

»Schieß los, Mr Mayne.«

»Hast du ihre Personalakte? Ich möchte nur ein paar Daten kontrollieren. Die Börsenaufsicht wird sie fast mit Sicherheit irgendwann befragen, und ich muss sicherstellen, dass ihre Akte in Ordnung ist.«

»Die legendäre Mayne'sche Voraussicht live beobachtet«, sagte Chip. »Kannst du einen Augenblick dranbleiben? Ich hole mir die Zusammenfassung auf den Schirm.«

Ich hörte, wie er mit seiner Tastatur klapperte.

»Schon da«, verkündete Chip. »Nicht schlecht – zehn Sekunden. Ich wette, bei euch im Museum muss man irgendeiner Hexe in der Personalabteilung um den Bart streichen, und selbst dann dauert es einen Tag, bis es ankommt. Habe ich recht?«

Er hatte noch nie widerstehen können, Großrechner miteinander zu vergleichen. »In welchem Monat hat sie euch verlassen?«

»Im Februar.«

Und bei Eastern Trust hatte sie erst im September angefangen. Was hatte sie in der Zwischenzeit gemacht?

»Wohin ist sie euren Unterlagen nach von Goldman gegangen?«

»Das weißt du nicht?«, fragte Chip.

»Du kennst die Regeln, Chip. Du spekulierst nicht, wieso ich frage, und du versucht nicht, mir in den Kopf zu schauen, was für Motive ich haben könnte. Ich will nur die Daten in Einklang sehen, das ist alles.«

»Okay, okay«, brummte Chip. »Himmel, bei euch muss es wirklich heiß hergehen.«

Ich hörte weitere Tastenanschläge.

»Es steht hier nicht ausdrücklich«, gab Chip schließlich zu. »Aber ich kann es mir aus den Daten der Empfehlungsschreiben, die wir ihr ausgestellt haben, zusammenreimen.« Wieder eine Pause. »Hier habe ich das, das wir euch geschickt haben – im September.«

»Ihr habt uns im September ein Empfehlungsschreiben geschickt?«

»Ja, sicher. Habt ihr es nicht in eurer Akte?«

»Was steht in dem Brief?«

»Ich fürchte, den Text kann ich dir nicht geben«, sagte Chip. »Ich müsste mir die Kopie aus der Personalabteilung holen, von unserer eigenen Hexe. Aber abgeschickt wurde er – kein Zweifel möglich. Am 20. September. Ich weiß allerdings nicht, ob vormittags oder nachmittags.«

»Wurde irgendwas im Februar verschickt?«

»Darauf wollte ich gerade kommen«, sagte Chip. »Auch ein Empfehlungsschreiben, abgesandt gegen Ende des Monats.«

»An wen?«

»Fachbereich für Biochemie, Universität Tokio.«

Aha: Bonny war zur gleichen Zeit wie Aldous in Tokio gewesen, und in der gleichen Abteilung. Professor Nakashimas Abteilung.

»Danke, Chip«, sagte ich so gelassen, wie ich konnte. »Das stimmt mit dem überein, was ich hier habe.«

»Na klar«, versetzte Chip.

»Könntest du noch einen Blick in den medizinischen Teil werfen?«

»Auf keinen Fall. Wo immer die Grenze ist, Alec, du hast sie gerade überschritten. Ich hab's im Fernsehen gesehen; die medizinische Vorgeschichte dieser Frau ist für heute genug breitgetreten worden.«

»Denke ich auch. Danke für deine Hilfe; ich bin dir was schuldig.«

»Lass dich nicht von Platonics fertig machen, Alec. Goldman hält einen maßvollen Anteil dieser Firma; aber trotzdem wirst du mich nicht voranstürmen und klagen sehen. Zumindest ist durch dieses Zeug niemand zu Tode gekommen – außer dieses Gerücht über einen Todesfall vor vier Jahren stimmt –, sonst würde es euch in den Untergang reißen.«

KAPITEL 26

Callum steckte den Kopf zur Tür herein.

»Ich weiß, ich habe gesagt, ich würde nur etwas sagen, wenn er *nicht* anruft.«

»Tommy Itoh …«, sagte ich mit zusammengebissenen Zähnen.

»Genau.« Callums Augen funkelten. »Und zum Glück ruft er von Japan aus an, denn ich glaube, mittlerweile ist er so weit, Sie umzubringen.« Er kam herein und schloss die Tür hinter sich. »Wenn ich also schon Trommelfellblutungen erleiden soll, dann sagen Sie mir wenigstens, warum.«

Ich seufzte. Ich hatte Itoh schon so lange aus meinem Leben verdrängt, dass ich allmählich geglaubt hatte, er existiere gar nicht, dass er nur ein böser Traum gewesen sei.

»Er war der Chef für Derivatenhandel im Tokioter Büro«, sagte ich. »Er hat mit komplexen Finanzprodukten gehandelt. Der größte Teil des Managements hat seine Geschäfte überhaupt nicht begriffen – die Typen haben sich nur gierig auf seine phantastischen Profite gestürzt. Er hat einen Doktor in Mathematik vom MIT und hat bei großen New Yorker Firmen gearbeitet, bevor er nach Tokio zurückgekehrt ist, wo er als härtester und frechster Player am ganzen Markt gegolten hat.«

Ich erinnerte mich an sein ernstes Gesicht, den dunklen Anzug und die Breguet-Uhr. Als ich ihm vorgestellt wurde, hatte er mir die Hand gereicht, die ich geschüttelt hatte, während ich mich vor ihm verbeugt hatte, und dann hatte er sich verbeugt, während ich meine Hand vorgestreckt hatte. *Halten Sie sich aus meinen Geschäften raus*, hatte er souverän gesagt, *und wir werden wunderbar miteinander zurechtkommen.*

»Er war ein verfluchter Irrer«, fuhr ich fort. »Fast war es, als würde er seine Geschäfte absichtlich darauf anlegen, mit ihnen jede einzelne Regel auf der Welt zu brechen. Er hat mit irrsinnigen Summen gehandelt – manchmal waren es Milliarden. Er durchbrach jedes Limit, dass man ihm setzte. Für ihn war es alltäglich, Haus und Hof zu verwetten.«

»Und er hat die Wette immer gewonnen?«

»Ja«, gab ich zu. »Immer. Und wann immer ich mich über sein Verhalten beschwert habe, telefonierten sie mit New York und schwärzten mich an. Sie sagten, ich würde ›obstruieren‹ und ›dem Geschäft schaden‹. Und wenn ich mit New York sprach, machte man mich zur Schnecke und sagte, es sei mein Job, ihn zu kontrollieren.«

Jeden Morgen, wenn ich ins Büro ging, fragte ich mich, welche Ungeheuerlichkeit Itoh wohl im Laufe des Tages begehen würde. Er spannte mich nie lange auf die Folter.

»Außerdem habe ich die Hälfte meiner Zeit damit verbracht, seine Spesenabrechnungen zu prüfen«, fuhr ich fort. »Tausende von Dollars an Havanna-Zigarren und erlesenen Weinen für Kunden, über die es nichts Schriftliches gab. Rechnungen von Clubs, Bars und Restaurants, die in die Zehntausende gingen – unglaublich.« Ich hob verzweifelt die Hände.

»Aber Sie waren nicht der Buchhalter«, wandte Callum ein. »Was kümmerte Sie das?«

»Die meisten Forderungen waren gefälscht. Er nahm uns aus, und er gab sich nicht einmal große Mühe, es zu verbergen. Seinetwegen hätten die Behörden uns beinahe den Laden dichtgemacht. Ich musste ständig zum Finanzministerium und zur Finanzaufsicht und mich vor ihnen in den Staub werfen; in einem Land, wo das Gesicht alles ist, musste ich mich demütigen. Itoh war es egal. Er schien es fast zu genießen.«

»Sie hätten versuchen sollen, ihn loszuwerden«, meinte Callum.

Das hatte ich getan. Nur einmal. Aber nicht wegen unkoscherer Spesenabrechnungen, sondern wegen Schmiergeldzahlungen an Mittelsmänner in einem großen Geschäft um Düsentreibstoff, in das der Fliegerhorst der US-Marine in Atsugi, knapp südlich von Tokio, verwickelt war.

Dass Itoh zu einem Beamten des Finanzministeriums *kusottare* gesagt hatte – was ungefähr so viel hieß wie ›Friss Scheiße und stirb‹ –, war nirgendwo festgehalten, und an diesem Tag hätten wir um Haaresbreite unsere Lizenz verloren.

Die Besprechung hatte sich allerdings noch aus einem anderen Grund in mein Gedächtnis eingebrannt. Als ich herauskam, wurde mir mitgeteilt, dass unsere Tochter zur Welt gekommen und nach zehn Minuten gestorben war. Wegen Itoh hatte ich unser Baby nicht in die Arme nehmen können, als es noch lebte.

Mein Telefon klingelte.

Callum sprang hinzu. Er horchte einen Augenblick, dann legte er die Hand über die Sprechmuschel. »In Miss Earls Büro wartet man auf Sie. Es heißt, Sie kämen zu spät.«

Ich sah auf die Uhr. Eine Minute nach zwei.

KAPITEL 27

»Sie sind zu spät«, sagte Carly Earl angespannt, als ich auf Zehenspitzen ihr spartanisches Büro im dreißigsten Stockwerk betrat.

»Entschuldigung«, sagte ich und setzte mich.

Sie trug wie üblich ein Chanel-Kostüm, jede Strähne ihrer bewusst modischen Frisur steif und unbeweglich, den Mund zu einem nicht überzeugenden Standardlächeln gekrümmt.

Rechts von mir saß Hudson Falmer, kerzengerade mit im Schoß verschränkten Händen, auf dem Gesicht eine starre, kampfbereite Miene, bereit, Beleidigungen gegen die Investmentbankabteilung abzuwehren, aus welcher Richtung sie auch kommen mochten. Ihm gegenüber schwitzte der externe Berater Roland Spitz über einem Stapel Papiere, links und rechts neben sich eine frische, alerte Gehilfin; beide wirkten leicht peinlich berührt.

Carly wandte sich an Spitz. »Roland war so freundlich, unsere mögliche Bloßstellung durch die Platonics-Affäre mit einem ersten Erröten zu kommentieren.«

Spitz wand sich unbehaglich. »Carly, ich habe nur ein paar mögliche Szenarien aufgezeigt. Es wäre ein bisschen voreilig, jetzt schon ...«

»Ich erwarte auch noch keine präzise Darstellung von Ihnen«, entgegnete Carly. »Aber Sie können doch sicher etwas weniger Abstraktes zustande bringen als Ihre gegenwärtige Spanne von Null bis zu einer Milliarde Dollar.«

»Mit so wenig konkreten Daten ...«

Armer Kerl, dachte ich. Er war erheblich smarter, als seine jetzige Vorstellung vermuten ließ, aber vor Carly zeigte er sich regelmäßig heillos eingeschüchtert.

»Und Sie, Alec?«, wandte sich Carly an mich, ohne Spitz ausreden zu lassen. »Was haben Sie erreicht?«

Ich berichtete. Sie verzog keine Miene, während ich sprach; trotzdem würde sie jedem im Raum um mehrere Schritte voraus sein. So war es schon immer gewesen – vor einigen Jahren, als sie Eastern Trusts oberste Vermögensverwalterin gewesen war, hatte sie eines Morgens erklärt, die Internetblase stehe kurz vor dem Platzen. Einige Wochen später war es geschehen.

»Selbstverständlich«, sagte Hudson Falmer ernst, »sind wir ohne Coltrane Peachs und Morty Pelzers Rat nicht in der Lage, die Vernunft oder Unvernunft von Alec Maynes Schlachtplan zu beurteilen.« Er bedachte Roland Spitz mit einem abfälligen Blick. »Das soll keine Respektlosigkeit gegenüber Mr Spitz sein, aber die Ansichten erfahrener *interner* Juristen von Eastern Trust wären unbezahlbar, um die Feinheiten der Lage einzuschätzen.«

»Es ist ganz einfach«, entgegnete Carly. »Wir finden heraus, was passiert ist; wir stellen fest, ob uns an dem, was passiert ist, irgendwelche Schuld triff; wir bewerten, wie viel wir schuldig sind, wenn überhaupt. Wir bieten an, es zu bezahlen. Wenn das Angebot nicht angenommen wird, dann prozessieren wir. Haben Firmenangehörige sich falsch verhalten, werden wir versuchen, ihnen den Rücken zu stärken, aber am Ende müssen sie sich zusammen mit uns den Konsequenzen stellen.«

Falmer räusperte sich. »Ich liefere gern Hinweise zur Handhabung unserer eigenen Aktionäre, falls diese die Notwendigkeiten nicht einsehen sollten, die komplizierte Investmentbanking-Transaktionen mit sich bringen. Ich bin zwar sicher, dass wir sie letztlich von unserer Sichtweise werden überzeugen können; aber Aktionäre sind manchmal unberechenbar.«

Die Aktionäre würden wahrscheinlich alles genauso sehen, wie Carly es ihnen sagte; für die meisten von ihnen trugen ihre Beurteilungen den Hauch des Göttlichen in sich. Was Falmer betraf, so wurde er dadurch an seine eigene Fehlbarkeit erinnert. Es hieß, er habe beim Zusammenbruch der Dotcoms zwanzig Millionen eigenes Geld verloren.

»Danke, Hudson«, fuhr Carly fort, »ich würde Ihre Informationen zu schätzen wissen. In der Zwischenzeit werden wir die Daten sammeln, die maßgeblichen Parteien befragen und uns der Börsenaufsicht stellen. Darum kümmert sich Alec Mayne. Und ich erwarte, dass Sie ihn rückhaltlos unterstützen, Hudson.«

Falmer presste die Lippen zusammen.

»Ich verstehe eines nicht«, sagte ich. »Sollte Morty Pelzer nicht die Leitung haben? Warum ist er nicht hier?«

»Ihr Chef hat gekündigt«, antwortete Falmer tonlos.

Ich hörte die Worte, doch ich begriff sie nicht. »Aber das ...«

»Mr Pelzers Beschäftigungsverhältnis steht nicht auf der Tagesordnung«, unterbrach mich Carly forsch.

Morty hatte *gekündigt?* Unmöglich. Er stand kurz vor dem Ruhestand. Er hätte so viele Möglichkeiten gehabt. Er gehörte zum Mobiliar.

Spitz hüstelte leise und wand sich auf seinem Stuhl. »Worüber ich im Unklaren bin«, sagte er, »ist der genaue Hintergrund von Professor Aldous. Uns liegt ein Schreiben der Universität Tokio vor, in dem steht, alles sei in Ordnung. Aber darüber hinaus ... Was tatsächlich zwischen seiner Rückkehr in die Vereinigten Staaten und seiner Annahme als Klient von Eastern Trust geschah, liegt ein wenig ... nun, ja ... im Dunkeln. Ich denke, die Behörden und jeder, der uns verklagen möchte, wird sich darauf konzentrieren. Und obwohl ich eigentlich ungern Latrinenparolen verbreite, kursiert bereits ein Gerücht um den Tod einer Teilnehmerin an der klinischen Studie, die Aldous in

Japan durchgeführt hat. Keine Namen und keine Details allerdings.«

Dass seine Worte durch Zögern und durchklingende Selbstzweifel entstellt wurden, spielte keine Rolle. Roland Spitz hatte nach der Offenbarung zu Morty Pelzer einen kräftigen Hieb nachgelegt.

Ich konnte kaum noch atmen.

»Ben Reilly wird das mit der gebührenden Sorgfalt abgedeckt haben«, erklärte Falmer. »Ich bin mir sicher, dass er gute Arbeit geleistet hat.«

»Wollen wir es hoffen«, sagte Carly.

Falmer beugte sich über den Tisch und lächelte Carly voll Zuversicht an. »Vielleicht sollten wir noch etwas erwähnen, Sie wissen schon ... die Unterschriftenfrage.«

Carly nickte. »Hudson hat Recht. Jeder hier sollte von vornherein wissen, dass meine eigenhändige Unterschrift auf dem Formular erscheint, mit dem Platonics als Klient angenommen wurde. Ich habe überhaupt nichts dagegen, wie jeder andere Angestellte von Eastern Trust auch behandelt zu werden und mich allen erforderlichen Befragungen zu unterziehen, sowohl intern als auch durch die Behörden. Ich werde nicht versuchen, mich vor meiner Verantwortung zu drücken.«

Ich erinnerte mich an den Tag, als wir die Erlaubnis erhalten hatten, für Harvey und Platonics zu agieren. Dr. Bonny Cooper hatte das Formular zu Carly gebracht und war eine Stunde später wieder aus dem Büro gekommen. Mit einem Finger hatte sie triumphierend auf Carlys elegante Unterschrift am unteren Ende des Schreibens gestochen. Normalerweise dauerte dieser Prozess drei Wochen, ohne dass garantiert war, ob Carly am Ende tatsächlich ihr Okay gab.

»Ich bezweifle, dass das notwendig sein wird«, sagte Falmer und sah Roland Spitz und mich scharf an. »Und wenn irgendjemand es wagt, Carlys Integrität oder Kompetenz zu verunglimpfen, dann ...« Drohend trommelte er mit den Fingern auf die Tischplatte.

»Danke, Hudson«, sagte Carly. »Ich weiß Ihre unerschütterliche Unterstützung wie immer zu schätzen. Dennoch wird es keine Sonderregelung für mich geben, weil ich Vorstandsvorsitzende der Eastern Trust Bank bin. Ich lege Wert darauf, dass das klar ist.«

Die Tür ging auf, und ihre Sekretärin kam mit einem Bündel sauber zusammengehefteter Dokumente herein. »Die Verlautbarung ist jetzt draußen, Miss Earl. Ich habe für jeden eine Kopie gemacht.«

Falmer nahm sein Exemplar des Entwurfs, den wir von Carp erhalten hatten. »Carp hat gesagt, die Endfassung werde sich nicht wesentlich unterscheiden«, sagte er. »Es hat keinen Sinn, es hier und jetzt durchzugehen, Carly. Ich kann Sie später über alle relevanten Abweichungen informieren.«

Ich blätterte durch die Seiten. Die Endfassung erschien mir länger als der Entwurf. Vielleicht nur einige Absätze, aber ich besaß genug Erfahrung in der langweiligen Kunst des Dokumentenvergleichs, um es gleich zu bemerken. Lange brauchte ich nicht, um die wichtigen Hinzufügungen zu finden.

Falmer grunzte.

»Drei Tote«, murmelte ich.

»Lesen können wir selbst.« Falmer schob das Dokument von sich fort. »Wenn Roy Carp davon gewusst hat, als wir ...«

»Ob er es wusste, spielt keine Rolle«, fuhr Carly ihn an. »Das ist entsetzlich. Die armen Menschen ...«

Die neuen Absätze waren brutal knapp: Drei Teilnehmer an der Sleban-Studie seien binnen vierundzwanzig Stunden verstorben, hieß es. Alle waren sie in Schock gefallen und hatten sich nicht mehr erholt. Soweit Platonics wusste, war eine weitere Patientin kollabiert, hatte aber fachkundige Hilfe erhalten. Sie hatte überlebt, zeigte nun aber Anzeichen eines Lupus-Anfalls.

Sämtliche Testteilnehmer wurden zurzeit untersucht, und eine weitere Verlautbarung würde zu gegebener Zeit folgen.

Keine Namen allerdings.

Ich spürte ein Brennen auf meiner Brust. Die Krankenkarten lagen gefaltet in der Innentasche meines Jacketts.

Roland Spitz räusperte sich. »Ich glaube, wir sollten davon ausgehen, dass die Polizei den Fall ab jetzt als mehrfaches Tötungsdelikt verfolgen wird.«

KAPITEL 28

Wie benommen ging ich zu meinem Büro zurück.

Drei Tote. Morty hatte gekündigt.

Tötungsdelikte.

»Tut mir leid, Chef. Ich musste eine Entscheidung für Sie treffen.«

Als ich aufsah, versperrte mir Callum den Weg.

»Jetzt nicht, Callum«, sagte ich.

Er schüttelte trotzig den Kopf. »Doch, jetzt. Ich möchte keine Szene. Es ist schon schlimm genug, ohne dass wir noch eine Prügelei auf dem Korridor erklären müssen. Außerdem würde ich sowieso verlieren.«

»Um Himmels willen, Callum. Was ist denn?«

»Tommy Itoh«, sagte er. »Er ist in Ihrem Büro.«

»Himmel ... Sie sagten doch, er ruft von Japan an.«

Callum lächelte bedauernd. »Es war eine japanische Stimme. Knistern in der Leitung. Was soll ich sagen? Ich habe mich vertan.«

Ich ging in mein Büro, und Tommy Itoh saß am Konferenztisch.

»Was wollen Sie?«, fragte ich kühl. »Ich bin sehr beschäftigt und empfinde nicht gerade ein brennendes Verlangen nach Schwärmereien über unsere gemeinsame Zeit in Tokio.«

Sein Blick wanderte über die Dokumentenstapel ringsum, und er nahm eine Schachtel Zigaretten aus der Tasche. »Sie machen sich Gedanken um den Zusammenbruch von Platonics«, sagte er.

»Sie können hier nicht rauchen«, fuhr ich ihn an. »Sie sind nicht in Japan.«

Zu meiner Überraschung steckte er die Schachtel wieder ein. »Wie ich höre, sind drei Menschen gestorben«, sagte er. »Das ist eine große Tragödie, nicht zuletzt für alle, die solch große Hoffnungen in ein Medikament gesetzt haben, das so viel versprach. Sie bleiben an ihr Leiden gebunden.«

Ich schloss die Augen. Vielleicht würde er fort sein, wenn ich sie wieder öffnete.

War er aber nicht.

»Warum sind Sie nach New York gekommen?«

»Ich wurde entlassen«, antwortete Itoh. »Vor einer Woche. Vielleicht singt dabei Ihr kleinliches Herz.«

Sang es? Gestern noch hätte es gesungen, aber heute ...

»Offen gesagt überrascht mich das nicht«, sagte ich müde. »Sie waren immer eine Belastung. Sie haben uns öfter, als ich zählen kann, beinahe die Lizenz gekostet.«

»Es heißt, ich hätte mein Risikolimit überschritten.«

»Was ist daran neu? Dann schließen Sie sich doch einer Jazzband an und spielen Sie Klarinette. Wenn ich mich recht entsinne, waren Sie darin ganz gut ... tatsächlich ist es das einzig Gute, was mir zu Ihnen einfällt.«

Er holte ein Blatt Papier aus seinem schwarzen Aktenkoffer.

»Was ist das?«, fragte ich.

»Eine Zusammenfassung meines jüngsten Geschäfts. Es wird Sie interessieren.«

»Das glaube ich kaum.«

Er legte mir das Dokument auf den Schreibtisch, aber ich machte keinerlei Anstalten, es an mich zu nehmen.

»Wie Sie richtig bemerkt haben, sind drei Menschen zu Tode gekommen«, sagte ich. »Glauben Sie ernsthaft, dass ich im Moment einen Scheiß darum gebe, was für ein Unsinn bei irgendwelchen Derivatengeschäften passiert ist?«

»Ich bin hier, um Sie zu bitten, bei Miss Carly Earl ein Wort für mich einzulegen.«

»Haben Sie den Verstand verloren? Ich habe selber ein paar Mal versucht, Sie feuern zu lassen. Und jetzt erwarten Sie allen Ernstes von mir, dass ich mich für Ihre Wiedereinstellung einsetze?«

»Ich habe mich anständig verhalten, seit Sie Tokio verlassen haben.«

»Dann bitten Sie den gegenwärtigen Tokioter Syndikus um eine Empfehlung.«

»Er wird es ablehnen. Sein Rat an die Bank lautete, dass es zulässig sei, mich zu entlassen.«

»Ein guter Anwalt«, sagte ich. »Und ich werde seiner Argumentation nicht widersprechen.«

»Sie behandeln mich wie einen Verbrecher. Ich bin kein *yakuza*, Mayne-*san*.«

Ich hob die Hand. »Bitte, Itoh. Jetzt nicht. Ich will mich mit Ihnen nicht aufhalten; ich habe auch so schon genug zu tun.«

Callum kam herein. »Verzeihen Sie, Gentlemen. Tut mir leid, Alec, aber Sie werden gebraucht.« Er wirkte bestürzt.

»Entschuldigen Sie mich«, sagte ich zu Itoh. »Wir reden ein andermal weiter.«

»Ich warte hier, bis Sie wiederkommen.«

KAPITEL 29

»Was ist passiert?«, fragte ich Callum, während wir dem Korridor folgten. »Wohin gehen wir?«

»Es geht um Marcy.«

Marcy war Morty Pelzers Sekretärin – seine rechte Hand.

»Sie ist in Alice' Büro«, fuhr Callum fort. »Sie besteht darauf, Sie zu sprechen.«

»Verdammt, Callum. Sie wird sich wegen Mortys Kündigung Sorgen machen. Ich bin selber ganz schön geschockt. Trotzdem möchte ich mich darüber jetzt mit niemandem austauschen.«

Wir erreichten die geschlossene Tür zu Alice' Büro. Callum legte die Hand auf den Türknauf, ohne ihn zu drehen. »Wir glauben, Marcy hat vielleicht etwas genommen, doch sie will uns nichts sagen. Wir haben den Notarzt gerufen, aber sie sagt, sie schlägt um sich, wenn Sie nicht mit ihr reden.«

Ich nickte zur Tür. »Okay.«

Marcy saß vor Alice' Schreibtisch auf einem Stuhl. Sie hatte den Kopf gesenkt und zupfte sich geistesabwesend am Rock. Alice stand mit besorgtem Gesicht ein wenig abseits.

Auf dem Schreibtisch stand eine große Dose voller Gesichter: Frank Sinatra, Brad Pitt, Oprah Winfrey. ›Kekse – von Prominenten speziell für Sie ausgesucht‹ war in großen Buchstaben darauf zu lesen.

»Marcy«, sagte ich leise.

Sie hob den Kopf. Ihr Gesicht war vom Weinen aufgedunsen, ihre Augen stark rot unterlaufen, ihr Blick leer.

»Warum, Alec?«, fragte sie mit belegter Stimme. »Er muss

Ihnen was gesagt haben. Sie waren sein Liebling. Er hat Ihnen alles gesagt.«

Ein Schluchzen überkam sie, und sie senkte wieder den Kopf.

Schließlich schniefte sie laut. »Ich dachte, er sagt mir auch alles.«

Ich hockte mich neben sie. »Ich tappe genauso im Dunkeln wie Sie, Marcy.«

Sie presste sich die Hände an den Kopf, als wolle sie nicht hören, was ich sagte. »Zwanzig Jahre«, stöhnte sie. »Was war ich doch für ein Dummkopf.«

Sie sah nacheinander Alice und Callum an. »Raus! Ihr seid wie ein Paar Überwachungskameras. Ich möchte mit Alec allein reden.« Ihr drohte die Miene zu entgleiten, doch indem sie mehrmals tief durchatmete, erholte sie sich ein wenig. »Bitte geht raus«, rief sie.

Alice warf mir einen fragenden Blick zu.

»Bleiben Sie in der Nähe«, sagte ich. »Und benachrichtigen Sie mich, sobald der Notarzt kommt.«

Nachdem Callum und Alice das Zimmer verlassen hatten, zog ich einen Stuhl heran. »Haben Sie etwas eingenommen? Und wenn ja, was?«

Sie nahm meine Hand und hielt sie fest. »Zwanzig Jahre«, wiederholte sie. »Ich dachte, wir hätten eine Abmachung. Ich hatte Morty tagsüber, und zwar ganz. Nachts ... Nun, das existierte einfach nicht; nach sechs Uhr abends hörte er auf zu existieren. Er wurde zu einem Fernseher auf Standby; am nächsten Morgen brauchte ich nur die Fernbedienung auf ihn zu richten, und ...« Sie ließ meine Hand los und spreizte die Finger. »Zack, kam das Bild wieder, und meine Lieblingssendung ging an der Stelle weiter, wo ich am Abend zuvor abgeschaltet hatte.«

»Ich wusste nicht, dass es so ...« Ich fuhr ihr mit dem Daumen über die Fingerknöchel. »Irgendetwas muss er doch gesagt haben, Marcy.«

»Oh ja, gesagt hat er etwas«, jammerte sie bitter. »Etwas und nichts. Er ruft mich in sein Büro, und er trägt diese waidwunde Miene wie immer, wenn er einen Kater hat. Er geht, sagt er; er geht für immer. Keine Abschiedsparty, keine goldene Uhr und keine Ansprachen. Wir werden uns nicht wiedersehen, sagt er zu mir.«

Sie schwieg.

»Sie haben aber doch bestimmt eine Erklärung verlangt ...«

»Natürlich«, erwiderte Marcy indigniert.

Sie zog einen Umschlag aus dem Rockbund.

»Seine Antwort.« Sie ließ den Inhalt des Kuverts auf den Boden fallen – ein Wirbel von Hundertdollarscheinen. »Ich habe nicht nachgezählt, aber er sagt, es sind fünftausend. Lausige fünftausend Dollar für zwanzig Jahre – im Schnitt ist das nicht viel, ich habe nachgerechnet. Ich muss die billigste Nutte in der ganzen Stadt sein.«

»Nicht, Marcy ...«

Sie zitterte am ganzen Leib. »Aber das Beste habe ich ganz vergessen, dieses besondere Geschenk ... Sie wissen schon, wie zu Weihnachten das letzte Päckchen, das übrig ist, wenn schon das Geschenkpapier den ganzen Fußboden bedeckt.«

Sie wies auf die Keksdose auf dem Schreibtisch. »Kekse – von Prominenten speziell für Sie ausgesucht. Er hat sich verbeugt, als er sie mir gegeben hat, um Himmels willen, als überreiche er mir einen Preis dafür, dass ich alle Präsidenten in der Reihenfolge ihrer Amtszeiten aufzählen konnte.«

Sie löste ihre Hand und fegte die Dose vom Tisch. Sie prallte gegen die Wand und platzte auf. Kekse verstreuten sich durch das ganze Büro.

»Der Scheißkerl wusste, dass ich zuckerkrank bin.«

Sie besah sich die Bescherung und lachte. »Wenn er hier wäre, würde er jetzt sicher einen Witz machen. Bin ich dir auf den Keks gegangen, Marcy ...«

»Wo ist er?«, fragte ich sie. »Ich werde ihn schon finden und es ihn erklären lassen. Sie lassen sich untersuchen, und ich kümmere mich um ihn.«

»*Sie wollen sich um ihn kümmern?*«, keuchte Marcy. »Ja, begreifen Sie denn nicht? Die Bombe ist schon hochgegangen. Jetzt ist es zu spät zum Entschärfen. Etwas ist in ihm explodiert. Aber jemand anders hat die Lunte angesteckt. Wer, Alec? Wer hat den alten Trottel in die Luft gejagt? Sie müssen es wissen. Von mir abgesehen standen Sie ihm am nächsten.«

»Und ich habe keine Ahnung«, sagte ich schwach. »Er hat sich heute Morgen merkwürdig verhalten.«

Marcy schob meine Hand weg und stand auf. »Wenn Sie wissen, was Morty den Rest gegeben hat, dann sagen Sie es nicht. Das sehe ich jetzt. Und wenn Sie es wirklich nicht wissen, dann nutzen Sie mir sowieso nichts. Ich habe mich übrigens anders entschieden. Ich will nicht sterben. Morty ist es nicht wert; keiner hier ist es wert.«

Sie ging zur Tür und öffnete sie. Ich folgte ihr.

Alice kam mit Notarzt und Rettungssanitäter über den Gang gerannt.

»Nur die Ruhe«, sagte Marcy gelassen. »Es war nur ein Hilfeschrei. Ein Hilfeschrei mit fünfzig Ibuprofen.«

KAPITEL 30

Marcy wurde mit dem Krankenwagen abtransportiert, aber Alice blieb neben mir. »Was geht denn eigentlich vor, Alec?«, fragte sie.

»Ein Investmentbanking-Kunde ist zusammengebrochen«, sagte ich so gleichmütig ich konnte. »Die Umstände sind extrem, aber wir werden damit fertig.«

Sie schüttelte den Kopf. »Es ist anders als sonst«, sagte sie. »Sie führen immer von vorn und ziehen uns direkt hinter sich her. Diesmal halten Sie uns auf Abstand. Wieso?«

»Bitte, Alice. Ich bin vorzeitig aus dem Urlaub zurück. Peach ist auf Sonderurlaub, und Morty hat ... Scheiße, wir wissen nicht, was mit Morty los ist. Ich muss zehntausend Kleinigkeiten bedenken ... also lassen Sie mir ein bisschen Ruhe, wenn ich bitten darf.«

Alice drückte mir mit der Hand auf die Brust. »Wir würden Ihnen so ziemlich alles geben, worum Sie bitten, Alec. Aber Sie müssen schon selbst danach fragen, anstatt Ihre Edikte über Callum als Sprachrohr verlauten zu lassen.«

Ich hatte vier Jahre gebraucht, um mein Team aufzubauen. Die Leute gehörten zu den besten Juristen der Wall Street, und ich behandelte sie wie Automaten. »Es tut mir leid«, murmelte ich. »Sie haben schon recht. Diesmal ist es anders.«

»Warum? Sagen Sie es doch. Wir stehen alle hinter Ihnen.«

Ich ging weiter und schob ihren Arm durch mein Gewicht beiseite, als sei er ein Drehkreuz. »Dafür danke ich Ihnen, wirklich. Wir werden uns morgen früh zusammensetzen; dann erkläre ich alles. Ich lasse Sie nicht länger im Dunkeln.«

Alice blieb, wo sie war. »Bedeutet Platonics für Sie eine persönliche Krise, Alec? Vielleicht sollten Sie nicht bis zum nächsten Sonnenaufgang warten, um herauszufinden, wie Sie sich ihr am besten stellen. Vielleicht sollten Sie sich lieber jemandem mitteilen, dem Sie vertrauen können, bevor Sie Schritte einleiten, die sich nicht wieder rückgängig machen lassen.«

»Ich verstehe Sie gut, Alice. Ich bin dankbar ...«

»Da ist noch etwas«, sagte sie. »Jemand von der Buchhaltung hat mich eben angerufen, um mit mir über einige Abschlüsse zu reden, die er nicht ganz versteht. Es sind Verträge mit einer Firma namens JetPac. War das nicht der Kunde, wegen dem Sie sich an die japanischen Behörden wenden mussten, als wir fast zugemacht wurden?«

»Stimmt. Was sagt die Buchhaltung denn über die Abschlüsse?«

»Noch nichts; sie weist nur auf möglichen Schlichtungsbedarf hin; nichts auf Bundesebene, aber ich dachte, Sie möchten es frühzeitig erfahren.«

»Wann wurden diese Abschlüsse gemacht?«

»Sie laufen gerade erst, denke ich.« Sie zögerte. »Nur ... War das Tommy Itoh in Ihrem Büro?«

»Sie können nicht von Itoh stammen. Er wurde entlassen. Vor einer Woche.«

Alice nickte nachdenklich. »Dann ist vermutlich alles okay. Falscher Alarm.«

»Nein«, entgegnete ich. »Das war eine gute Entscheidung. Behalten Sie das Ganze im Auge. JetPac war ein Schweinestall.«

Alice lächelte. »Vergessen Sie nur nicht, was ich vorhin gesagt habe, Alec.«

»Nein«, antwortete ich.

»Ist Marcy in Ordnung?«, fragte Callum, als ich ins Büro zurückkam.

»Nein. Aber sie wird überleben. Details folgen. Wo ist Itoh?«

»Er ist gegangen.«

»Wohin?«, brüllte ich. »Zu Carly? Oder Sushi essen? Wo ist er?«

»Das weiß ich nicht«, sagte Callum leise. »Als ich aus Alice' Büro wiederkam, habe ich gehört, wie er mit jemandem telefonierte. Es klang ziemlich hitzig. Dann kam er heraus und schoss davon. Er hat das Gebäude verlassen; ich habe beim Wachdienst nachgefragt.«

»Scheiße.«

»Ich dachte, Sie versuchen, dem Kerl aus dem Weg zu gehen.«

»Bis eben schon.«

»Sie können versuchen, an die Nummer zu kommen, die er angerufen hat, aber ich glaube, das ist Zeitverschwendung. Ich vermute, er hat vom Handy telefoniert; ich habe gehört, wie er im Zimmer auf und ab gegangen ist.«

Ich ging in mein Büro und ließ mich auf den Sessel fallen.

Callum stand neben mir, die Hand auf meiner Schulter. Es fühlte sich eigenartig beruhigend an.

»Wollen Sie darüber reden?«, fragte er.

Ich schüttelte den Kopf.

KAPITEL 31

Nachdem Callum gegangen war, schaltete ich den Computer ein und surfte durch die Nachrichtenkanäle.

Sämtliche Anchormen benutzten das Wort ›Thalidomid‹, als hätten sie in Biochemie promoviert. Sie hatten auch viele Fragen, die sie selbstgerechten Auguren vorlegten. Wie hatte Aldous so viele Menschen an der Nase herumführen können? Wieso hatte sich die FDA so leicht täuschen lassen? Womit zum Teufel rechtfertigten die angeblich so herausragenden Angehörigen des wissenschaftlichen Beirats bei Platonics ihre Existenz? Und was war mit Aldous' Beratern? Warum hatten sie tatenlos zugesehen, wie er seine Patienten vergiftet hatte? Weil sie zu beschäftigt gewesen waren, ihre Honorare zu zählen, deshalb. Einem anonymen Tippgeber blieb es überlassen, Aldous als Betrüger zu entlarven.

Und die Opfer hatten nun Namen. Drei kannte ich bereits, diejenigen auf den verwaisten Patientenkarten: Drucker, Horowitz und Smith. Dann gab es eine Überlebende: Petra Sabin, die Mutter aus L. A.

Und erneut das Gerücht um eine tote junge Frau in Japan, aber keine Einzelheiten. Hannah wurde mit keinem Wort erwähnt.

Selbst auf niedrigster Lautstärke war das Wüten aus dem Computer ohrenbetäubend. Debra Brassens Stimme wirkte am durchdringendsten. Ich schaltete den Monitor ab und durchforstete den Sachverständigenbericht: eine Seite Winkelzüge nach der anderen, zweifelhafte Ergebnisse, nichtexistente

Teilnehmer, fehlende Medikation. Eine Fälschung jagte die nächste.

Angeekelt schleuderte ich das Gutachten beiseite und musterte die Stapel von Platonics-Papierkram, die Spitz' Leute am Abend abholen sollten, um die Vernehmungen vorzubereiten, die am nächsten Tag folgen sollten. Chuck Myers, unser oberster interner Alligator, war eine Liste mit mir durchgegangen, auf der die Kandidaten standen, die er für eine Vernehmung vorschlug, und ich hatte mich wirklich zurückhalten müssen, sonst hätte ich ihn gefragt, weshalb mein Name darauf nicht auftauchte.

Callum kam herein.

Ich nahm den Sachverständigenbericht und reichte ihn ihm. »Schicken Sie das rüber zu Bonnys Wohnung.«

»Und ich habe was für Sie«, sagte er und legte mir einen Umschlag auf den Schreibtisch.

»Was ist das?«

»Das Verbindungsprotokoll, nach dem Sie gefragt haben.«

»Danke«, murmelte ich reglos. »Gibt's vielleicht Kaffee?«

»Soll ich Ihnen was reingießen?«

Ich lächelte matt.

Das Verbindungsprotokoll zeigte etwa zehn Anrufe, die von Bens geheimem Telefonanschluss gemacht worden waren, alle an die gleiche Nummer in Japan gerichtet, aber mit einer Vorwahl, die ich nicht kannte. Kurze Anrufe. Während der Nacht.

Ich nahm den Hörer ab und wählte die Nummer.

Nach zweimal klingeln hörte ich eine Nachricht. »Willkommen bei der United States Naval Air Facility Atsugi, Standort von Comfairwestpac. Sie haben Colonel Delaforce von der Rechnungsprüfungsabteilung erreicht. Bitte geben Sie Ihren Passcode jetzt ein. Wenn Sie keinen Passcode haben, wenden Sie sich bitte an die Vermittlung.«

Der Marinefliegerhorst von Atsugi, südlich von Tokio. Zehn Quadratmeilen Amerika, dem trostlosen, halb industrialisierten Hinterland des Hafens von Yokohama aufgepropft.

Atsugi. An einem Tag der offenen Tür war ich dort Harvey Aldous vorgestellt worden, während die Lamettaträger der US-Marine und ausgewählte in Japan lebende Amerikaner den Einheimischen begegnen konnten, während die Tomcats und Hornets des Carrier Air Wing Five mit gesicherten Bordwaffen in den Hangars standen.

Atsugi. Der Empfänger einiger sehr furchteinflößender Düsentreibstoffdeals zwischen Tommy Itoh und Uncle Sam.

Callum kehrte zurück, ohne dass Kaffee in Sicht war. »Sie sollten mal lieber Ihren Monitor wieder einschalten«, sagte er düster.

Ein Vollbild von Harvey Aldous erschien auf meinem Display, dazu ein einfacher Untertitel in leuchtendem Rot: TOT?

Das Bild wechselte zu einem Seeufer, an dem es von Polizei und Reportern nur so wimmelte. In der Nähe wartete ein Krankenwagen mit eingeschaltetem Blaulicht. Zwei Rettungssanitäter lehnten an dem Fahrzeug, die Arme locker vor der Brust verschränkt.

»Oh, nein«, wisperte ich.

Schnitt zu einem Bild von verkohltem Holz. Endlich drang die Stimme aus dem Monitor zu mir durch. »Übrig sind nur ein paar verbrannte Planken. Die Polizei hat jedoch ein Namensschild geborgen: *Netsuke*. Man nimmt an, das sei der Name von Aldous' Boot gewesen. Die Polizeitaucher suchen weiter nach der Leiche, und sobald sie gefunden ist, melden wir es sofort.«

Nicht falls.

Sobald.

Ich war wie betäubt.

»Alles okay?«, fragte Callum.

»Hannah leidet an Lupus«, hörte ich mich sagen. »Sie hat an der Sleban-Studie teilgenommen. Sleban hätte sie geheilt, Aldous hätte sie geheilt. Und jetzt sind sowohl Arznei als auch Mann verschwunden.«

»Ach du je«, wisperte Callum. »Das wusste ich nicht; Sie haben nie etwas gesagt.«

Ich schüttelte den Kopf.

»Wie geht es ihr?«

Ich gab keine Antwort.

»Haben Sie Professor Aldous wirklich gekannt?«

Ich holte tief Luft. »Wahrscheinlich nicht.« Ich zögerte, ehe ich weiterredete. »Ich bin ihm in Japan vorgestellt worden.«

»Hat Aldous Hannah in Tokio behandelt?«

»Für Sleban war es die Frühphase. Aldous sagte mir damals, es werde noch ein Jahr vergehen, ehe er Hannah in das Programm aufnehmen könne. Es wurden vier Jahre.«

»Wieso?«

»Die Universität Tokio hat ihm den Geldhahn abgedreht. Das Programm wurde beendet, und Aldous kehrte hierher zurück.«

»Wie ist er wieder auf die Beine gekommen?«

»Durch mich«, antwortete ich. »Oder eher durch Ben und mich. Ich habe Ben überzeugt, dass er Eastern Trust bewegt, Aldous als Kunden aufzunehmen. Wir haben Monate gebraucht, um Aldous und seine Firma so weit herzurichten, dass es möglich wurde.« Damals hatte ich geglaubt, ich hätte eine gute Tat getan.

»Alles schien sich wunderbar zusammenzufügen. Bonny stärkte der Firma mit ihrem Namen den Rücken; Carly genehmigte Platonics als Kunden. Der Markt hasste Aldous, aber er liebte Sleban, und das mit gutem Grund. Die Rechnung ist nicht schwierig: eine Million potenzieller Lupus-Patienten allein in den USA, eine realistische Penetration von sechzig Prozent des

Marktes bei durchschnittlichen Kosten von zweitausend Dollar pro Patient. Das sind eins Komma zwei Milliarden Dollar im Jahr bei vernachlässigbaren Produktionskosten und Patenten, die so sicher sind wie Fort Knox. Sleban sollte eigentlich zu einer Lizenz zum Gelddrucken werden.«

Ich hielt inne.

»Und es hätte Hannah geheilt.«

»Aber was ist schiefgegangen? Es ist doch zuvor nie jemand zu Schaden gekommen, oder?«

»In Japan gab es eine klinische Studie. Man munkelt von einer Toten . . .«

»Hat das Sleban sie umgebracht?«

Ich schloss kurz die Augen. »Aldous bestritt, dass es je einen Todesfall gegeben hätte.«

»Haben Sie das bei irgendjemandem überprüft?«

»Ja, beim Dekan des Fachbereichs, Professor Nakashima. Auch er hat es verneint.«

»Na, dann ist es doch okay. Japanische Professoren stehen nicht gerade in dem Ruf, Lügen zu erzählen.«

Und trotzdem . . .

Ich blickte in Callums mitfühlendes Gesicht.

Wir schwiegen eine Weile.

»Ich habe nie gewagt, noch einmal abzuspielen, was in Japan passiert ist«, sagte ich. »Ich fürchte mich davor, wie mein Tun im kalten Blick des Nachhineins wirken könnte.«

»Und was meinen Sie, wie es aussehen wird?«

»Dumm und naiv«, antwortete ich.

»Womöglich war es das gar nicht; Sie haben nichts zu verlieren, wenn Sie sich die Fakten noch einmal anschauen. Und vielleicht alles zu gewinnen.«

Ich stand auf. »Sie sind einer von den Guten, Callum.«

»Was werden Sie jetzt machen?«

»Ich gehe Hannah besuchen.«

»Soll ich hierbleiben? Ich kann Carter anrufen und ihm absagen. Kein Problem.«

»Carter? Ihr neuer Freund? Hübscher Name.« Ich stellte mir vor, wie die beiden einander vollkommen entrückt über einen von Kerzen erleuchteten Tisch hinweg ansahen. »Bitte sagen Sie nicht ab.«

KAPITEL 32

Die Vorhänge in Hannahs Krankenzimmer waren zugezogen, und der Raum lag in fast völliger Dunkelheit. Lichtunverträglichkeit: Das ist einer von einem guten Dutzend fieser Streiche, die Lupus seinen Opfern spielt. Hannah saß auf dem Bett und stocherte mit der Gabel in einem Salat.

»Wie geht es dir?« Ich drehte den Tisch zur Seite und küsste sie auf den Mund. Ich hielt die Augen geschlossen, um den Moment der Befreiung auszukosten, das Entspannen der Feder, aber ich spürte von Hannah keine Erwiderung des Gefühls.

»Du kennst die Symptome, Alec.«

»Ich habe ein paar Mal angerufen, aber es hieß immer, du seiest beschäftigt.« Ich setzte mich an die Bettkante, und sie zog an der Decke, um sie zu lockern, nachdem sie sich unter meinem Gewicht gespannt hatte.

»Aldous ist ...«

»Ich hab's in den Nachrichten gesehen. Hier gibt es einen Fernseher.« Sie wies vage in die Ecke. »Irgendwo dort.«

Mein Handy klingelte. Ich schaltete es ab, ohne auch nur nachzusehen, wer anrief.

»Lass dich durch mich nicht von der Arbeit abhalten«, sagte sie.

»Süße, ich weiß, dass du die Hauptlast trägst, aber ...«

»Wir wissen beide, was das für mich bedeutet«, sagte sie. Ihr drohte die Stimme zu versagen. »Die alten Medikamente ...« Sie zitterte leicht, und Tränen rannen ihr die Wangen hinunter. »Und die alten Schmerzen.«

Ich versuchte, sie an mich zu ziehen, aber sie schob mich weg.

»Drei Menschen sind *tot*, Alec. Aldous hat sie umgebracht, und mich fast auch.« Sie wischte sich mit dem Handrücken übers Gesicht. »Ich schätze, das macht mich zu einem selbstsüchtigen Miststück, was?«

»Nein«, murmelte ich. Mein Mund war trocken, und auf der Suche nach Speichel, den es nicht gab, schabte meine Zunge darin herum.

»Ich hätte eine Möglichkeit gefunden, damit zurechtzukommen«, sagte sie. »Halb verleugnen, halb akzeptieren – nicht gerade ideal, aber meistens ging es. Dann hast du Aldous wie ein Kaninchen aus dem Hut gezogen. Die Lösung, das Heilmittel. Zack, plötzlich war alles besser. Und drei wunderbare Monate lang sah es so aus, als hättest du recht.«

Ich drückte ihre kleine, schlaffe Hand in der vergeblichen Hoffnung, die schwache Geste würde ihr alles verraten, was ich ihr sagen musste. Aber am meisten wünschte ich mir, sie würde aufhören ...

»Aber es war alles eine Lüge, nicht wahr?«, fragte sie. »In meinem Blatt fehlten ein paar wichtige Karten, aber niemand hat es mir gesagt.«

Ich sackte zusammen.

»Wer war das Mädchen, Alec? Ich habe gehört, wie ein Arzt davon sprach. Er sagte, in Japan sei eine junge Frau an Sleban gestorben. Habe ich ihn richtig verstanden? Ist das wahr?«

»Aldous hat es bestritten ...«

»Also hast du davon gewusst«, wisperte sie entsetzt. »Sie hat an Aldous' klinischer Studie teilgenommen und ist dabei gestorben. Du hast es gewusst, und trotzdem hast du mich dieses Zeug nehmen lassen ...«

»Aldous hat mir versichert, dass niemand gestorben sei. Professor Nakashima ebenfalls.«

»Und weiter nachgeforscht hast du nicht? Der große Anwalt glaubt ohne Nachprüfung ausgerechnet denen, die am meisten Grund haben zu lügen? Du hast deine Frage gestellt und die Antwort gehört, die du hören wolltest.« Sie begann zu schluchzen. »Warum hast du das getan, Alec? Warum nur?«

»Deinetwegen«, antwortete ich.

Sie versteifte sich und rückte weiter von mir ab.

»Ich glaube nicht, dass es für mich war.«

»Wie kannst du so was sagen?«

»Ehe ich Sleban bekam, war ich ziemlich krank, oder?« Ihre Stimme war kräftiger geworden; die Wut speiste sie. »Das hat dir einiges vermasselt, was? Wird dich wohl so ziemlich an deinem ersehnten Lebensstil gehindert haben.«

»Sei nicht albern«, erwiderte ich. »Um Gottes willen, das ist wirklich nicht fair.«

»Und dann natürlich der Sex«, fuhr Hannah fort. »Oder genauer gesagt, der Nicht-Sex. Nicht ganz das, was du vom College gewöhnt warst.«

»*Bitte* ...«

»Du musst dich gewundert haben, wie du mit einer Behinderten enden konntest; einer Frau, die dir nicht mal das Rohmaterial für die Mayne-Dynastie gebären kann. Du hast es nicht einmal für nötig befunden, wegen Laura ins Krankenhaus ...«

»Nein«, hauchte ich. »Jetzt verdrehst du alles ...«

»So, dann bin ich also schon durcheinander im Kopf? Der Lupus-Anfall, die Pillen, die ich schlucken muss – ohne sie würde ich alles so sehen wie du, meinst du? Na, was lässt sich dagegen anführen: mein Zustand steht ja in dem Ruf, eine gewisse geistige Labilität hervorzurufen. Ich bin wohl nur hysterisch.«

»Nein«, erwiderte ich. »Sag das nicht; ich meinte ...« Was meinte ich denn? Was hatte ich *getan?* »Ich hatte vergessen, was ich sein soll«, sagte ich schließlich. »Es gibt die Glücksritter, und es gibt die Diener der Glücksritter. Ich bin ein Diener; heute weiß ich das. Ich habe eine Gelegenheit gesehen und es gewagt ...« Ich hob den Kopf und starrte in die dunklen Ecken der Decke. »Himmel, Hannah, ich sehe meine Beweggründe deutlich vor mir, aber wenn ich sie beschreibe, hört sich alles falsch an. Ich kann nur sagen, dass ich dich mehr liebe als alles andere auf der Welt.«

»Vielleicht stimmt das, Alec«, flüsterte Hannah. »Und sicher tut dir das hier sehr weh. Aber wie viel Leid du anderen bereitet hast, ist überhaupt nicht abzusehen.«

»Es tut mir so leid ...« Ich stand auf. Das dunkle Zimmer drehte sich um mich, und meine Beine waren wie aus Gummi.

»Ja«, sagte Hannah. »Du solltest jetzt besser gehen ...«

Wie in Trance näherte ich mich der Tür.

»Ich kann wenigstens eine Tablette gegen die Schmerzen nehmen«, sagte Hannah. »Aber für dich gibt es nichts, was die Vergangenheit ungeschehen macht.«

KAPITEL 33

Kaum saß ich im Taxi, da rief ich Callum an. »In ein paar Minuten bin ich wieder da.« Wieso rief ich an? Wieso kehrte ich überhaupt zurück?

»Dieser Berg von Dokumenten«, sagte Callum. »Drei Trottel aus Spitz' Kanzlei sind vorbeigeschneit und haben alles eingesackt.«

Ich klappte das Handy zu und beobachtete, wie das Sonnenlicht zwischen den Bäumen im Central Park flackerte. Wer gab noch etwas auf einen zweieinhalb Meter hohen Stapel Klopapier, nachdem Menschen gestorben waren? Ich hatte Aldous geglaubt. Und ich hatte falsch gelegen. Das bewiesen drei Tote.

Das Taxi hielt vor Eastern Trust, und bevor ich die Tür öffnen konnte, starrte ich ins Gesicht von Debra Brassen.

»Zeit für einen kleinen Plausch, Herr Rechtsanwalt. Keine Scheinwerfer, keine Kamera. Ganz inoffiziell.«

Ich beugte mich vor. »Fahren Sie weiter«, sagte ich zum Fahrer.

Er zuckte mit den Schultern und legte den Gang ein, doch Brassen hatte sich bereits neben mich auf den Rücksitz gezwängt.

»Wunderbar«, verkündete sie, zog den Reißverschluss einer ledernen Aktenmappe auf und nahm ein Papiertaschentuch heraus, mit dem sie sich die knochentrockene Stirn abtupfte. »Raus aus der Hitze, und wir sind unter uns – der Fahrer sieht nicht so aus, als verstünde er das Englisch, das wir reden werden.« Sie klopfte sich gegen die Nase. »Sagen Sie niemandem, dass ich das gesagt habe; die Leute halten mich sonst noch für eine Rassistin.«

»Warum machen Sie sich die unnötige Mühe?«, fragte ich. »Sie wissen, dass ich nicht ermächtigt bin, mit Ihnen zu reden. Sprechen Sie mit der Öffentlichkeitsabteilung. Die Nummer kennen Sie sicher.«

Brassen sah mich spöttisch an. »Ich muss mich nicht an die üblichen Kanäle halten.«

Ich erwiderte nichts darauf.

»Wie geht es Bonny Cooper?«, fragte sie.

»Als würde Sie das interessieren«, sagte ich kurz angebunden.

»Das hartgesottene Biest von Journalistin«, sagte sie; jetzt hob sie die Krallen. »Aber um meine Gefühle geht es gar nicht, oder? Die Welt interessiert sich nicht für das, was ich denke. Aber Tote interessieren sie, Aldous und wie er mehrere hundert Testteilnehmer dazu gebracht hat, russisches Roulette zu spielen. Wie ein paar von ihnen die geladene Kammer erwischten.«

»Niemand weiß wirklich, was dazu geführt ...«

»Thalidomid ist das Wort des Tages.«

Ich wandte mich von ihr ab und sah aus dem Fenster. Wir hatten an einer roten Ampel gehalten. »Sie können jetzt genauso gut aussteigen.«

»Von wegen.«

Ich krümmte die Hand um den Türgriff. Wenn sie nicht ausstieg, dann würde ich eben gehen.

»Lassen Sie das«, sagte Brassen, beugte sich zu mir und hielt meine Hand fest. »Wir haben eine Szene fertig zu drehen; Sie werden erst abtreten, wenn ich ›cut‹ sage.«

Sie roch nach etwas Teurem und ziemlich Überwältigendem.

Ich ließ den Türgriff los, aber meine Hand blieb in der Nähe.

»Was wollen Sie von mir?«, fragte ich.

Brassen runzelte die Stirn. »Wo bleiben nur meine Manieren? Ich habe mich gar nicht nach Ihrer Frau erkundigt. Die glückliche, glückliche Hannah. Sie ist noch gar nicht erwähnt worden, fällt mir auf.«

»Meine Frau geht Sie nichts an.«

»Sie haben dieser Hinterwäldlerin, Ruth Drucker, gesagt, wie sehr Sie sich um sie sorgen, richtig?«

Ich sah sie warnend an.

Brassen zog die Augenbrauen hoch, als wolle sie sagen: ›Na gut, du hast es so gewollt.‹ »Ruth Drucker behauptet, Sie hätten sich als Arzt ausgegeben und versucht, sie einzuschüchtern, damit sie den Mund hält. Da haben Sie sich nicht sehr professionell verhalten.«

»Ich muss nicht mit Ihnen reden.«

Sie zog einen Schmollmund. »Was für ein Pech für Alec Mayne. Für Sie wäre es doch die einmalige Gelegenheit gewesen: Der Syndikus der Eastern Trust sitzt auf Sonderurlaub am Sterbebett seiner Frau, und Morty Pelzer ist ... nun ... anscheinend weiß niemand, wo er ist. Eine Sturmbö, die Sie am dreißigsten Stockwerk vorbei ganz nach oben tragen könnte. Aber tatsächlich weht sie Sie auch sonstwohin, nicht? Nun, Sie könnten wohl versuchen, in Deckung zu gehen, bis der Orkan vorbei ist – schließlich haben Sie Zugang zu allen Informationen und könnten einiges davon unterdrücken. Oder Sie könnten abhauen. Oder Sie könnten sich Aldous zum Vorbild nehmen – einfach die Reise zum Grund eines Sees antreten.«

Sie musterte mich eine Weile. »Aber ich glaube nicht, dass Sie zum Selbstmord neigen. Sie haben ein nettes Gesicht, nicht das Gesicht von jemandem, der aufgibt.«

»Worauf wollen Sie eigentlich hinaus? Ich kann kaum erwarten, es zu hören.«

»Nun«, sagte sie, »ich setze auf Japan.«

Obwohl das Taxi ungewöhnlich gut klimatisiert war, trat mir der Schweiß auf die Stirn.

»Wissen Sie noch, damals, als Sie in Tokio der Obermotz waren? Wie ich gehört habe, ist dort eine junge Frau bei einer klinischen Studie gestorben. Eines von Aldous' Versuchskaninchen. Aber man hält sich ganz allgemein sehr mit Einzelheiten zurück.«

»Sie versuchen, mich auszuhorchen«, sagte ich.

»Nun, bislang habe ich so viel gehört: Mein Kontakt hat mir einen Namen genannt. Akiko Inue.«

Mir schnürte sich die Brust zu.

»Aber jetzt kommt es«, fuhr Brassen fort. »In Tokio findet sich nirgendwo ein Totenschein für sie.«

»Dann ist sie auch nicht gestorben«, entgegnete ich und lauschte auf meine Stimme, ob sie etwa verriet, dass mir zumindest die eine Hälfte des Namens vertraut war, den sie hatte fallen lassen.

»Es ist, als hätte sie nie existiert«, sagte Brassen.

Sie existierte auf einer Patientenkarte.

»Mein Kontakt hat gute Quellen; sie geben jedoch widersprüchliche Informationen. Einige sagen, sie sei an Sleban gestorben; andere sprechen von einem latenten Herzfehler, was immer das heißen soll. Wissen Sie da irgendetwas Näheres, Alec?«

»Nein.«

Sie zuckte mit den Schultern. »Dann muss ich wohl weiter Leute aushorchen. Aber da wäre noch etwas anderes.«

»Es interessiert mich nicht.« Ich musste fort von Brassen. Fliehen. Mich verstecken.

»Es heißt, Carly Earl hätte die Annahme von Platonics als Klienten persönlich genehmigt. Stimmt das?«

Ich antwortete nicht. Ich hatte ihre Frage kaum gehört. Carly Earl war mir im Augenblick völlig egal.

»Und noch etwas, das Sie vielleicht überrascht«, fuhr Brassen fort. »Ich mag Carly Earl wirklich und bewundere sie aufrichtig. Ehrlich – hier spricht einmal nicht die Reporterin. Ich halte sie für den besten Bankenchef an der Wall Street, und es täte mir wirklich sehr leid, wenn sie über eine kleine Klitsche wie Platonics stolpern würde. Vielleicht sollten Sie Carly warnen, dass die Flüsterer es auf sie abgesehen haben. Ein kleiner Gefallen von mir. Sagen Sie ihr Bescheid.«

»Wer flüstert denn?«

Brassen klopfte sich wieder auf die Nasenspitze. »Quellen, Alec. Sie kennen das Spielchen doch.«

»Sind wir fertig?«

»Von wegen. Jemand hat Tommy Itoh in der Stadt gesehen.«

»Kampieren Sie etwa vor unserem Gebäude?«

»Tommy Itoh. Der Starhändler von Eastern Trust für Derivate. Es heißt, zwischen ihm und Ihnen habe Krieg geherrscht, während Sie in Japan gearbeitet haben.«

»Der Krieg ist seit vier Jahren vorbei.«

Brassen beugte sich zu mir vor. »Was macht er hier, Alec? Was hat ein Derivatenhändler mit dem Zusammenbruch einer Biotechnik-Firma zu tun?«

»Sie sehen Gespenster, Miss Brassen. Für mich schält sich da nichts heraus.«

»Wenn wir zusammenarbeiten, werden wir vielleicht das Bild erkennen.«

»Meiner Erfahrung nach ist die Zusammenarbeit mit der Presse eine ziemlich einseitige Angelegenheit.«

Brassen schüttelte den Kopf. »Sie denken nicht gründlich genug nach. Die Polizei redet von Tötungsdelikten. Eastern Trust steht vor Gericht eine Abreibung bevor. Köpfe werden rollen, und Menschen landen hinter Gittern. Sie stehen mitten in der Schusslinie, Alec. Ich weiß, dass Sie am Champlainsee waren. Die Polizei weiß es noch nicht. Ruth Drucker hat nur mit mir gesprochen, weil ich bei einer Notlüge Zuflucht gesucht habe. Sie hat der Polizei nichts gesagt – sie verabscheut Polizisten. Sie waren in Japan, aber noch hat niemand die Verbindung hergestellt. Doch das wird kommen, glauben Sie mir. Noch gibt es einen Ausweg – ich halte Ihnen ein Fenster offen, Alec. Helfen Sie mir. Sagen Sie mir alles; wispern Sie mir süße Ganzheiten ins Ohr. Wenn Sie mir helfen, helfe ich Ihnen.« Sie schwieg kurz. »Und ich halte Hannah den Medienzirkus vom Hals.«

»Woher wollen Sie wissen, dass ich nicht mit Aldous unter einer Decke stecke?«

Sie sah mich ironisch an. »Ich möchte Sie jetzt zwar nicht furchtbar beleidigen, aber Sie waren nur ein Bauer in diesem Spiel, und ich gehe davon aus, dass Hannah die große und einzige Motivation hinter Ihrem Tun ist.«

Brassen beugte sich vor und klopfte dem Fahrer auf die Schulter. »Lassen Sie mich hier raus.«

Sie reichte mir eine Visitenkarte. »Das Fenster schließt sich schnell, Alec. Rufen Sie mich an, bevor es ganz zu ist.«

Ehe sie ausstieg, zögerte sie. »Glauben Sie, Aldous hat sich wirklich umgebracht?«

»Nein«, antwortete ich.

KAPITEL 34

In meinem Büro angekommen, sackte ich auf dem Schreibtischsessel zusammen.

Ich hatte Nakashima und Aldous ohne Vorbehalt geglaubt, und doch war Akiko Inue gestorben. Hannahs Verachtung für mich verblasste zu nichts gegenüber der Selbstverachtung, die ich empfand.

Ich schaute mich um; die Dokumente waren fort, und das Büro wirkte geradezu leer. Das Blatt Papier, das Itoh mir hatte zeigen wollen, lag noch immer auf dem Schreibtisch. Ich nahm es auf und warf einen Blick auf die Zahlenkolonnen.

Aha: Der Bursche war gefeuert worden, weil er sein Risikolimit überschritten hatte. Die Zahlen sprachen eindeutig gegen ihn, aber nur knapp: Es waren geringfügige Übertretungen, nicht zu vergleichen mit den finanziellen Achterbahnfahrten, die ich von ihm gewöhnt war.

Warum also feuerte man ihn nach all den Jahren überdreht pflichtwidrigen Verhaltens ausgerechnet jetzt?

Ich loggte mich in die Datenbank der Tokioter Personalabteilung ein und sprang direkt an die Sparte ›Maßregelungen‹ von Itohs Akte. Für einen aufsichtführenden Anwalt war es, als blätterе er durch ein altes Fotoalbum: Ich fand Schnappschüsse von den Schlachtfeldern, auf denen Itoh und ich uns bekämpft hatten, verblasste Belege meiner machtlosen Versuche, ihn zu belangen: wegen Fälschung von Spesenabrechnungen, wegen des Überschreitens seiner Rahmenbedingungen, des Missbrauchs des Firmenkapitals, der Lügen gegenüber den aufsichtführenden Anwälten – wegen so ziemlich allem, was eine Bank zugrunde richten kann.

Außerdem hätte ein Eintrag für das vorhanden sein müssen, was er mir an dem Tag zugefügt hatte, an dem wir zum Finanzministerium gegangen waren. Doch das war vier Jahre her. Seit meiner Abreise hatte er eine saubere Akte: keine Verwarnungen, keine Strafabzüge, kein Erscheinen vor Disziplinarausschüssen mehr.

Callum klopfte an die Tür. »Roy Carps Firma hat angerufen. Man fragte, ob Sie wissen, wo Toshio Nakashima ist.«

»Keine Ahnung«, sagte ich gepresst. »Wie kommen die Leute darauf, dass ich das wüsste?«

»Weil Sie sich mit Lügen bei Platonics eingeschlichen und nach ihm gefragt haben. Davon war man nicht sehr begeistert. Aber es ging in erster Linie um Toshio Nakashima; ich glaube, der bereitet ihnen Kopfzerbrechen.«

»Ich bin nicht seine Mutter. Vielleicht weiß Bonny Cooper etwas.«

»Soll ich es bei ihr versuchen?«

Ich nahm ihm den Telefonhörer ab. »Nein, das mache ich selbst.«

Als abgehoben wurde, hörte ich nur Atmen.

»Bonny?«

Ein lautes Schniefen drang aus der Hörmuschel, gefolgt von einem: »O Gott, nein ...«

»Bonny, was ist passiert? Sind Sie in Ordnung?«

Ich hörte ein unartikuliertes Murmeln. Worte und Schluchzer eng vermischt. Dann ein tiefes Durchatmen. »Sind Sie das, Herr Anwalt?« Bonny klang undeutlich und wütend, aber ich konnte sie verstehen.

»Wie geht es Ihnen?«

»Ich dachte, es wäre ... Lassen Sie mich in Ruhe. Mir geht es gut. Lassen Sie mich ... Lassen Sie mich einfach zufrieden.«

Sie legte auf.

Callum stand noch immer vor meinem Schreibtisch. »Alles in Ordnung mit ihr?«

»Das glaube ich nicht. Ich gehe sofort zu ihr rüber.«

»Wollen Sie einen Wagen?«

»Es ist nur ein paar Blocks auf der Central Park West. Wenn ich laufe, bin ich schneller dort.«

KAPITEL 35

Ein paar Minuten später hämmerte ich an Bonnys Tür.

Sie blieb resolut geschlossen.

Als ich gerade aufgeben wollte, hörte ich das Ratschen von Riegeln und das Scharren einer Vorlegekette.

Die Tür öffnete sich, und Bonny stand schwankend vor mir.

Stumpfe, milchige Augen starrten mich aus einem Gesicht voller grauer und purpurner Flecken an. Bezirke verfärbter Haut grenzten an Flächen, wo sie angefangen haben musste, Make-up aufzutragen, nur um irgendwann aufzugeben. Sie trug ein schwarzes, knöchellanges Straßenkleid, bei dem ihr ein Träger von der Schulter gerutscht war und die Verwüstung auf ihrem Schulterblatt offenbarte.

Mir wurde klar, dass sie das Gleichgewicht verlor, und ich fing sie auf; dann schob ich sie rückwärts in den Wohnungsflur zurück.

»Ich kann alleine stehen.« Sie riss sich von mir los und wankte ein paar Meter, dann sank sie auf die Knie.

Ich griff nach der Evian-Flasche, die in der Nähe stand, aber ehe ich sie ihr reichte, hielt ich sie mir unter die Nase.

Wodka.

Bonny hielt sich an einem Glastisch fest; dann gelang es ihr, mit beachtenswerter Haltung den Flur entlangzugehen. »Sie müssen wissen«, sagte sie, »ich bin eine arbeitstüchtige Alkoholikerin.«

»Konnten Sie deshalb nicht …?«

»Genau. Kein Sleban für Schluckspecht Bonny. Der Schnaps hätte die Wirkung aufgehoben, und ich wäre nur noch kränker geworden.«

Sie blieb am Eingang zum Wohnzimmer stehen.

»Haben Sie den Sachverständigenbericht gelesen?« Ihre Stimme klang nun breit und undeutlich.

»Überflogen. Den Jargon durchschaue ich größtenteils nicht, aber das Resümee war unmissverständlich.«

Bonny torkelte leicht, aber sie hielt das Gleichgewicht. »Ich wusste, dass er es war. Ich habe ihn gerochen, kaum dass ich das Dokument geöffnet hatte: Wörter, Redewendungen und Phrasen so unverkennbar wie die Duftmarke eines Katers; auf jeder stinkenden Seite stand quasi seine Unterschrift.«

»Wer?«

Bonny fuhr sich mit der Zunge über die Zähne. »Der Nestbeschmutzer«, wisperte sie wütend. »Das Stinktier, das sich hinter seiner Wand aus Lügen versteckt und so tut, als kämen die Worte von jemand anderem.«

»Wer ist der Nestbeschmutzer, Bonny?«

Sie ging weiter.

»Wer?«, wiederholte ich.

Sie führte mich auf die andere Seite der kreisförmigen Bibliothek. »Er«, sagte sie und sank langsam zu Boden.

Ein Japaner lehnte an den Regalen. Seine Augen waren geschlossen; der Mund stand offen. Seine Kehle war von einem Ohr zum anderen aufgeschlitzt.

Ich hatte Roy Carp den Gefallen getan. Ich hatte Toshio Nakashima gefunden.

Aus der klaffenden Wunde war ihm das Blut aufs Hemd gespritzt und hatte eine große Pfütze ringsum gebildet, die nun beinahe trocken war. Die Bücher hinter ihm zeigten zahllose rote Spritzer; das Gleiche galt für das Dokument auf seinem Schoß. Es war der Sachverständigenbericht.

»Der Verräter hat für seinen Verrat bezahlt«, erklärte Bonny dumpf.

»Haben Sie die Polizei gerufen?«

Bonny seufzte. »Wenn Aldous hier wäre, wüsste er, was zu tun ist. Er ist immer mit Leuten fertig geworden, die mit sich selbst nicht fertig wurden.«

Ich berührte sie an der Schulter. »Wir müssen die Polizei rufen«, sagte ich. »Und ich benachrichtige Roland Spitz, damit er Ihnen einen Anwalt besorgt.«

Bonny blickte zu mir hoch, doch ihr Kopf zuckte, und ihre Lider sackten herab.

Am ganzen Leib bebend, schleppte sie sich zu Nakashima, packte das Gutachten und schleuderte es quer durchs Zimmer.

»Ganz ruhig, Bonny.«

Sie achtete nicht auf mich, sondern packte Toshios Kopf und zog ihn auf ihr Gesicht zu. Einen Moment lang starrte sie ihm in die toten Augen.

»Sie wissen es, oder?«, flüsterte sie; dann bettete sie sein Haupt vorsichtig wieder zwischen die Bücher.

»Was weiß ich?«, fragte ich.

Sie wandte sich zu mir um. »Wollen Sie mich nicht fragen, ob ich ihn umgebracht habe?«

Das war etwas, das sie im Augenblick für sich behalten sollte.

Sie sah sich ratlos um. »Ich weiß nicht, was passiert ist.«

Ich hob die Hand. »Es wäre besser, wenn Sie das Reden Ihrem Anwalt überlassen würden.«

»Ich brauche was zu trinken«, sagte sie und versuchte, sich aufzurappeln.

»Nein. Vielleicht später.«

Ich rief die Polizei vom Handy an. Anschließend hinterließ ich in Spitz' Büro eine Nachricht, man solle auf der Stelle einen erfahrenen Strafverteidiger in Bonny Coopers Wohnung schicken.

Bonny zog sich in eine sitzende Haltung hoch. Sie schlang die Arme um die Waden und wiegte sich rhythmisch.

»Ach, welch verflocht'nes Netz wir weben, wenn die Täuschung zum ersten Mal wir üben«, sang sie immer wieder. Ihr Singsang war das Tun eines Menschen, der die Wirklichkeit ausschließen möchte, der will, dass die Welt fortgeht.

Ich ging zu der blutigen Kopie des Sachverständigenberichts.

Aldous hatte einmal gesagt, sein Leben sei eine schlecht kartierte Reise durch die Blutbahn der Menschheit. *Blut, Alec. Es ist die Reise, das Fahrzeug und der Bestimmungsort in einem.*

Ich betrachtete Toshios blutigen Leichnam und bückte mich, um den Sachverständigenbericht aufzuheben.

Lass ihn, wo er ist.

Die Entscheidung entstand nicht aus der Überlegung, den Tatort unberührt zu lassen. Ich wollte ihn schlichtweg nicht anfassen.

Ich richtete mich auf. Dabei bemerkte ich ein Stück Papier, das in der Nähe auf dem Fußboden lag. Es musste aus dem Bericht gefallen sein, als Bonny ihn durchs Zimmer geschleudert hatte. Es handelte sich um einen Lieferschein von FedEx. Absender: Toshio Nakashima. Empfänger: Gebäude 17, Nordstraße, Atsugi, Japan. Inhalt: ein Dokument. Es war heute abgeschickt worden.

Als Bonny wimmerte, ging ich zu ihr.

Ich hielt ihr den FedEx-Beleg hin. »Wissen Sie, was Toshio verschickt hat?«

Sie sah nicht hoch, sondern wimmerte nur weiter.

Ich steckte den Beleg in die Tasche, setzte mich neben Bonny und legte ihr den Arm um die Schultern.

Bis die Polizei kam, sagte Bonny kein Wort mehr. Sie wiegte

sich nur vor und zurück, die Augen fest geschlossen. Ich blieb bei ihr sitzen. Von zwei Anrufen auf meinem Handy abgesehen, die ich ignorierte, war das rhythmische Quietschen von Bonnys Absätzen auf dem Holzfußboden das einzige Geräusch.

Als die Polizei eintraf, kam es mir vor, als wäre der Zirkus in die Stadt gekommen. Polizisten kamen zu Dutzenden – einige in Uniform, andere in Zivilkleidung und zwei in Monturen, die aussahen wie Strahlenschutzanzüge. Sie brachten Kisten mit Geräten, Kameras, Folien, Absperrband. Und Lärm – sie brachten sehr viel Lärm mit.

Bonny und ich wurden in den Flur geschafft, wo eine Polizistin sie aufrecht hielt, während ein Sanitäter sie untersuchte. Ein Kriminalbeamter begann, mich zu vernehmen. Er sagte, sie seien sich schon ziemlich sicher, dass Nakashima bereits seit einigen Stunden tot sei, weshalb man nur meinen Aufenthalt während dieser Zeit überprüfen müsse, bevor man mich vorläufig von der Liste der Verdächtigen streichen könne.

Währenddessen ließ ich Bonny nicht aus den Augen. Wortlos beschwor ich sie zu schweigen und hoffte, sie bliebe in ihrer selbstgeschaffenen Hölle stecken, bis wenigstens ihr Anwalt eintraf.

Ungefähr zehn Minuten später kam eine Frau mit einem schwarzen Aktenkoffer in den Flur und betrachtete die Szene einige Sekunden lang; dann ging sie zu Bonny und legte den Arm um sie. Sie sah mich an und hob die Hand, wie um anzudeuten, sie sei auf unserer Seite. »Benötigen Sie Hilfe, Mr Mayne?«, fragte sie selbstsicher. »Mr Spitz hat mich instruiert, Ihre Anweisungen zu befolgen.«

»Ich kümmere mich selbst um meine Angelegenheiten, danke«, entgegnete ich. »Konzentrieren Sie sich auf Dr. Cooper.«

Als sie die Wohnung verließen, schien es eine Meinungsverschiedenheit zu geben, die mit einem schrillen Protestschrei von

Bonny endete. Sie lief in den Flur zurück, nachdem sie sich an den Polizisten vor dem Eingang vorbeigedrängt hatte.

Fest packte sie meine Hand. »Akiko«, flüsterte sie mir verzweifelt ins Ohr.

»Was ist mit ihr?«, fragte ich.

»Akiko«, wiederholte Bonny. »Das arme Ding. Fragen Sie Ichise nach ihr.«

»Wer ist Ichise? Und wo ist sie?«

»Ichise«, sagte Bonny. »Fragen Sie Ichise. Sie ist eine Japanerin, also ist sie in Japan, wo denn sonst, Sie Dummkopf?«

Bevor sie noch mehr sagen konnte, wurde sie hinausgeführt.

Ein Polizist sprach mich an. »Ihre Geschichte stimmt. Sie können gehen. Aber halten Sie sich zur Verfügung, falls wir Sie sprechen müssen.«

KAPITEL 36

Ich überquerte die Straße und ließ das Kaleidoskop aus wirbelnden Lichtern und heulenden Sirenen hinter mir. Vier oder fünf Polizeiautos, zwei Krankenwagen und mehrere Fahrzeuge von verschiedenen städtischen Ämtern parkten in irrwitzigen Winkeln. Beamte schwirrten zwischen ihnen umher.

Ich blickte über die Mauer in den Central Park. Im Dämmerlicht spielten Menschen in der sanfteren Hitze des Abends: Sie warfen Frisbeescheiben, lagen auf dem Gras, führten Hunde aus, küssten sich.

Ich ging Richtung Osten. Zu Morty Pelzers Manhattaner Wohnung waren es zu Fuß nur zehn Minuten. Zu meiner Überraschung stand die Tür einen Spalt breit offen.

Ich rief seinen Namen, als ich den Flur betrat. Eine beeindruckende Treppe führte zu einer Galerie in Halbgeschosshöhe. An der Wand links hing ein Porträt von Babe Ruth mit einem langen Riss über dem gutmütigen Gesicht.

Ich beschleunigte den Schritt in den Salon. Auch hier schien alles an Ort und Stelle zu sein, wie die perfektionistische Sandra Pelzer es gewünscht hätte: die Brokatkissen übertrieben drall; das Besteck neben dem gewaltigen Kamin glänzte metallisch; die drei Kristallkaraffen im verschlossenen Getränkewagen aus Mahagoni funkelten, und an der Wand hingen geschmackvolle Stillleben mit Obst, Geflügel und Blumen.

Dann bemerkte ich, dass auf dem trommelförmigen Tischchen, das in der Wölbung eines elfenbeinfarbenen Stutzflügels stand, die Fotografien fehlten. Bei meinen unregelmäßigen

Besuchen hatte Sandra stets eines dieser Bilder ausgesucht und mir stolz von der Person, dem Tier oder dem Ereignis darauf erzählt.

Ein Korridor führte ins Esszimmer, aber die Flügeltür neben dem Kamin interessierte mich mehr: die Grenze zu Mortys Hoheitsgebiet, ab der Staubtuch, Silberpolitur und Staubsauger des Dienstmädchens unerwünscht waren.

Die Atmosphäre des Zimmers hinter der Tür trug die Spuren von jahrelangem Zigarrengenuss; doch heute stank es nicht nach dem gewohnten Smog einer frischen illegalen Havanna, sondern nach Schnaps. Unter dem Regal, in dem sich einmal Mortys geliebte Sammlung alter Bourbon- und Roggenwhiskeys befunden hatte, war der Teppich ein Meer aus Glasscherben. Irgendwo anders in der Wohnung gab es noch einen Schrank mit gut dreihundert Flaschen, aber Mortys Lieblinge waren stets hier ausgestellt gewesen: Jim Beam's Distiller's Masterpieces, die Knob Creeks, die Pappy Van Winkles.

Und vor mir sah ich Morty mit dem Gesicht auf der Schreibtischplatte.

»Oh, nein«, keuchte ich.

Ehe ich ihn erreichte, hob Morty den Kopf. Seine Augen waren nur knapp geöffnet, und er fuhr sich mit der Zunge über trockene, aufgesprungene Lippen. »Ach, Sie sind es«, seufzte er.

»Was zum Teufel ist los? Marcy hat einen Selbstmordversuch unternommen; sie sagte, Sie hätten gekündigt ...«

Morty nahm eine Zigarre und drehte sie in seinen dicklichen Fingern. Er schien mit sich selbst im Streit zu liegen, ob er sie nun anstecken sollte oder nicht.

Er runzelte die Stirn, biss das Ende ab und spie es in die Glasscherben.

»Was soll's«, knurrte er; dann nahm er ein langes Streichholz und riss es an einer massigen Reibfläche an, die neben ihm stand. Er brachte die Zigarrenspitze von Braun auf Rotglut; als er die ersten Wolken schmeckte, schloss er genießerisch die Augen.

Morty blies eine Rauchwolke zur Decke und seufzte. »Meine Letzte. Sandra hat den Rest vernichtet. Alle fünfhundert. Den Humidor hat sie zerschmettert. Den größten begehbaren Humidor auf dieser Seite von Nat Sherman's.« Er hielt kurz inne. »Arme Marcy ...«

»Hat Sandra Sie verlassen?«

»Ich bin mir nicht ganz sicher, wer was gemacht hat«, antwortete er hilflos. »Sie will später mit ihren beiden Brüdern wiederkommen, um mich aus dem Haus zu werfen.«

»Sie hat die Sache mit Marcy herausgefunden?«

Morty antwortete nicht.

»Weil Sie gekündigt haben?«

»Sandra hat seit Jahren versucht, mich zur Kündigung zu bewegen«, sagte er.

»Was war es dann?«

»Weil ich ...« Er stöhnte. »Weil ich es vermasselt habe. Nach fünfunddreißig Jahren habe ich den Rahmen verlassen. Nur ein einziger Schritt, aber mehr war nicht nötig.«

»Was haben Sie getan, Morty? Geht es um Aldous und Platonics?«

Er starrte mich an. Manchmal wirkte er wie ein Hund, der weiß, dass er etwas falsch gemacht hat, aber sich nicht denken kann, was.

»Ich mache Platz für jüngeres Blut«, sagte er schließlich. »Sie, Alec.«

»Meine Position ist unhaltbar, Morty. Ich kannte Aldous; ich meine, ich war mit ihm auf Du und Du. Ich habe ihn bei Eastern Trust eingeführt. Ich wusste von dem Gerücht, dass dieses Mädchen gestorben war ...«

Morty drückte die Zigarre roh auf der Schreibtischplatte aus, obwohl der Aschenbecher nur wenige Zentimeter entfernt stand.

»Sie wissen überhaupt nichts; ist Ihnen das eigentlich klar?«, brüllte er. »Erzählen Sie mir bloß nicht, was Sie nicht wissen. Kein Wort mehr. Sie müssen so tun, als wäre das, was passiert ist, nie geschehen. Wenn Sie sich mit dem Verstellen genug Mühe geben, glauben Sie es am Ende selber. Und dann kauft es Ihnen jeder ab.«

»Das kann ich nicht, Morty«, flüsterte ich.

Er rollte mit den Knöcheln über ein noch immer glimmendes Tabakstückchen. »Japan war für Sie ein lausiger Posten. Sie haben das Baby verloren. Und dann dieser beschissene Irre, Tommy Itoh. Und andere Dinge. Ich habe Verständnis dafür. Aber es ist vorbei. Sie glauben, es ist alles wieder da; aber so muss es nicht sein.«

»Itoh ist in New York«, entgegnete ich. »Er war in meinem Büro. Er ist gefeuert worden, weil er Risikolimits überschritten haben soll. Aber ich habe seine Akte überprüft: Er ist kaum über die Grenze gekommen. Und dann eröffnet mir Alice, dass wir wieder mit JetPac Geschäfte machen. Was geht hier vor, Morty?«

»Pst«, zischte Morty. »Beruhigen Sie sich. Gehen Sie nach Hause und nehmen Sie Hannah in den Arm.«

»Hannah hat Lupus; sie hat an der klinischen Studie teilgenommen. Wir haben uns auf Sleban verlassen.«

Morty zuckte mit den Schultern. »Es gibt andere schlaue Professoren; es wird ein neues Sleban geben.«

Ich schlug auf den Schreibtisch. »Wir haben alles auf dieses eine gesetzt. Ich habe alles dafür riskiert.«

»Sleban ist tot«, brummte Morty. »Und schon bald hat es seine Seebestattung, außerhalb der Reichweite von allen.«

»Wie meinen Sie das?«

»Dieser Gnom, Roy Carp, hat einen Käufer für das Eigentum von Platonics gefunden, einschließlich Sleban.«

»Das ist Irrsinn. Er ist keine vierundzwanzig Stunden mit dem

Fall befasst. Selbst Carp könnte nicht in so kurzer Zeit eine Auktion ansetzen.«

»Darum nennt man ihn den Totengräber, mein Freund. Die Leiche ist sechs Fuß unter der Erde, bevor sie erkalten kann. Der Käufer ist eine Briefkastenfirma auf den Kaimaninseln namens Nemco.«

»Das kann nicht sein«, sagte ich.

»Das kann sehr wohl sein, Alec. Und Nemco interessiert sich nicht für das Sleban; man wird keinen müden Cent ausgeben, um es wiederzubeleben; man will dort nur irgendein teures Diagnosegerät, das zum Bestand gehört. Sleban ist tot, Alec.«

Ganz wie Bonny es vorhergesagt hatte.

»Wie viel zahlen diese Leute?«, fragte ich.

»Fünf Millionen.«

Fünf Millionen. Das deckte gerade Roy Carps Honorar.

Morty schüttelte traurig den Kopf. »Sie wissen, wie es läuft, Alec. So geht es, wenn der Ballon platzt. Schmutzige Firmen wie Nemco stehlen zwanzig Jahre Arbeit für ein Trinkgeld, und dann machen sie damit, was immer sie wollen.«

»Sind Sie sicher, dass die Firma Nemco heißt?«, fragte ich.

Morty nickte.

»Ist sie japanisch?«

»Idiot«, knurrte Morty. »Kaimaninseln, ich sagte es doch. Wie kommen Sie auf die Idee, sie könnte japanisch sein?«

»*Nemuru* ist ein japanisches Wort. Ein Verb. Schlafen.«

»Wie passend. Vielleicht war das die Idee ihrer Berater.«

»Welcher Berater?«

»Kendo Securities.«

Kendo Securities: die dreckigste Firma in ganz Tokio. Eine Bande, die mit zweifelhaften Wertpapieren handelte, und das Ganze auf japanische Art. »Was wissen Sie, Morty? Heute Morgen sahen Sie aus wie ein Kaninchen im Scheinwerferlicht. Im nächsten Moment sitzt Marcy voller Pillen in einem anderen

Büro, und Sie haben gekündigt. Um Gottes willen, jetzt sagen Sie mir schon, was ist.«

Er schaute auf seine Armbanduhr. »Sie werden bald hier sein. Sie sollten verschwinden, bevor sie kommen.«

»Das können Sie doch nicht machen«, wandte ich ein. »Himmel, wir haben doch immer mit offenen Karten gespielt ...«

»Hören Sie mir gut zu, Alec. Aldous steht im Rampenlicht. Sorgen Sie dafür, dass es so bleibt – bleiben Sie in Deckung; Kopf runter, nicht beirren lassen. Der Sturm geht vorüber, und der Schatten von Aldous' Dämonisierung verschleiert alles andere. Er ist tot; er kann sich nicht mehr wehren.«

»Sie glauben wirklich, dass er tot ist?«

»Ob er jetzt am Grund des Champlainsees liegt oder nicht, ist unerheblich. In jeder Hinsicht, auf die es ankommt, ist er tot.«

»Das reicht mir nicht, Morty. Ich verdiene mehr von Ihnen.«

»Sie bekommen mein Erbe, zerbrechlich wie es ist; aber es laufen genug Fotzen rum, die Sie aus dem Testament drängen wollen.«

Er senkte den Kopf.

»Wie ich es sehe«, sagte ich, »sind Sie nicht in der Position, irgendjemandem irgendetwas zu vererben.«

Ihm liefen die Tränen die Wangen hinunter.

Konnte er mir wirklich leidtun? Er wusste offensichtlich sehr viel mehr, als er verriet.

Die Tür zum Arbeitszimmer flog auf und knallte laut gegen die Wand.

»Scheiße«, flüsterte Morty.

Als ich mich umdrehte, sah ich Sandra zwischen zwei Männern – einer Mitte dreißig, der andere fast sechzig. Sie hatten das Aussehen von Fernfahrern.

Sandra sah aus wie aus dem Ei gepellt. Sie kannte keine Bad-Hair-Days.

»Raus«, sagte der ältere Mann.

»Gehen Sie«, brummte Morty.

Ich sah ihn befremdet an.

»Nur die Ruhe«, sagte Morty. »Sie werden mich nicht umbringen. Sie haben was anderes vor.«

»Sind Sie sicher, dass ich nicht lieber hier bleiben soll?«, fragte ich.

Der jüngere Mann packte mich am Arm. »Er war Ihr Boss, oder? Dann tun Sie gefälligst, was der Scheißkerl sagt.«

Ich schüttelte seine Hand ab.

»Gehen Sie«, sagte Morty. »Bleiben Sie in Deckung, wie ich gesagt habe.«

»Ich gehe«, erwiderte ich, »aber in Deckung bleibe ich nicht.«

KAPITEL 37

Als ich dem Hausflur zu unserer Wohnung folgte, hörte ich ein leises Klicken. Gerade rechtzeitig blickte ich auf, um zu sehen, wie Mrs Slatskys Tür sich schloss.

Hölle. Am Morgen hatte ich sie überredet, sich den Tag über um Pebble und Shell zu kümmern. Ich hatte sie vollkommen vergessen. Über ihre eigene Prophezeiung, es käme nur zu blutigen Streits mit ihrem geliebten Alphonse, hatte sie großzügig hinweggesehen, kaum dass ich ihr einen frischen Hundertdollarschein hingehalten hatte.

Ich klopfte an die Tür, und sie öffnete sich fast sofort, allerdings nur so weit, wie die dicke Stahlkette lang war.

Durch eine Wolke aus Zigarettenrauch blickte mich Mrs Slatsky mit beunruhigten Knopfaugen an.

»Ich nehme sie Ihnen jetzt wieder ab«, sagte ich. »Ich hoffe, sie haben nicht zu viel Ärger gemacht.«

Sie schüttelte den Kopf. »Hilflose, kleine Schätzchen«, rief sie aus. »Versklavt von bösen Menschen. Nur über meine Leiche holen Sie die Süßen ab und brechen ihnen ihre kleinen Herzchen. Sie können mir die Tür eintreten und mich bedrohen, meine armen alten Knochen zu zertrümmern; ich gebe sie nicht mehr her.«

»Aber Mrs Slatsky ...«

Sie knallte die Tür zu, und ich hörte sie durch den Korridor schlurfen, während sie grauenhafte Flüche auf Estnisch ausstieß.

Ich ging in unsere Wohnung und hörte den Anrufbeantworter

ab. Eine Nachricht, von Bonnys Anwältin: Bonny habe sich so weit in ihr Schneckenhaus zurückgezogen, dass man überhaupt nicht an sie herankam, und im Augenblick liege sie unter Polizeibewachung im Krankenhaus.

Erschöpfung brach über mich herein. *Nemuru.* Schlafen. Sleban wurde schlafen gelegt. Und Kendo Securities drückte ihm das Kissen aufs Gesicht.

Ich blickte die *Tengu*-Maske an. Vierundzwanzig Stunden war es nun her, seit wir uns zuletzt angesehen hatten, und jetzt wirkten seine Wangen praller, sein finsteres Gesicht verzerrter. Es war, als arbeiteten sich sämtliche Geheimnisse, Lügen und Prahlereien, die in ihm steckten, an die Oberfläche vor.

Ich zerrte an meinem schweißgetränkten Hemd, während ich zur Dusche ging.

Als ich im Schlafzimmer nach dem Lichtschalter tastete, hörte ich ein Geräusch. Meine Hand gefror mitten in der Bewegung.

»Wer ist da?«, fragte ich und merkte meiner Stimme die Panik an.

»Alec ...«

Ich schaltete das Licht ein und entdeckte Hannah neben dem Bett. Auf dem Kopfkissen stand eine dicke schwarze Reisetasche.

»Süße«, sagte ich verblüfft. »Was machst du denn hier? Warum bist du nicht im Krankenhaus?«

»Da habe ich es nicht mehr ausgehalten.« Ihre Stimme bebte.

»Warum hast du nicht angerufen?« Ich machte einen Schritt auf sie zu. »Ich hätte dich abgeholt ...«

Sie wich vor mir zurück. »Ich habe angerufen. Du bist nicht rangegangen. Genau wie beim letzten Mal. Ich begreife einfach nicht, was los ist, Alec ...«

»Ich war in Bonny Coopers Wohnung. Ich konnte keine Anrufe entgegennehmen.«

Sie schüttelte den Kopf. »So viele Leute sagen so viele unterschiedliche Dinge. Es ist zu viel; ich kann nichts mehr aufnehmen.«

Sie beugte sich vor und hob ihre Tasche.

»Was machst du denn da?«

Ihr Gesicht erstarrte, und sie schloss die Augen. »Wonach sieht es denn aus?«

»Das ist unser Zuhause«, sagte ich hilflos. »*Unser* Zuhause. Bitte geh nicht; ich flehe dich an ...«

»Lass es, Alec«, entgegnete sie mit zittriger Stimme und ging an mir vorbei zur Tür.

»Ich habe einen Fehler gemacht«, sagte ich und schwang herum, um ihr zu folgen. »Ich habe dir gesagt, dass es mir leidtut. Ich hätte von Anfang an offener sein sollen. Ich hatte unrecht, aber ich dachte, ich würde das Richtige tun ...«

Sie blieb stehen.

»Das Richtige?«, wiederholte sie vorsichtig. »Du erinnerst dich doch daran, wie Doc Connor mir gesagt hat, dass ich ziemlich schwere Schäden davongetragen hätte, oder?«

»Aber natürlich.«

»Die vielen Tests, die Feinstein mit mir gemacht hat, bestätigen es. Nur ...« Sie wandte sich von mir ab.

»Nur was?«

»Es ist schlimmer, als Doc Connor gedacht hat. Im Krankenhaus sind sie der Meinung, dass mir das Sleban geschadet hat, dass es mich über eine Grenze gedrängt hat und es nicht mehr lange dauert, bis ...«

Ich versuchte, sie zu umarmen, aber sie stieß mich grob von sich.

»Sag so etwas nicht«, bettelte ich. »Es lässt sich vieles machen. Du solltest im Krankenhaus sein. Dort kann man ...«

Als ich ihr Gesicht sah, verstummte ich – es zeigte alle tausend Gründe, weshalb sie Krankenhäuser hasste, und keiner hatte an Intensität verloren. »Vielleicht wäre es besser gewesen, wenn ich auf High Trees gestorben wäre.«

»Das ist doch Irrsinn. Niemand kann wissen, ob Sleban die Schäden verursacht hat oder nicht.«

Hannah sah mich mitleidig an. »Du glaubst noch immer an Aldous' Wunder, nicht wahr? Sogar jetzt.«

Sie nahm die Reisetasche auf und ging in den Flur.

»Wohin willst du denn?«, fragte ich.

»In ein Gästehaus der Universität«, antwortete sie. »Mein Chef hat mir ein Zimmer beschafft. Versuch nicht, mich anzurufen. Erst wenn ich so weit bin, reden wir.«

Wir standen schon vor der Wohnungstür, und ich drückte die Hand fest dagegen. »Ich kann dich nicht gehen lassen. Du weißt nicht, was du tust. Du begehst einen großen Fehler.«

Hannah zog die Finger vom Knauf zurück. »So willst du es also? Mich zum Bleiben zwingen? Mit Gewalt schaffst du das natürlich, das ist dir klar; ich könnte dir nicht lange Widerstand leisten. Möchtest du das wirklich?«

»Ich möchte, dass du bleibst, das ist alles. Ich möchte, dass wir uns der Sache gemeinsam stellen. Zusammen können wir damit fertig werden.« Ich wusste, dass ich sie nicht überzeugen würde. Ich war nicht einmal sicher, ob ich mir selbst glaubte.

»So wie wir beim letzten Mal damit fertig geworden sind?« Sie hob wieder die Hand zum Knauf. »Ich möchte jetzt gehen.«

»Bitte ... ich liebe dich.«

Sie senkte den Kopf, drehte den Knauf und öffnete die Tür. Einen Herzschlag lang zögerte sie; dann schlüpfte sie durch den schmalen Spalt.

Eine Weile stand ich an der Tür und starrte ihr nach, lauschte auf jeden Schritt, den sie machte, um das Haus zu verlassen.

Schließlich kehrte ich ins leere Schlafzimmer zurück und warf mich, ohne mich vorher ausgekleidet zu haben, mit dem Gesicht nach unten aufs Bett. Ich roch Hannahs Duft. Ich zog die Bettdecke in Falten dicht an mich heran und klammerte mich fest.

Dann weinte ich.

KAPITEL 38

Als ich aufwachte, starrte ich mit aufgerissenen Augen in die Finsternis und versuchte, mich von der Stille verschlucken zu lassen.

Hannah war fort; sie hatte das Haus verlassen, als besteige sie das Schafott, auf dem sie hingerichtet werden sollte.

Sie musste sich irren. Aldous hätte *niemals* …

Ich setzte mich auf.

Irgendwo jaulte eine Feuerwehrsirene.

Ich ging ans Fenster. Von Zeit zu Zeit wanderten gespenstische Schatten über die Vierecke aus Licht, die den Wohnblock auf der anderen Straßenseite wie Pockennarben überzogen, und deuteten die Geheimnisse an, die sich darin verbargen.

KAPITEL 39

Bis Ben an die Tür kam, verging einige Zeit, und als er schließlich – in einem blauen T-Shirt und Boxershorts – vor mir stand, nickte er nur, drehte sich um und ging in die Küche; offenbar war es ihm gleich, ob ich ihm folgte oder nicht.

Er setzte sich auf einen Hocker im Mittelpunkt des Raumes: einem gewaltigen Würfel Buchenholz mit einer ausladenden Platte aus italienischem Marmor.

»Wir müssen reden«, sagte ich.

Ben sah mich ausdruckslos an. »Dann rede«, forderte er mich auf.

»Wir müssen offen zueinander sein.«

»Ich dachte, das wären wir gewesen«, erwiderte er eisig. »Ich erinnere mich da an eine Besprechung mit dir in der Herrentoilette auf der Siebzehnten. Sicher, sie endete ziemlich abrupt, als Hudson Falmer hereinkam. War noch etwas zu besprechen, Alec? Hatten wir nicht alle Tagesordnungspunkte abgehandelt?«

»Nicht ganz«, sagte ich. »Ich habe dir eine Einzelheit von Harveys klinischer Studie in Japan verschwiegen. Damals gab es ein Gerücht, ein Mädchen sei daran gestorben. Heute habe ich erfahren, dass sie Akiko Inue hieß.«

Ben zeigte keinerlei Regung; sein Starren blieb eisig. Er blinzelte nicht einmal.

Ich zog einen Hocker heran und setzte mich neben ihn.

»Mach weiter«, sagte er.

»Aldous bestritt, dass jemand gestorben ist.«

»Und du hast ihm geglaubt.«

»Professor Nakashima bestätigte es.«

»Aber an Nakashima verwiesen hat dich Aldous, oder?«

»Ja.«

»Schulterschluss der Eierköpfe«, bemerkte Ben grimmig, »und Alec Mayne sichert nach außen.«

»Ich habe Aldous geglaubt«, sagte ich. »Und Nakashima auch.«

»Und glaubst du ihnen noch immer?«, fragte Ben. »Kaufst du es ihnen noch immer ab, jetzt, wo Hannah sterben muss?«

Das Schweigen zwischen uns dehnte sich schier unendlich aus.

»Also, fassen wir einmal zusammen: Du, Alec Mayne, ein Nicht-Wissenschaftler und Nicht-Banker, hast es dir zur Aufgabe gemacht, mir Aldous anzudienen und ihn an die New Yorker Börse zu bringen, obwohl du die ganze Zeit über gewusst hast, dass bei seinen klinischen Studien vielleicht jemand gestorben war.«

»Ja.«

»Du und ich ... wir haben Tag und Nacht zusammengearbeitet«, sagte Ben. »Wir haben Aldous und Platonics auf den Kopf gestellt, damit sie bereit waren für das Big Board. Ich war beeindruckt, Alec. Niemand hätte erraten, dass du kein lizensierter Investmentbanker bist. Du warst gut. Manchmal wurde ich sogar wütend auf dich, weil du besser warst als ich. Wie lange ging die Geschichte? Sechs Monate? Ein Jahr? Ich kann mich nicht mehr daran erinnern, wie lange wir mit Platonics gerungen haben. Wir waren ein gutes Team. Aber die ganze Zeit über konntest du keinen Augenblick erübrigen, um mir zu sagen, dass unter den Millionen von Dokumentenseiten, durch die wir gewatet sind, eine verfluchte Zeitbombe versteckt liegt? Hast wohl gehofft, ich würde es nicht merken, oder was? Mach nur genug Krach, und Ben hört sie nicht ticken? Verdammt, Alec, ich habe dir *vertraut!*«

»Ich kann dir nicht verübeln, wenn du es so siehst ...« Meine Worte schienen in der Leere widerzuhallen. »Ich habe wirklich aufrichtig geglaubt, ich würde das Richtige tun ... Als Bonny Cooper sich für Platonics stark gemacht hat, da dachte ich ...«

»Bonny trägt jetzt eine Zwangsjacke, oder?«

»Du musst es verstehen«, sagte ich. »Aldous wollte Hannah heilen. Das hat er mir versprochen. Kein Wenn und Aber, keine Vorbehalte. Es würde so kommen – es war nur eine Frage der Zeit.«

Eine Ader pochte an Bens Schläfe. »Auf High Trees hat es sie nicht umgebracht, und jetzt hat es einen langsameren Tod für sie ausgesucht. Hannah wird dir wahrscheinlich sehr dankbar dafür sein, dass du in ihrem Namen das Risiko eingegangen bist. Das hat ihr immerhin die Mühe erspart, für sich selbst zu entscheiden, ob sie Gift einnehmen wollte. Die drei anderen verzehren sich wahrscheinlich ebenfalls vor posthumer Dankbarkeit.«

Ich zog das Verbindungsprotokoll aus der Tasche. »Als ich hereinkam, sagte ich, dass wir offen zueinander sein müssen.«

»Und du bist ganz offen zu mir gewesen, was?« Er knallte die Hand fest auf die marmorne Arbeitsplatte. »Scheiße, Alec. Soll ich dir dafür auch noch dankbar sein?«

»Ich habe deine Anrufe überprüft, Ben.«

Er starrte mich ungläubig an. »Verdammte Scheiße, was hast du?«

Für einen Sekundenbruchteil zuckte sein Blick auf das Blatt Papier in meiner Hand. »Wozu hast du das getan, zum Teufel? Mein Telefon? Mein Gott, reicht es dir denn nicht, dass du mich ruiniert hast, ohne dass du deine Nase auch noch in mein Privatleben steckst? Anschluss vier-sechs-sieben-null – veröffentlichen wir ruhig die Geschichte seines Lebens? Ben ist es egal; der ist sowieso fertig.«

»Ich rede nicht von dem Telefon auf deinem Schreibtisch«, entgegnete ich. »Das habe ich nicht überprüft.«

Er runzelte die Stirn.

»Ich rede von dem Anschluss unter deinem Teppich, Ben. Anschluss zwei-drei-vier-neun, der zu Devisenhandel gehört, fünf Stockwerke entfernt. Ein verwaister Anschluss; er liegt in deinem Büro und ist benutzt worden.«

Ich schob ihm das Verbindungsprotokoll zu.

Er starrte es an, ohne es zu berühren.

Ich ließ die Stille ein wenig schmoren.

»Die Verbindungen gingen in den US-Marinefliegerhorst Atsugi außerhalb von Tokio. Zu jemandem namens Delaforce, einem Schreibtischhengst und Rechnungsprüfer. Warum redest du mit jemandem wie ihm? Wer ist das, Ben?«

Ben nahm das Blatt Papier und schlug es mir fest gegen die Brust.

»Ich hoffe, du kommst hinter Gitter«, sagte er wütend. »Du hast von Anfang an von dem toten Mädchen gewusst, nicht wahr? Du hast Aldous und Nakashima nur deswegen für glaubwürdig erklärt, damit du eine unangenehme Tatsache unter den Teppich kehren konntest. Na, ich habe vielleicht einiges von meinem Jurastudium vergessen, aber ich erinnere mich noch gut genug, um zu dem Schluss zu kommen, dass die Ereignisse reichen, um dich wegen eines Tötungsdeliktes anzuklagen. Und wo Aldous jetzt Schlamm atmet, brauchen sie jemanden, dem sie den ganzen Scheiß anhängen können. Im Vergleich mit dir werde ich ein reichlich kleiner Fisch sein.«

Ich wedelte mit dem Papier. »Aber was hast *du* gewusst? Das kommt aus deinem Büro, Ben. Die Anrufe gingen nach Atsugi. Aldous war oft in Atsugi; er hatte Verbindungen zum Militär. Dort wurden Riesenmengen Düsentreibstoff verschoben. Illegale Zahlungen – heftiges Zeug, das uns fast den Hals gebrochen hätte –, und die Geschäfte sind jetzt wieder losgegangen. Warum hast du diesen Anschluss in deinem Büro? Die Antwort entlastet mich vielleicht nicht, sie erspart mir vielleicht nicht das Gefängnis, aber ich wüsste sie trotzdem gerne. Es wäre sehr tröstlich zu wissen, dass ich nicht der Einzige bin, der einen Fehler begangen hat.«

Ich lag auf dem Boden.

Die Faust hatte mich aus dem Nichts getroffen.

Ben stand über mir.

Er packte mich am Kragen.

»Ich weiß nichts von deinem Scheißtelefon!«, brüllte er. Er hob mich am Hals an und knallte meinen Kopf auf die Terracotta-Fliesen. Durch einen Nebel sah ich Bens Augen als zwei glühende Punkte. »Du verdammter Jammerlappen!«, schrie er.

Wieder schlug er meinen Kopf auf den Boden. Diesmal musste ich für ein paar Sekunden die Besinnung verloren haben. Als ich wieder zu mir kam, spürte ich, wie mein Kopf wieder hochgezogen wurde. Bei diesem Tempo würde er mich umbringen. Ich versuchte, ihn von mir zu schieben, aber er saß auf meiner Brust und hielt meine Arme mit den Knien fest. »Nicht, Ben, bitte«, murmelte ich. Ich schloss die Augen und wartete auf den Schmerz.

»Aufhören.«

Der Befehl ertönte schrill und klar, und er pulsierte vor Autorität.

Als ich die Augen öffnete, löste sich die Hand von meinem Kragen.

Unter großer Mühe drehte ich den Kopf und folgte Bens Blick.

Hannah stand zwei Meter von uns entfernt. Sie trug ein weißes Baumwollhemd, das ihr bis knapp über die Knie reichte.

Sie hockte sich nieder und sah mir ins Gesicht. Ich schaute sie nicht an; meine Augen klebten an dem seidenen Monogramm über der Brusttasche des Hemdes. BKR.

Mein Verstand verweigerte sich jeder Rationalität. Ich rang

nur mit einem Gedanken: *Ben – du hast mir nie verraten, wofür das K steht.*

»Bist du okay?«, fragte Hannah.

Ich zuckte unwillkürlich zusammen, als ich mir mit der Zunge über die metallisch schmeckende Fläche fuhr, wo ein Zahn frisch angeschlagen war, und über die schwammige Matratze, in die sich meine Oberlippe verwandelt hatte. Ich schüttelte leicht den Kopf, nur um zu sehen, was geschehen würde. Mir platzten fast die Augen aus den Höhlen; solch starker Schmerz durchfuhr mich bei der Bewegung.

Ich schob Hannah von mir weg und rappelte mich mühsam auf. Ich musste mich an der Marmorplatte festhalten. Die kühle Fläche fühlte sich gut an, und als ich stand, legte ich meine Wange darauf.

Mein Kopf wurde wieder etwas klarer. Ich stellte mich hin und versuchte, mich auf die beiden verängstigt aussehenden Menschen zu konzentrieren, die vor mir standen. Schwankten sie? Ich drückte die Hände fester auf die Marmorplatte. Nein. Ich schwankte.

Ich richtete den Blick auf Hannah. »Warum?«, brachte ich mühsam krächzend hervor.

Sie starrte mich an, als wäre ich ein betrunkener Stadtstreicher, dem sie unvermittelt begegnet war und bei dem sie nicht wusste, wie sie sich verhalten sollte.

»Warum?«, wiederholte ich lauter.

Hannahs Miene schlug um; sie zeigte keine Sorge oder Anteilnahme mehr. »Begreifst du denn nicht, was du angerichtet hast, Alec? Was du mir angetan hast, was du Ben angetan hast? Diesen armen Frauen, die jetzt tot sind? Du warst Aldous' Lakai, und jetzt stinkst du durch seinen Betrug zum Himmel.«

»Das beantwortet meine Frage nicht«, entgegnete ich dümmlich.

»Ich hätte es merken müssen«, sagte sie. »In Tokio, als ich blutend im Krankenhausbett lag, als sie mir Laura weggenommen und sie in ein Krankenhaushandtuch gewickelt haben. Damals hätte ich merken müssen, warum du nicht bei mir warst und das Leid mit mir geteilt hast.«

»Nein, Hannah, fang nicht ...«

»Du hattest mit deinen Spießgesellen eben Besseres zu tun.«

»So war es nicht«, erwiderte ich fassungslos. »Ich habe dir doch gesagt, was los war. Im Ministerium waren Handys untersagt. Das weißt du doch alles.«

Sie hob den Finger an meine aufgeplatzte Lippe. »Das war Ben«, sagte sie. »Aber es stammt von mir.«

Sie trat von mir zurück.

»Bitte, Hannah«, sagte ich.

Sie schmiegte sich an Ben. »Geh, Alec«, sagte sie. »Geh einfach. Du glaubst vielleicht, es kann nicht mehr schlimmer werden, aber wenn du hier bleibst, wirst du feststellen, dass du dich irrst.«

KAPITEL 40

Ich torkelte ein paar Häuserblocks in westlicher Richtung fort von Bens Apartment. Ich dachte nicht darüber nach, wohin ich ging.

Auf der Third Avenue stieß ich auf einen Imbiss, der die ganze Nacht geöffnet war. Im Lokal saßen nur zwei andere Gäste, wahrscheinlich Büroreinigungskräfte auf dem Weg von der oder zur Arbeit.

»Was möchten Sie?«, fragte eine Kellnerin mit einer fein abgestimmten Mischung aus Aggressivität und Gleichgültigkeit. Mein Gesicht muss furchtbar ausgesehen haben; mein Hemd war voller Blut. Sie jedoch tat, als bemerke sie es nicht.

»Kaffee und eine Cola«, sagte ich.

Ich verkroch mich tief in mir und suchte nach dem Augenblick, an dem ich hätte bemerken müssen, dass Aldous log. Doch die Wiedergabe wurde von Bildern seiner leidenschaftlichen Überzeugung dominiert.

Forschung müsse wissenschaftlich solide sein, hatte er gesagt. Forschung sei wertlos, wenn sie Abkürzungen nehme oder Annahmen mache, die sich nicht überprüfen ließen. Am Ende zähle nichts außer der Wissenschaftlichkeit. Entdeckungen mache man vielleicht durch Glück, doch ihren Wert zu erkennen habe nichts mit Glück zu tun. Wenn er sich irre, dann liege es an den Grenzen seiner intellektuellen Fähigkeiten, aber nicht an seiner Verpflichtung gegenüber der wissenschaftlichen Methodik.

Harvey konnte streng, streitbar und distanziert sein, manchmal geradezu grob. Aber er liebte die Menschen, da war ich mir sicher. Er wollte sie heilen, ihnen helfen. Er wollte sich nur nicht von kleinlichen Alltagshindernissen den Weg verstellen lassen.

Er hätte erheblich reicher sein können, als er war, doch er spendete einen guten Teil seines Vermögens für Zwecke, die nicht hoch im Kurs standen: für die Rehabilitation von Strafgefangenen oder für Flüchtlinge aus Ländern, die in den USA unbeliebt oder gar unbekannt waren. Er hätte einflussreiche Denkfabriken leiten und sich unter die Reichen und Mächtigen mischen können, doch mied er sie wie die Pest. Er biederte sich weder bei den Finanzinstituten an, noch hofierte er die Medien. Er sagte Beamten der FDA ins Gesicht, was er von ihnen hielt. Damit hatte er Ben in den Wahnsinn getrieben.

Ich hatte an ihn geglaubt ... und ich bemerkte, dass ich noch immer an ihn glaubte.

Ich holte die Krankenkarten aus der Tasche. Sie fielen schon beinahe auseinander.

Akiko Inue, Hannah, Sabin, Smith, Horowitz, Drucker.

Ich musterte die Einträge auf den Karten – unterschiedliche Handschriften, unterschiedliche Ordentlichkeit, unterschiedliche Leben; aber eines hatten sie gemeinsam: Ihnen war es mit Sleban gut gegangen, phantastisch gut – genau wie Hannah.

Außer Akiko waren sie alle auf einmal zusammengebrochen. Fünf auf einmal. Wie konnte das sein? Warum sollten sie alle gleichzeitig an Nebenwirkungen zu leiden beginnen?

Scheiße! Die Lösung starrte mir ins Gesicht.

Ich musste Akiko Inue außer Acht lassen; sie war vor vier Jahren gestorben.

Das hieß fünf Opfer aus einer Testgruppe von insgesamt fünfhundert. Aber ihre Patientenkarten waren aussortiert und zusammengeheftet worden, *bevor* ihre Besitzer ihren Kollaps erlitten hatten.

Diese fünf Personen verband kein Stoffwechselphänomen, sondern eine Heftklammer. Und noch etwas. Aber was?

Mein Handy klingelte.

Callum war am Apparat. »Tommy Itoh ist von Ihrem Büro direkt zum Flughafen gefahren. Jemand von Derivatenhandel hat ihm einen Wagen besorgt.«

»Also ist er wieder in Tokio«, murmelte ich.

Debra Brassen hatte gesagt, die eigentliche Geschichte sei nicht in den Staaten zu finden.

Und ich? Hier saß ich in einem Imbiss auf der Third Avenue, pflegte eine wunde Lippe und bemitleidete mich selbst. Es war nur eine Frage der Zeit, bis meine Verwicklung ans Tageslicht kommen würde, sei es über Brassen oder Drucker oder sogar meine eigenen Leute. Sobald das geschah, würde man mich festnehmen.

»Sind Sie noch dran?«, fragte Callum.

»Ja.«

»Was wollen Sie unternehmen?«

Ich brachte kein Wort hervor.

»Ich besorge Ihnen ein Flugticket nach Tokio«, sagte er. »Sie können es am American-Airlines-Schalter am Kennedy-Flughafen abholen.«

KAPITEL 41

»Halten Sie hier«, sagte ich dem Fahrer, der mich vor wenigen Minuten von unserer Wohnung abgeholt hatte, um mich zum Kennedy Airport zu bringen.

»Wollen Sie Ihr Flugzeug erwischen oder nicht?«, fragte er gepresst und hielt am Straßenrand.

Ich stieg aus dem Wagen, blickte an Bens Wohnblock hoch und zählte die Etagen, bis ich fünfzehn erreichte.

Worauf hoffte ich? Hannahs Silhouette, die aus dem Fenster starrte und reumütig an den Ehemann dachte, den sie gerade verstoßen hatte?

Die Lichter waren aus, und es gab nichts zu sehen.

ZWEITER TEIL

KAPITEL 42

Ich war wieder da.

Das Taxi schoss auf der Schnellstraße nach Tokio hinein, an der Eiffelturmspitze des NHK-Fernsehturms vorbei. Disneyland Tokio, der gewaltige Keil einer überdachten Schneepiste, wirkte im Morgendunst ein wenig abgespannt. Selbst die Bucht von Tokio sah brackig aus.

Als ich die Reise beim ersten Mal zusammen mit Hannah gemacht hatte, war ein schriller Unterton in ihrer Begeisterung gewesen, während sie einen Zeitplan für das Jahr abgespult hatte, das vor ihr lag: wie sie ihren Platz an der Universität von Tokio nutzen würde, um ihre Doktorarbeit im Eiltempo zu verfassen, wie sie sich in die japanische Kultur stürzen, die Sprache lernen und die unausgetretenen Pfade begehen wollte. Für sie waren die sorgsam eingerichteten Polster nichts, die man in Japan lebenden Amerikanern einräumte, damit die Ehefrauen sich nicht allzu sehr an den harscheren Aspekten einer fremden Kultur stießen; Hannah hatte vor, den Schleier beiseite zu reißen und sich dem Rätsel Japan zu stellen.

Doch als wir unser Apartment erreichten, fiel sie in Schweigen. Ich sah ihre Erschöpfung und die unnatürliche Röte ihrer Wangen. Das war der Flug, hatte ich mir gesagt; dreizehn Stunden waren lang. Und dennoch, als sie sich gegen den Wagen lehnte und zum schroff kubistischen Wohnblock hochstarrte, spürte ich bereits, dass hier etwas Unheilvolles am Werke war.

Ich nahm das Handy heraus, das ich am Narita-Flughafen

gemietet hatte, und drückte die Tasten. Wollte ich Hannah wirklich anrufen? Und was sollte ich ihr sagen?

Die Schilderbrücken der Straßen zuckten immer häufiger vorbei und zeigten immer kompliziertere Wege an; auf den Gehsteigen wimmelte es von Menschen.

Und was sollte ich ihr sagen? Dass ich in diesem geschäftigen Wirrwarr die Wahrheit herausfinden würde. *Ein bisschen spät für die verkehrsübliche Sorgfalt*, würde sie wahrscheinlich sagen. Ich konnte mir Ben im Hintergrund vorstellen, die Miene präzise kalibriert, um genau die richtige Mischung aus Indignation, Mitgefühl und Besorgnis auszudrücken.

Schemenhaft schossen die Bürokomplexe und Designerläden vorbei. Während der ersten Wochen in Japan war alles so lebhaft gewesen, so genau umrissen in der blütenstrotzenden Pracht eines Frühlings in Tokio. Die Stadt war ein einziges Blumenfeld gewesen; doch als Hannah und ich unseren Strauß pflücken wollten, war alles fort gewesen.

Ich sah den breiten, niedrigen Portikus des Hotels Imperial. Wir näherten uns dem Zentrum des Zentrums. Allerdings würden wir es durchqueren und auf der anderen Seite wieder verlassen.

Ich schaltete das Handy ab und sah aus dem Fenster.

Wir hatten uns von der Hauptstraße entfernt und rasten über schmale Landstraßen, an denen niedrige Wohnblocks standen, welche wiederum gelegentlich einzelne Häuser einschlossen, Atavismen, die den Bombennächten des II. Weltkriegs und den Abrissbirnen der Stadtentwickler irgendwie entkommen waren. In fünfsekündigen Abständen fauchte die Luft, wenn wir an Telegrafenmasten vorbeizischten, die bis auf wenige Zentimeter an die Außenspiegel des Taxis herankamen.

»*Amerika-jin desu ka?*«, fragte der Fahrer plötzlich: Sind Sie Amerikaner?

»*Hai*«, antwortete ich.

Wissbegierig musterte er mich über den Rückspiegel. Obwohl

ich seinen Mund nicht sehen konnte, belebten Krähenfüße und Runzeln sein Gesicht – er lächelte freundlich.

»*Sensei?*« Sind Sie ein Lehrer, ein Professor?

»*Watashi wa bengoshi desu.*« Ein Anwalt. Ein Anwalt ohne Schreibtisch und ohne Mandant; ein Anwalt, dessen Zulassung schon auf dem Rand der Mülltonne wippte.

Der Fahrer belohnte mich mit einem monotonen, anerkennenden Summen und tippte sich mit einem weiß behandschuhten Finger an den Kopf. Ich hoffte, er erkannte damit meine Schlauheit an und nicht meinen Irrsinn.

Ich kam mir merkwürdig vor, wieder Japanisch zu reden. Bei unserer Rückkehr in die USA war ich recht flüssig in Restaurant- und Geschäftsjapanisch gewesen. Hannah hingegen hatte nach nur drei Monaten in Tokio die Sprache natürlich fließend beherrscht.

Bald durchquerten wir eines der vielen Tore zum Campus der Universität, eine Ansammlung alter Gebäude, die man aus den Ruinen zusammengebastelt hatte, welche bei Kriegsende übrig gewesen waren. Abgeschiedener Flachbau wetteiferte mit ultramodernem Turm; dazwischen sah ich Seen, Büsche und Wäldchen aus Zedern und Zypressen, die Scharen von Studenten Schatten spendeten, während sie mit untergeschlagenen Beinen im Gras saßen und die Köpfe über Lehrbücher gebeugt hatten.

Während jenes nun in Ferne gerückten Frühlings schaffte ich es manchmal, zur Universität zu kommen und mit Hannah zu Mittag zu essen. Oft fand ich sie in einem Kreis von Studenten auf dem Rasen kniend vor, während sie über Recht oder Philosophie redeten; manchmal aalte sie sich auch nur in der sanften Wärme, die Hand auf einem offenen Buch liegend. Sie machte sich Freunde, und ihr Doktorvater war von ihren akademischen Fähigkeiten mehr als beeindruckt; sie hatte genauso viel von dem Japanaufenthalt wie ich, vielleicht sogar mehr – denn sie brauchte sich nicht mit Tommy Itoh herumzuschlagen.

Aber gegen Sommeranfang konnte sie nicht mehr in der Sonne sitzen; die Hitze tat ihr zu sehr weh und machte sie krank. Die Tage, an denen sie das Bett nicht verlassen konnte, waren besorgniserregend regelmäßig geworden.

»Welches Gebäude?«, fragte der Fahrer.

»Das biotechnische Forschungszentrum.«

Der Fahrer wies auf einen Komplex rechts von uns. »Das ist das Krankenhaus. Die Universität hat ihr eigenes Krankenhaus.«

Das wusste ich. Ich hatte nach links gestarrt, um es nicht sehen zu müssen.

Alles war so schnell gegangen. Hannah wurde immer kränker: Sie hatte Schmerzen und Hautausschläge, war erschöpft bis auf die Knochen. Anfangs hatte der Arzt vermutet, sie reagiere schlecht auf die neue Umgebung; mit anderen Worten, es geschehe nur in ihrem Kopf. Bevor wir ihn feuerten, räumte er widerwillig ein, dass sie vielleicht eine Art Arthritis haben könnte, aber genauer werden konnte er nicht.

Und dann lernte ich im Marinefliegerhorst von Atsugi Harvey Aldous kennen. Binnen zwei Tagen stand seine Diagnose fest: Hannah litt an Lupus. »Ich kann Ihnen noch nicht sagen, ob die Erkrankung systemisch oder schwangerschaftsbedingt ist.«

»Schwangerschaftsbedingt?«

Aldous hatte genickt. »Sie werden Vater.«

Die heiße, feuchte Luft saugte den Schweiß aus mir heraus, kaum dass ich das kühle Taxi verlassen hatte.

»Bitte warten Sie auf mich«, sagte ich zu dem Fahrer; dann stieg ich die Stufen zum Eingang des Forschungszentrums hinauf.

Zum letzten Mal war ich gegen Ende meiner Versetzung nach Tokio hier gewesen: ein Höflichkeitsbesuch bei Professor Nakashima, um vor meiner Rückkehr in die Staaten ein paar Platituden und kleine Geschenke auszutauschen. Ich hatte all meinen Mut zusammengenommen und ihn nach dem Gerücht gefragt, nach dem Mädchen, das jetzt einen Namen hatte: Akiko Inue.

Nakashima hatte höflich geraten, mir keine Sorgen zu machen; niemand sei bei der klinischen Studie ums Leben gekommen.

Er hatte gelogen, und jetzt wollte ich die Wahrheit hören. Er musste mir sagen, was wirklich geschehen war.

Ich ging zum Empfangstisch und bat um ein Gespräch mit dem Professor. Ich wurde einen vertrauten Korridor entlanggeführt. An den Wänden hingen Fotografien der Großen des Fachbereichs: meist ernste, distanzierte Männergesichter mit Brille und gefurchter Stirn. Nakashima war anders: Sein Haar zeigte ein glänzendes Schwarz; er neigte den Kopf leicht auf die Seite; eine schwache Sonnenbräune tönte die Haut; seine Augen funkelten lebhaft, und ein selbstsicheres Lächeln entblößte weiße, ebenmäßige Zähne, die ziemlich teuer gewesen sein mussten. Er hätte der Vorstandsvorsitzende eines multinationalen Konzerns sein können.

Ich wurde in ein kleines Büro geführt, wo eine ernst wirkende Frau an ihrem Schreibtisch saß und auf einen leeren Computerschirm starrte. Sie stand auf und verbeugte sich. »Sie sind Mayne-*san*«, sagte sie mit lebloser Stimme. Ich erkannte sie ebenfalls: Professor Nakashimas Sekretärin.

Eine offene Tür auf einer Seite des Zimmers führte zu Nakashimas Büro. Wo ich stand, sah ich einen Teil des Schreibtischs, hinter dem er gesessen und mir mitgeteilt hatte, alles sei in bester Ordnung.

»Ich möchte den *sensei* sehen«, sagte ich. »Ich möchte ihm mein Beileid über den Tod seines Sohnes aussprechen.«

»Er ist in Trauer«, entgegnete die Sekretärin tonlos. »Er ist nicht hier, und er ist auch nicht zu Hause. Er kann nicht behelligt werden.«

Nicht in der Universität; nicht zu Hause.

»Trauert er am Tempel seiner Familie?«

Sie senkte einmal den Kopf.

»Danke«, sagte ich.

KAPITEL 43

Ich hielt den Blick auf das Krankenhaus gerichtet, als wir es auf dem Weg vom Campus passierten.

Ich hätte bei dir sein sollen, Geliebte…

Aber als Laura geboren wurde, war ich woanders gewesen. Sie hatte gelebt, zehn kostbare Minuten lang, und ich hatte sie verpasst.

Der Fahrer hüstelte entschuldigend und fragte mich, wohin ich als Nächstes wollte.

»*Saiho-ji, o-kudasai*«, sagte ich.

Professor Nakashima musste am Saiho-Tempel sein. Dort ruhten seine Ahnen; der Tempel war das offizielle Schlupfloch für Familientrauer. Das wusste ich aus gutem Grund: Hannah und ich hatten entschieden, Lauras Asche in Japan zu bestatten. Darüber hatte es keine Debatte gegeben; vielleicht hatte sich schlicht keiner von uns vorstellen können, amerikanischen Zollbeamten unser Versagen zu erläutern. Professor Nakashima sorgte dafür, dass wir an seinem Familientempel eine kleine Grabstätte erhielten.

Eine halbe Stunde später setzte mich der Fahrer auf einer schmalen, verlassenen Landstraße vor einem überwölbten Torweg ab.

Auf dem Gelände des Tempels war es still, als sei das Terrain durch Doppelverglasung vom Lärm der umliegenden Stadt abgeschirmt. Zu meiner Linken stand der eigentliche Tempel: geschwungen und verziert, zum Teil von einer der riesigen Zypressen überschattet, die einen kleinen, kiesbestreuten Platz säumten.

Vor mir erhoben sich dunkle Steinpfeiler aus dem Boden, einige so hoch wie ein Mensch, andere nur etwa einen Fuß. Sie markierten die Gräber; einfach, ernst und mit japanischen Schriftzeichen graviert.

Ich wählte willkürlich einen Weg und folgte ihm. Ein junger Mann in blauem Overall hörte auf, den Kies zu harken, und verbeugte sich. Ich fragte ihn nach dem Weg zum Familiengrab der Nakashimas.

Geradeaus, links, rechts und wieder rechts, erklärte er mir ohne Lächeln; dann verbeugte er sich noch einmal und setzte seine Arbeit fort. Der Weg führte mich unter das Blätterdach einer anderen Zypresse, und als ich nach rechts blickte, sah ich die üppige Krone von Nakashimas schwarzem Haar zwischen dem Wirrwarr der Grabpfeiler hindurch.

Ich wand mich zu der Stelle durch, an der er kniete.

Er stöhnte fast unhörbar. »Wenn Sie schon hierher kommen müssen, Mayne-*san*, dann betrauern Sie Ihre Tochter, und lassen Sie mich um meinen Sohn trauern.«

KAPITEL 44

Nakashimas grauer Seidenanzug war arg zerknittert und zeigte unter den Achselhöhlen dunkle Inseln aus Schweiß. Mit den Händen fuhr er durch die Blütenblätter, die vor dem einfachen Grabstein ausgebreitet waren. Daneben stand ein kleiner Holzkrug mit Wasser und einer langstieligen Bambustasse. Der Geruch nach Räucherstäbchen kitzelte mir in der Nase.

»Ich bedaure aufrichtig, was mit Ihrem Sohn geschehen ist«, sagte ich.

Ein Sperling landete neben dem Grabstein und hüpfte zwischen die Blütenblätter. Nakashima bewegte den Arm, als wolle er ihn verscheuchen; doch dann hielt er inne und beobachtete, die Hand noch erhoben, die Sprünge des kleinen Vogels mit stumpfen Augen.

»Ich habe Sie einmal nach einem Gerücht gefragt«, sagte ich.

Der Professor versteifte sich merklich, und der Sperling flog davon.

»Eine junge Frau bei der klinischen Studie in Japan ...« Ich schwieg kurz. »Sie sagten mir damals, niemand sei gestorben.«

»Ein Herzfehler«, sagte Nakashima tonlos. »Ein zufälliges Zusammentreffen.«

»Warum dann die Heimlichkeit?«

Nakashima straffte den Rücken und blickte in den leuchtenden Himmel hinauf. Durch die Hitze lief ihm das schwarze Haarfärbemittel in Rinnsalen am Hals hinunter.

»Sleban war ein bedeutender Durchbruch«, sagte er. »Nur weil eine Testteilnehmerin ...« Er atmete mehrmals tief durch. Vielleicht rezitierte er still ein Mantra. »So etwas sollte der Weiterentwicklung einer solch großen Entdeckung nicht im Wege stehen.«

»Durch Sleban sind wahrscheinlich drei Menschen zu Tode gekommen, und meine Frau Hannah wäre beinahe daran gestorben – vielleicht bringt es sie noch um. Die Hoffnungen von Millionen Menschen sind enttäuscht. Und Ihr eigener Sohn hat an dem Dokument mitgearbeitet, in dem Sleban dafür verantwortlich gemacht wurde.«

Nakashima senkte den Kopf, und seine Miene verhärtete sich.

»Mein Sohn hat Aldous-*sensei* mehr bewundert als alle anderen Wissenschaftler«, sagte er. »Es hätte ihm das Herz gebrochen, derjenige zu sein, durch den die Welt die Wahrheit über Aldous' Pflichtvergessenheit erfährt.« Er sah zu mir hoch. »Toshio hat für diese Wahrheit alles geopfert. Wussten Sie, dass er bei Platonics als Aldous' Nachfolger vorgesehen war? Jetzt gibt es nichts mehr.«

»Bei allem schuldigen Respekt, Professor, Toshio war rauschgiftsüchtig und keinesfalls geeignet, eine größere Firma zu leiten.«

Nakashimas Augen blitzten auf. »Mit Lügen und Beleidigungen bewaffnet, kommen Sie zu mir. Gehen Sie!«

»Erst wenn Sie mir gesagt haben, was mit diesem Mädchen geschehen ist.«

»Es ist lange her, und es ist unbedeutend«, erwiderte Nakashima knapp. »Sie war ein Mädchen aus den Bergen, das in die Stadt gekommen ist. Sie war krank, und mein Sohn hat ihr geholfen. Sie hatte einen Herzanfall – der nicht mit dem Sleban-Programm in Zusammenhang stand – und ist gestorben.«

Ich zog langsam die Krankenkarten aus der Tasche. »Hier steht aber, dass ...«

Nakashimas Hand zuckte hoch. »Zeigen Sie mir nicht die Papiere Ihres Anwalts. Wenn Sie über solche Dinge sprechen wollen, müssen Sie Ihre Fragen an Professor Aldous richten.«

»Ich weiß nicht einmal, ob er noch lebt«, entgegnete ich.

»Wenn er noch lebt, dann wird er zu gegebener Zeit seine Sache vor Gericht vertreten«, sagte Nakashima. »Bis dahin hat er vielleicht anderes zu tun.«

»Was kann wichtiger sein, als seinen Namen reinzuwaschen und Sleban von dem schrecklichen Verdacht zu befreien?«

»Prioritäten ändern sich, Mayne-*san*. Sie ändern sich durch Missgeschicke.«

Ich erinnerte mich an Aldous' Gesicht im Mondschein auf High Trees Lodge: gezeichnet von Verlust, Bedauern und, wie ich nun begriff, auch einer Art Angst.

»Aldous sprach davon, Platonics zu verlassen«, sagte ich. »Er sprach sogar davon, nach Japan zurückzukehren ...«

Die Andeutung eines Lächelns zog über Nakashimas Gesicht. »Aldous hat Japan geliebt.«

»Also kommt er vielleicht hierher zurück?«

Das Lächeln verflüchtigte sich. »Es wäre besser, wenn er Japan nie verlassen hätte. Besser für ihn. Besser für Toshio.«

»Aber der Grund, weshalb Aldous Japan verlassen hat, waren Sie. Sie haben ihn nicht mehr finanziert.«

»Das ist richtig. Aber auch ich habe Vorgesetzte.«

»Und der Tod des Mädchens hatte nichts damit zu tun?«

»Nein.« Aus einer Schachtel nahm Nakashima ein Räucherstäbchen und entzündete es. Er beobachtete, wie die Spitze langsam und sachte in Brand geriet; dann stellte er es in einen gläsernen Krug. »Ich habe einmal das Platonics-Gebäude in New York besucht. Ich dachte, Toshio wäre dort sicher. Das war naiv von mir. Ich sagte ihm, er solle bei Aldous bleiben, von ihm lernen, seine Förderung annehmen und dafür dankbar sein. Doch offenbar wusste Toshio es besser.«

»Wie meinen Sie das?«

»Ich habe kürzlich erfahren, dass er beinahe jeden Monat Japan besucht hat. Nie aber hat er seinen Vater aufgesucht. Weshalb sollte sich ein Sohn derart respektlos verhalten? Können Sie mir das sagen?«

»Was hat er hier getan?«

Nakashima schien mir nicht zuzuhören. Er blickte auf etwas, das neben ihm am Boden lag, eine Walze aus festgezogener Leinwand von der Größe einer Rolle Küchenpapier.

Ich bückte mich und hob das Bündel auf. Etwas Festes war darin eingeschlagen, schwer genug für ein Messer.

»Die übliche Trauerzeit beträgt sieben Wochen, richtig?«, fragte ich. »Wollen Sie so lange warten, bis Sie sich selbst töten?«

Nakashimas Hand schoss vor und nahm mir das Bündel ab. »Sie hätten nicht nach Japan kommen sollen«, sagte er und drückte es sich an die Brust. »Vieles hat sich hier verändert, aber vieles ist auch gleich geblieben. Und im Gegensatz zu Aldous machen Sie sich keine Vorstellung von den Gefahren, die Ihnen drohen. Kehren Sie in die Vereinigten Staaten zurück, Mayne-*san* – es wird Ihnen schwer fallen, aber es spricht vieles dafür. Ihre Frau lebt noch, und es gibt viele Medikamente, die sie am Leben halten werden. Wer weiß? Vielleicht öffnet sich die Tür erneut; vielleicht findet sich dahinter ein neues Sleban.«

Jede Sympathie, die ich ihm vielleicht noch entgegengebracht hatte, verschwand. Er hatte einen Sohn verloren, doch statt dem Warum auf den Grund zu gehen, zog er sich mit seinen Blumen, seinem Weihrauch und seinen dämlichen Rätseln in diesen düsteren Wald der Ahnen zurück. Nakashimas Augen waren scharf und klar – sein Gesicht strahlte angesichts seines bevorstehenden Todes.

»Die junge Frau, die gestorben ist, hatte einen Namen: Akiko Inue. Was ist wirklich mit ihr geschehen, *sensei?*«

»Wie ich schon sagte: ein Herzfehler.«

»Steht es so auf ihrem Totenschein?«

»Selbstverständlich nicht«, entgegnete er herablassend. »Ich benutze diesen Ausdruck nur, weil Sie medizinischer Laie sind. Ich könnte mir vorstellen, dass auf dem Totenschein als Todesursache Atemstillstand infolge Pulmonalstenose genannt wird.«

»Sie haben den Totenschein selbst nicht gesehen?«, fragte ich.

Nakashima sah mich indigniert an. »Der Totenschein ist ein Mittel der Bürokratie, nicht der Medizin.«

»Aber er kann zu einem Beweismittel werden«, entgegnete ich. »Nur wenn er nicht gefunden werden kann, ist er nichts wert. Jemand hat danach gesucht, und er war nicht, wo er hätte sein sollen.«

»Unmöglich«, erwiderte Nakashima. »Sie ist in der Universitätsklinik gestorben. Alles wurde vorschriftsgemäß erledigt. Selbstverständlich gibt es einen Totenschein.«

»Haben Sie Akiko Inue persönlich behandelt?«

Er zögerte einen Augenblick lang. »Ich habe sie gesehen«, herrschte er mich dann an. »Geben Sie sich damit zufrieden, Mayne-*san*.«

»Zufrieden? Wie kann ich mich damit *zufrieden* geben? Sleban sollte Hannah heilen. Jetzt ist sie wieder krank, und ich habe sie verloren.«

»Sie sind noch jung. Sie müssen sich ein neues Leben schaffen.«

»Ich möchte lieber mein altes zurück«, entgegnete ich.

Nakashima schüttelte den Kopf. »Sie sind weit gereist und werden enttäuscht werden. Japan hütet seine Geheimnisse eifersüchtig. Mehr habe ich Ihnen nicht zu sagen.«

KAPITEL 45

Ich stierte auf Lauras Grabmarkierung, kaum mehr als ein Splitter im Vergleich zu denen, die sich um sie drängten.

Jemand hatte den Kies darunter von Unkraut freigehalten, und das Holz sah so frisch aus wie vor vier Jahren, als Hannah und ich zum ersten Mal davorgestanden hatten. Sie wollte sich an dem Tag nicht von mir trösten lassen; meine Berührung schien sie abzustoßen.

Laura war mir nun noch ferner als Hannah damals. Ich hatte sie nie gekannt. Wenn mir wenigstens jene zehn Minuten mit ihr vergönnt gewesen wären, um sie zu bewundern, um den Kern zu finden, an den sich meine Erinnerungen klammern konnten.

Meine Gedanken waren beinahe leer, mein Geist auf den Gesang der Vögel in den Bäumen gerichtet und das Knirschen des Kieses, wenn jemand vorbeiging.

Ein Krug stand in der Nähe. Ich hakte die Bambustasse aus, die an seinem Rand hing, und ließ einige Tropfen Wasser an Lauras Grabmarkierung hinunterrinnen. Sie befleckten das Holz, aber – so hoffte ich – sie erfrischten es auch.

Viel war es nicht, aber es war wenigstens *etwas*. Es mochte sein, dass ich kein Recht erworben hatte, Laura angemessen zu betrauern. Hannah hatte sie zur Welt gebracht, gehalten und getröstet, während sie davongeglitten war. Und ich war nicht dabei gewesen.

Aber jetzt war ich da.

Als ich mich wieder auf den Weg machte, schwankte unter mir der Boden, und der Kies rasselte.

Das Beben war nach einer Sekunde vorbei, und ich ging durch die plötzliche Stille davon, ohne auch nur einen Blick auf Lauras Grab zurückzuwerfen.

KAPITEL 46

Ein Totenschein. Das Ausreisevisum, das der Staat zur Verfügung stellte, damit jeder es einsehen konnte; zumindest jeder, der bereit war, die glitschige Felswand der japanischen Bürokratie zu erklimmen. Debra Brassens Tokioter Kontakt hatte versucht, Akikos Totenschein zu finden, und keinen Erfolg damit gehabt. Nun war ich an der Reihe.

Eine Stunde verging, bis ich jemanden in der Präfektur gefunden hatte, der sich in der Lage sah, mein sprödes Japanisch zu verstehen. Und eine weitere Stunde dauerte es, bis die Formulare ausgefüllt waren.

Die nächste Stunde verbrachte ich wartend in einem schmucklosen, aggressiv klimatisierten Zimmer mit etwa einem Dutzend grimmiger Sachbearbeiter, die alle paar Minuten nach draußen gingen, um eine Zigarette zu rauchen. Einer nach dem anderen wurden sie an den Empfang gerufen und erhielten die Papiere, die sie angefordert hatten.

Als ich an die Reihe kam, warf sich der Beamte vor Zerknirschung fast vor mir auf den Boden. Es gebe keine Sterbeurkunde, teilte er mir bußfertig mit. Wenn Akiko Inue gestorben sei, sagte er, so nicht in Tokio.

Ich bemerkte, wie er auf die Wanduhr sah. Drei Minuten vor fünf. Und ich war der letzte Antragsteller.

Debra Brassen hatte eine Verschwörung gewittert. Mir ging es genauso.

Ich blickte wieder auf die Uhr. Wenn der Minutenzeiger die Zwölf erreichte, wäre ich kaltgestellt, bis die Präfektur am nächsten Morgen wieder öffnete. Ich war nicht um die halbe Welt gereist, um sechzehn Stunden lang von einem Fuß auf den anderen zu treten.

»Bitte helfen Sie mir«, sagte ich.

Der Sachbearbeiter blickte mich ausdruckslos an.

»Meine Gesellschaft wird ärgerlich auf mich sein. Vielleicht entlässt man mich.«

Wie ich gehofft hatte, schockierte ihn die Vorstellung einer Firma, die zu solch einer Ungeheuerlichkeit imstande war, bis ins Mark.

Er fragte mich, was ich von ihm wünsche.

So gut ich konnte, erklärte ich ihm, dass ich gern eine komplette Liste aller Todesfälle im relevanten Zeitraum gesehen hätte.

Er holte scharf Luft und trat zurück.

»Eine ganze Woche?«

»Ein Monat wäre besser ...«

Der Sachbearbeiter sah mich entsetzt an.

»Wohnen Sie weit von hier?«, fragte ich. Er antwortete mit dem Namen einer Tokioter Vorstadt, die zu erreichen er zu dieser Tageszeit etwa drei Stunden brauchte.

Ich zögerte; dann fuhr ich fort. »Ich werde dafür sorgen, dass ein Taxi Sie nach Hause bringt.« Ich sagte nichts von bezahlen. Er hätte es mir als Bestechung oder als Trinkgeld auslegen können; bestenfalls hätte ich ihn beleidigt, schlimmstenfalls wäre ich festgenommen worden.

Er nahm den Telefonhörer ab.

Scheiße.

Er bellte etwas in die Sprechmuschel, das ich nicht verstand, und wenige Sekunden später trat eine junge Sachbearbeiterin an den Empfangstisch. Der Japaner erteilte ihr einen barschen Befehl, und nach einer Verbeugung wandte sie sich um und verschwand wieder.

»Sie müssen für eine sehr strenge Gesellschaft arbeiten«, sagte er.

Ich nickte.

Eine Minute später kam die untergeordnete Sachbearbeiterin wieder zurück, beladen mit einem dicken Stoß von Papieren. Mir schien es, als wären in der fraglichen Zeitspanne genug Menschen gestorben, um damit ein Telefonbuch zu füllen. Vielleicht hatte es ein Erdbeben gegeben, ohne dass ich es bemerkt hatte.

Die Dokumente wurden mir vorgelegt, und beide Sachbearbeiter zogen sich ein kleines Stück zurück. Dort standen sie, die Hände vor der Magengrube verschränkt, die Köpfe gesenkt.

Ich blickte auf die erste Seite der Liste. Ein Meer aus Zeichen und Daten.

Das ist absolut unmöglich.

Wenn man nach einer Nadel im Heuhaufen sucht, weiß man wenigstens, worauf man achten muss, selbst wenn sie sehr klein ist. Ich suchte nach einer besonderen Kombination von Schriftzeichen: das Zeichen für den Vornamen ›Akiko‹ neben einem Familiennamen, der ›Inue‹ zumindest ähnelte. Oder auch nicht. Vielleicht lieferte der Zeitpunkt des Todes einen Hinweis. Oder auch nicht.

Ich fuhr mit dem Finger am Seitenrand entlang, während ich die Seite durchkämmte. Seite eins: Fehlanzeige. Ich blätterte um und begann oben auf der nächsten neu. Auf den nächsten zehn Seiten das Gleiche.

Ich blickte auf die Uhr. Siebzehn Uhr dreißig. Die beiden Sachbearbeiter standen zwei Meter von mir entfernt starr wie Statuen.

An sie zu denken hatte keinen Sinn. Ich nahm die Suche wieder auf.

Seite zwanzig. Etwa in der Mitte. Zum ersten Mal tauchte ›Akiko‹ auf. Mein Herz klopfte schneller, während ich die Einzelheiten studierte. Ihr Familienname ähnelte einem ›Inue‹ in keiner Weise. Ich sah mir rasch die Daten an, die in arabischen Zahlen geschrieben waren.

Hölle.

Diese Akiko war siebzig Jahre alt gewesen, als sie starb.

Immer wieder sprang mir ein Name von der Seite entgegen. Die meisten waren in *Kanji*-Zeichen geschrieben – dem chinesischen Schriftsystem –, aber nicht für alle Namen gab es ein *Kanji*-Zeichen, und so schrieb man diese Namen in einem der phonetischen Alphabete: *Hiragana* oder *Katakana*. Ausländische Namen schrieb man immer in *Katakana*, sodass sie sich von den *Kanji*-Zeichen scharf abhoben.

Mein Finger folgte drei *Katakana*-Zeichen: einem verformten Z, auf das drei waagerechte Striche folgten wie die Sprossen einer Leiter und das mit einer Wiederholung des Z abschloss.

Su-mi-su. Jemand namens Sumisu war gestorben, und es war kein Japaner gewesen.

Sumisu ist die japanische Wiedergabe des Namens ›Smith‹.

Die Seite, die gerade vor mir lag, dokumentierte eine schlechte Zeit für Ausländer. Mr Smith war nicht der Einzige gewesen, der in Tokio gestorben war.

Ri-ge-su. Gott allein wusste, wie man das in einen erkennbaren Namen anglisierte. Vielleicht war der Verstorbene Litauer gewesen …

Obwohl das Hüsteln sehr dezent erklang, wäre ich beinahe heftig zusammengefahren. Ich riss den Kopf hoch und sah, wie beide Sachbearbeiter eindringlich auf die Wanduhr starrten.

»Tut mir leid, tut mir leid«, brummte ich. »Ich bin fast fertig.«

Das stimmte nicht. Ich hatte noch einen zehn Zentimeter dicken Stapel zu bewältigen.

Die Kringel und Striche der Zeichen in ihren kleinen Kästchen verschwammen mir vor den Augen. Meine Fähigkeit, den

Formen Bedeutung zu verleihen, schwand mit jeder weiteren Seite. Nicht mehr lange, und die Liste hörte auf, Sprache darzustellen, und wurde zu abstrakter Kunst.

Und dann sah ich es.

Wieder ›Akiko‹. Aber diesmal war der Familienname nicht japanisch und in *Katakana* geschrieben. Und ich brauchte es nicht zu übersetzen; ich hatte es schon vor zehn Seiten getan.

Der Familienname dieser Akiko war Ri-ge-su.

Ich überprüfte ihre Daten.

Siebenundzwanzig. Das passte ins Bild. Aber relativ viel war in *Kanji* geschrieben und entzog sich mir daher.

Ich hob die Hand.

»*Sumimasen.*« Verzeihen Sie. »*Doko de nakunatta desu ka?*« Wo ist diese Person gestorben?

Der Sachbearbeiter trat vor und besah sich die Stelle, auf die ich wies.

»Im Krankenhaus der Universität Tokio«, sagte er.

Auch das passte.

Ich blätterte zurück und suchte nach dem früheren Eintrag für Ri-ge-su. Ich sah, dass sich der Vorname des Verstorbenen leicht ins Englische übertragen ließ: Jerome. Jerome Ri-ge-su. Und er war drei Wochen vor Akiko gestorben.

»Liggs«, sagte der Sachbearbeiter.

»Riggs«, wisperte ich. Jerome Riggs.

»Starb im *Okubo Toritsu Byoin*«, sagte der Sachbearbeiter. Das war ein größeres Krankenhaus im Shibuya-Bezirk von Tokio.

»Wie, bitte, ist er gestorben?«, fragte ich.

Der Sachbearbeiter schüttelte den Kopf. »Nicht in Buch. In Datenbank für Sterbeurkunde.«

Ich bemerkte nun, dass einer der anderen Einträge für Riggs nicht in *Kanji*, sondern in *Katakana* geschrieben war.

Das erste Worte ergab für mich keinen Sinn, das zweite schon. *Doitsu.*

Deutschland.

»Kam dieser Mann aus Deutschland?«

Der Sachbearbeiter summte unmelodisch, während sein Finger über den Eintrag fuhr.

»*Hai.* Lamsten. Deutsch.«

Lamsten? Ramsten.

Rammstein.

Die US-Regierung war nicht erpicht darauf, die Menschen zu Hause mit Aufnahmen von Hercules-Transportflugzeugen zu demoralisieren, die an dem großen Fliegerhorst ankamen und Särge mit US-Soldaten ausspuckten, die im Irak oder in Afghanistan gefallen waren, aber immer wieder warteten die subversiveren Gefilde der Medienlandschaft mit solchen Bildern auf.

Ich blätterte zum Eintrag für Akiko zurück.

»Wo bitte hat sie gewohnt?«

Er las mir langsam eine Adresse vor, die mir nicht annähernd bekannt vorkam.

»In Tokio?«, fragte ich.

»Nähe.« Der Sachbearbeiter griff unter den Tisch und zog eine Karte von ganz Tokio mit Yokohama und Umgebung hervor. Sein Finger senkte sich in den Südwestquadranten. »Hier«, sagte er.

Die Ortsnamen waren alle in *Kanji* geschrieben, doch nun, da ich einen geografischen Bezugsrahmen besaß, durchfuhr mich ein Gefühl des Erkennens.

Ich nahm einen Bleistift, der auf dem Tisch lag, und benutzte ihn als Zeigestock. Die Spitze setzte ich genau unter den Finger des Sachbearbeiters.

»Dieser Ort«, sagte ich. »Ist das die Naval Air Facility Atsugi?«

»Ja, Sir«, antwortete der Mann.

Hatte ich Akiko Inue gefunden? Der Eintrag verriet mir, dass eine Akiko Riggs während der relevanten Zeit in der Universitätsklinik gestorben war. War sie die Frau eines Jerome Riggs gewesen, der drei Wochen zuvor gestorben war? Beide hatten Adressen in oder in der Nähe von amerikanischen Militärbasen: Rammstein in Deutschland und Atsugi in Japan. Aber sie hatten nicht zusammengelebt.

Und was hatte die japanische Ehefrau und ihren Ehemann, den GI, innerhalb so kurzer Zeit getötet? Das konnten mir nur die Sterbeurkunden verraten.

Der Sachbearbeiter faltete die Karten zusammen und klopfte auf seine Armbanduhr.

»Muss aufhören«, sagte er entschuldigend. »Gesetzlich vorgeschrieben.«

»Kann ich bitte die Sterbeurkunden haben?«

Der Mann wirkte beunruhigt. »Für beide?«

»Jawohl.«

Er wirkte einen Moment lang unsicher; dann nickte er. »Jetzt verlieren Sie Ihre Arbeit nicht.«

Ich wollte ihm nicht sagen, dass mein Job bereits auf der Müllkippe lag.

Er winkte seiner Kollegin, und sie verschwanden in dem großen Büro hinter dem Empfang.

Hatte ich wirklich Akiko gefunden? War Brassens Vertuschung nichts weiter als eine Heirat, die Akikos Tod vor neugierigen Augen verborgen hatte?

Zwei Minuten später kam der Sachbearbeiter mit den Urkunden zurück. Er wies auf die Namen und Daten, als wolle er mir dadurch versichern, dass es tatsächlich die richtigen seien.

»Ich danke Ihnen sehr«, sagte ich.

Er verlangte sechzehntausend Yen von mir, und als Antwort bemerkte ich, dass er dafür mit dem Taxi kaum um die Straßenecke kommen würde.

»Kopiergebühr«, sagte er. »Ich nehme den nächsten Zug.«

KAPITEL 47

Als ich im Taxi über den Sterbeurkunden brütete, fand ich immer wieder *Katakana*-Schrift zwischen den unverständlichen *Kanji*-Zeichen.

Ich brauchte Abgeschiedenheit, um mich auf diese Dokumente zu konzentrieren, und in Tokio konnte es schwer sein, Abgeschiedenheit zu finden.

Es war gegen acht Uhr abends, als der Fahrer mich auf der Misuji-Straße mitten im Akasaka-Bezirk absetzte, wo die Neonreklamen ringsum flackernd zum Leben erwachten und die Horden bereits über die Gehsteige schlenderten, in Vorfreude auf einen Abend voller Alkohol, in Pannade frittiertem Schweinefleisch und der zweifelhaften Hingabe einer Hostess oder den kultivierteren Angeboten einer Discount-Geisha.

Als ich in meine Brieftasche blickte, sah ich, dass meine Bargeldreserven durch die nahezu sechshundert Dollar, die ich soeben dem Taxifahrer für einen Nachmittag hinter dem Steuer bezahlt hatte, arg zusammengeschrumpft waren. Ich besaß genügend Kreditkarten; aber ich wollte ihren Gebrauch auf ein Minimum beschränken, weil jedes Mal, wenn eine von ihnen durch ein Lesegerät gezogen wurde, mein Aufenthalt bekannt gegeben wurde. Mir kam es zwar nicht so vor, als würde ich überwacht, aber man hatte mir gesagt, dass man dergleichen in dieser Stadt selten merkte, bevor es zu spät war. Und ich war nicht erpicht darauf zu beweisen, dass es sich bei dieser Theorie nur um eine Großstadtlegende handelte.

Während ich der Misuji-Straße folgte, versuchten Männer

jeder Rasse und Hautfarbe mir schreiend bunte Handzettel aufzudrängen oder legten mir einen Arm um die Schulter und spulten grelle Behauptungen ab, um mich in dunkle Höhlen zu locken, wo mir eine kostenlose und augenblicklich in Kraft tretende Mitgliedschaft im Club der Holzköpfe und Weihnachtsgänse winkte.

Ich schob sie beiseite.

Ich bog in eine kurze Nebenstraße der Misuji ein, hielt mich scharf rechts und stand vor dem Fontaine Akasaka Hotel.

Ich suchte nach etwas Raum für mich, und in Tokio ist es mit dem Raum wie mit dem Yen: eine Währung, die in sehr kleine Scheidemünzen unterteilt ist. Das Fontaine Akasaka Hotel bot die kleinstmögliche Einheit – es war ein Kapselhotel. Dafür war es sehr billig und anonym, perfekt für Lohnempfänger, die den letzten Zug verpasst hatten und sich keine Taxifahrt nach Hause leisten konnten. Außerdem waren sie ideal für jeden, der unter dem Radar bleiben musste und deshalb nicht nach Hause konnte.

Nachdem ich bei einem außerordentlich mürrischen Angestellten eingecheckt hatte, der lautstark an fischigen Nudeln schlürfte, während er meine vierzig Dollar nahm, ging ich ins Gemeinschaftsbad, duschte mich und zog den Kimono an, den ich mir für fünf Dollar zusätzlich lieh. Dann machte ich mich auf den Weg durch eine Reihe von schmalen Gängen, um den kargen Platz zu finden, an dem ich die Nacht verbringen würde. Dabei kam ich an Schildern auf Japanisch und Englisch vorbei, die verkündeten, dass Betrunkene und Tätowierte nicht willkommen seien. Beschäftigte, die ihren letzten Zug verpasst hatten, waren selten nüchtern, aber die Tätowierten waren es, um die sich die Hotelleitung Gedanken machte – Tätowierungen gaben zu verstehen, dass man es mit einem Gangster zu tun hatte, mit der *yakuza*.

Schließlich erreichte ich Kapsel einhundertdreiundsiebzig. Sie befand sich auf der oberen Etage zweier Reihen aufeinandergesetzter Schlafeinheiten. Der Vorhang war beiseite gezogen und offenbarte einen Kokon aus weißem Plastik, in dem ein dünner Futon lag, eine gefaltete Bettdecke, ein kleines Fernsehgerät sowie ein Radiowecker.

Wo zum Teufel sollte ich mit meinem Körper hin?

Ich versuchte, mit den Füßen zuerst hineinzugleiten, aber schließlich hing mein Kopf aus der Kapsel, als wartete ich darauf, guillotiniert zu werden. Auf keinen Fall konnte ich in dieser Position arbeiten.

Also mit dem Kopf zuerst.

Unter Zuhilfenahme meiner Ellbogen kroch ich ans Ende der Kapsel. Meine Brust schnürte sich ein, als meine Lunge zu dem Schluss kam, für mich *und* Sauerstoff sei hier nicht genügend Raum. Ich erinnerte mich daran, wie ich einmal wegen eines Rückenproblems eine Kernspin-Tomografie über mich hatte ergehen lassen müssen. Dabei hatte ich entdeckt, dass die während eines Lebensalters angesammelte Würde in weniger Zeit abgesprengt werden konnte, als ein Laufband brauchte, um einen Körper einen Meter tief in eine Röhre zu schieben.

Ich legte die Arme über den Bauch, damit ich nicht die Wände fühlen musste, die mich einengten, und drehte mich auf die Seite. Ich hob den linken Fuß und zog mit den Zehen den Vorhang halb vor den Eingang der Kapsel. Ich wusste, dass meine Füße etliche Zentimeter herausragten, sodass Vorbeikommende sie sahen und dagegenstoßen konnten, doch nun hatte ich wenigstens die Illusion von Abgeschiedenheit.

Ich atmete kurz und wollte um mich schlagen, aber ich hielt die Augen auf Akikos Totenschein gerichtet. Alles andere spielte keine Rolle. Ich hatte ans Licht gebracht, was Brassen nicht hatte herausfinden können, und obwohl ich wahrscheinlich vier Jahre zu spät kam, würde ich erfahren, was wirklich mit Akiko geschehen war.

Die Sterbeurkunde war kürzer als die Liste in der Präfektur, doch sie erschien mir schwieriger zu entschlüsseln. Ohne dass der Sachbearbeiter mir half, konnte ich nicht einmal den Kasten finden, aus dem hervorging, dass sie in der Universitätsklinik gestorben war, geschweige denn, was zu ihrem Tod geführt hatte.

Zweifel ergriffen mich. Vielleicht hatte ich die Verbindungen in einem manischen Anfall von Wunschdenken selbst erfunden. Ich überprüfte erneut die Namen auf den Totenscheinen.

Riggs. Beide hießen Riggs.

Ich versuchte, mich auf die Felder zu konzentrieren, in denen wenigstens einige *Katakana*-Schriftzeichen standen, während mich selbst meine schwache Erinnerung an das phonetische Alphabet im Stich ließ.

Wenn ich meinen Sarg verließ und in den Gemeinschaftsbereich ging, wo Automaten alles von Nudelgerichten bis Zahnbürsten verkauften; wenn ich einen Kaffee getrunken hatte, konnte ich vielleicht ...

Ich war mir sicher, dass ich angesetzt hatte, mich zu verdrehen, damit ich zum Ausgang kriechen konnte. In meiner Vorstellung war ich bereits unterwegs – wie bei den nächtlichen Ausflügen ins Badezimmer, die ich manchmal zu unternehmen glaubte, bis ich schließlich feststellte, dass ich noch immer im Bett lag. Als ich das nächste Mal auf den Radiowecker blickte, war es zwei Uhr morgens.

Ich spürte eine Berührung an meinem nackten Fuß. War ich davon aufgewacht?

»*Sumimasen*«, wisperte eine Stimme: Verzeihen Sie.

Erneut kitzelte etwas an meinem Fuß. Ärgerlich trat ich aus.

»*Sumimasen* ...« Diesmal klang die Stimme etwas beharrlicher.

Ich begann, mich aus der Kapsel herauszuschieben, und tastete dabei mit den Füßen nach der Einstiegsleiter.

Als ich endlich auf dem Boden stand, musste ich mich einige Sekunden lang an den gedämpften Schein der Nachtlichter gewöhnen, denn ich war bei eingeschalteter Beleuchtung eingeschlafen; dann sah ich, dass ich neben einem Mann in mittleren Jahren stand, der einen dunklen Anzug trug. Leicht schwankend drückte er sich ein blutiges Taschentuch an die Lippen und versuchte, mich drohend anzusehen. Einen Augenblick lang fragte ich mich, ob seine Verletzung daher rührte, dass er betrunken gestürzt oder in einen Kampf geraten war. Dann begriff ich, dass ich dem Mann soeben ins Gesicht getreten hatte.

Er verneigte sich wankend und wäre beinahe auf mich gefallen. »Sie sind Engländer?«, fragte er mit jener spröden Förmlichkeit, zu der nur ein Betrunkener fähig ist.

Ich entgegnete knapp, ich sei Amerikaner, habe geschlafen und sei nun wach, was ich ihm zu verdanken hätte. Ich hatte das Gefühl, ich wäre schwach erschienen, hätte ich mich zu meinem unbeabsichtigten Angriff bekannt.

»Tut mir leid, tut mir leid«, sagte er in undeutlichem Englisch. Dann deutete er auf die Nummer, die an der Unterkante meiner Kapsel stand. »Falsches Zimmer, Sir.«

Ich griff in die Hülse, zog den Schein hervor, den man mir am Empfang gegeben hatte, und wies auf die Nummer, die mit den Ziffern auf dem Plastikschild übereinstimmte.

Der Mann bedachte mich mit einem verlegenen, schiefen Lächeln; dann setzte er den Fuß auf die zweite Sprosse der Leiter und reckte den Arm zum Oberrand meiner Kapsel. Plötzlich atmete er scharf aus und fiel nach hinten.

Ich stemmte ihm die Hände ins Kreuz, um ihn zu halten.

Er zog die Vorhangkante zur Seite. Ein weiteres Plastikschild kam zum Vorschein, und ohne mich allzu sehr anstrengen zu müssen, sah ich darauf die Nummer dreiundsechzig.

Wenn der Kerl auch betrunken war, er hatte recht. Ich gehörte in die untere Kapsel.

»Himmel«, brummte ich, während er beide Füße auf den Boden setzte und sich weiter an der Leiter festklammerte.

Ich verbeugte mich. »Es tut mir außerordentlich leid.«

Die aufgeplatzten Lippen des Mannes krümmten sich zu einem nachsichtigen Lächeln. Er steckte die Hand in die Jackentasche und zog eine kleine Flasche Johnny Walker Red Label hervor. Plötzlich hielt er auch zwei kleine Pappbecher in der Hand. Er füllte beide bis zum Rand mit Whiskey.

»Ich war schon in Amerika«, sagte er und reichte mir einen Becher. Dann sagte er, wo – ich vermute, es war Yosemite, doch diesen Namen auszusprechen fiel schon angesäuselten Amerikanern schwer; deshalb konnte ich mir nicht sicher sein.

Er hob den Becher. »*Kanpai*«, sagte er fröhlich: Prost.

Reflexartig leerte ich den Inhalt auf einen Zug. Der Alkohol brannte, aber er weckte auch meine Lebensgeister.

»Ich arbeite für Fuji-Xerox.« Mein neuer Gefährte zog ein kleines Lederetui aus der Tasche und entnahm ihm eine Visitenkarte. Er gab seinen Halt an der Leiter kurz auf und reichte mir die Karte mit beiden Händen; dann zog er den Vorhang der unteren Kapsel zurück und ließ sich schwerfällig auf den Rand sinken.

Ich sah auf die Karte. *Takashi Saito, Executive Assistant.*

»Ich lese viele Verträge auf Englisch«, sagte er. »Ich vergewissere ihre Perfektion.«

»Sind Sie Anwalt?«, fragte ich.

Er wirkte schockiert. »Anwälte brauchen nicht in einem Hotel wie diesem zu schlafen. Ich arbeite mit Dokumenten. Ich bin seit dreißig Jahren bei Fuji-Xerox, und bald gehe ich in Rente. Heute Abend war ich mit meinen Arbeitskollegen in der Karaoke-Bar und habe Elvis Presley gesungen.«

Er begann, »Heartbreak Hotel« zu summen.

Er konnte keine Melodie halten, und ihm sanken die Lider, während seine Stimme zu einem hässlichen Brummen verkam; aber ich mochte den Mann immer mehr.

Ich glaubte schon, er sacke zusammen und würde sich in der Öffnung der Kapsel verkeilen, doch plötzlich zuckte er hoch, leckte sich die Lippen und fuhr vor Schmerz zusammen.

»Tut mir leid wegen Ihres Mundes, Saito-*san*«, sagte ich. »Ich wusste nicht, dass Ihr Gesicht vor meinem Fuß war.«

Er winkte ab. »Nein, nein. Ich muss mich entschuldigen; ich hätte Sie nicht berühren dürfen. Das war höchst unhöflich von mir.«

Er schenkte uns Whiskey nach.

»Machen Sie Urlaub?«, fragte er.

»Nein, ich bin geschäftlich unterwegs.«

Er nickte ernst; dann sah er mit einem lasziven Grinsen auf. »Sie sind allein, nehme ich an. In Akasaka gibt es viele angenehme Lokale, wo Sie neue Freunde kennen lernen können und nicht mehr einsam sein müssen. Ich zeige sie Ihnen; ich sorge dafür, dass man Ihnen nicht zu viel berechnet.« Er zwinkerte mir zu.

Am allerwenigsten wollte ich den Rest der Nacht in Gesellschaft von Hostessen verbringen, die mich bedrängten, ihnen Drinks zu spendieren, die sie nie erhielten, und mich ihnen dafür Zitronensaft von den Titten lecken ließen. Und ganz gewiss war ich nicht in Stimmung, mich mit Handschellen fesseln zu lassen, damit man mich mit geschmolzenem Wachs übergoss, während ich sanft mit mehrschwänzigen Peitschen bearbeitet wurde.

»Nein, aber trotzdem danke«, entgegnete ich.

Allerdings konnte der Bursche etwas anderes für mich tun, vorausgesetzt, er blieb lange genug bei Bewusstsein.

Ich stieg in meine Kapsel und holte die Totenscheine. »Wären Sie so freundlich und helfen mir, etwas zu übersetzen?«

KAPITEL 48

Ich erwachte von Husten und Schrittgeräuschen. Es war dunkel, und ich sah blinzelnd auf die Uhr. Sechs.

Ehe wir uns schließlich hinlegten, hatte Mr Saito beklagt, dass er schon in wenigen Stunden wieder am Schreibtisch sitzen müsse. Wir prosteten uns gegenseitig zu und tranken den letzten Whiskey. Er bestand darauf, dass ich die obere Kapsel behielt, während er die untere nahm.

Ich hielt noch immer die Totenscheine in der Faust, die nun von handgeschriebenen Notizen bedeckt waren – auf Englisch.

Die Urkunde bestätigte, dass Akiko an einem latenten Herzfehler gestorben war, an Pulmonalstenose, ganz wie Professor Nakashima gesagt hatte. Jerome Riggs war bei einem Autounfall ums Leben gekommen.

Mr Saito hatte keine fünf Minuten gebraucht, um meine Verständnislücken mit einem Schwall von Einzelheiten zu schließen, die er mir mit zunehmender Rührung in der Stimme erläuterte. Am Ende hätte man annehmen können, Akiko wäre seine Tochter und Jerome sein Sohn gewesen. Er hatte wirklich eine Tochter, von der er mir ein Foto zeigte; dann glitt er voll angezogen in seine Kapsel und begann zu schnarchen, noch bevor sein Kopf auf dem Kissen ruhte.

Außer der Todesursache bestand die wichtigste Information, die Mr Saito identifiziert hatte, im Namen der Ärztin, die den Totenschein ausgestellt hatte. Ihren Namen hatte ich erst vor zwei Tagen gehört: Dr. Ichise. Bonny Cooper hatte mir ihn verzweifelt zugeflüstert, ehe sie von der Polizei abgeführt worden war.

Sechs Uhr morgens. In einem Sarg zu liegen führte mich nirgendwohin. Ich musste Dr. Ichise in der Universitätsklinik sprechen.

Ich glitt aus der Kapsel und kletterte zu Boden.

Aus den Kokons kam bereits eine Masse von Männern, die ausgiebig gähnend und sich den Schritt kratzend dem Korridor folgten.

Der Vorhang vor Mr Saitos Kapsel war fest zugezogen.

Seine Schuhe standen säuberlich unter der Leiter.

Sollte ich ihn wecken?

Lass ihn schlafen, dachte ich. Fuji-Xerox würde den armen Kerl schon nicht nach dreißig Jahren rauswerfen, nur weil er einmal zu spät kam. Vermutlich passierte es ihm ohnehin zum ersten Mal.

Ich schrieb ihm eine kurze Nachricht, in der ich ihm für seine Hilfe dankte und meiner Hoffnung Ausdruck verlieh, dass es ihm nicht allzu schlecht ging. Ich wollte sie hinter den Vorhang schieben und traf augenblicklich auf ein Hindernis. Eine Plane aus grauem, undurchsichtigem Plastik war an den Rand der Kapsel geklebt worden und verschloss ihn komplett.

Ich fuhr mit dem Daumennagel über die Kante des Klebebands, hob eine Ecke an und zog es ab.

Nur ein paar Zentimeter, und ich konnte die Plane zurückklappen und in die Kapsel sehen.

Ein kleines Stück löste sich von dem glatten Kunststoff der Kapsel, doch bevor ich die Öffnung so groß machen konnte, um einen Blick hineinzuwerfen, taumelte ich zurück.

Mir war, als hätte mir jemand eine Harke in die Nase gerammt und schabe mir das Gehirn aus.

Ich rang nach Luft und schlug mit der Hand auf das lose Klebeband, um die Öffnung wieder zu verschließen.

Als ich mich umdrehte, sah ich einen Mann näher kommen, in der Hand einen Kulturbeutel. Als ich beiseite trat, hustete er heftig und bedachte mich mit dem Blick, den man benutzt, wenn jemand in den Aufzug gefurzt hat.

Ein, zwei Sekunden lang stand ich neben der Kapsel, während mir die Augen brannten, mein Herz bis zum Hals schlug und mein Magen wogte.

Was war da drin? Lag da wirklich immer noch Mr Saito?

Wenn ja, dann war er in einem Säuregestank eingeschlafen, der mir beinahe den Schädel gesprengt hatte. Ohne Schutzanzug und Atemgerät musste die Kapsel verschlossen bleiben, aber ich konnte nicht einfach wortlos gehen. Sobald die erste Putzkraft an der Plastikplane zog, gäbe es mindestens noch eine Leiche.

Ich eilte den Gang hinunter und prallte, als ich ans Ende kam, beinahe gegen den Angestellten, bei dem ich am Abend zuvor eingecheckt hatte.

»Schnell«, sagte ich. »Kommen Sie mit.«

Der Mann starrte mich wütend an und machte keinerlei Anstalten, mir zur Kapsel zu folgen.

»*Warui nioi ga suru*«, schrie ich ihn an. Schlechter Geruch. »*Kiken, kiken.*« Gefahr, Gefahr.

Er runzelte die Stirn. »*Hi desu ka?*«

Ich packte ihn am Arm. »Kein Feuer. Kommen Sie. Kommen Sie.«

Schließlich gelang es mir, ihn zu Mr Saitos Kapsel zu lotsen. Ich zog den Vorhang zurück, sodass er die Plastikplane sehen konnte.

Einen Moment lang starrte er darauf und schien an einem hohlen Zahn zu saugen.

»Nicht anfassen«, warnte ich ihn.

Der Angestellte riss die Augen auf. »Tanaka-*san*«, wisperte er entsetzt.

»Nein«, verbesserte ich. »Saito-*san*.«

»Tanaka-*san!*«, wiederholte er, als habe er mich nicht gehört. Er schob sich an mir vorbei, ruderte mit den Armen und brüllte mit sich überschlagender Stimme: *»Nigeru, nigeru! Ima, ima!«* Raus hier, raus hier. Sofort, sofort.

Männer taumelten in den Korridor, und der Angestellte schob sie grob aus dem Weg. Ich verlor ihn aus den Augen, als er das Ende des Ganges erreichte.

Einige Sekunden später heulte eine schrille Sirene auf und verstummte nur so lange, dass eine ruhige Frauenstimme verkünden konnte, jeder habe umgehend das Gebäude zu verlassen, ohne die Aufzüge zu benutzen und in Panik zu geraten.

Dann übernahm wieder die Sirene und sagte in einer universell verständlichen Sprache: ›Nichts wie raus hier. Gerate in Panik, wenn es sein muss. Aber bloß raus.‹

Ich gehörte nun zu der Herde von Männern, die beinahe schweigend zu einer Tür hastete, hinter der ein Treppenhaus lag.

Während wir hinuntereilten, füllten mir das Klappern von Schuhen auf Betonstufen und das Sirenengeheul den Kopf, aber alle anderen ringsum wirkten völlig ruhig – die Augen nach vorn gerichtet, die Jacketts über die Schultern geschlungen. Unter uns waren nur sehr wenige im Schlafanzug.

Ein Mann zog sich im Gehen den Batterierasierer übers Kinn. Ein anderer putzte sich die Zähne.

Als wir das Erdgeschoss erreichten, wurden wir augenblicklich nach draußen geschickt, wo wir uns der umfangreichen Menge anschlossen, die sich bereits vor dem Hotel versammelt hatte.

Ein Mann mit Karohose und einem kleinen Strohhut filmte die Szene mit seinem Camcorder, während seine Frau und zwei Kinder Gewehr bei Fuß neben ihm standen.

Durch das aufgeregte Stimmengewirr hörte ich näher kommende Sirenen.

Ich beschloss, es sei Zeit zu gehen.

KAPITEL 49

Meine Beine gaben fast unter mir nach, während ich der Hitsogi-Straße in Richtung Bahnhof Akasaka folgte. Polizeiautos und Krankenwagen rasten mit einem Lärm an mir vorbei, der schlimmer war als fünf Millionen Fingernägel auf einer Schultafel.

Ich geriet ins Taumeln und hielt mich an einer Mülltonne fest. Ich starrte in den Müll und wollte mich übergeben, um den Gestank loszuwerden, der noch immer in meinen Eingeweiden rumorte.

Ich ging weiter und hob den Kopf, starrte zur dunstigen Himmelskuppel hinauf und atmete tief durch. Die abgaslastige Tokioter Luft roch besser als das, was in Mr Saitos Kapsel eingeschlossen worden war.

Zwei Männer gingen an mir vorbei und unterhielten sich lebhaft.

Ich schnappte ein Wort auf.

»*Aum.*«

Ich fand eine Bedeutung für die Silbe, auf die sich mein Verstand so entschlossen gestürzt hatte.

»*Aum*«, sagte ich laut, und meine Stimme klang ängstlich und brüchig.

Ich erinnerte mich. Vor einigen Jahren hatte die Aum-Sekte in der Tokioter U-Bahn Giftgas freigesetzt und ungefähr zwanzig Menschen getötet. Ich zog rasch den Schluss, dass es außerordentlich unwahrscheinlich wäre, wenn eine terroristische Gruppierung ihr tödliches Arsenal allein auf einen einsamen, betrunkenen Angestellten richtete, der den letzten Zug nach Hause verpasst hatte.

Aber wenn diese Gerüchte in Umlauf kamen, würde es dort bald von Polizei nur so wimmeln, und ganz oben auf der offiziellen Liste der zu erledigenden Kleinigkeiten musste stehen, den Ausländer aufzugreifen, der überhaupt erst Alarm geschlagen hatte.

Ich stand vor den Stufen, die in den U-Bahnhof Akasaka hinunterführen. Solange die Aum-Sekte nicht ausgerechnet an diesem Morgen die Feindseligkeiten wieder aufgenommen hatte, war es durchaus sinnvoll, in den Untergrund zu gehen.

Ich fand mich auf einem Bahnsteig wieder, eingekeilt in die Pendlermasse.

Ein Schwall heißer Luft strich über mich hinweg, gefolgt von dem bis in die Eingeweide dringenden Rumpeln eines einfahrenden Zuges. Bremsen quietschten; Durchsagen drangen bellend aus den Lautsprechern, dann ertönte eine Hupe: der Startschuss – das Gedrängel nach den sich öffnenden Türen begann.

Die behandschuhten Hände von uniformierten Wachleuten drückten mich in eine kaum noch nachgebende Matratze aus Leibern. Der Tür gelang es gerade eben, sich hinter meinem Rücken zu schließen.

Der Zug verließ den Bahnhof und beschleunigte. Ich verfehlte den Haltegriff, der von der Decke hing, und lehnte mich schwer gegen das Mädchen Mitte Zwanzig, das neben mir stand. Sie sah wütend zu mir hoch, die Handtasche von Louis Vitton fest unter dem Kinn an die Brust gedrückt.

Was dachte sie nun? Vielleicht, dass ich ein *sukebe* war, einer dieser männlichen Pendler, die das Gedränge der Tokioter Stoßzeiten nutzen, um ihren Schwanz an einer Nachbarin zu reiben.

Mit Schwierigkeiten wandte ich meine Vorderseite von ihr ab.

Ich drückte das Gesicht gegen das kühle Fensterglas und konnte etwas leichter atmen. Das Stechen war noch immer da, aber nun weniger intensiv.

Ich lebe noch.

Der freundliche Mr Saito hatte begeistert von seinem bevorstehenden Rentenalter gesprochen, seinen Enkeln, seiner Frau und dem Gemüse, das er ziehen wollte. Seine Zeit in der Tretmühle war fast vorbei gewesen; er hatte kurz vor der Bewährung gestanden; er wäre dem typisch japanischen Lohn entkommen: *karōshi* – dem Tod durch Überarbeitung.

Und all das war vorbei für ihn, weil er mir seine Kapsel überlassen hatte, um mir keine Umstände zu bereiten.

Vermutlich lief irgendwo in Tokio jemand herum, der sich damit abfinden musste, dass er den Falschen ermordet hatte.

Zitternd kam der Zug zum Stehen, und aus einem Lautsprecher unmittelbar über mir drang der Name des Bahnhofs.

Hongo san-chome. Ein paar hundert Meter von hier befand sich der Eingang zum Campus der Universität.

Schon bald würde die Polizei nach mir suchen, und es bestand eine große Wahrscheinlichkeit, dass mir jemand auf den Fersen war, der mich umbringen wollte. Dennoch, ich war aus einem besonderen Grund in Japan, und wenn jemand meinen Tod in Kauf nahm, um mich daran zu hindern, mein Ziel zu erreichen, so bestätigte mich das nur in meiner Ansicht, dass ich auf dem richtigen Weg war.

Ich hatte geplant, an diesem Morgen Dr. Ichise aufzusuchen. Sie hatte Akikos Tod festgestellt, und in der vorigen Nacht war mir die Idee, sie zur Rede zu stellen, absolut sinnvoll erschienen.

Daran hatte sich nichts geändert.

KAPITEL 50

In den Vereinigten Staaten hätten die meisten Universitäten zu dieser Morgenstunde noch geschlafen, doch hier war es anders: Eine Teilmenge der Tokioter Pendler war in die Hörsäle und Büros unterwegs, und Studenten und Professoren benahmen sich, als bedeute es das Ende ihrer Hochschullaufbahn, sollten sie verspätet in die Vorlesung kommen.

Während ich mich dem Klinikgelände näherte, zügelten einige von denen, an denen ich vorbeikam, ihren Schritt und senkten den Kopf; aber die Meisten waren mit den Gedanken zu sehr bei ihrem Stundenplan, um mich zu bemerken.

Ich betrat das Verwaltungsgebäude und ging zum Empfangstisch.

Jawohl, Dr. Ichise praktiziere noch immer an der Universitätsklinik. Wenn ich sie sprechen wolle, müsse ich auf die Station gehen, wo ich sie finden könne.

Die Empfangsschwester zog einen Gebäudeplan unter der Theke hervor und zeigte mir den Weg.

Sogar auf dem Plan konnte ich sehen, dass das Gebäude viel größer geworden war seit dem Tag, an dem ich zu spät im Krankenhaus eingetroffen war, um Hannah die Hand zu halten, während sie Laura zur Welt gebracht hatte, und um Laura in den Arm zu nehmen, solange sie noch gelebt hatte.

Als ich schließlich an Empfangsstation A ankam, erkannte ich sie kaum wieder. Damals war sie spartanisch und zweckmäßig gewesen; heute erinnerte sie an die Lobby einer Werbeagentur auf der Madison Avenue.

Wenn Aldous das gesehen hatte, musste er sich gefragt haben, wieso man sein Programm aus Geldmangel eingestellt hatte.

Ich saß in einem Sessel aus Chrom und Leder, blickte auf die Uhr und versuchte, mir auszumalen, was derweil in dem Kapselhotel vor sich ging. Die Vernehmungen hätten begonnen, und man ginge den ersten Hinweisen nach. Ein aufmerksamer Kriminalbeamter wunderte sich vielleicht über den Tausch der Kapselnummern, auch wenn ich bezweifelte, dass seine erste Annahme darin bestand, der Anschlag sei auf mich gezielt gewesen. Trotzdem würde man versuchen, mich zu finden, allein um Spuren auszuschließen; schon bald würden sich die Tentakel der Bürokratie still durch die Tokioter Straßen schlängeln und gespannt nach den Gerüchen und Vibrationen Ausschau halten, die ein Ausländer vielleicht hinter sich zurückließ.

»Jones-*san?*«

Im ersten Moment erkannte ich den Namen nicht, den ich am Empfang angegeben hatte, als ich darum gebeten hatte, Dr. Ichise zu rufen.

»Ich bin Dr. Ichise.«

Sie trug einen weißen Overall und ein Stethoskop über den Schultern. Ich schätzte sie auf Mitte dreißig, und obwohl sie eine knappe Verbeugung zustande brachte, zeigte ihr Gesicht Verärgerung, gemildert durch einen Funken Neugierde.

»Man sagte mir, Sie seien von New York hierher geflogen, Mr Jones, und müssten mich dringend sprechen. Leider muss ich Ihnen sagen, dass ich sehr beschäftigt bin.«

Sie hielt mir die offene Hand hin. Eindeutig erwartete sie keinen Handschlag. »Eine Karte bitte«, sagte sie. »Ich glaube nicht, dass ich Sie kenne.«

»Nein«, gab ich zu. »Aber ich bin mit jemandem befreundet, den Sie kennen. Dr. Bonny Cooper.«

Sie senkte den Arm, und ihr Gesicht wurde völlig ausdruckslos. »Wer sind Sie wirklich?«, fragte sie.

»Mein Name ist Alec Mayne. Ich bin Anwalt der Eastern Trust Bank und habe in der jüngsten Vergangenheit sehr eng mit Dr. Cooper zusammengearbeitet.«

»Was wollen Sie von mir?«

»Wussten Sie, dass Dr. Cooper in großen Schwierigkeiten steckt? Professor Nakashimas Sohn wurde tot in ihrer Wohnung aufgefunden. Sie ist verhaftet worden. Ich bin dabei gewesen, und bevor sie abgeführt wurde, hat sie mir Ihren Namen genannt.«

Ich wartete, dass Dr. Ichise etwas sagte. Sie erfüllte meine Erwartung nicht.

»Dr. Cooper hat hier vor einigen Jahren gearbeitet. Ich nehme an, Sie kannten sich damals.«

»Warum ist das wichtig?« Ich bemerkte ein leichtes Zittern in ihrer Stimme.

»Vor vier Jahren ist hier eine Patientin gestorben. Sie hieß Akiko Riggs. Ihr Mädchenname war Inue. Sie haben ihren Tod festgestellt.«

Dr. Ichise runzelte die Stirn. »Ich darf nicht mit Ihnen über Patienten sprechen. Das müssten Sie eigentlich wissen. Ich kann Ihnen nicht helfen, Mr Mayne. Sie müssen sofort gehen; sonst werde ich unseren Sicherheitsdienst bitten, Sie zu entfernen.«

»Sie haben mir nicht richtig zugehört, Dr. Ichise«, sagte ich und gestattete mir, einen drohenden Unterton in meine Stimme zu legen. »Bonny Cooper hat mir Ihren Namen genannt, als sie aus ihrer Wohnung geschleppt wurde, wo jemandem die Kehle durchgeschnitten worden war, jemandem mit einer indirekten Verbindung zu Ihnen: Toshio Nakashima war der Sohn Ihres höchsten Vorgesetzten.«

»Wollen Sie mich unter Druck setzen? Wenn das Ihre Absicht ist, dann muss ich ...«

»Mir geht es nicht darum, Ihnen wehzutun. Ich möchte nur die Wahrheit über Akiko herausfinden.«

Dr. Ichise blickte sich um; dann wies sie mit einer Kopfbewegung auf eine Tür auf der anderen Seite des Wartebereichs.

»Es ist besser, wenn wir unter vier Augen reden«, sagte sie.

KAPITEL 51

Die Jalousien in dem kleinen, dunklen Raum waren heruntergezogen. Darin standen mehrere bequeme Stühle, auf dem langen Tisch mit Aschenbecher und einer Schachtel Papiertücher eine Blumenvase. Aus einem Lautsprecher in der Decke rieselte fast unhörbare Fahrstuhlmusik. Das Zimmer für schlechte Nachrichten, nahm ich an.

Dr. Ichise sah mich fragend an. »Sie sind krank.«

Meine Augen tränten tatsächlich noch immer, und sie hörte wahrscheinlich das Pfeifen in meiner Brust.

»Ich habe etwas Ungutes eingeatmet. Nur für einen Sekundenbruchteil. Es geht vorbei.«

Ichise runzelte die Stirn. »Vielleicht. Vielleicht auch nicht. Was haben Sie eingeatmet?«

»Ich bin nicht hier, um mich untersuchen zu lassen«, erwiderte ich.

Sie zuckte mit den Schultern und wies auf einen Stuhl. »Vielleicht sollten Sie lieber Platz nehmen.«

Wir setzten uns an unterschiedliche Seiten des Tisches. Ich schob die Vase beiseite, damit ich Ichise richtig sehen konnte, und bedauerte es augenblicklich. Hier war ich in keinem Besprechungsraum von Eastern Trust, wo ich bestimmte, wo es langging, und veranlassen konnte, dass mein Gesprächspartner entlassen, der Börsenaufsicht übergeben oder, sollte ich so entscheiden, vom Einfluss und den Hilfsmitteln der mächtigen Organisation beschützt wurde, für die ich arbeitete.

Und dennoch wirkte Ichise schon ein wenig niedergeschmettert, abgekämpft geradezu.

»Wie genau ist Akiko gestorben?«, fragte ich.

»An Pulmonalstenose.« Sie gab ihre Antwort, als lese sie ein Aussageprotokoll ab.

»Sie wussten, dass sie an Professor Aldous' klinischer Studie teilnahm?«

»Selbstverständlich.«

Sie hatte sich offensichtlich auf diesen Moment vorbereitet.

»Hat in der letzten Zeit jemand Akikos Tod vor Ihnen erwähnt?«

»Sie sind der Erste.«

»Ich bezweifle, dass ich der Letzte sein werde, obwohl es langsam beginnen wird, denn ich glaube nicht, dass man schon von Akikos Ehe mit einem Amerikaner weiß, durch den sich ihr Name geändert hatte.«

»Davon weiß ich ebenfalls nichts.« Sie nahm die Brille ab und rieb sich den Nasenrücken. »Die Gerüchte habe ich gehört. Aber was den Fall dieser Patientin angeht, so kann ich Ihnen mitteilen, dass die Diagnose eindeutig war. Ihre Pulmonalklappe muss schon seit Jahren sehr dünn gewesen sein. Sie hatte einen katastrophalen Herzstillstand, und wir konnten nur noch wenig für sie tun. Dafür gibt es einen englischen Ausdruck, glaube ich: Ihr Ende war vorprogrammiert.«

»Wenn der Befund so eindeutig war, warum hat Professor Nakashima mir dann einmal gesagt, dass bei der Studie niemand gestorben wäre?«

»Ich nehme an, Nakashima-*sensei* meinte damit, dass Akikos Tod mit der Studie nicht in Verbindung stand. Daher hat er sich genau genommen auch nicht während der Studie ereignet.«

»Mit Verlaub, das ist eine Haarspalterei, die eines amerikanischen Rechtsanwalts würdig wäre.«

»Warum interessieren Sie sich so sehr für den Tod dieser Frau, Mr Mayne?«

»Ich habe Professor Aldous kennen gelernt, als meine Firma mich nach Tokio geschickt hatte«, antwortete ich. »Nach einiger Zeit glaubte ich an ihn und an Sleban, und als er in die Vereinigten Staaten zurückkehrte, half ich ihm, an die Börse zu kommen. Ohne die Investoren, die wir für ihn gewannen, hätte es keine weiteren Studien gegeben und damit auch kein Sleban.«

Ichise nickte bedächtig. »Und daher fühlen Sie sich in gewisser Weise verantwortlich für ... für die jüngsten Entwicklungen.«

»Meine Frau hat an der Sleban-Studie teilgenommen, Dr. Ichise. Sie wäre beinahe gestorben.«

Ichise neigte leicht den Kopf zur Seite. »Das tut mir leid, aber ich sehe keine Verbindung zu Akikos Tod.«

Ich nahm die zusammengehefteten Krankenblätter aus der Tasche. »Ich glaube, Akikos Tod steht mit allem, was jetzt geschieht, in Zusammenhang – und das macht ihn für mich zu einer sehr persönlichen Angelegenheit.«

Dr. Ichise zögerte, bevor sie mir die Karten aus der Hand nahm.

Ich wies auf die Klammer. »Ich habe diese Karten nicht zusammengeheftet, Dr. Ichise, sondern jemand anderer, und zwar, bevor eine der gegenwärtigen Teilnehmerinnen krank geworden ist. Irgendjemand findet, dass eine hinreichende Verbindung zwischen Vergangenheit und Gegenwart besteht, um sie durch eine Heftklammer zu vereinigen.«

Sie musterte jede einzelne Karte genau, dann gab sie sie mir zurück. »Hat Nakashima-*sensei* diese Karten gesehen?«

»Er wollte sie sich nicht ansehen. Ich glaube, er ist im Moment mit den Gedanken woanders. Am Saiho-Tempel betrauert er seinen Sohn, aber ich bezweifle, dass er die vorgeschriebenen sieben Wochen durchhalten wird.«

»Wie meinen Sie das?«

»Er hat ein Bündel mit einem Messer dabei und kann kaum erwarten, es zu benutzen.«

Ichise hob die Hand an den Mund.

»Es wird reichlich einsam – ohne Nakashima. Sie haben zwar Ihre simple Erklärung dessen, was geschehen ist, aber ringsum wird alles ein wenig kompliziert. Nakashima, Aldous. Und dann natürlich Dr. Cooper.«

»Bonny«, flüsterte Ichise. Ihre Stimme verriet tiefe Zuneigung.

»Ihren Namen habe ich von Bonny erfahren. Warum hat sie ihn mir genannt? Gerade erst waren drei Menschen bei der klinischen Studie eines Medikaments gestorben, für das Bonny seit Jahren eingetreten ist. Warum sollten Dr. Coopers Gedanken sich in diesem Augenblick ausgerechnet um Sie drehen?«

Ichise wich meinem forschenden Blick aus. »Das weiß ich nicht.«

»Haben Sie in letzter Zeit mit ihr gesprochen?«

»Nein.«

Ich beugte mich leicht vor. »Was ist in jener Nacht geschehen, Dr. Ichise – der Nacht, in der Akiko starb? Lief ihr Tod wirklich so sauber ab wie im Lehrbuch?«

»Es ist lange her«, murmelte Ichise.

»Das weiß ich. Erinnerungen verblassen.« Ich warf ihr ein mitfühlendes Lächeln zu. »Aber einige verfolgen uns für immer ...«

Sie blickte mich an, und Panik stand in ihren Augen.

»Sie haben sicherlich Ihre Version des Geschehens, aber wer sie bestätigen kann, ist längst außer Reichweite. Sie sind allein. Ich weiß, wie das ist, Doktor. Mir geht es genauso.«

»Es war spät in der Nacht«, sagte sie langsam. »Professor Nakashima rief mich, damit ich mich um die Patientin kümmerte. Ich sah mir die Aufnahmen an, die von ihr gemacht worden waren, und entdeckte sofort das Problem. In diesem Stadium konnte ich nur noch wenig tun – sie war bereits bewusstlos und starb kurz nach meinem Eintreffen.«

»Sie hatten zu der Zeit also keinen Dienst im Krankenhaus?«

Sie schüttelte den Kopf. »Ich war zu Hause und habe geschlafen.«

»Wieso sollte Nakashima Sie für diese Patientin aus dem Bett klingeln?«

»Ich bin Kardiologin; die Situation erforderte meine Spezialkenntnisse.«

»Hatten denn keine anderen entsprechend qualifizierten Ärzte an diesem Abend Dienst?«

Ichise lächelte bitter. »Der *sensei* glaubte, ich könnte den Fall interessant finden.«

»Er war eine Art Mentor für Sie, richtig?«

Ichise senkte geziert die Lider.

»Und war er das? Interessant, meine ich. Zeigte Akikos Fall neuartige diagnostische oder therapeutische Aspekte? Eine Herzpatientin mit Lupus – vielleicht ein gefundenes Fressen für eine Spezialistin.«

Mehrere Sekunden verstrichen, ehe sie antwortete. »Wenn man mich nur früher hinzugezogen hätte.«

»Ein Notfall«, unterstellte ich. »Akiko wurde mit dem Rettungswagen ins Krankenhaus geschafft, und Sie mussten geweckt werden und die halbe Stadt durchqueren.«

Ihr Gesicht umwölkte sich. Zorn; ganz eindeutig zeigte sie Zorn.

»Oder war Akiko schon eine Weile im Krankenhaus gewesen? Lag sie unter Ihrer Nase, eine Katastrophe, die stur ihrem Programm folgte, und niemand hatte sich die Mühe gemacht, Sie hinzuziehen, ehe es zu spät war?«

Sie antwortete nicht darauf.

»Also?«

»Ich habe es erst hinterher herausgefunden.«

»Was herausgefunden? Wie lange sie schon im Krankenhaus gelegen hatte, meinen Sie? Wie lange war das?«

»Drei Tage.«

»*Drei Tage?* Nakashima hat drei Tage gewartet, bevor ihm die Idee gekommen ist, er hätte da einen Fall, der so interessant ist, dass er ihn seiner Kardiologin zeigen könnte, und dann stirbt Ihnen dieses faszinierende Exemplar unter den Händen weg?«

Während Ichise schwieg, konnte ich eine weitere Frage formulieren.

»Ich begreife es nicht«, sagte ich. »Wenn Akiko solch ein kardiologischer Balanceakt gewesen ist, warum wussten Sie dann nicht schon von ihr? Warum musste ein Immunologe eine Kardiologin auf einen ungewöhnlichen Fall von Herzkrankheit aufmerksam machen, der bereits auf ihrer Station lag?«

Ichise spielte geistesabwesend mit ihrer Brille. »Sie müssen verstehen, dass es eine turbulente Zeit gewesen ist.«

»Danach klingt es wirklich, und ich hoffe zu Ihrem Besten, dass es weniger verdreht klingt, wenn Sie es auf Japanisch erklären müssen.«

»Es war schwierig für mich.« Aus ihrer Stimme klang die Qual bitterer Erinnerungen und die Erleichterung, etwas mitzuteilen, was sie so lange Zeit unterdrückt haben musste. »Ich war gerade erst an der Universitätsklinik angestellt worden, als Professor Nakashima mich anrief. Vorher hatte ich für ein anderes Krankenhaus in der Stadt gearbeitet.«

Ich nickte. »Sie mussten sich also noch finden und wussten vielleicht nicht, welcher Patient zu wem gehörte und wo die Trennlinien verliefen. Ich kann mir vorstellen, dass es in einem japanischen Krankenhaus ein ziemlicher Umstand ist herauszubekommen, wie die Hierarchien und Grenzen aufgebaut sind.«

»Genau«, pflichtete mir Ichise ein wenig zu bereitwillig bei.

»Wie lange hatten Sie für die Universitätsklinik gearbeitet, als Nakashima Sie spät nachts anrief?«

Ichise antwortete nicht.

»Einen Monat? Zwei Wochen? Ein paar Tage?«, bohrte ich nach. »Kommen Sie schon, Doktor. Wenn ich es nicht herausfinde, tut es ein anderer.«

»Technisch ...« Sie verstummte.

»Daten sind nicht technisch.«

»Dieser Tag ...« Sie feuerte die Worte ab wie Kugeln.

Im ersten Augenblick befürchtete ich, ich hätte etwas falsch verstanden. »Wie bitte?«

»Technisch«, wiederholte sie, »war Akikos Todestag mein erster Arbeitstag an diesem Krankenhaus.«

Nun war es an mir, sprachlos zu sein.

»Noch mal ganz von vorn«, sagte ich nach einer Weile. »Eine Minute nach Mitternacht waren Sie die neueste Angestellte dieser Klinik, und keine zwei Stunden später hatten Sie Ihren ersten Totenschein unterzeichnet.«

»Das war meine Pflicht.«

»War Professor Aldous hier?«

»Ja. Aber ich habe ihn nicht gesprochen.«

»Hielt sich im Hintergrund, was?«

Ichise runzelte leicht die Stirn. »Auch wenn Akiko an seiner klinischen Studie teilgenommen hat, verlangte die Etikette von ihm Respekt vor dem Krankenhauspersonal. Er musste uns unsere Arbeit tun lassen, ohne sich einzumischen.«

»Wie bequem. Und hat Bonny Cooper neben ihm respektvoll im Schatten gestanden?«

Ichise zögerte kurz, bevor sie antwortete. Und sie schlug die Beine übereinander. War das die Vorstufe einer Lüge oder von Verschleierung der tieferen Wahrheit? Vielleicht war die Verhaltensanalyse doch ein wenig zu sehr nach dem Lehrbuch.

»Dr. Cooper war in jener Nacht nicht anwesend«, sagte sie.

»Aber vermutlich wusste sie, was Akiko zugestoßen war.«

»Dr. Cooper hat sich sehr gewissenhaft um die Bedürfnisse

und Beschwerden sämtlicher Studienteilnehmer gekümmert. Sie war sehr beliebt bei ihnen.«

»Schön. Aber wir sprechen von Akiko, nicht von den anderen. Welche Meinung hatte Dr. Cooper zu Akikos Fall?«

Erneut ein leises Zögern. »Sie war erregt.«

»Das kann ich mir vorstellen – aber war es die Erregung über den Tod einer Testteilnehmerin, oder steckte mehr dahinter? Zum Beispiel Ärger über die Art, wie der Fall gehandhabt wurde?«

»Dr. Cooper hat erst nach Akikos Tod erfahren, dass sie ins Krankenhaus gekommen war.«

»Wie das? Sie sagten doch, sie behielt jede Teilnehmerin der Studie im Auge.«

»Dr. Cooper war einige Tage lang krank.« Dieses Geständnis schien Dr. Ichise peinlich zu sein.

Ich erriet den Grund für ihre Zurückhaltung. »Das ist schon okay«, sagte ich. »Ich bin über Bonnys kleines Problem im Bilde.«

Ichise wand sich unbehaglich. »Sie hat es gut verborgen gehalten; gewöhnlich beeinflusste es ihre Arbeit nicht, aber in dieser Woche ...« Ihre Stimme verebbte.

Ich führte den Satz fort. »Also tauchte Bonny mit Katzenjammer wieder auf und erfuhr, was während ihrer Unpässlichkeit mit Akiko geschehen war. Und darüber war sie erregt.«

Ichise nickte. »Sie konnte nicht glauben, dass Akiko an einem Herzfehler gestorben sein sollte.«

Ich griff nach einem Papiertuch und tupfte mir die Augen ab. Sie brannten stark.

»Aber es war ein latenter Herzfehler«, erwiderte ich. »Eine vorprogrammierte Katastrophe. Also kam Akikos Tod vielleicht überraschend; aber wieso sollte Bonny ihn unglaublich finden?«

Ichise spielte mit ihrer Brille, ehe sie antwortete. »Jede Studienteilnehmerin wurde ausführlich untersucht, ehe sie in das

Programm aufgenommen wurde, und Dr. Cooper war sicher, dass in Akikos Befund keinerlei Hinweis auf eine Pulmonalerkrankung zu sehen war.«

»Hätte eine Stenose sich denn gezeigt?«

»Sie hätte sich zeigen *können*«, antwortete Ichise. »Man hätte sie aber genauso gut übersehen können, wenn sich vorher nie Herzbeschwerden gezeigt hätten, um den Radiologen zu alarmieren.«

»Und hat Bonny auf eine andere mögliche Todesursache hingewiesen?«

Ichise fuhr fort, mit ihrer Brille zu spielen, und schwieg.

»Hat sie Sleban verantwortlich gemacht?«, fragte ich und wappnete mich für die Antwort.

Wie um meine Beschwerden zu unterstreichen, regte sich etwas tief unten in meiner Kehle und kratzte in ihr. Ich bekam einen heftigen Hustenanfall.

Ichise füllte ein Glas mit Wasser und reichte es mir, und als der Krampf nachließ, nahm ich einen Schluck.

»Verzeihen Sie«, brachte ich mühsam hervor.

Ichise beobachtete mich mit professioneller Distanz und schenkte sich ebenfalls ein Glas Wasser ein. »Dr. Cooper hat mit Professor Aldous gestritten.«

»Worüber?«

»Bestimmte Aspekte in der Strukturformel von Sleban bereiteten ihr Sorge.«

»Welche Aspekte?«

»Sie haben von Thalidomid gehört?«

»Dr. Cooper hat mir erst letzte Woche erklärt, dass man mit Thalidomid auf dem falschen Dampfer sei.«

Ichise nahm sich einige Sekunden Zeit, um nachzudenken, bevor sie fortfuhr. »Auf dem falschen Dampfer«, wiederholte sie. »Mir gegenüber benutzte Dr. Cooper den gleichen Ausdruck. Ich erinnere mich daran, weil ich sie fragen musste, was sie damit meinte. Es war eigenartig ... Sie war so erregt über Akiko und sagte viele harte Worte gegen Aldous und Nakashima und ihre Methodik. Dann tat sie fast augenblicklich ihre Zweifel als töricht ab.«

Sie schwieg wieder.

»Ich glaube, sie schämte sich«, fügte Ichise hinzu.

»Weil sie nicht für Akiko da gewesen war? Weil sie sich wegen ihres Problems nicht um Akiko hatte kümmern können, wegen ihrer Schwäche, wenn Sie so wollen? Fühlte sie sich Aldous deswegen vielleicht nicht gewachsen?«

»Ja.«

»Mir scheint, als hätte Bonny Ihnen sehr nahe gestanden«, sagte ich. »Sie hat sich Ihnen offenbar anvertraut.«

»Sie war eine gute Biochemikerin«, sagte Ichise bewegt. »Und eine gute Freundin. Sie hat mich Nakashima-*sensei* vorgestellt, und ich habe es im Wesentlichen ihr zu verdanken, dass ich seiner renommierten Abteilung zugeteilt worden bin. Ich habe ihr generell viel zu verdanken. Und jetzt frage ich mich, ob ich ihr einen sehr schlechten Dienst erwiesen habe.«

»Wie ich es sehe, halte ich das für schwer möglich.«

Sie begegnete dem Kompliment mit einem Stirnrunzeln. »Ich war vollkommen sicher, dass Akiko an Pulmonalstenose gestorben ist. Am Ende musste Dr. Cooper meine Diagnose akzeptieren – andernfalls hätte sie mich entweder als unfähig oder als Lügnerin bezeichnen müssen.«

»Glauben Sie mir«, sagte ich. »Sie hat schon viele Leute beides genannt.«

»Wenn ich nur auf einer Autopsie bestanden hätte«, murmelte Ichise.

»Und warum haben Sie es unterlassen?«, fragte ich. Ich klang barscher, als ich beabsichtigt hatte.

»Sie haben Recht, wenn Sie kritisch sind«, sagte sie traurig. »Aber Sie kennen nun auch die Umstände, unter denen ich in dieser Nacht gearbeitet habe. Mein erster Tag in einer neuen, wichtigen Rolle, und zwei der bekanntesten Kliniker der Welt beobachteten, was ich tat. Ich habe eine Autopsie sogar vorgeschlagen, aber Nakashima hat mich ausgelacht. Das sei eine absurde Verschwendung von Zeit und von Mitteln, sagte er. Ich kam mir töricht vor, die Sache überhaupt zur Sprache gebracht zu haben. Und als ich mit Dr. Cooper sprechen konnte, war Akiko bereits eingeäschert.«

Mit gequältem Gesicht sah Ichise von mir fort. »Aber das ist keine Entschuldigung. Was, wenn ich mich geirrt habe? Was, wenn die jüngste Tragödie hätte verhindert werden können, wenn ich meine Arbeit richtig getan hätte?«

»Glauben Sie denn wirklich, Sie hätten einen Fehler begangen?«

Sie wandte sich mir zu. »Ich bin jeden Aspekt meines klinischen Befundes hundertmal durchgegangen, und ich komme jedes Mal zu der gleichen Schlussfolgerung: Akiko ist an der Erkrankung gestorben, die auf ihrem Totenschein steht.«

»Und trotzdem werden Sie das Gefühl nicht los, an diesem Abend sei etwas nicht ganz so gelaufen, wie es sollte, ja?«

Ichise hob in einer Geste der Verzweiflung die Hände. »Drei Menschen sind gestorben, Mr Mayne. Sleban ist ein sehr kompliziertes Medikament, und ich bin keine Immunologin.«

»Aber Nakashima«, entgegnete ich. »Und er war dort. Aldous ebenfalls. Hätten bezüglich Sleban Zweifel bestanden, so hätte man sie damals erheben müssen.«

Dr. Ichise stand auf und kam zu mir. Sie nahm mein Handgelenk und drückte es.

»Sie sehen nicht gut aus«, sagte sie.

Ich fühlte mich auch nicht gut.

»Was ist Ihnen zugestoßen, Mr Mayne? Vielleicht bin ich jetzt dran mit Fragenstellen.«

KAPITEL 52

Ich beendete meine gekürzten Highlights der Nacht im Kapselhotel, indem ich Ichise fragte, was ihrer Meinung nach in Mr Saitos Kapsel gewesen sein konnte.

»Es gibt eine Reihe von Möglichkeiten. Vielleicht eine Substanz, die ein giftiges Gas entwickelt. Ich bin keine Toxikologin.«

Ich erinnerte mich an das, was der Angestellte im Hotel gebrüllt hatte.

»Hat das Wort *Tanaka* irgendeine Bedeutung für Sie?«, fragte ich.

Augenblicklich hob sich die Wolke der Unsicherheit von Ichises Miene. »Sie haben großes Glück gehabt, Mr Mayne. Wenn Sie das Gas länger als einige Sekunden eingeatmet hätten, wären Sie gestorben.«

»Was war es? Eine Art Nervengas?«

»Phosphorwasserstoff; es entsteht aus Aluminiumphosphid, einem Pestizid, das in entsprechender Konzentration auch für Menschen tödlich ist.«

»Wie können Sie da so sicher sein?«

»Erstens, weil Ihre Symptome ganz zu einer kurzen Exposition zu dieser Chemikalie passen. Zweitens hat vor einigen Wochen ein gewisser Tanaka-*san* auf genau die gleiche Art Selbstmord verübt; es stand in allen Zeitungen.«

»Wer war Mr Tanaka?«

»Der Präsident eines großen Konzerns, gegen den wegen seiner Verbindungen zum organisierten Verbrechen ermittelt wurde. Offenbar war ihm der Druck zu viel geworden.«

Sie bedeutete mir, das Hemd hochzuziehen, und hörte meine Brust mit dem Stethoskop ab.

»Es war gut, dass Sie die Kapsel sofort wieder versiegelt haben – nicht nur zu Ihrer eigenen Sicherheit. Wenn jemand Aluminiumphosphid einnimmt, gibt sein Körper den giftigen Phosphorwasserstoff ab, und in Tanaka-*sans* Fall musste das Krankenhaus evakuiert werden, in das man ihn gebracht hatte. Trotzdem wurden dort mehrere Personen durch die Ausdünstungen seiner Leiche geschädigt. Offenbar war Tanaka-*sans* Frau im gleichen Krankenhaus gestorben, und er hegte einen Groll gegen die Klinik. Er muss zutiefst verstört gewesen sein, um so etwas Hinterhältiges zu tun.«

»Hat Mr Saito sehr gelitten?«, fragte ich.

»Wenn er betrunken war, wäre er vor seinem Tod nicht mehr aufgewacht.«

Das war immerhin etwas.

»Ich sollte Sie ins Krankenhaus einweisen.« Ihr Gesicht verriet, dass sie meine Ablehnung schon ahnte.

Sie bewegte sich zur Tür. »Ich würde Ihnen außerdem viel Ruhe verordnen, aber ich vermute ...« Sie schüttelte den Kopf. »Allerdings gibt es ein Medikament, das Ihre Brustschmerzen lindern wird. Ich hole es Ihnen.«

»Warten Sie«, sagte ich, als sie die Tür öffnen wollte. »Auf der Sterbeurkunde stand Akikos Großmutter als nächste Verwandte verzeichnet. War sie in der fraglichen Nacht anwesend?«

»Ja.«

»Und sonst jemand aus der Familie? Oder vielleicht Freunde?«

»Ihre Großmutter war ihre einzige Verwandte, glaube ich. Und ich habe niemand anderen gesehen.«

»Haben Sie mit der Großmutter gesprochen?«

»Nicht in der Nacht.« Ihre Antwort trug ein gewisses Maß an Groll in sich.

»Haben Sie denn mit ihr sprechen *wollen?*«

»Ja«, antwortete sie fest. »Akiko war gerade gestorben, und ich wollte die alte Frau davon unterrichten, doch als ich zu ihr wollte, nahm mich Professor Nakashima beiseite und sagte, Aldous habe sich bereits um diese Formalität gekümmert, und ich solle nicht mit ihr sprechen.«

»Und darüber haben Sie sich geärgert, nicht wahr? Ihre Vorgesetzten hatten Ihnen die Autorität als Ärztin der Patientin abgenommen?«

»Die alte Frau benahm sich nicht respektvoll. Professor Aldous ist ein ausgezeichneter Kliniker, aber ich war überrascht, dass Toshio Nakashima bei ihnen stand.«

»Der Sohn des Professors? Er hat an der Studie mitgearbeitet, richtig? Warum sollte er nicht dort sein?«

»Er war kein Universitätsangestellter und benahm sich dennoch, als wäre er durch die Position seines Vaters uns gegenüber weisungsbefugt. Er hätte in der Nacht nicht dort sein dürfen. Ich war schockiert und überrascht, dass Toshio Nakashima bei der Großmutter blieb, als Aldous ging. Ich halte es sogar für möglich, dass er sie nach Hause gefahren hat.«

»Und die Großmutter stieß sich nicht an Toshio?«

»Nur weil er zu Aldous gehörte, nehme ich an«, sagte Ichise eisig. »Bis ich mit der *oba-san*, der Großmutter, gesprochen habe, sind noch einige Tage vergangen. Sie rief mich an.«

»Was hat sie gesagt?«

»Sie hat sich für ihr Verhalten entschuldigt und mir ihre Dankbarkeit ausgesprochen, dass ich für ihre Enkelin gesorgt habe. Dass ich mich nicht für ihren Tod grämen solle. Sie sagte, jedem sei klar, dass er im Rahmen des Möglichen gewesen wäre.«

»Hat Sie das nicht überrascht? Wer soll denn im Voraus von Akikos latenter Klappenschwäche gewusst haben? Und wenn sie bekannt gewesen wäre, dann hätte man doch sicherlich etwas unternehmen können.«

Ichise schwieg eine Weile, bevor sie antwortete. »Ganz genau.«

»Haben Sie über den Kommentar der Großmutter mit irgendjemandem gesprochen?«

»Ja, mit Professor Nakashima. Er sagte, die *oba-san* sei eine dumme, alte Frau, und ich solle nicht auf ihre Worte achten.«

»Was war mit Toshio Nakashima?«, fragte ich. »Haben Sie ihn wiedergesehen?«

»Nein. Ich erfuhr, dass er in die Vereinigten Staaten gegangen sei und dort für Professor Aldous arbeite. Wir waren alle sehr ... erleichtert ... als das geschah.«

Ich legte Akikos Totenschein auf den Tisch und klopfte mit dem Fingernagel auf den Kasten, in dem die Großmutter als nächste Verwandte eingetragen stand. »Das ist die Adresse der Großmutter. Wissen Sie, wo das ist?«

Ichise musterte die Zeichen und sprach sie lautlos aus. »Mit dieser Adresse kann etwas nicht stimmen. Der Bezirk ist der Fuji-Nationalpark, glaube ich, aber ein Ortsname wird nicht angegeben, und die Postleitzahl ergibt keinen Sinn – es wird sehr schwierig sein, das Grundstück zu finden.«

Wenn es für einen Japaner schwierig war, dann bedeutete es für einen Amerikaner ...

»Könnten Sie mir helfen, es zu finden? Ich würde gern mit der Großmutter sprechen.«

Ichise erhob sich und ließ die Schultern hängen. Ihr Blick haftete geflissentlich, wie es schien, auf dem Totenschein. »Das ist nicht mein Metier, und ich möchte mit der Sache nichts zu tun haben.«

»Aber Sie haben damit zu tun«, entgegnete ich. »Sie haben Akikos Tod bescheinigt, und nach allem, was Sie mir erzählt haben, passten die Umstände überhaupt nicht zusammen.«

Ichises Gesicht verhärtete sich. »Meine Diagnose bleibt bestehen. Wenn die Behörden mich vernehmen wollen, beschränke ich mich auf klinische Fragen und spekuliere nicht über Einzelheiten, die in keinem Zusammenhang mit meinen ärztlichen Aufgaben stehen. In diesem Zimmer habe ich mich in Regionen ziehen lassen, in denen ich mich nicht auskenne, und das wird kein zweites Mal geschehen. Ich muss Ihnen danken für diese Lektion, Mr Mayne, auch wenn ich bezweifle, dass sie in Ihrem Sinne gewesen ist.«

Die Schultern waren nun gerade, der Blick klar und scharf. Die Erschöpfung, die ihr Gesicht noch vor wenigen Sekunden stumpf gemacht hatte, war verschwunden.

»Sie lernen schnell, wie es scheint«, sagte ich.

»Mein Angebot, Sie in diesem Krankenhaus zu behandeln, besteht nach wie vor.«

»Ich werde mich nicht in ein Bett legen und warten, dass mich die Polizei festnimmt oder ins erste Flugzeug nach New York setzt.«

»Wie Sie wünschen.«

»Sie sollten dankbar sein, Doktor Ichise«, sagte ich. »Falls Mr Saito ermordet wurde, erspare ich Ihrem Krankenhaus die Unannehmlichkeit einer Evakuierung, sollte jemand auch bei mir Ungeziefer jagen wollen.«

Ihr selbstsicheres Gehabe zerbrach. »Was wird aus Dr. Bonny Cooper? Was meinen Sie?«

»Sie ist dreizehntausend Meilen weit weg.«

Ich spürte, dass in Dr. Ichise ein Kampf tobte, eine Schlacht gegen das Gewissen, das sie so sehr zu unterdrücken versucht hatte.

»Vielleicht sollte ich sie anrufen«, sagte sie.

»Ich fürchte, dazu ist es ein bisschen zu spät. Sie ist entweder hinter Gittern oder in einer Gummizelle.«

»Ah«, wisperte sie und ging zur Tür. »Ich hole Ihnen Ihre Arznei.«

»Noch eins«, sagte ich. »Sie haben mir für die Generalprobe

gedankt, die ich Ihnen verschafft habe. Seien Sie vorsichtig … Wer auch immer Sie als Nächster verhört, ist vielleicht nicht so entgegenkommend.«

»Ich aber auch nicht, Mr Mayne.«

KAPITEL 53

Ich starrte auf die Schale mit Udon-Nudeln, die vor mir stand. Über vierundzwanzig Stunden war es her, dass ich zuletzt etwas gegessen hatte, und der erste Löffel hatte wie Sandpapier in einer Kehle gekratzt, die rau war von Aluminiumphosphid. Dennoch, etwas hatte Ichises Arzneimittel bewirkt: Meine Augen brannten nicht mehr so schlimm.

In der Nudelbar war es belebt und anonym, und ich saß in die Ecke einer Nische gequetscht, fast unsichtbar vor den wimmelnden Massen, die sich nur ein paar Sekunden Zeit zu nehmen schienen, ihre Nudeln zu schlürfen, bevor sie loseilten, um am nahen Bahnhof Shinjuku einen Zug zu bekommen.

Seit ich den Raum für schlechte Neuigkeiten im Krankenhaus verlassen hatte, war ich kaum in der Lage gewesen, zwei zusammenhängende Gedankengänge zu verfolgen. Jeder Versuch, meine Situation zu begreifen, war von jemandem vereitelt worden, der mit einem anscheinend feindseligen Gesicht an mir vorbeiging, oder davon, dass mir auf dem vor Menschen nur so wimmelnden Gehweg ein fremder Aktenkoffer am Bein entlangstreifte.

Selbst auf den ruhigeren Nebenstraßen erschien mir die Bedrohung ständig präsent. Ich hätte beinahe die Gewalt über mich verloren, als ein Teenager aus dem Haus kam und eine Schüssel Spülwasser vor mir auf den Gehweg goss. Ich *wusste* zwar, was er tat; ich *wusste*, dass er nur ein guter Bürger war und sich an der vergeblichen Strategie beteiligte, die überhitzten Straßen mit Abwasser zu kühlen, genau wie Hunderttausende von seinen Mit-Tokiotern überall in der Stadt an einem heißen

Tag wie diesem. Aber es half nicht. Soweit es mich betraf, hatte er gerade versucht, mich mit Aluminiumphosphid zu überschütten.

Ich musste von der Straße, ehe die Kombination aus Schmerz, Hunger und Angst den letzten Rest meiner Fähigkeit zerstörte, zwischen Wirklichkeit und Einbildung zu unterscheiden.

Dr. Ichise hatte ein Büro, in das sie sich zurückziehen konnte. Oder sie konnte sich krankmelden und nach Hause gehen. Sie hatte Raum, in dem sie über die Gefahren nachdenken konnte, die ihr drohten, und planen, wie sie dagegen vorzugehen gedachte, die Reihen ringsum schließen und ihr Gewissen irgendwo unterbringen, wo es sicher wäre, bis der Sturm vorüber war. Ihre Gedanken wären ein sauberer Reigen von Überlebensmechanismen.

Ich versuchte, noch einen Schluck aus der Schüssel zu nehmen, und wurde vom Schmerz fast geblendet.

Ichise hatte nichts zu befürchten, sagte ich mir. Sie würde es schaffen. Schließlich war es ihre Stadt; hier sang die Luft in ihrer Muttersprache. Und trotz der Widersprüche und Ungereimtheiten in der Nacht, in der Akiko gestorben war, konnte sie sich an einer Tatsache festhalten, die während unseres gesamten Gesprächs unerschütterlich wahr geblieben war: Sie hatte Akiko auf Pulmonalstenose behandelt.

Ich hatte ein anderes Ergebnis erwartet, und es bestätigte sowohl, was ich am meisten erhofft, als auch, was ich am meisten befürchtet hatte: Die Diagnose auf dem Totenschein war korrekt und Sleban nicht beteiligt.

Außerdem kam es mir so vor, dass Aldous, Nakashima und sein Sohn auf eine gefährliche Art und Weise in den Fall verwickelt waren. Sie hatten Ichise benutzt und ihre Macht über sie ausgebeutet. Und die einzige Person, die vielleicht an Ichises Seite gefochten und den Kampf fairer gemacht hätte, war ausgerechnet zum entscheidenden Zeitpunkt sturzbetrunken gewesen.

Dann die Großmutter. Vielleicht war sie wirklich nur eine dumme, alte Frau, doch was sie am Telefon zu Ichise gesagt hatte, passte überhaupt nicht zu einer unschuldigen Erklärung für die Ereignisse jener Nacht.

Was hatte nach Ansicht der Großmutter die Enkelin getötet? Wenn ich ihre Adresse fand, dann konnte ich sie fragen.

Ich konnte nicht den offiziellen Weg gehen; damit hätte ich mich den Behörden ausgeliefert. Ich konnte auch nicht durch die Straßen irren und beliebige Fremde ausfragen. Die Straßen waren Jagdgebiet, und ich war das Wild.

Gab es in dieser Stadt von zwölf Millionen Menschen irgendjemanden, an den ich mich wenden konnte? Vielleicht an die Tokioter Vertretung von Eastern Trust?

Nein. Und die meisten Personen, die ich außerhalb des Büros gekannt hatte, waren entweder wieder in den Staaten, oder der Kontakt war lange abgebrochen.

Wie auch immer, ich brauchte jemanden, der wusste, wie man in dieser unmöglichen Stadt einen Menschen finden konnte; jemanden, der sich durch den Stacheldrahtverhau des Systems schnitt.

Das engte das Feld auf eine Person ein.

Keinen Amerikaner, keinen Japaner.

Einen Briten.

Henry Wooton.

Henry der Makler, Henry die helfende Hand. Er war der Immobilienmakler gewesen, der für Hannah und mich ein passendes Apartment hatte finden sollen, der aber sehr viel mehr getan hatte, als uns ein heldenhaft teures Dach über dem Kopf zu verschaffen. Henry Wooton von Pacific Realty war unser Fremdenführer, Dolmetscher und Freund gewesen. Zu mehreren Gelegenheiten hatte er auch als Klempner und Elektriker fungiert, wenn uns mitten in der Nacht ein Notfall überrascht hatte.

Henry war es auch gewesen, der französischen Wein zum

niedrigsten Preis hatte beschaffen können; Henry war es, der mir den Laden zeigte, in dem es die billigsten Frito Lay Chips von ganz Japan gab.

Ich gab die Nummer seines Direktanschlusses ein, eine Telefonnummer, die in meinem geistigen Telefonverzeichnis noch immer frisch war.

»Commercial and Investment Properties; Wooton am Apparat.« Sein träger britischer Akzent sickerte durch die Leitung.

»Henry.«

»Tod und Teufel. Ist da etwa Alec Mayne? Bist du im Land der Aufstrebenden Nonne? Die Journaille behauptet es ja.«

»Richtig, ich bin hier.«

»Teufel, teufeler, am teufelsten. Und nicht in den Büros der Zisternenrostbank, nehme ich an.«

»Können wir uns treffen?«, fragte ich.

»Hinreißende Aussicht. Wo bist du?«

»Im Nudelladen vor dem Wendekreis am Bahnhof Shinjuku.«

»Gräßlich. Ich muss dich auf der Stelle retten. Soll ich irgendetwas mitbringen: frische Unterwäsche, meinen alten Dienstrevolver? Mundwasser?«

»Nur dich, Henry.«

»Ich bin gespannt zu hören, wie es dir ergangen ist. Weihnachtskarten lassen als Kommunikationsmedium doch furchtbar zu wünschen übrig. Jetzt kann ich dir endlich von den handgenähten Revers an meinem neuesten Maßanzug berichten, und du kannst mir zutratschen, wie du den Boden unter den Füßen verloren hast. Gehe ich recht in der Annahme, dass du der Ausländer gewesen bist, der in Akasaka Alarm gegeben hat, kurz bevor man den gesamten Bezirk abriegelte?«

»Ja.«

Henry stöhnte. »Ein *Kapselhotel!* Alec, wie *konntest* du nur?«

KAPITEL 54

»Was für ein furchtbarer Schlamassel«, sagte Henry, nachdem ich ihm einen Überblick der Ereignisse der letzten Tage gegeben hatte. Was den Anzug betraf, so ließ er die schneidigen Nadelstreifen für sich selbst sprechen.

Er straffte den dicken Knoten seiner Ferragamo-Krawatte. »Und du siehst einfach fürchterlich aus. Komm, als Erstes desinfizieren wir dich in Wooton Towers. Fühlst du dich in der Lage, den Marsch zu wagen? Vergiss nicht, du wärst in meiner Gesellschaft. Niemand würde sich für dich interessieren, wenn er mich anzusehen hätte.«

Ich fühlte mich nicht in der Lage, aber ich konnte auch nicht ewig in dem Nudelimbiss bleiben.

Als wir aufstanden, kniff Henry die Augen zusammen.

»Du stirbst mir doch jetzt nicht etwa weg, oder?«

»Ich werde mir Mühe geben.«

Er nickte. »Gut. Eine Leiche in einem Apartment hat ganz fürchterliche Folgen auf dessen Wertentwicklung. Vermasselt einem das ganze *Feng-shui*.«

Mit der U-Bahn hätten wir zwanzig Minuten zu Henrys Wohnung gebraucht, aber er bestand darauf, ein Taxi zu rufen, während ich in einem dunklen Torweg stand und auf sein Zeichen wartete. Dann befahl er dem Fahrer einen absurden Zickzackkurs durch das Tokioter Stadtzentrum.

»Damit die Bluthunde die Witterung verlieren«, vertraute er

mir mit einem Bühnenflüstern an. »Allerdings wird das nicht ganz leicht – du miefst ganz schön.«

Und daher öffnete mir Henry erst eine Stunde später die Tür zu einem ausladenden Apartment im Zentrum von Shibuya, nicht weit entfernt von dem Haus, in dem Hannah und ich gewohnt hatten.

Unsere Wohnung war geräumig gewesen, aber das ...

»Himmel, Henry! Du wohnst hier ganz allein?«

Er grinste. »Eine Schande, was? Ich weiß, dass sie viel zu groß für mich ist; ich klappere drin rum wie eine Erbse in einer Blechbüchse, aber wenn ich eine Mrs Wooton anziehen will, die des Namens würdig ist, habe ich vollkommen schamlos zu sein in der Zurschaustellung meiner Vorzüge. Da mein kleiner Johannes keine besondere Erwähnung verdient, muss ich mich eben nach Fläche beurteilen lassen und nicht nach Länge.«

Die Wohnung war mit antiken Möbeln von offensichtlicher Qualität eingerichtet; an den Wänden hingen Seidenmalereien im Original, und am Eingang zum Wohnzimmer standen zwei lebensgroße Kriegerstatuen grimmig Wache, die Gesichter im Schlachtruf erstarrt.

Ich nahm eine Elfenbeinschnitzerei aus der Edo-Periode auf, die einen Einsiedler mit einem langen Stab zeigte; sein Schnurrbart reichte fast zu der kleinen Maus hinunter, die sich an seinen Fuß schmiegte. Eine ausgezeichnete Arbeit. »Und ich dachte, der japanische Immobilienmarkt pfeift aus dem letzten Loch.«

Henry schüttelte den Kopf. »Ein Skandal, ich weiß. Manchmal wache ich nachts schweißgebadet auf und bin sicher, dass ich irgendeinen faustischen Pakt geschlossen habe, an den ich mich nicht mehr erinnern kann. Als du noch hier warst, habe ich Wohnungen vermittelt: Ich habe überteuerte Kaninchenställe für jammernde Ausländer gesucht, die sich nach Knightsbridge oder der Park Avenue zurücksehnten. Brachte gutes Geld ein. Aber jetzt bin ich im Geschäft mit Gewerberäumen und werde bezahlt wie blöd; es ist wirklich geradezu peinlich. Übrigens, ich versuche einen Teil des Eastern-Trust-Gebäudes, der nicht gebraucht wird, zur Untermiete zu bekommen … Was meinst du? Mit wie wenig gibt sich dieser bärtige Gierschlund von Direktor namens Baris Reeves zufrieden?«

»Ich habe nicht die leiseste Ahnung«, antwortete ich und ließ mich in einen unanständig bequemen Lehnsessel sinken.

Henry musterte mich kurz. »Hm. Wenn ich dir was Richtiges zu trinken anbiete, fällt dir wahrscheinlich der Kopf ab. Wasser?«

Er brachte mir ein Glas und setzte sich auf die Couch.

»Hast dich ganz schön weit von deinem Amtsbezirk entfernt, was?«, fragte er nach langer Pause.

»Wie meinst du das?«

»Früher einmal warst du der respektable, wenn auch langweilige Wirtschaftsanwalt, der auf der Suche nach gewagten Abschlüssen die Schubladen umgedreht, ungezogenen Geschäftsleuten mit dem Finger gedroht und ihre haarigeren Deals blockiert hat. Wie nannten sie dich doch gleich bei Eastern Trust?«

»Dr. No.«

Er lachte glucksend. »Ich fand es ein bisschen grausam. Dass sie das O im No allerdings dehnten, als du nach Japan kamst, das hatte eine gewisse gemeine Finesse. Dr. Nō. Ha,ha.«

Er nahm einen Schluck aus seinem Glas – das ebenfalls Wasser enthielt, wie ich mit Freude feststellte. Er war dafür bekannt gewesen, zu dieser Uhrzeit bereits zu trinken.

»Aber sieh dich jetzt an«, sagte er. »Auf der Flucht, duckst du dich vor Stinkbomben.« Er seufzte. »Ach, Alec. Warum musstest du dich auch mit diesem Saukerl von Aldous einlassen? Du hast deinen gesicherten Bereich verlassen. Investmentbanking ist nicht dein Bier, liebes Früchtchen; das hat jeder gemerkt. Alec Mayne: als Anwalt so anmutig wie eine Gazelle. Als Banker ein Schwein mit Dünnpfiff. Das sagt alles.«

Er schlug die Faust auf die Armlehne. »Harvey ist sein Vorname, um Gottes willen. Vergiss nie die schrecklichen Assoziationen: Lee Oswald und Wallbanger. Sagt dir mehr, als ein Kroll-Check je ergeben würde.«

»Er wollte Hannah heilen.«

Henry hob die Hände wie zum Segen. »Ach, die reizende Hannah.«

»Drei Monate lang *war* sie geheilt.«

»Und dann hätte *Harveys* Patentmedizin sie beinahe umgebracht.«

»War es wirklich so?«, fragte ich. »Ich bin hier, um das herauszufinden.«

»Ja«, entgegnete Henry mit einer Stimme, die vor Skepsis nur so troff. »Bewaffnet mit deiner kleinen Heftklammer aus einer Patientenkarte, ziehst du in die Schlacht gegen einen Eierkopf, der sich den Bauch aufschlitzen will, und eine Kardiologin, die anscheinend ihr Herz nicht von ihrem Ellbogen unterscheiden kann. Über den unglücklichen Mr Saito breite ich lieber den Mantel des Schweigens; es wäre einfach zu geschmacklos.«

»Ich bezweifle, dass Dr. Ichise mich belogen hat«, erwiderte ich. »Ich denke, sie hat aufrichtig geglaubt, dass Akiko herzkrank war.«

»Also hoch die Tassen auf Sleban«, entgegnete Henry trocken.

»Aber Nakashima und Aldous haben etwas vertuscht und Ichise als Deckmantel benutzt.«

Henry runzelte die Stirn. »Die Menge wirft mit faulen Tomaten nach Sleban.«

Ich hatte völlig vergessen, dass Henry zwar in vielerlei Hinsicht ein großartiger Kerl war, aber auch eine Nervensäge allererster Kategorie sein konnte.

»Ich möchte mit der Großmutter sprechen«, sagte ich. »Sie ist Akikos einzige nahe Verwandte; sie war in der fraglichen Nacht dort, und ein paar Tage später hat sie etwas zu Dr. Ichise gesagt, bei dem ich mich frage, ob sie vielleicht doch mehr wusste, als alle glauben.«

Henry rollte mit den Augen und streckte die Hand aus. »Werfen wir mal einen Blick auf den hässlichen Totenschein.«

Während er ihn musterte, grunzte er immer wieder, als stünde in jedem Kasten etwas Vulgäres oder Absurdes.

Er hob den Kopf. »Eine Bürokratenoper. Allerdings hatte deine Dr. Ichise recht, was Omas Adresse angeht; sie ist ein Rätsel.«

»Du bist Makler, Henry. Hast du keinen Zugriff auf irgendeine Datenbank für so etwas?«

»Hierfür müssen wir auf die Grundprinzipien zurückgreifen.«

»Wie meinst du das?«

»Das *koseki*«, sagte Henry. »Ich nehme an, du weißt noch, was das ist.«

Das *koseki*. Das Familienregister. Niemand entkam einem Eintrag im *koseki*; es blieb an einer Person haften, wohin sie auch ging, was sie auch tat.

Henry erhob sich. »Ich hetze meine Schergen augenblicklich an die Arbeit, und dann werden wir den Verbleib dieser Matriarchin schon erfahren, dieser *oba-san*.« Er runzelte die Stirn. »Vorausgesetzt, dass sie nicht tot ist, heißt das. Alte Leute können in dieser Hinsicht äußerst unverschämt sein.«

»Teufel, Teufel«, sagte Henry, als er ins Wohnzimmer zurückkam.

Ich fuhr auf, sicher, dass nur wenige Augenblicke vergangen waren, seit er den Raum verlassen hatte. Ich blickte auf die Uhr. Wir hatten bereits Mittag.

Ich rieb mir das Gesicht und setzte mich wieder. »Tut mir leid«, stammelte ich. »Ich muss ...«

Henry winkte ab. »Diese *oba-san* hat sich als ziemlich scheues Vögelchen erwiesen.«

»Hast du sie gefunden?«

»Ich glaube, ja. Sicher bin ich mir aber nicht. Die zugehörigen *koseki* sind ganz untypisch vage.«

Er setzte sich auf die Lehne meines Sessels und blätterte durch Papiere, die ihm offenbar zugefaxt worden waren. »Zuerst die gute Neuigkeit. Es gibt sie. Sie ist verdammt alt, aber sie weigert sich trotzig, den Löffel aus der Hand zu geben, das schneidige, alte Mädchen. Sie lebte früher in den Bergen bei Kyōto. Ein Ort namens Kurama – ein Hasenköttel von Dorf, nehme ich an.«

»Ich habe eine *Tengu*-Maske, die Aldous aus Kurama mitgebracht hat.«

»*Tengu?*« Henry erschauerte. »Wie auch immer, Oma gehört da noch ein Stück Land.«

»Aber sie wohnt dort nicht?«

»Keine Unterbrechung. Es scheint, als fährt sie ihren Rollstuhl nicht mehr durch die Gässchen von Kurama. Ein Eintrag zeigt, dass sie sich woanders gemeldet hat. Und da ging der Spaß los. Meine Infanterie fand sie schließlich in einem Dorf mit Namen Yuzawa erwähnt. Es liegt am Fuße des Fuji. Sie könnte sich Tee in der Lava kochen, wenn das verdammte Ding je ausbricht. Aber keine richtige Adresse, was hier reichlich unerhört ist. Nur ein ›betreut durch‹ des *hukishi*, des Wohlfahrtsamtes, und das ist alles. Sie klingt wie eine Arme, die vom Opferstock lebt.«

»Können wir das Wohlfahrtsamt denn nicht fragen?«, schlug ich vor.

Henry schlug mich mit den Papieren auf den Kopf. »Wer hat hier das Kommando? Selbstverständlich können wir, und natürlich haben wir, du Kretin. Telefonisch kann keine Auskunft erteilt werden. Ende der Geschichte. Diese ländlichen Bürokraten lösen sich selbst für die mächtige Pacific Realty nicht aus dem gewohnten Trott.«

»Wann macht das Wohlfahrtsamt zu?«, fragte ich.

»Um fünf.«

Ich überlegte kurz. »Vom Bahnhof Shinjuku fährt doch ein Bus zum Fuji, oder? Ich könnte es schaffen, bevor sie schließen.«

Henry wirkte schockiert. »Mein lieber Junge, ein funkelnagelneuer Jaguar des Wooton'schen Fuhrparks steht bereits gestiefelt und gespornt bereit.«

Ich zögerte, ehe ich das Offensichtliche fragte. »Fährst du mich?«

»Na, dich lasse ich jedenfalls nicht hinter Camillas Lenkrad.«

»Camilla?«

»Ein Auto braucht einen Namen; das bestimmt den Umgangston. Ist was Englisches.«

»Das hier ist kein Spiel, Henry«, warnte ich ihn. »Es ist gut möglich, dass ich im Kapselhotel von Akasaka das Ziel war, und ich weiß nicht, wer mich aus dem Weg räumen wollte. Außerdem sucht mich die Polizei. Sich in meiner Gegenwart aufzuhalten kann im Augenblick äußerst gefährlich sein. Du brauchst es nicht zu tun, das weißt du – du hast schon sehr viel für mich getan.«

Henry stieß mir den Finger vor die Brust. »Lass mich dein chemisch gehandicaptes Gedächtnis ein bisschen auffrischen. Als Wooton noch ein talentloser Tümmler ohne jede Qualifikation gewesen ist, der gern im Haifischbecken mitschwimmen wollte, bist du mein erster größerer Kunde gewesen. Die schamlosen Empfehlungsbriefe, in denen du den Leuten weisgemacht hast, wie wunderbar ich sei, führten zu meiner ersten Prämie, brachten mir Eastern Trust als Dauerkunden ein und trieben nach und nach fast alle anderen größeren Finanzunternehmen in den gierigen Rachen von Pacific Realty.

Ich werde keiner Menschenseele gegenüber zugeben, was ich dir schulde, genauso wenig, wie ich auch nur einen Cent meines unrechtmäßig erworbenen Vermögens abtreten werde. Aber dich ein bisschen auf dem Land herumkutschieren, das schafft ein Wooton noch. Du kannst dich jetzt meinetwegen vor mir in den Staub werfen und in öliger Dankbarkeit ergehen.«

»Danke.«

»Das reicht fürs Erste. Komm, jetzt kaufen wir uns die Oma.«

KAPITEL 55

Erst nach über einer Stunde Fahrt dünnte sich das Stadtgebiet von Tokio aus, und Beton wich allmählich Streifen aus sauber begrenztem Ackerland, das entweder als Weide diente oder zum Reisanbau überflutet war. Hier befanden wir uns im ländlichen Japan, das kaum über Armut klagen musste, aber dennoch in einer Zeitschleife gefangen schien, in der Tagelöhner gebückt ihre Arbeit verrichteten, während sie bis zu den Knien in schlammigem Wasser standen, oder auf dem Weg zum nächsten Feld den Wegen folgten.

Hin und wieder donnerte ein riesiger Traktor vorbei, als wolle er uns daran erinnern, dass die Zeitschleife vielleicht doch nicht ganz so allumfassend war.

In der Ferne erhob sich die graue Masse des Fuji, ein Wahrzeichen, das der japanischen Psyche so nahe steht, dass man den Berg gewöhnlich Fuji-*san* nennt, als wäre er eine Person. Durch den Dunst war er noch immer undeutlich, aber er überragte alles, während in Henrys Jaguar die Stereoanlage Vivaldi spielte und die Klimaanlage leise fauchte.

Fuji-*san* verschwand aus der Sicht, während um uns bescheidenere Berge aufstiegen und die Straße sich durch ein schmales Tal schlängelte. Es erweiterte sich kurz darauf und gab den Blick auf einen spiegelglatten See mit einem einsamen Fischerboot in der Mitte frei. Es war, als stünde die Landschaft bereit, Kunstkurse aus ganz Japan zu empfangen.

»Das ist einer der fünf Seen des Fuji«, erklärte Henry sachlich. »Ich erinnere mich nicht, welcher. Wir sind ja auch nicht zum Sightseeing hier, obwohl das Wetter dafür ideal wäre.«

»Ich bin dir sehr dankbar, hörst du?«

Henry schürzte die Lippen, und einen Augenblick lang glaubte ich, er wolle etwas sagen; aber er schwieg.

Zehn Minuten später zog sich ein Vorhang beiseite und offenbarte die Hauptattraktion. Die gesamte Landschaft vor uns prägte der symmetrische und massige Kegel von Fuji-*san* persönlich.

Henry bremste leicht.

»Ich komme nicht dagegen an«, stöhnte Henry und klopfte sich an die Brust. »Der Anblick erwischt mich jedes Mal voll von Neuem. Trotz aller ihrer Fehler muss Gott die Japaner wirklich lieben; er hat ihnen die schönste natürliche Skulptur der Welt geschenkt.«

Schon bald fuhren wir am Fuß des Berges entlang. Zum Gipfel waren es noch über dreitausendsiebenhundert Meter.

Das Ackerland wich einem Meer aus makellosem, leicht gewelltem Grün. Ein Golfplatz.

Henry knurrte.

»Ganz deiner Meinung«, sagte ich. »Irgendwie stört es den Gesamteindruck.«

»Dass ich nicht lache«, erwiderte Henry. »Pacific Realty hat ein vollkommen respektables Angebot für das Projekt gemacht, nur um von Kawaguchiko Land knapp überholt zu werden. *Yakuza.* Was soll man machen?«

Nicht lange danach fuhren wir ins Dorf Yuzawa ein. Eigentlich war es mehr als ein Dorf, und man sah an dem Hang zu unserer Rechten eine beachtliche Traube von Häusern. Links von uns zogen der Bahnhof vorbei, ein Einkaufszentrum, ein Kino und ein Baseballfeld. Vor uns ging eine Gruppe von Wanderern mit Stöcken.

»Wo zum Teufel ist denn dieses Wohlfahrtsamt?«, beschwerte sich Henry.

Ich wies auf ein kleines, gelbbraunes Gebäude, auf dessen Schild Zeichen zu sehen waren, die ich von Regierungsbüros kannte. »Vielleicht da?«

Henry schlug sich mit der Hand auf die Stirn.

»Der finsterste, hässlichste Bau weit und breit – dass ich nicht selbst darauf gekommen bin. Kein Ansässiger mit einem Funken Selbstachtung würde dort hineingehen. Die Nachbarn könnten denken, er bittet um Almosen. Ich bin überrascht, dass man hier überhaupt eine Zweigstelle eingerichtet hat.«

»Soll ich hineingehen?«, fragte ich.

»Gütiger Himmel, nein. Das ist eine offizielle Sache, und nur die ehrfurchtgebietende Autorität von Pacific Realty stellt sicher, dass die Bleistiftspitzer sich anständig benehmen. Verkriech du dich ins Handschuhfach, und pass auf, dass dich keiner sieht.« Er öffnete die Tür und stieg aus. »Das dauert nur einen Augenblick.«

Henrys Augenblick dehnte sich zu einer halben Stunde, eine Zeit, in der die vier oder fünf Passanten, die vorüberkamen, mich zwar verstohlen, aber eingehend musterten. Während ich immer tiefer in meinen Sitz rutschte, fragte ich mich allmählich, ob das Handschuhfach nicht vielleicht doch eine ganz gute Idee sei. Oder vielleicht der Kofferraum.

Als Henry endlich zum Wagen zurückkehrte, schaute er verwundert drein.

»Und?«, fragte ich, als er sich kopfschüttelnd hinter das Lenkrad setzte.

»Man könnte glauben, ich hätte mich nach dem Weg zu Draculas Schloss erkundigt. Wie in den Geschichten, wo der Kerl in die Dorfschenke kommt, eine unschuldige Frage stellt und alles in verängstigtes Schweigen fällt.«

»Wussten sie denn von Akikos Großmutter?«

»Oh ja. Sie wollten nur nicht glauben, dass ich sie besuchen wollte. Sie wiesen mich auf ein angenehmes Geothermalbad in der Nähe hin, und der hiesige Schinto-Schrein sei ein Wunder, das man gesehen haben müsse.«

»Wo wohnt sie?«

»Am Dorfrand. Großes Haus. Ich nehme an, wir können es nicht verfehlen: in Gewitterwolken gehüllt, und an der Turmmauer huscht ein Kerl mit spitzen Zähnen hoch.«

Henry fuhr los. Das Dorf ließen wir rasch hinter uns, und wir waren wieder in unerschlossenem Gebiet.

»Mist. Wir müssen es verpasst haben.« Damit bremste Henry den Wagen ab und schickte sich an zu wenden.

»Warte mal …« Ich hatte ein Stück eines Daches in einer Bodenwelle entdeckt, die ein Stück weiter weg lag.

»Schlechte Idee. Wir sind mitten auf der verdammten Straße.«

»Schau«, sagte ich, als der Bug des Jaguars wieder zum Dorf zeigte und wir an den Straßenrand gefahren waren.

Henry grunzte. »Du bist ja ein richtiger Pfadfinder.«

Einige Meter vor uns zweigte ein Feldweg von der Straße ab, und wir bogen ein.

Der Weg war sehr holprig; der Jaguar schwankte und sprang.

»Das ist kein verdammter Jeep, weißt du?«, knurrte Henry.

Wir durchfuhren eine Lücke in einer Reihe ordentlich beschnittener Büsche und gelangten auf ein Rondell aus Kies vor einem schlichten Haus mit einem Obergeschoss aus weißgestrichenen Wänden und schwarzen Holzbalken. Eine gedeckte Veranda umgab es, und in ihrem Schatten sah ich mehrere Personen auf weißen Korbstühlen mit Decken über den Beinen. Links von uns befand sich ein leicht waldiger Park, und unter jedem Baum saß jemand in einem Korbsessel. Zwischen ihnen schritten Frauen in weißer Tracht einher.

Henry sah mich erbost an. »Ein Irrenhaus, ausgerechnet. Unsere Oma ist leider eine Matschbirne.«

»Das wissen wir noch nicht«, entgegnete ich leise. »Gehen wir hinein.«

In dem luftigen Empfangsbereich des Hauses, das nun eindeutig als Pflegeheim für alte Damen zu erkennen war, bestätigte eine freundliche Angestellte, dass Akikos Großmutter in der Tat hier wohnte, aber keine Besucher empfing, und Ausländer schon gar nicht. Wenn wir uns jedoch an die Regeln hielten und die obligatorische freiwillige Spende leisteten, dürften wir gern unser Glück versuchen.

Wir trugen rasch erfundene Namen ins Gästebuch ein, und Henry schnalzte mit den Fingern. Ich zog die Brieftasche hervor und holte eine Zehntausend-Yen-Note hervor. Er nahm ebenfalls zehntausend Yen aus seiner Brieftasche und reichte dem Angestellten die beiden Geldscheine. Zweihundert Dollar.

Wir wurden in Kawai Inues Zimmer geführt.

KAPITEL 56

Hinter der Zimmertür erwartete uns ein Glutofen. Ein alter elektrischer Wärmestrahler mit zwei Heizstäben warf ein kränkliches, oranges Licht auf die kleine alte Frau, die an der Kante eines Lehnstuhls hockte, ein Umschlagtuch über den Knien.

»Sie sieht aus wie eine *netsuke*«, wisperte Henry. Der Schweiß lief ihm schon das Gesicht hinunter.

In der Tat zeigte die alte Frau eine verblüffende Ähnlichkeit zu den zierlichen Elfenbeinschnitzereien, deren schönste Beispiele bei Auktionen Hunderttausende Dollars erzielten und die das hohe Alter anscheinend umsonst anfertigte.

Ich stellte Henry und mich als Freunde von Akiko vor, die ihr Beileid bekunden und sehen wollten, ob sie irgendetwas brauchte.

Die alte Frau sah uns kaum an mit ihren Rosinenaugen, die tief in den Augenhöhlen lagen. Ihre Zunge trat kurz hervor und befeuchtete von Alter und Wärme runzlige Lippen.

Dann stieß sie einen Wortschwall aus, der mir sehr nach Beschimpfungen klang, obwohl ich keine einzige Silbe verstand. Ich drehte mich zu Henry um.

Er blinzelte bestürzt. »Frag mich nicht. Ich glaube, es ging in die Richtung: Leckt mich. In dem Inferno, das die alte Oma so liebt, fällt es einem schwer, klar zu denken.«

Dann schloss die alte Frau fest die Augen, und ihre zweigähnlichen Finger packten die Decke. Sie atmete in kurzen, scharfen Stößen, und die Pantoffeln an ihren Füßen schwangen hin und her, als suche sie die Kraft, sich auf uns zu stürzen.

Ich holte die Sterbeurkunden aus meiner Tasche.

»Ach ja, das ist eine gute Idee«, sagte Henry. »Beschuldige sie doch, auf einem amtlichen Dokument die falsche Adresse angegeben zu haben. Dafür schließt sie uns bestimmt ins Herz.«

»Ich wollte nicht ...«

Ehe ich zu Ende sprechen konnte, hatte mir die alte Frau Jerome Riggs' Totenschein aus der Hand gerissen. Sie hielt ihn sich dicht vors Gesicht, und ein dürrer Finger fuhr die Zeichen entlang.

Abermals drehte ich mich nach Henry um und musste feststellen, dass er still das Zimmer verlassen hatte.

Die alte Frau bellte ein einzelnes Wort. Zuerst konnte ich es nicht verstehen, aber die schroffen Silben und der Umstand, dass sie Jerome Riggs' Totenschein in der Hand hielt, wiesen mir den richtigen Weg.

»*Rikugun?*«, wagte ich mich vor. Das japanische Wort für Armee.

»Amerika-*jin*«, keifte sie. Diesmal konnte ich nicht missverstehen, was sie sagte, oder das Gift überhören, das sie in ihre Worte gelegt hatte. Sie hielt die Urkundenkopie vor sich hin und beugte sich ein wenig vor. Plötzlich begriff ich, was sie vorhatte, und entriss ihr gerade noch rechtzeitig das Papier, bevor sie es zwischen die rotglühenden Stäbe der Heizung werfen konnte.

»*Rikugun, rikugun*«, wiederholte sie grimmig.

»Ja, Riggs war beim Militär«, sagte ich.

Scheiße. Das wurde ja zum Paradebeispiel gelungener Konversation!

Henry kehrte mit einem Mädchen in den Raum zurück, die kaum älter schien als zwanzig.

»Das ist Cinderella«, erklärte Henry, legte dem jungen Mädchen den Arm um die Schulter und führte sie in die Mitte des Raums. »Sie ist Amerikanerin gemischter Herkunft und ein ritterliches Mitglied eures Friedenskorps, Alec; sie ist weit weg von zu Hause – einem Ort namens Scranton –, um ihren Horizont zu erweitern, indem sie sich um anderer Kontinente Inkontinenz kümmert. Aber das ist nicht der springende Punkt.«

»Was dann?«, fragte ich ungeduldiger als beabsichtigt.

»Cindy spricht fließend Japanisch.« Henry strahlte das verunsicherte Mädchen an. »Nicht wahr, Sie cleveres kleines Biest? Und noch wichtiger, man hat mir gesagt, dass Cindy die Fähigkeit besitzt, die komplexen Signale zu entschlüsseln, die diese spezielle *oba-san* von sich gibt. Cindy ist eine liguistische Virtuosin und spricht *oba-san-esisch.* Und entsprechend müssen wir sie lieben und ehren.«

Das Mädchen musterte mich nervös. »Was wollen Sie die *oba-san* fragen?«

Aber die alte Frau kam mir zuvor und entfesselte einen weiteren Sturzbach aus Lauten, die kaum als Sprache irgendeiner Art zu erkennen waren.

Ich wandte mich Cindy zu und blickte sie fragend an.

»Sie möchte wissen, wer sie schickt«, übersetzte Cindy.

»Niemand schickt uns. Wir sind hier, um uns nach ihrer Enkelin Akiko zu erkundigen, die vor vier Jahren gestorben ist. In den Vereinigten Staaten sind vor Kurzem andere Menschen gestorben, und wir glauben, es könnte eine Verbindung zu Akikos Tod bestehen.«

Cindy dolmetschte und erhielt sofort eine Antwort der scharfen Sorte. Sie enthielt erneut das Wort *rikugun.*

»Sie fragt, ob die Armee der *gaijin* Sie geschickt hat«, sagte Cindy. »Sie meint das amerikanische Militär. Sie hasst es.«

»Sagen Sie ihr nein.«

Ein weiterer scharfer Wortwechsel, an dessen Ende die Alte auf die Totenscheine in meiner Hand deutete.

»Sie sagt, Sie haben die Papiere«, dolmetschte Cindy. »Darin steht, wie Akiko gestorben ist.«

»An einem Herzfehler?«, fragte ich.

Die Alte sagte etwas und klappte den Mund zu wie eine Muschel.

»Sie wiederholt, dass es auf dem Papier steht«, sagte Cindy. »Aldous-*sensei* habe sich um die Formalitäten gekümmert.«

»Was ist mit Toshio Nakashima?«, fragte ich. »Auch er war während der Nacht anwesend.«

Die *oba-san* sank in ihren Sessel zurück und schloss die Augen. Als sie sprach, hörte sie sich an, als bräche ihr das Herz.

»Er ist jetzt nichts; sprechen Sie nicht von ihm«, sagte Cindy.

Die alte Dame zog sich nach vorn und flüsterte so leise etwas, dass Cindy sich näher beugen musste, um sie zu verstehen.

»Sie fragt, ob Aldous-*sensei* Sie schickt.«

»Niemand schickt uns. Aber Sie können ihr sagen, dass ich Professor Aldous kenne.«

Die *oba-san* öffnete den Mund, um etwas zu sagen; dann besann sie sich. Ich beobachtete sie genau: In ihrem Gebaren war sie ein wenig weicher geworden.

Ich ging ein Risiko ein.

»Sagen Sie ihr …«, begann ich. »Sagen Sie ihr, dass Aldous-*sensei* mein Freund sei; ein guter Freund.«

Henry stieß ein kaum hörbares Stöhnen aus, als wolle er sagen, ich hätte es vermasselt.

Die *oba-san* machte große Augen und nickte langsam.

»Sie wissen, wo er ist?«, sagte sie auf japanisch, aber nun war jedes Wort getrennt und sorgfältig betont. Ihre Stimme bebte vor Aufregung, doch ich verstand sie perfekt.

»Ich weiß nicht, wo er ist«, antwortete ich.

Ihr Gesicht fiel enttäuscht in sich zusammen. »In Amerika?«, fragte sie, und Bedauern hallte in ihrer Stimme wider. »Tot?«

»Ich glaube es nicht, *oba-san*. Ich glaube, er ist in Japan. Und lebt.«

Sie packte die Armlehnen. »Bringen Sie mich zu ihm.« Die Bitte war verzweifelt, als hinge ihr Leben davon ab.

»Ich weiß nicht, wo er ist«, wiederholte ich.

»Er ist Ihr Freund. Holen Sie ihn. Er wird uns schützen.«

»Ich verstehe nicht. Sie soll er schützen?«

»Er ist gut zu Leuten wie mir. Ein Beschützer für uns hier. Nicht wie unsere eigenen Leute. Nicht wie Ihre Armee.«

Allmählich ließ ich mir meine Frustration anmerken. »Was war denn mit der Armee?«

Und was meinte sie, wenn sie von ihren eigenen ›Leuten‹ sprach?

»Pah!«, stieß die Alte wütend aus. »Aldous wird es Ihnen sagen!«

»Was wird er mir sagen, *oba-san?*«

Bei ihrer Antwort fiel sie in das unverständliche Gezischel ihres Privatdialekts zurück.

Ich sah Cindy hilfesuchend an.

»Sie sagt, wenn Sie wirklich ein Freund von Aldous sind, dann sagt er Ihnen alles.«

Die *oba-san* kämpfte sich auf die Beine, kam auf mich zu und scheuchte mich mit wilden Handbewegungen fort. »Suchen Sie Aldous. Bringen Sie ihn her. Wir brauchen ihn.«

»Ich weiß nicht, wo er ist«, wiederholte ich hilflos. »Ich wünschte, ich wüsste es.«

Ich bemerkte ein Foto, das auf dem Sessel lag; die alte Frau musste darauf gesessen haben.

Ich ging um sie herum und nahm es auf.

Das Papier war arg zerknittert und die Farben verblichen; aber man konnte noch deutlich zwei sehr junge Mädchen in weißen Roben mit roter Schärpe darauf erkennen. Sie hielten sich an den Händen und blickten beide in feierlicher, ernster Konzentration in die Kamera. In den Vordergrund des Bildes hatte sich ein Gekräusel aus grauem Holz geschoben, der Dachvorsprung eines Tempels vielleicht; im Hintergrund sah man verschwommen etwas, das ich für einen bewaldeten Hang hielt.

»Ist das Akiko?«, fragte ich.

Die *oba-san* riss mir das Bild aus den Händen und drückte es sich an die Brust.

»Wer ist das Mädchen neben ihr?«, fragte ich.

Die *oba-san* stand vor mir. Sie blickte geradeaus genau durch mich hindurch.

Auf jeder Wange lief ihr eine Träne hinunter.

»Es tut mir leid«, stammelte ich. »Ich wollte nicht ...«

»Wenn ich einmal alt bin«, sagte Henry, »dann halte dich bloß von meinem Sterbebett fern.«

Cindy sah die alte Frau besorgt an und führte sie sanft zu ihrem Sitz zurück. »Ich glaube, Sie sollten jetzt besser gehen«, sagte sie.

Die *oba-san* schob Cindy beiseite.

»Die *gaijin*-Armee schickt Sie!«, beschuldigte sie uns verbittert.

»Nein«, widersprach ich leise.

Sie drehte das Foto an ihrer Brust und schaute es an. »Er hat Sie geschickt.«

»Wen meinen Sie? Von wem sprechen Sie denn? Bitte, sagen Sie es mir!«

Doch sie hatte sich auf den Sessel sinken lassen und ihr Gesicht von uns abgewandt.

KAPITEL 57

Henry und ich saßen in Korbsesseln auf der Veranda, und ich spürte, wie der ersehnte Windzug, der über uns hinwegstrich, mir allmählich den Schweiß trocknete.

Die Hitze im Zimmer der *oba-san* war so drückend gewesen, auf ein unerträgliches Maß geschürt nicht nur durch das elektrische Heizgerät, sondern auch durch Emotionen und Erinnerungen, die sich in der Brust der alten Frau so offensichtlich gerührt hatten.

Cindy kam heraus und brachte uns beiden ein Glas Wasser.

»Wie wunderbar«, sagte Henry, als er seines entgegennahm. »Ich glaube, hier bleibe ich. Haben Sie eine Suite frei?«

Cindy lächelte ungelenk. »Ich glaube nicht, dass Sie als Bewohner angenommen würden.«

»Was wissen Sie über die *oba-san?*«, fragte ich.

»Ich darf nicht über ...«

»Um Himmels willen, Alec«, sagte Henry. »Du hast diesem Schatz noch nicht einmal für das gedankt, was sie da drin für uns getan hat.«

»Du hast recht«, gab ich zerknirscht zu. »Sie waren wunderbar.« Ich legte eine kurze Pause ein, ehe ich fortfuhr: »Hat sie noch andere Verwandte?«

»Ich glaube, ihre Enkelin war die letzte. Zumindest von den näheren.«

»Hat sie je davon erzählt, wie Akiko gestorben ist?«

Cindy schüttelte den Kopf. »Eigentlich nicht. Nur dass sie es am Herz hatte, so als hätte sie immer Probleme gehabt, und es hätte irgendwie einfach so versagt.«

»Hat sie je Lupus erwähnt?«

»Daran hat Professor Aldous gearbeitet, nicht wahr? Deswegen gab es neulich den ganzen Ärger.«

Ich nickte.

»Sie hat nie davon gesprochen, dass Akiko ein Problem gehabt hat. Nur ein schlechtes Herz und dass jemand es ihr gebrochen hätte.«

»Wer könnte das gewesen sein? Hat sie je den Namen Riggs erwähnt?«

»Nicht in meiner Gegenwart. Und sie hat auch nie gesagt, dass Akiko verheiratet gewesen wäre.«

»Über wen hat sie gerade gesprochen? Wer soll uns geschickt haben?«

»Das weiß ich nicht.« Cindy schauderte. »Ihr Gesicht hat mir nicht gefallen, als sie das sagte. Sie sah verängstigt aus.«

Henry wies auf den Korbsessel vor uns. »Parken Sie sich einen Augenblick, Cindy. Ich bekomme langsam einen steifen Hals, wenn ich ständig zu Ihnen hinaufblicke.«

An Henrys Gebaren war etwas Ärgerliches und doch Bezwingendes. Ich konnte mir vorstellen, dass seine Klienten ein gewisses Maß an Abscheu vor seiner öligen Herablassung empfanden, aber trotzdem taten, was er verlangte, während sie noch um eine adäquate Reaktion rangen.

Cindy setzte sich.

»Also«, fuhr Henry fort. »Was ist dran an dieser Sache mit der Armee? Ist die alte Forelle auf Männer in Uniform fixiert? – Glaubt sie, dass sie es alle auf sie abgesehen haben und wir zwei Agenten der Special Forces sind, die sie nach Guantánamo holen wollen? Ich hatte eine Großtante, die von Gefängnispfarrern besessen war; sie glaubte, sie alle wollten sie mit dem Heiligen Geist schwängern.«

Cindy lachte. »Sie haben so einen verrückten Akzent. Haben Sie sich den selber ausgedacht?«

Henry verzog theatralisch das Gesicht.

»Ich wollte Sie nicht beleidigen«, fügte Cindy rasch hinzu.

Henry lächelte gern. »Nur keine Sorge; um mich zu beleidigen, müssen Sie sich schon erheblich mehr anstrengen.«

»Über das amerikanische Militär regt sie sich ständig auf«, sagte Cindy. »Warum, weiß ich nicht. Ich dachte immer, es kommt vom Krieg oder so etwas. Normalerweise fängt sie mit dem Militär an, und dann kommen alle Amerikaner an die Reihe.« Sie lächelte. »Außer mir.«

»Und Professor Aldous.«

»Auf Professor Aldous lässt *oba-san* nichts kommen«, sagte Cindy bestimmt. »Sie verehrt ihn.«

»Obwohl ihre Enkelin in seiner Obhut gestorben ist?«

»Jeder hier bewundert Professor Aldous«, sagte Cindy. »Niemand kann glauben, dass er diese schrecklichen Dinge mit seinem Medikament getan hat.«

»Ich verstehe nicht ganz«, sagte ich. »Warum sollten die Einwohner und das Personal eines abgelegenen Pflegeheims solch entschiedene Ansichten vertreten, was Harvey Aldous betrifft?«

»Wissen Sie das nicht?«, fragte Cindy erstaunt und sah Henry und mich nacheinander an.

Henry zuckte mit den Schultern. »Schauen Sie mich nicht so an, meine Blume. Ich trage ihm nur die Tasche.«

»Sie wollen mich auf den Arm nehmen, ja?«

»Wir wissen nicht, wovon Sie reden«, versicherte ich ihr.

In diesem Augenblick kam eine Schwester in Dienstkleidung auf die Veranda, sah Cindy scharf an und befahl ihr knapp, uns allein zu lassen und wieder an die Arbeit zu gehen.

Cindy sprang von ihrem Sessel auf. »Ich muss weg«, sagte sie. »Ich hätte nicht ...«

»Aldous«, sagte ich bestimmt. »Was ist mit ihm?«

»Das Heim gehört ihm«, antwortete sie. »Er bezahlt hier alles. Er ist der Geldgeber; aber wir haben ihn wochenlang nicht mehr gesehen, und das Geld wird knapp. Deshalb bitten wir Besucher um Spenden. Deshalb nennt die *oba-san* ihn unseren Beschützer.«

Cindy blickte auf die Heimbewohner, die überall im Park in ihren Korbsesseln dösten. »Nur dass es langsam so aussieht, als hätte er uns endgültig im Stich gelassen.«

Sie drehte sich wieder um und funkelte uns an. »Für die paar lausigen Dollar, die so reinkommen, bekommt man in diesem Land nicht viel. Noch sind die alten Leute hier, aber in ein paar Tagen könnten sie irgendwohin kommen, wenn Aldous nicht aufkreuzt und uns Geld bringt. Und irgendwie glaube ich nicht, dass es so weit kommen wird. Auch wenn die dumme alte *oba-san* etwas anderes denkt.«

Henry sprang aus dem Sessel und folgte ihr, als sie ins Gebäude zurückkehrte.

Ich fand sie im Empfangsbereich. Er hatte seine Brieftasche in der Hand.

»Ich hoffe, es beleidigt niemanden, wenn ich eine weitere kleine Spende anbiete. Nur um die schlechte Zeit zu überbrücken, wissen Sie?«

»Natürlich nicht«, sagte Cindy. »Aber Sie haben ja schon zwanzigtausend gegeben; das war sehr großzügig.«

Henry holte ein dickes Notenbündel aus der Brieftasche. »Ich denke, das hier sind gut eine halbe Million Yen, plusminus irgendwas.«

»Das sind ... sind fünftausend Dollar«, stammelte Cindy.

»Ich wünschte, ich hätte mehr dabei«, sagte Henry. »Ich werde etwas mit der Post schicken, sobald ich wieder zu Hause bin.«

Cindy wirkte verunsichert. »Ich weiß nicht recht; vielleicht sollte ich mit der Leiterin sprechen.«

Ich schritt ein. »Nein. Benachrichtigen Sie die Leiterin erst, wenn wir fort sind. Wir wollen keine Umstände machen; das wäre uns lieber. Aber bevor wir Sie gehen lassen, würde ich Sie gerne noch eine Sache fragen.«

Cindy blickte auf das hübsche Geldscheinbündel in ihren Händen. »Ich denke, eine Frage haben Sie frei, aber dann muss ich wirklich wieder an die Arbeit.«

»Das Mädchen, das mit Akiko auf dem Foto zu sehen war, wer war sie? Und warum wollte die *oba-san* das Foto vor uns verstecken?«

»Von dem Verstecken weiß ich nichts«, antwortete Cindy. »Aber das Mädchen heißt Sonoko. Sie war Akikos beste Freundin. Sie haben alles zusammen gemacht, sagt die *oba-san*. Sie waren zusammen *miko* im Tempel in den Bergen.«

»*Miko?*«

»Schreinmädchen«, sagte sie. »Sie wissen schon: den Weihrauch entzünden, Handreichungen für die Priester. Nicht ganz mein Fall, aber sie sehen süß zusammen aus, nicht wahr?«

»Kennen Sie Sonoko?«

»Aber sicher. Sie liefert uns Medikamente. Wir verbrauchen hier Tonnen am Tag. Sie arbeitet für einen Pharmagroßhändler. Das ist unser Glück.«

»Wie meinen Sie das?«

»Wir haben die letzten beiden Lieferungen noch nicht bezahlt, und Sonoko hat uns angedeutet, wir sollten uns darüber keine allzu großen Sorgen machen.«

Cindy wies auf einen Karton neben der Empfangstheke. »Das ist gestern gekommen.« Ihr Gesicht umwölkte sich. »Aber ich fürchte, das war die letzte Freilieferung für die nächste Zeit.«

Ich ging zu der Kiste: braun und unscheinbar, mit zwei Adressaufklebern auf japanisch. Ich nahm an, die eine Anschrift gehörte dem Pflegeheim, die andere dem Absender. Ich öffnete den Karton: Er war voller Antibiotika, Antidepressiva, Tabletten gegen Übelkeit, Abführmittel, Herztabletten, Nierenpillen, Hustensaft;

die Art von Medikamenten, die man in einem Pflegeheim erwartete. Allesamt waren es Markenartikel von den großen Pharmakonzernen: Aventis, Merck, Pfizer – keinerlei Generika, die von unbekannten Firmen zu einem Bruchteil des Preises vertrieben wurden.

»Warum gibt es keine Freilieferungen mehr?«, fragte ich.

Cindy zierte sich etwas. »Als Sonoko vor ein paar Tagen die *oba-san* besucht hat, lief es nicht sehr gut.«

»Sie meinen, es kam zum Streit?«

»Sie hätten sie hören sollen – oder eher, die *oba-san*. Sie hat Sonoko zusammengebrüllt, und ich musste sie rausholen, ehe die alte Frau etwas Verrücktes tat. Sie sieht vielleicht harmlos aus, aber sie kann ganz schön hart zuschlagen. Zum Beweis habe ich genug blaue Flecken.«

»Worüber haben sie gestritten?«

»Ich will verdammt sein, wenn ich das weiß. Sonoko stürmte hier raus, und die *oba-san* wollte nichts dazu sagen, und seitdem ist sie so grantig, dass ich mich nicht getraut habe, es anzusprechen.«

»Wo könnten wir diese Sonoko finden, wenn wir mit ihr sprechen wollten?«

Cindy deutete auf den Karton. »Die Adresse steht auf dem Etikett.«

»Das kann ich nicht lesen.«

Cindy kniete nieder. »Gebäude 17, Nordstraße, Atsugi.«

»Himmel«, murmelte ich.

»Was ist?«, fragte Henry.

Ich zog den FedEx-Beleg aus der Tasche und reichte ihn ihm.

»Das ist der Beleg für ein Paket, das Toshio Nakashima kurz vor seinem Tod abgeschickt hat.«

Henry musterte ihn kurz. »Das mag ja sein«, sagte er; »aber ich bezweifle, dass Sonoko in einem Lagerhaus lebt oder arbeitet, und außerdem steht da kein Firmenname.«

»Kennen Sie den Namen der Firma, für die Sonoko arbeitet?«, fragte ich.

Cindy schüttelte den Kopf. »Sonoko kümmert sich um alles. Soweit es uns betrifft, ist sie die Firma.«

»Welcher Name steht auf dem Scheck, wenn für die Arzneien bezahlt wird?«

»Wir zahlen per Nachnahme«, antwortete Cindy. »Wenn wir können, heißt das.«

»Haben Sie eine Privatadresse für Sonoko?«

»Da müsste ich die *oba-san* fragen«, sagte Cindy. »Aber nur, weil Sie so viel Geld gespendet haben, heißt das nicht ...«

»Natürlich nicht.« Henry zog das Besucherbuch wieder zu sich. »Aber da sie eine pflichtbewusste japanische Bürgerin ist, wird sie sicher ihre persönlichen Daten hier eingetragen haben, und wenn sie so etwas tut, dann muss sie damit rechnen, dass hin und wieder jemand einen Blick darauf wirft. Schließlich waren auch wir bereit, uns vor allen zu identifizieren.«

Cindy legte die Hand auf die Seite, auf der wir uns eingetragen hatten.

Henry wich zurück. »Ihr Buch; Ihnen gebührt der Vortritt.«

Cindy sah unsere Einträge an. »Sind das wirklich Ihre Namen?«

Henry beugte den Kopf. »Ich bekenne mich im Sinne der Anklage für schuldig. In Wirklichkeit heiße ich Henry Wooton.« Er wies auf mich. »Mein Begleiter jedoch zieht es vor, von Geheimnissen umrankt zu bleiben und der Öffentlichkeit nur unter seinem *Nom de guerre* bekannt zu sein. Doktor Nō. Mit langem O.«

Cindy verkniff sich ein Lächeln, während sie in den Seiten blätterte.

»Hier«, sagte sie nach einer Weile. »Sonoko Ota.« Sie las eine Adresse vor; aber es gab keine Telefonnummer.

Ich notierte meine Handynummer auf einem Stück Papier und reichte es Cindy. »Mein wirklicher Name ist Alec Mayne«, sagte ich. »Und ein Doktor bin ich auch nicht. Das ist meine Handynummer. Falls irgendetwas geschehen sollte, das Ihnen Angst macht, oder Aldous sich meldet, dann rufen Sie mich bitte an.«

Sie nahm den Zettel und steckte ihn in die Tasche. »Sie sagten, dieser Toshio Nakashima sei tot? Sind wir hier jetzt in Gefahr?«

»Ich weiß es nicht«, antwortete ich. »Aber gestern Nacht hat jemand versucht, mich umzubringen.«

»Teufel, Teufel«, sagte Henry. »Was machst du dem armen Ding denn solche Angst? Vielleicht sollten Sie einfach die Polizei rufen, wenn etwas ist«, fügte er an Cindy gewandt hinzu.

Cindy schüttelte den Kopf. »Niemand hier würde die Bullen rufen; sie würden uns nicht helfen.«

»Warum denn nicht?«

In diesem Moment kam die Schwester heraus; ihr Gesicht verkündete ein Donnerwetter.

»Ich muss gehen«, sagte Cindy. »Und wenn Sie in Schwierigkeiten stecken, dann gehen Sie lieber auch. Die Heimleitung sieht so etwas gar nicht gern. Auch dann nicht, wenn Sie uns gerade eine halbe Million Yen geschenkt haben.«

KAPITEL 57

Aldous als Wohltäter eines Altenheims am Fuße des Fuji-*san*. Von seinen philanthropischen Steckenpferden hatte ich gewusst, aber dieses spezielle war mir entgangen.

Und anscheinend war Aldous mehr als nur ein Wohltäter gewesen. Wie hatte die *oba-san* ihn genannt? ›Beschützer‹. Beschützer wovor?

»Ach ... Cindy ...«, seufzte Henry.

»Ich lasse deine Blase nur ungern platzen, Henry, aber sie liebt dich nicht.«

»Bereite du schon mal deine Ansprache als Trauzeuge vor, o Zweifelnder. Du hast soeben die zukünftige Mrs Wooton kennen gelernt. Cindy – Cinderella – ich hole dich da raus.«

»Ich verstehe das Ganze nicht«, sagte ich. »Warum tut das Wohlfahrtsamt, als würde dieses Heim nicht existieren, und warum sollte die Polizei den Leuten nicht helfen, wenn sie Probleme bekommen? Es ist schließlich nur ein Altenheim, um Gottes willen.«

»Vielleicht nur eine Fassade. In Wirklichkeit ist es ein Tummelplatz rauschgiftverschiebender Großmütter, die nicht davor zurückschrecken, Schnüffelnasen riesige Gebissfallen zu stellen und jeden, den sie erwischen, mit Mottenkugeln zu steinigen.«

»Das ist die einzig denkbare Erklärung«, sagte ich genervt.

Ich sah aus dem Fenster. Das schlechte Wetter hatte sich verdichtet. Der Fuji war nirgends zu sehen, und ein feuchter Nebel hatte den Wagen eingehüllt und begrenzte die Sichtweite auf knapp siebzig Meter.

»Wie weit ist es zum Wohnort dieser Sonoko Oka?«, fragte ich.

»Die Adresse liegt am Rand von Yokohama. Dir wird nicht entgangen sein, dass sie in günstiger Nähe zum Fliegerhorst von Atsugi liegt.«

Das hatte ich allerdings bemerkt.

Henry fummelte an seinem GPS-Gerät herum und brachte uns dabei fast von der Straße ab. »Ich hasse diese verdammten Dinger. Aber Captain Kirk da oben scheint wirklich immer den richtigen Weg zu kennen.«

Ich bemerkte, dass er in den Rückspiegel blickte, und sein Gesicht erstarrte.

»Was ist los?«

»Hinter uns ist ein Polizeiwagen. Ich könnte mich natürlich irren; der Nebel ist dicht, und der Wagen ist noch ein gutes Stück entfernt.«

Ich ließ mich in den Sitz sinken.

»Damit sollten wir sie abschütteln«, merkte Henry an.

»Kommen sie näher?«

Henry fasste das Lenkrad fester, wie ich sah; seine Augen zuckten wieder zum Rückspiegel.

»Ja.«

»Wie schnell fährst du?« Es war mir schnell vorgekommen, schnell genug, um auf uns aufmerksam zu machen, aber ich hatte nichts sagen wollen.

»Halt den Mund«, zischte Henry. »Ich glaube, sie kommen längsseits. Übrigens, ich werde nicht versuchen, sie abzuschütteln. Ich habe genug dieser Dokumentationen gesehen, wo der salbungsvolle Ex-Bulle von Kommentator dem Zuschauer immer wieder unter die Nase reibt, dass Al der Autodieb niemals entkommt.«

Plötzlich wurde es dunkel, und ich war von dunklem Stoff bedeckt. Ich erinnerte mich daran, auf dem Rücksitz eine säuberlich zusammengefaltete Decke gesehen zu haben, und wusste, dass sie jetzt nicht mehr dort lag.

Die nächste Minute kam mir wie eine Stunde vor, in der ich mich für das Bremsen oder – vielleicht ein noch schlimmeres Zeichen – die Beschleunigung wappnete. Oder das Heulen einer Sirene.

Doch die Fahrt blieb ruhig, und Henrys leises Summen drang durch die Decke. Noch nie hatte unmelodischer Vivaldi so beruhigend gewirkt.

Die Decke wurde weggezogen.

Als ich mich aufrichtete, war kein anderes Fahrzeug in Sicht.

»Gut gemacht«, sagte ich. »Das war schnell gedacht, das mit der …«

»Vielleicht hätte ich uns von ihnen anhalten lassen sollen«, unterbrach mich Henry. Seine Stimme bebte.

»Wie meinst du das?«

»Das ist nichts für dich, Alec, das Ganze. Und für mich auch nicht. Du solltest in die Staaten zurückkehren und bei Hannah sein. Ich habe euch beide zusammen gesehen. Ihr habt sogar den Verlust Lauras überstanden.« Er wurde rot. »So wie ich es sehe: Wenn ihr solch eine Tragödie überstehen könnt, den Verlust deines Jobs und die Prügel, die du in der Presse beziehst … Nun, dann solltet ihr auch mit solch einer Kleinigkeit zurechtkommen.«

»Sie hat mich verlassen, Henry. Mein bester Freund ist aufgekreuzt und hat beansprucht, was er beim ersten Mal nicht bekommen hat.«

Henry überlegte einen Augenblick, dann lächelte er und schlug aufs Lenkrad. »Deshalb willst du die Ehre des Slebans wiederherstellen und den verschwundenen Professor finden – damit du sie zurückbekommst? Bravo! Tolle Idee.«

»Da wären noch Millionen andere, die ebenfalls auf Sleban hoffen«, entgegnete ich ziemlich scheinheilig.

»Es klappt nur auf persönlicher Ebene«, entgegnete Henry. »Millionenfacher Tod rührt mich nicht. Und im Augenblick haben wir Schwierigkeiten im Hier und Jetzt.«

Er blickte wieder angespannt in den Rückspiegel.

»Die Polizei?«, fragte ich.

»Schön wär's«, entgegnete er mit spröder Stimme. »Großer schwarzer Mercedes. Ein bisschen näher an meinem Hintern, als mir recht ist.«

Henrys Augen zuckten nach rechts; er beschleunigte heftig und ging auf die Überholspur.

Der Mercedes wechselte ebenfalls die Spur.

»Ich dachte, du bist gegen Verfolgungsjagden«, brummte ich.

Henry sah mich wütend an. »Ich lege keinen Wert auf Sodomie mit einem ganzen Auto voller Männer mit dauergewellten Löckchen, Hawaiihemden und spitzen Schuhen. Cindy würde das niemals verstehen.«

Wie um sein Argument zu bekräftigen, machte Camilla einen Satz nach vorn, als der Mercedes uns von hinten rammte.

»Himmel, Arsch und Zwirn!«, bellte Henry. Der Jaguar beschleunigte noch etwas stärker, und als ich aufs Armaturenbrett sah, wurde mir klar, dass wir hundertachtzig Stundenkilometer auf einer Fahrbahn fuhren, auf der das Wasser stand.

»Du könntest rechts ranfahren«, sagte ich. »Mich absetzen. Fahr weiter, Henry. Die haben es nur auf mich abgesehen.«

»Weißt du denn, wer *die* sind?«, versetzte Henry.

»Nein, aber ...«

»Na, woher im Namen der Sodomie willst du dann wissen, auf *wen* ›die‹ es abgesehen haben?«

Wir fuhren an einem Ausfahrtschild vorbei, und ich sah, wie Henrys Augen zur Seite zuckten – diesmal nach links.

Wir fuhren nun fast parallel zur Abfahrt.

Er riss das Lenkrad scharf herum, und wir überquerten die linke Spur, verpassten knapp einen Kleinlaster, holperten über eine Reihe von erhöhten Schraffuren auf dem Asphalt und verfehlten nur knapp die Sperre, die Abfahrt und Fahrbahn voneinander trennte.

Wir waren von der Schnellstraße herunter und noch immer an einem Stück. Ich blickte nach hinten und sah, dass dort eine Gischtwolke in die Höhe stieg. Hatte der Mercedes gebremst? War er mit einem anderen Fahrzeug zusammengestoßen, als er versucht hatte, noch auf die Ausfahrt zu kommen? Es war unmöglich zu sagen. Doch als ich kurz darauf wieder nach hinten blickte, war der schwarze Wagen nirgends zu sehen.

Henry bremste auf fünfzig ab. Er war aschfahl und zitterte.

»Dieser Riggs«, sagte er mit bebender Stimme. » Akikos Ehemann? Der drei Wochen vor ihr gestorben ist?«

»Was ist mit ihm?«

»Sag noch mal, wie er sein Ende gefunden hat.«

»Bei einem Autounfall.«

Henry stöhnte leise auf. »Ja. Wusste ich 's doch.« Dann straffte er den Rücken und atmete tief durch. »Diese Sonoko Ota, diese Schreinmädchen-Kollegin von Akiko. Glaubst du, sie ist bis an die Zähne bewaffnet?«

»Ich werde da alleine hingehen, Henry. Setz mich einfach an einem Bahnhof ab.«

Henry schüttelte den Kopf. »Nein. Wollen wir mal schauen, ob sie Licht oder Dunkelheit in die Sache bringt. Aber sollte Letzteres der Fall sein, fahre ich dich zum Flughafen.«

KAPITEL 58

Eine Stunde später hielten wir vor einem schäbigen grauen Wohnblock. Eine Außentreppe aus Beton führte zu einem abweisenden Fußweg, an dessen Ende die Adresse lag, die wir im Gästebuch gesehen hatten.

Eine Frau Mitte Zwanzig öffnete uns die Tür, kaum dass wir geklingelt hatten. Anscheinend hatte sie jemand anderen erwartet, und wir sahen an ihrem erstaunten Gesicht, dass wir nicht die Gäste waren, mit denen sie gerechnet hatte.

»Bitte entschuldigen Sie die Störung«, sagte ich rasch. »Wir würden gern über Ihre Freundin Akiko sprechen. Wir kommen geradewegs von der *oba-san.*«

»Ich ... Ich erwarte gleich Besuch«, stammelte sie.

»Nur ein paar Minuten; es ist wirklich wichtig.«

»Wer sind Sie?«

»Meine Name ist Alec Mayne. Ich bin ein Freund von Professor Aldous.«

Ich wurde mit einem leeren Blick belohnt.

»Hier draußen ist es ein wenig einsehbar«, sagte Henry. »Wir möchten doch nicht, dass die Nachbarn tratschen, oder?«

Wortlos bat uns Sonoko Ota in die Wohnung und führte uns in ein Wohnzimmer, in dem es nach gekochtem Reis und der Sorte Jasmin roch, die nur in Sprühdosen vorkommt.

Der Raum war winzig, aber aufgeräumt. Auf einem kleinen Esstisch lag ein Platzdeckchen mit Esstäbchen auf der einen und einem traditionellen japanischen Papierfächer auf der anderen Seite, und auf einem einfachen Schreibtisch lagen sorgsam geordnete Papierstöße; darunter stand ein Nähkorb. In einer Glasvitrine standen Andenken, Souvenirs und Fotografien zur Schau.

Wäre in diesem Zimmer irgendetwas aus der Ordnung geraten, hätte augenblicklich Chaos geherrscht.

Wir standen als zögerndes Trio mitten im Zimmer, als warteten wir auf Regieanweisungen.

»Ich glaube, Sie waren mit Akiko sehr eng befreundet«, sagte ich.

Sonoko hielt die Augen fest auf den Boden gerichtet. »Akiko ist tot«, murmelte sie.

»Das wissen wir«, sagte ich.

Henry hüstelte. »Wie immer kommt es mir zu, das Eis zu brechen und vorzuschlagen, dass wir uns setzen.«

Henry und ich quetschten uns auf eine Couch, und Sonoko nahm auf einem Ruhesessel Platz, die Hände im Schoß, die Augen noch immer auf die Tatami-Matte fixiert.

Wir hätten gut eine halbe Stunde mit Förmlichkeiten vergeuden können.

Ich war jedoch nicht zur Zeitverschwendung gekommen. »Wissen Sie genau, wie Akiko gestorben ist?«

Die junge Frau zog ein gequältes Gesicht und hob leicht den Kopf, aber sie schwieg.

»Die Ärzte und die *oba-san* sagen, dass sie einen Herzfehler hatte ...«

»Ich bin keine Ärztin«, entgegnete sie.

»Aber Akiko war Ihre beste Freundin, und Sie besuchen noch immer ihre Großmutter. Soweit wir wissen, arbeiten Sie für ein Unternehmen, das Medikamente an ihr Pflegeheim liefert.«

»Warum fragen Sie mich über Akiko aus?«, erwiderte Sonoko in scharfem Ton. »Sie haben mir Ihren Namen genannt, aber ich weiß trotzdem nicht, wer Sie sind.«

»Wissen Sie, dass sie an einer klinischen Studie teilgenommen hat, als sie gestorben ist?«

Sonoko nickte knapp. »Für Aldous-*sensei.*«

»Meine Frau hat kürzlich an einer ähnlichen Studie teilgenommen. Sie wäre beinahe gestorben, und andere Frauen sind ums Leben gekommen. In Amerika behaupten die Experten, das Sleban sei die Ursache für Akikos Tod gewesen und habe jetzt neue Opfer gefordert. Laut Akikos Totenschein ist sie aber an einem Herzfehler gestorben. Ich möchte die Wahrheit wissen.«

»Sie haben mit der *oba-san* gesprochen«, sagte Sonoko steif. »Wenn Sie es Ihnen nicht sagen kann, dann habe ich nichts hinzuzufügen.«

»Hören Sie zu«, sagte ich in bestimmterem Ton. »Hier geht es nicht nur um Akiko oder die *oba-san*. Es geht nicht einmal nur um meine Frau. Sleban ist ein sehr wichtiges Medikament; es könnte Millionen von Menschen helfen, die an einer furchtbaren Krankheit leiden, und jetzt steht es kurz vor dem Aus. Wenn es ein schlechtes Medikament wäre, dann wäre es auch gut so; aber wenn die Menschen, die kürzlich gestorben sind, einem kontaminierten Sleban zum Opfer gefallen sind oder vergiftet wurden, dann ist ein schweres Verbrechen gegen sie verübt worden, das auch alle betrifft, denen das Sleban helfen könnte. Viele Menschen, die hätten gerettet werden können, müssen dann ihr Leben verlieren. Auch meine Frau. Wenn Sie über Akiko etwas wissen, das uns helfen könnte, dann sollten Sie es mir sagen.«

»Nur die *oba-san* kann über Akikos Tod sprechen. Sie ist ihre Großmutter. Ich gehöre nicht einmal zur Familie.«

Ich stand auf, ging zu der Andenkenvitrine und betrachtete ihren Inhalt.

Ich hatte Glück.

Ich öffnete die Tür und nahm das Foto von Akiko und Sonoko hervor, genau die gleiche Aufnahme, die wir im Zimmer der *oba-san* entdeckt hatten.

Ich hockte mich neben Sonoko und legte ihr das Bild auf den Schoß.

»Sie waren zusammen *miko*«, sagte ich leise. »Schreinmädchen. Sie waren beide sehr schön. Wir haben gehört, dass Sie einander sehr nahe standen.«

Ich merkte ihr an, dass sie auf meinen recht plumpen Besänftigungsversuch nicht reagieren wollte, aber sie lächelte trotzdem. Ihr Finger berührte leicht die Glasscheibe des Rahmens.

»Kurama«, flüsterte sie.

»Haben Sie beide Kurama verlassen und sind gemeinsam in die Stadt gekommen? Ich könnte mir denken, ein kleiner Ort wie Ihr Heimatdorf bietet jungen Leuten nicht viele Chancen.«

Sie musterte mich misstrauisch. »Woher wissen Sie das?«

Weil das beste Freundinnen aus einem Provinznest immer tun, dachte ich.

»Was haben Sie in Tokio gemacht?«, fragte ich. »Sind Sie auf die Universität gegangen? Haben Sie sich einen Job gesucht?«

Sonoko lächelte wehmütig. »Einen Job. Kellnerinnen in einem Esslokal.«

»Sie sprechen sehr gut Englisch«, sagte ich. »Wo haben Sie das gelernt? Ihr Englisch ist weitaus besser, als man es braucht, um in einem Restaurant zu bedienen.«

»Akiko bestand darauf, dass wir es lernen. Wir hätten ständig mit den Ausländern zu tun; deshalb sei es notwendig, sagte sie. Darum haben wir fleißig gearbeitet und gelernt. Akiko sprach sehr gut Englisch.«

»Es klingt, als wäre Akiko ziemlich clever gewesen.«

Sonoko berührte das Foto wieder. »Sie war sehr klug und sehr schön. Sie wollte Erfolg haben und viel Geld verdienen.«

»Und wie wollte sie das anstellen?«

Sonoko stand auf und stellte das Bild in die Vitrine zurück. Nachdem sie die Tür geschlossen und abgesperrt hatte, zog sie den Schlüssel ab und hielt ihn fest.

»Haben Sie in Tokio zusammengelebt?«, fragte ich sie.

»Eine Weile haben wir uns eine Wohnung geteilt; groß war sie nicht, aber wir hatten Spaß zusammen und gingen abends aus. Für uns war es alles neu, und wir hatten ein bisschen Geld in der Tasche.«

Sie blickte durch das Zimmer auf das Foto. »Kurama ist schön, aber für uns war dort kein Platz. In Tokio erfuhren wir zum ersten Mal Freiheit. Akiko fand sogar eine gute Stellung in einem Büro.«

»Bei der Arzneimittelfirma?«

»Ja.« Sie senkte den Kopf. »Und dann wurde Akiko krank.«

»Lupus?«

»Sie hat die Ausschläge überschminkt und sagte, ihr gehe es gut, aber ich wusste, dass es ihr schlecht ging. Sie hatte solche Angst ... Sie glaubte, wenn sie wirklich krank wäre, müsste sie nach Kurama zurückkehren und sich dort behandeln lassen. Mehr als alles andere wünschte sie sich, nie mehr zurück nach Hause zu müssen.«

»Was geschah dann? Wir kam sie ins Sleban-Programm?«

»Jemand in der Firma schlug ihr vor, an der Studie teilzunehmen. Er war ein berühmter Professor.«

»Nakashima?«

»Ja. Toshio Nakashima-*sensei* leitete für sie alles in die Wege.«

»Toshio?«

»Ja«, bestätigte Sonoko. »Warum klingen Sie so überrascht? Er war ein kluger, netter Mann.«

»Aber kein Professor«, erklärte ich. »Sein Vater ist Professor. Wie auch immer ... Was geschah mit Akiko?«

»Sie wurde fast sofort wieder gesund, und wir waren sehr froh, aber dann sah ich sie immer seltener.«

»Wieso?«

»Sie erhielt einen sehr verantwortungsvollen Posten in der Firma.«

»Was für ein Posten war das?«

»Das weiß ich nicht, aber sie war aufgeregt; sie musste viel reisen. Sie ging nach Deutschland. Das war das erste Mal, dass sie Japan verließ.«

»Hat sie ungefähr zu dieser Zeit Jerome Riggs geheiratet?«, fragte ich.

Sonoko reagierte, als hätte ich sie geschlagen.

»Wussten sie nicht, dass sie verheiratet war?«

»Das ist unmöglich«, wisperte sie entsetzt.

Ich nahm den Totenschein heraus und zeigte ihr Akikos Familiennamen.

Sonoko würdigte ihn kaum eines Blickes. »Das ist unmöglich«, wiederholte sie.

»Was glauben Sie, warum verheimlichte sie Ihnen ihre Heirat?«

»Ist das wirklich wahr?«, fragte Sonoko voller Verzweiflung. Ihr Tonfall flehte uns an, die Frage zu verneinen. »Wusste die *oba-san* davon?«

»Ja, ich fürchte, so ist es.«

Sie schien in sich zusammenzusinken. »Ist er ein Soldat?«, fragte sie schließlich.

»Er war ein Soldat. Er war in Deutschland stationiert. Mehr weiß ich nicht über ihn, nur dass er Akiko geheiratet hat und bei einem Autounfall ums Leben kam.«

»Vielleicht hat sie ihn im Club kennen gelernt.«

»In welchem Club?«

»Unserem Büro gegenüber ist ein Lokal, in das die Soldaten vom Flugplatz gern gehen. Akiko ging manchmal ...« Sie schniefte und hob das Kinn. »Aber ich würde mich dort niemals sehen lassen.«

»Warum nicht?«, fragte ich, obwohl ich es mir denken konnte.

»*Bainshufu* verkehren dort.«

Ich hatte Recht. Prostituierte.

Ich beschloss, das Thema zu wechseln. »Können Sie mir etwas von der Firma erzählen, für die Sie arbeiten? Was machen Sie dort?«

»Ich habe eine sehr verantwortungsvolle Stellung. Ich erhalte die Kundenbestellungen für Medikamente und veranlasse Verpackung und Versand. Wir sind Großhändler für qualitativ hochwertige Medizinprodukte.«

»Wo kommen die Medikamente her?«

»Vom Hersteller, nehme ich an. Sie werden in einem Lagerhaus aufbewahrt, und die Leute dort kümmern sich um die Auslieferung.«

»Außer im Falle des Pflegeheims der *oba-san* – dort liefern Sie persönlich.«

Sonoko rutschte verlegen hin und her. »Das ist ein Sonderfall.«

»Schon gut«, sagte ich. »Ich interessiere mich nicht dafür, ob Sie jemandem nebenbei einen Gefallen tun.«

Ich zog den FedEx-Beleg aus der Tasche und zeigte ihr die Adresse. »Ist es dieses Lagerhaus?«

»Ja. Ich bin aber nie dort gewesen – dort ist es schmutzig. Ich könnte mir dort die Schuhe ruinieren.«

»Wie heißt Ihre Firma? Auf dem Karton, den wir im Pflegeheim gesehen haben, stand kein Name.«

»JetPac Pharma Distribution«, antwortete sie.

Mein Herz setzte einen Schlag lang aus. »Könnten Sie mir das buchstabieren?«

Nachdem sie meiner Bitte gefolgt war, fügte sie hinzu: »Haben Sie von uns gehört? Ich wäre nicht überrascht. Wir sind eine herausragende Firma mit vielen Vergünstigungen für die Angestellten.«

»Haben Sie etwas, worauf der Name steht?«

»Himmel, Alec«, warf Henry ein. »Das Mädchen hat dir den

Namen genannt und buchstabiert. Warum fragst du sie nicht, ob sie ihn aufs Schulterblatt tätowiert hat?«

»Ich kenne den Namen«, sagte ich. »Aber er hatte nichts mit Pharmazeutika zu tun.«

»Meine Firma verfolgt viele Geschäftsinteressen«, erklärte Sonoko, als bestehe ihre Rolle in der Werbung. »Import und Export. Waren aller Art.«

»Auch Düsentreibstoff?«

»Benzin, Orangensaft, Feigen und Damenunterwäsche.«

»Ein verdammter Gemischtwarenladen«, brummte Henry.

»Wem gehört die Firma?«, fragte ich.

»Geschäftsleuten.«

»War Toshio Nakashima ein Boss?«

»Oh, nein. Wie ich sagte, war er Professor. Professoren sind keine Geschäftsleute.«

Da hatte sie nicht unrecht.

»Wer dann?«

»Ich kenne ihre Namen nicht. Wir haben Manager und erfahren nicht, wem das Geschäft gehört, aber ich glaube, es besteht eine Partnerschaft zwischen einem Amerikaner und einem Japaner.«

Sonoko öffnete die Handtasche, die sie griffbereit hatte, und holte etwas heraus, das wie ein Scheck aussah. »Hier haben Sie ein Stück Papier mit dem Firmennamen. Das ist mein Gehalt für diesen Monat.«

Der Scheck war von einer Gesellschaft namens JetPac Holdings ausgestellt worden … und die Bank war Eastern Trust, Zweigstelle Tokio.

»Sind Sie vor vier Jahren auch schon mit solchen Schecks bezahlt worden?«, fragte ich. »Als Akiko und Sie beide noch für JetPac gearbeitet haben?«

Sonoko sah mich an, als hätte ich den Verstand verloren. »Ich erinnere mich nicht; es ist so lange her. Akiko hat Banken öfter benutzt als ich, weil sie für ihre Reisen ausländisches Geld brauchte. Sie war damals so beschäftigt, dass ich sie kaum noch zu Gesicht bekam.« Ihr drohte die Stimme zu versagen. »Und dann ist sie gestorben.«

»Und es gab keine Warnung, keine Anzeichen von Problemen?«

»Sie war immer erschöpft und sehr nervös.«

»Nervös? Weswegen?«

»Wegen ihrer Arbeit, glaube ich«, antwortete Sonoko. Sie straffte sich ein wenig. »Ich bin sicher, dass es nur um ihre Arbeit ging.«

»Was ist Ihrer Meinung nach mit Akiko geschehen?«, wollte ich wissen.

Sonoko schwieg eine ganze Weile, ehe sie antwortete: »Ich wusste, dass die *oba-san* es nicht schätzt, wenn man Professor Aldous etwas Schlechtes nachsagt, aber ich glaube, das Medikament, das Akiko bekam, war schlecht. Und jetzt sind noch andere Menschen daran gestorben.«

»Wie kommen Sie darauf? Durch etwas, das Sie in den Nachrichten gesehen oder in der Zeitung gelesen haben?«

»Nein.«

»Sondern?«

Sie zögerte. »Professor Nakashima hat es gesagt.«

»Sie meinen Toshio Nakashima?«

Sonoko zuckte mürrisch mit den Schultern. »Sie sollten nicht beleidigend über ihn reden. Vor einem Monat war er bei uns im Büro. Ich hörte, wie er über Professor Aldous gesprochen hat; er kritisierte ihn schwer. Er sagte ...«

»Ja ...?«

»Er sagte, Sleban sei gefährlich. Einige Wochen später las ich von den Todesfällen in den Vereinigten Staaten. Genau wie bei Akiko.«

»Ich bezweifle, dass die *oba-san* Ihnen zustimmen würde«, entgegnete ich.

»Aldous zahlt dort für alles. Sie ist verpflichtet, höflich zu sein; das verstehe ich.«

»Ihre eigene Enkelin ist gestorben; sie müsste doch sehr kaltblütig sein, wenn sie einen Mann bewundert, durch den Akiko vielleicht gestorben ist, auch wenn er ihre Rechnungen bezahlt.«

Sonoko verzog das Gesicht. »Sie sagt, es muss Toshio Nakashimas Schuld gewesen sein.«

»Haben Sie bei Ihrem letzten Besuch im Pflegeheim darüber gestritten?«

Sonokos Augen blitzten auf. »Sie sagt, ich muss meine Stelle sofort kündigen.«

»Wieso?«

»Sie sagt, ich würde in Gefahr schweben, solange ich hier arbeiten würde; es gehe ihr um meine Sicherheit. Aber ich bin anderer Meinung: Meine Arbeitgeber behandeln mich sehr gut, und es wäre schwierig, eine neue Stelle zu finden, die genauso gut bezahlt ist. Ich glaube, sie behauptet Schlechtes über Toshio Nakashima, um Aldous zu schützen, weil er für alles aufkommt.«

»Wussten Sie, dass Toshio Nakashima tot ist?«, fragte ich. »Man hat ihm in New York die Kehle durchgeschnitten.«

Sonoko schlug die Hand vor den Mund, und aus ihrem Gesicht wich der letzte Rest Farbe. »Das wusste ich nicht. Warum hat auf der Arbeit niemand davon erzählt?«

»Das weiß ich wiederum nicht. Mir kommt es aber so vor, als könnte die *oba-san* Ihnen einen ziemlich klugen Rat gegeben haben.«

Sonoko rang mit sich. »Aber Sie verstehen nicht ... den Job aufzugeben wäre für mich ... für jemanden wie mich ist das sehr schwierig.«

Den gleichen Ausdruck hatte die *oba-san* benutzt: ›jemanden wie mich‹.

»Wie meinen Sie das?«

Sie blickte uns misstrauisch an. »Wenn Sie die *oba-san* wirklich besucht hätten, dann wüssten Sie es.«

»Was wüssten wir?«

Sonoko lief rot an.

»Ich bin *burakumin*«, sagte sie ruhig. »Akiko war *burakumin.* Auch die *oba-san* ist es; jeder in diesem Heim ist *burakumin.*«

Henry atmete scharf aus. Ich hatte den Ausdruck schon früher einmal gehört.

»*Burakumin*«, sagte ich. »Akiko war *burakumin?*«

Burakumin. Die Unterschicht. Japans Version der Kaste der Unberührbaren in Indien. Angeblich hatte Japan die Diskriminierung der zwei Millionen Menschen unter Strafe gestellt, die Nachkommen von Schlächtern und Straßenkehrern waren, die Verrichter der Schmutzarbeit eines vergangenen Zeitalters. Aber hatte eine Regierung je Erfolg gehabt, wenn sie eine Haltung für verboten erklärte? Wie bei allem, was in Japan als unangenehm oder peinlich galt, wurde das Problem einfach unter den Teppich gekehrt ... In jedem Fall war das eine Erklärung dafür, warum das Altersheim – um mit Henrys Worten zu sprechen – wie Draculas Schloss behandelt worden war.

»Aber es ist nicht leicht, unserem Blut zu entkommen«, fuhr Sonoko fort. »Immer gibt es ein Familienregister. Nur wenige entkommen dem *koseki.* Die Leute sagen zwar, wir wären jetzt gleichgestellt, aber das ist nicht wahr. Man will unsere Herkunft wissen, ehe man uns Arbeit gibt oder Wohnungen vermietet. Man beauftragt Detektive, um uns zu überprüfen, auch wenn man damit gegen das Gesetz verstößt. Wir sind für immer durch unsere Herkunft befleckt. Jetzt begreifen Sie, was Akiko und ich zu entkommen versuchten. Meine Arbeit zu verlieren wäre grauenhaft für mich.«

Sie ging an den Schreibtisch, hockte sich hin und nahm eine Art Bronzekrug aus dem Nähkasten.

»Aber natürlich hat Akiko erheblich mehr verloren.« Sie wandte sich uns zu, die Wangen vom Weinen gerötet. »Das ist Akikos Asche – die *oba-san* wollte, dass ich sie habe. Sie sagte, sie würde mich trösten.« Sie nahm den Deckel ab.

Ihr Gesicht nahm einen trotzigen Ausdruck an. »Akiko war etwas Besonderes, wissen Sie? Sie war es, die Aldous davon überzeugt hat, das Geld zu spenden, mit dem das Haus am Fuji-*san* gekauft werden konnte. Alles war ihre Idee. Sie hatte so viele Ideen; sie war nicht ängstlich wie ich; sie nahm nicht hin, dass sie als *burakumin* das Leben einer *burakumin* zu führen hatte.«

Es klingelte an der Tür.

Sonoko wirkte unschlüssig. »Das wird mein Freund sein. Wie soll ich Ihre Anwesenheit erklären? Er rechnet nicht damit, dass ich Amerikaner in meinem Haus empfange, und ich glaube nicht, dass es ihm gefällt.«

Henry zog seine Krawatte straff. »Nur keine Furcht. Wir sind Immobilienmakler im Auftrag eines Geschäftsmanns, der den Wohnblock zur Sanierung aufkaufen möchte, und wir haben gerade diskutiert, wie viel wir Ihnen zahlen, damit Sie ausziehen. Sagen Sie Ihrem Freund, dass wir Engländer seien, keine Amerikaner – das wird ihn beruhigen.«

Sonoko nickte und ging in den Flur.

»Sonoko«, rief ich leise und hielt die Urne hoch. »Vielleicht sollte das wieder dahin zurück, wo es war, ehe Ihr Freund hereinkommt.«

Sonoko wirkte hin und her gerissen.

»Ich erledige das für Sie«, sagte ich.

An der Wohnungstür stand ein junger Mann im Anzug, der ein kleines, hübsch verpacktes Geschenk an die Brust drückte.

»Nun, Miss Ota«, sagte Henry, indem er sich überschwänglich verbeugte, »vielen Dank, dass Sie Zeit für uns hatten. Bitte zögern Sie nicht, mich zu jeder Tages- oder Nachtzeit zu kontaktieren, sollten Sie noch Fragen haben.«

Er drehte sich zu mir um und schnippte mit den Fingern. »Zack, zack, nicht trödeln. Sehen Sie nicht, dass Miss Ota sehr beschäftigt ist und keine Zeit mehr für uns hat?«

»Befolgen Sie den Rat der *oba-san*«, flüsterte ich Sonoko zu.

Ich verbeugte mich, eine Hand in der Jackentasche.

Meine Finger siebten dabei die grobe Asche, die ich aus der Urne genommen hatte, als ich sie in den Nähkorb zurückgestellt hatte.

KAPITEL 59

»Du hast von Licht und Dunkelheit gesprochen«, sagte ich zu Henry, als wir in den Wagen stiegen. »Ich habe geglaubt, man bräuchte nur Licht auf Akikos Tod zu werfen – dann wäre alles klar.«

Er drehte den Zündschlüssel und fuhr los. »Ohne die Analogie übermäßig dehnen zu wollen, ich glaube, nach diesem Gespräch stehen Sleban und Aldous in einem ziemlich harten Licht da. Und es schmeichelt ihnen nicht.«

»Ich glaube, ganz so einfach ist es auch nicht«, sagte ich. »Vor vier Jahren arbeitete Akiko für einen Pharmavertrieb und starb. Sonoko arbeitet für dieselbe Firma. Jetzt sterben wieder Menschen, und die *oba-san* sagt Sonoko, sie soll kündigen. Außer Sonoko gibt es noch einen weiteren gemeinsamen Nenner.«

»Nämlich?«

»Toshio Nakashima. Vor vier Jahren hat er Akiko ins Sleban-Programm geholt, und jetzt zeigte er sich vor noch keinem Monat in den Büros von JetPac.«

»Er ist kein Nenner, gemeinsam oder nicht«, erwiderte Henry. »Er ist tot.«

»Ja«, brummte ich. »Dann verbindet etwas anderes die Vergangenheit mit der Gegenwart.«

»Sprich, o Herr von Licht und Dunkelheit, Zählern, Nennern und allem, was da ist faktoral und binomisch.«

»Halt's Maul, Henry. JetPac. JetPac ist ein gemeinsamer Faktor.«

»Ich habe nur den Namen auf einem Scheck gesehen«, versetzte Henry. »Ich muss den Teil von vor vier Jahren verpasst haben …«

»Letzte Woche kam jemand in mein Büro und eröffnete mir, dass wir mit JetPac Geschäfte machen.«

»Aber du hast doch den Scheck gesehen. Das Konto wird bei Eastern Trust geführt. Die Firma muss also ziemlich koscher sein, sonst wäre sie nicht euer Kunde.«

»Vor vier Jahren war es noch kein solides Großunternehmen.«

»Was dann?«

»Gegen Ende meiner Zeit in Japan machte die Zweigstelle Tokio einige Termingeschäfte mit Düsentreibstoff – riesige Mengen, eine Milliarde Dollar und mehr, und die japanische Aufsichtsbehörde leitete eine Untersuchung gegen uns ein.«

»Wieso? Habt ihr viel Geld verloren?«

Ich wusste nicht, ob ich lachen oder weinen sollte. »Die Geschäfte wurden von einem gewissen Tommy Itoh durchgeführt. Itoh und Geld verlieren? Scheiße, nein. Eastern Trust erzielte einen guten Gewinn. Und einige andere auch.«

»Wie meinst du das?«

»Mittelsmänner erhielten seltsame Zahlungen, und die Behörden wollten sie überprüfen. Man hat es nicht offen ausgesprochen, aber man hat wohl angenommen, dass Schmiergelder geflossen sind.«

»Wie viel?«

»Fünfundzwanzig Millionen, etwa in der Größenordnung. Aber wie hoch der genaue Betrag auch war, jemand ist sehr reich geworden und hat dafür keinen Vormittag lang gearbeitet.«

»Habt ihr herausgefunden, wer?«

Den Tag, an dem ich mit diesen Geschäften kollidiert war, werde ich nie vergessen. »Es war JetPac. Ich wollte die Firma überprüfen – aber gerade, als ich an die Daten kam, brach das System zusammen.«

An jenem Tag war so viel geschehen, und zum ersten Mal

erzählte ich jemandem davon. Außer Hannah natürlich – sie kannte jeden Augenblick und trug mir jede einzelne herzzerreißende Sekunde nach.

»Hannah war am Morgen sehr krank. Sie wollte nicht, dass ich zur Arbeit gehe.« Ich errötete vor Scham, als ich mich an ihre Bitten erinnerte, ich möge doch zu Hause bleiben.

»Aber du bist trotzdem gegangen.«

»Tommy Itoh und ich hatten einen Termin mit einem Beamten des Finanzministeriums vor dem Mittagessen, und dein alter Kumpel Baris Reeves sagte, ich wäre erledigt, wenn ich es nicht schaffte. Also ging ich.«

»Was ist passiert?«

»Wir gingen zum Ministerium, aber durch den Systemabsturz hatte ich natürlich nicht die Informationen, nach denen ich gefragt wurde. Ich wusste, dass man Vertuschung vermuten würde und es Zunder gäbe. Ich sagte Itoh, er solle sein Scheißmaul halten und mich sprechen lassen.«

»Und natürlich benahm er sich makellos.«

»Itoh stolzierte ins Zimmer wie ein Pfau und ließ sich nichts sagen. Beamte des Finanzministeriums sind solches Benehmen nicht gewöhnt. Man kommt mit so ziemlich allem bei ihnen durch, wenn man sich nur oft genug verbeugt und entschuldigt, aber was er dem Mann an den Kopf geworfen hat ...«

»Was hat er denn gesagt?«

»Er sagte *kusottare* zu dem Burschen ...«

Henry pfiff voll Bewunderung. »Mumm hatte dein Itoh jedenfalls.«

»Man hätte uns beinahe zugemacht.«

»Wie hast du dich da rausgewunden?«

Das war der Teil, der am meisten schmerzte. »Ich habe mich nirgendwo rausgewunden.«

Ich konnte die Ereignisse vernunftgemäß bis zu einem Punkt deuten, an dem ich das schuldlose Opfer des Schicksals war, doch dann fiel mir Hannahs Gesicht wieder ein, und die Schuld machte auf dem Absatz kehrt und stürzte sich wieder in mich.

Einen Augenblick lang konnte ich nicht reden; meine Augen brannten.

»Hier geht es nicht um Computer oder widerwärtige Derivatenhändler, richtig?«, fragte Henry.

»Nein«, wisperte ich rau. »Während wir im Ministerium waren, kollabierte Hannah und wurde ins Krankenhaus gebracht. Dort brachte sie Laura zur Welt; aber sie lebte nur sehr kurz – zehn Minuten, um genau zu sein.«

»Hast du sie gesehen?«

Ich schloss die Augen. »Diese Drecksau Itoh«, knurrte ich. »Ohne ihn hätte ich unser Baby in den Armen gehalten, als es noch gelebt hat; als meine Tochter noch ein Mensch war. Während der Besprechung waren keine Handys erlaubt, und die Sekretärin des Beamten hat sie nicht unterbrochen, nur weil meine Tochter gestorben war.«

»Das tut mir aufrichtig leid, Alec.«

Ich schüttelte mich und zuckte mit den Schultern. »Ich wurde vom Fall abgezogen. Morty Pelzer, mein Vorgesetzter, flog von New York her und kümmerte sich darum. Als ich eine Woche später wieder zur Arbeit kam, war Morty fort, und Itoh wollte nicht mit mir darüber sprechen. Er sagte nur, ich soll meinen Boss fragen.«

»Und hast du?«

»Ich habe Morty einmal darauf angesprochen. Er antwortete, er werde mich feuern, wenn ich das Thema noch einmal anschneide. Er lachte, als er mir drohte, aber er meinte es ernst.«

»Was glaubst du, haben sie getan?«, fragte Henry. »Haben sie die Beamten bestochen?«

»Was immer es war, es muss funktioniert haben.« Wenn ich ehrlich war, hatte es mich damals kaum interessiert. Laura war tot; Hannah hatte sich in ein Schneckenhaus zurückgezogen, und wir flogen ohnehin zwei Wochen später nach New York zurück. »Ich packte unsere Sachen«, fuhr ich fort, »und tröstete mich mit dem Gedanken, dass ich nie wieder etwas mit Itoh zu tun haben würde. Ich habe die Geschäfte nie überprüft.

Ich hätte es besser wissen sollen. Aber tief in mir wusste ich die ganze Zeit, dass mich alles irgendwann wieder einholen würde. Und so kam es auch.«

»Du meinst also, dieser Tommy Itoh könnte sich hinter JetPac verstecken?«

»Sonoko sagte, die Firma gehört einem Japaner und einem Amerikaner.« Wenn Itoh der japanische Partner war, hatte er fünfundzwanzig Millionen beiseite geschafft, und auch wenn Eastern Trust ihn entlassen hatte, handelte er jetzt mit ihr als Klient im Namen von JetPac.

»Und wer könnte das amerikanische Ende dieser wunderbaren Freundschaft sein?«, fragte Henry.

Itoh hatte mich so sehr beschäftigt, dass ich darüber noch gar nicht nachgedacht hatte. Delaforce? Ich hatte ihn über eine Telefonleitung mit Eastern Trust in Verbindung gebracht und JetPac ebenfalls mit Eastern Trust verknüpft. Genügte das? Ein Beweis war es ganz sicher nicht. »Die *oba-san* hat Sonoko geraten, sie solle bei JetPac kündigen«, sagte ich.

»Ich verstehe allerdings, dass Sonoko zögert, einen guten Job aufzugeben«, erwiderte Henry. »Als *burakumin* auf Arbeitssuche, das ist kein Zuckerschlecken.«

»Die *oba-san* sagte ihr, sie schwebe in Gefahr. Wie gut ein Job ist, spielt keine Rolle, wenn man dadurch ums Leben kommt.«

»Zugegeben.«

»Was, wenn Akiko vor vier Jahren weder an einem Herzfehler noch an Sleban gestorben ist? Was, wenn ihr Tod eine Gewalttat war?«

»Dann«, sagte Henry, »mag man um die arme Akiko trauern,

so sehr man will, aber Sleban wäre erheblich entlastet, und du könntest nach Hause fahren.«

Mein Zuhause war mir verschlossen, und für solch magere Ergebnisse öffnete mir Hannah sicher nicht die Tür. »Ich kann nicht zurückkehren, solange ich kaum etwas habe außer Spekulationen und Vermutungen.«

»Du würdest noch ein wenig mehr mitbringen.«

»Zum Beispiel?«

»Dein Leben.«

»Das genügt nicht.«

Henry stöhnte. »Von einem Reisegefährten ist das keine beruhigende Antwort.«

»Wir sind fast in Atsugi.«

»Es ist fast dunkel.«

»Gut«, sagte ich. »JetPacs Lagerhaus sehe ich mir lieber bei schwacher Beleuchtung an.«

KAPITEL 60

Als Yokohama hinter uns lag, durchfuhren wir eine triste, regenverhangene Landschaft voller baufälliger Häuser mit fleckigen Fassaden, einige mit verrammelten Fenstern, andere mit rostigen Wellblechdächern, die vor Antennen und Satellitenschüsseln nur so strotzten, dem einzigen Anzeichen für Bewohner. Hunde strichen bedrückt zwischen den Häusern umher, ohne auf den Verkehr zu achten, der an ihnen vorbeidonnerte. Alte Frauen mit unpassend grellen Regenschirmen wichen Pfützen auf dem Gehsteig aus; aus ihren rosa-weiß-gestreiften Plastiktüten schauten Gemüseblätter.

»Melde dich zur U.S. Air Force, und komm ins exotische Atsugi«, brummte Henry.

»Navy«, sagte ich.

»Bitte?«

»U. S. Navy. Das sind Marineflieger. Mit Air Force hat Atsugi nichts zu tun.«

»Was auch immer ...«

Unsere Umgebung änderte sich plötzlich; die Gebäude ersetzte hässliches Buschland. Gleichzeitig kam es mir vor, als lade sich die Luft im Wagen elektrisch auf, und ich bekam Kopfschmerzen.

Irgendetwas würde geschehen, da war ich mir sicher. Nur kam mein Verstand nicht darauf, was es war.

Und dann zerbarst die Welt.

Der Wagen schüttelte sich heftig und füllte sich mit einem Lärm, der von Bassdonner bis zum schrillen Schrei das gesamte

Register umfasste. Ich schlang die Arme um den Kopf und kauerte mich nieder, versuchte, mich zu einem schützenden Ball zusammenzurollen.

Henry trat die Bremse, und wir kamen schlitternd zum Stehen. »Vermaledeites Donnergetös!«, brüllte er.

Noch ein Knall.

Ich war schon einmal in Atsugi gewesen; ich hätte darauf vorbereitet sein müssen.

Ich hob den Kopf und schaute nach rechts. Der Ursprung des Lärms lag unmittelbar hinter einem hohen Drahtzaun: die Hauptstartbahn der Atsugi Naval Air Facility. An ihren Rändern schimmerten die Bahnleuchten wie ein Gleis aus dem Feenreich, dessen Zwillingsschiene sich in der Ferne verlor, ohne ganz den wolken- und nebelverhangenen Horizont zu erreichen.

Plötzlich erschienen zwei Nadelspitzen aus Licht. Sie wurden heller und heller, bis sie grell wie Sonnen strahlten und sich vom Boden hoben; in diesem Moment sah ich deutlich den Umriss des Düsenjets, zu dem sie gehörten.

Während das Flugzeug brüllend über uns hinwegzog, sank ich im Sitz zusammen, doch ich konnte den Kopf noch drehen und erkannte die violetten, orangefarbenen und weißen Flammen seiner Düsen, während es in die Wolken stieg.

Henry setzte den Wagen wieder in Bewegung. »Ich glaube, wir haben Atsugi gefunden.«

Wir folgten der Begrenzung der gewaltigen Anlage. Zwischen Metallpfosten, so dick wie Baumstämme und dreißig Meter hoch, war Maschendraht gespannt. Dahinter erstreckte sich kurz getrimmter Rasen, und in der Ferne machte ich Hangars und Bürogebäude aus.

»Diese Zäune sollen die Terroristen fernhalten«, sagte Henry.

»Die sollen niemanden fernhalten«, widersprach ich. »Golf, Henry. Sie sollen die Golfbälle zurückwerfen.«

Er blickte auf den GPS-Schirm. »Captain Kirk meint, nach

links sei eine Straße, die parallel zur Startbahn verläuft. In diesem Fall bin ich mir nicht sicher, ob ich mich auf ihn verlassen kann.«

Ich beabsichtigte keineswegs, ihm zu widersprechen. Zu beiden Seiten von uns befanden sich dichte, hässliche Büsche und nirgendwo die Spur einer Einmündung.

»Nein, warte«, sagte ich.

Henry hielt den Wagen an. »Eine Straße würde ich das nicht nennen …«

Ich auch nicht. Ein Feldweg war es. Die Schlaglöcher standen voller Wasser, und Abfall war an die Ränder gespült.

Ich stach mit dem Finger nach dem Bildschirm. »Das Ding sagt, das ist er.«

»Camilla muss Captain Kirk irgendwann einmal den Laufpass gegeben haben, und das ist seine Rache.«

Wir bogen ab, und das Dorngestrüpp fiel beinahe augenblicklich zurück. Wir holperten über den Feldweg, rechts neben uns den hohen Zaun, und nur etwa hundert Meter dahinter badete die Hauptstartbahn in Bogenlicht, das vom Regen getönt wurde.

Links von uns lag ein schäbiges Industriegebiet, wie ich es in Japan noch nie gesehen hatte: geschwärzte Lagerhäuser und Schmelzwerke, die einen derart schweren Rauch ausstießen, dass er kaum aus den niedrigen Schonsteinen quoll, ehe der Regen ihn zu Boden presste.

Der Weg stieg steil an, und wieder schloss uns dichtes Buschwerk ein. Es dünnte sich aus, als wir den Kamm der Erhebung erreichten, und dort lag ein Komplex von niedrigen Gebäuden, umgeben von einem Maschenzaun.

Wir fuhren an einem Tor vorüber, das von einer Kette mit Vorhängeschloss versperrt wurde, und ich wies auf die Holztafel, die mit einer ausgefransten Schnur daran befestigt war.

»Gebäude 17«, sagte ich.

»Und jetzt?«, fragte Henry.

»Park den Wagen da vorne.«

Jenseits des Kammes erweiterte sich der Hang und stürzte steil in ein Dickicht ab.

»Du machst wohl Witze«, sagte Henry. »Dieses Fahrzeug ist nicht dazu ausersehen, in einem verdammten Vogelnest stehen gelassen zu werden.«

Trotz seiner Einwände gelang es ihm, den Wagen ohne größere Schwierigkeiten abzustellen.

Er ging nach hinten und öffnete den Kofferraum.

»Was machst du?«, fragte ich.

Er wühlte eine Weile darin herum, dann holte er ein Fernglas heraus.

»Habe ich immer dabei, damit ich für Klienten die Aussicht beurteilen kann.« Er schwieg kurz. »Und die Hottehüs.« Er blickte zum Himmel hoch, der sich schon verdunkelte. »Aber es ist kein Nachtsichtglas; also schwingen wir lieber die Hufe.«

Wir gingen zum Gebäude zurück. Auf der Schlackenfläche vor dem Hauptgebäude standen zwei Lastwagen, aber von Menschen war keine Spur zu sehen. Die Fenster, die ich sehen konnte, waren verdunkelt, und keine Tür stand offen. Wir überquerten den Weg und stießen ins Gebüsch vor dem Zaun vor. Vier Punktscheinwerfer auf Posten an jeder Ecke strahlten plötzlich auf uns herab.

Wir erstarrten.

»Waren wir das?«, fragte Henry.

Ich sah auf die Armbanduhr: Punkt achtzehn Uhr. »Möglich, aber vielleicht sind die Scheinwerfer auch timergesteuert.«

»Na, dann ist es ja gut«, flüsterte Henry.

Langsam drangen wir weiter in die Büsche vor und umgingen ausrangierte Kühlschränke und verrostete Autoteile, bis wir den Rand des Felsbodens erreichten, auf dem die Anlage errichtet worden war.

Vor uns öffnete sich die Landschaft. Die Startbahn schimmerte gespenstisch im Nebel. Unmittelbar vor uns fiel der Boden steil zu einer Rinne ab, die vielleicht dreißig Meter tief und voller Abfall war. An ihrem niedrigsten Punkt erkannte ich gerade eben einen Kanal, in dem braunes Wasser durch dichtes Dorngestrüpp spülte. Stromabwärts erhob sich die Silhouette eines Industriekrans wie ein Dinosaurier aus dem Zentrum eines Schrottplatzes mit den rostenden Skeletten lange toter Automobile.

Ich ging an den Zaun.

»Vielleicht gibt es eine Alarmanlage«, warnte Henry.

Ich nickte und trat einen Schritt zurück.

Noch während ich mich bewegte, hörte ich einen ohrenbetäubenden Schrei, fast augenblicklich gefolgt von einem donnernden Knall. Die Erde erzitterte unter meinen Füßen.

Wir warfen uns beide zu Boden.

Ich hob den Kopf und sah die beiden Nachbrenner des Jets sich jenseits des Fliegerhorstes entfernen und scharf nach rechts abdrehen; dann verschwanden sie in den Wolken.

Henry erhob sich langsam und klopfte sich den Anzug ab. »Ohne Zweifel kann es nirgendwo auf der Welt verdrießlicher zugehen als hier.«

Die Oberkante des Zaunes war mit hässlichen Windungen von Bandstacheldraht gesichert. Selbst wenn dort keine Alarmanlage angeschlossen war, kämen wir nie hinüber.

Ich hob das Fernglas und musterte das Gebäude. Im Licht der Scheinwerfer ließ sich die Seitenwand nun scharf erkennen, während alle Flächen, an die kein Licht fiel, in pechschwarze Dunkelheit getaucht waren.

An einem der Lastwagen neben dem Gebäude stand die Heckklappe offen, doch ich sah weder den Fahrer noch jemanden, der den Lkw belud. Neben dem Fahrzeug standen Dutzende von großen Plastikbehältern gestapelt. Aus der Entfernung konnte ich nicht lesen, was sie enthielten, aber sie standen in Wasserpfützen – von denen einige blau schimmerten, andere gelb.

»Das ist aber seltsam«, sagte ich.

»Was?«

»Das sind Chemikalienpackungen. Wozu braucht ein Pharmavertrieb Chemikalien?«

»Vielleicht, weil er auch Chemikalien vertreibt?«

Möglich war es wohl, aber es passte eigentlich nicht zu Sonokos Beschreibung der Firma.

Eine Tür öffnete sich, und wir ließen uns beide wieder zu Boden fallen.

Ich hob den Kopf und sah einen Lichtschimmer aus dem Gebäude. Ein Mann in einem weißen Sterilanzug trug mehrere Kartons zum Lkw.

Ich versuchte, durch das Fernglas ins Gebäude zu schauen, aber der Winkel war ungünstig; ich sah nur hell beleuchtete Stahlträger im Zickzack unter dem Dach, und das war alles.

»Ich kann nichts richtig erkennen«, flüsterte ich Henry zu. »Ich muss mich aufrichten.«

»Warte, bis unser Kumpel ins Haus zurückgeht«, flüsterte Henry zurück.

»Hat keinen Sinn. Er macht wahrscheinlich die Tür hinter sich zu.«

Ich musste hineinblicken und wollte gerade riskieren, mich zu erheben, als der Mann vom Laster fortging und den Rückweg zur Tür einschlug.

Was, wenn sich die Tür nicht mehr öffnete? Wir konnten nicht ewig warten, und es war nur eine Frage der Zeit, bis jemand unser Auto bemerkte.

Ich spürte etwas in der Luft, und ich brauchte nur einen Sekundenbruchteil, um zu begreifen, dass es das gleiche Gefühl war wie im Auto, während wir auf den Fliegerhorst zugefahren waren: unbestimmt, mächtig, unmittelbar.

Ich richtete mich auf, als der Jet über uns hinwegdonnerte, und presste das Fernglas an meine Augen. Einige Sekunden lang konnte ich in Gebäude 17 hineinblicken, dann verschwand der Düsenjäger rumpelnd in der Ferne.

Es war eine andere Welt, eine Welt aus Weiß und Stahl; eine Fabrikhalle, aber nicht mit einem Fließband von der Sorte, an dem man Autos oder Waschmaschinen montiert. Ich sah eine ausgewachsene pharmazeutische Produktionsanlage vor mir, Platonics in größerem Maßstab: riesige Stahlbehälter unter Trichtern, wahrscheinlich Granulatoren, die Pulver von festgelegter Körnchengröße erzeugten; Stahlschüsseln mit helmartigen Aufsätzen in der Mitte; Spheronizer und Tablettiermaschinen, die aus dem Pulver eine Pille machten. Reihen von Silos, Trocknermaschinen und Verkapselern. Riesige Geräte, die wie Waschautomaten aussahen – Dragiermaschinen, die Tabletten mit einem Überzug versahen, damit die kleine Pille schön aussah, mühelos die Kehle hinunterrutschte und von den Enzymen im Magen nicht zu schnell aufgelöst wurde.

Ich hatte genug gesehen.

Leider galt das Gleiche für den Mann, der auf das Gebäude zugegangen war. Er war offensichtlich daran gewöhnt, dass Düsenjäger in ein paar Metern Höhe über ihn hinwegdonnerten, und kam jetzt brüllend und mit den Armen rudernd in unsere Richtung.

Henry und ich rannten zum Weg zurück, aber wir stießen fast augenblicklich auf drei Männer, die um das Gebäude herumgekommen waren, um uns den Weg abzuschneiden, und jetzt in unserer Richtung durch die Büsche krachten.

Himmel, sind die schnell.

Wir drehten um und eilten in die einzige Richtung, die uns noch offen stand: zur Spalte.

»Was machen wir jetzt?«, keuchte Henry verzweifelt. »Wenn wir mit ihnen reden, schicken sie uns vielleicht ohne weiteres fort.«

Wir erreichten den Rand der Rinne, und das Gebrüll hinter uns verriet, wie aussichtslos Henrys Optimismus war.

Die Seitenwand der Rinne war gefährlich steil.

»Das ist doch wohl nicht dein Ernst«, keuchte Henry.

»Wir haben keine andere Wahl«, sagte ich und machte ein paar Schritte in das spröde Gestrüpp, das am Abhang wuchs.

Fast augenblicklich zog es mich den Hang hinunter. Während meine Schritte immer länger und immer weniger kontrolliert wurden, versuchte ich, mich mit den Beinen abzustemmen, bis der Schwung zu groß wurde und ich mich auf die Seite werfen musste. Hilflos rollte ich weiter.

Der letzte, deutliche Laut, den ich hörte, war Henrys Schrei: »Scheißeee!«

Dann waren um mich herum nur noch das Krachen und Bersten nachgebenden Dorngestrüpps und die dumpfen Schläge, mit denen ich gegen Objekte prallte, die weniger nachgiebig waren und sich weigerten, die Hand auszustrecken und meine rudernden Arme zu ergreifen, um den freien Fall die Piste aus toten Pflanzen und Wohlstandsmüll hinunter abzubremsen.

Der weiße Emailleherd, gegen den ich schließlich stieß, konnte kaum in Anspruch nehmen, meinen Fall gebremst zu haben, denn es war offensichtlich, dass ich schon den gesamten Weg zum Fuß der Rinne zurückgelegt hatte.

Ich drehte mich in eine sitzende Haltung und konnte gerade noch einen widerwärtigen Strom aus schwarzem Wasser erkennen, der langsam zwischen abfallbedeckten Ufern hindurchgurgelte. Der Gestank ließ mich würgen, und mir drehte sich der Magen um. Vielleicht hatte ich den Herd doch nicht so sehr gewürdigt, wie es ihm zukam. Er hatte mich immerhin davor bewahrt, in dieser Brühe zu landen.

Ich blickte auf und sah Taschenlampenkegel, die suchend über den Rand der Rinne strichen. Vermutlich bedeuteten sie, dass man uns nicht gefolgt war – zumindest nicht auf gleichem

Weg. Ich fragte mich, ob unsere Verfolger etwa einen bequemeren, weniger direkten Weg hinunter wussten.

»Henry«, wisperte ich.

»Hier …«

Ich rappelte mich auf und ging in die Richtung, aus der seine Stimme gekommen war. Er saß im sicheren Griff eines mit bösartigen Dornen besetzten Busches fest.

Ich begann ihn rauszuhaken.

Henry tastete sich nach Brüchen ab; dann blickte er die Steigung hoch. »Ich glaube nicht, dass wir hier erst mal verschnaufen sollten.« Er blinzelte den Bach entlang in Richtung des Autofriedhofs. »Und die Aussicht gefällt mir auch nicht besonders.«

Vor uns erhob sich der Hang zur Umzäunung des Fliegerhorstes.

Bachaufwärts gab es Lichter und Gebäude – etwas, das der Zivilisation nahe kam. »Diese Richtung«, sagte ich.

Eine halbe Stunde später kletterten wir eine flache Böschung hinauf und standen über dem Parkplatz eines Gebrauchtwagenhändlers. Das Geschäft war auf alte VW-Käfer spezialisiert – einige Ausstellungsstücke sahen so alt aus, dass sie glatt zum ersten Produktionsausstoß von Hitlers einziger guter Idee hätten gehören können. Der Stolz der Sammlung – goldlackiert – funkelte in dem gläsernen Ausstellungsraum gleich vor uns.

Wir klopften uns notdürftig sauber, schoben uns am Ausstellungsraum vorbei und gelangten auf die Straße. Dort standen wir vor der vergilbenden Fassade eines tristen Wohnblocks, der sich drei Stockwerke hoch unter dem Schein flackernder Straßenlaternen endlos in beide Richtungen erstreckte. Auf unserer Straßenseite befand sich ein kunterbuntes Gemisch aus Läden, Büros und Bars.

»Was ist mit Camilla?« Henry klang eher resigniert als hoffnungsvoll.

»Im Augenblick müssen wir uns mit einem Taxi begnügen.«

»Bei diesem Regen?«, fragte Henry. »Da nimmt uns eher auf der Startbahn eine Tomcat mit. Und ich habe mein verdammtes Fernglas verloren. Das wird verflucht teuer.«

Ich hörte ihm nicht zu. Ich sah auf das Straßenschild. »Hat Sonoko nicht gesagt, ihr Büro sei auf dieser Straße?«

»Es wird geschlossen sein.«

»Ich dachte auch mehr an die Bar nebenan.«

»Nicht oft weise ich die Gelegenheit zurück, einen guten Cognak zu trinken«, sagte Henry; »aber mir scheint es weder die richtige Zeit noch der richtige Ort ...«

Ich ging die Straße entlang und las die Namen in den Schaufenstern. Nach ungefähr dreißig Metern blieb ich vor einer Durchfahrt stehen, die sich eines gerahmten Filzschildes rühmen konnte, auf dem die ansässigen Firmen mit Plastikbuchstaben ausgewiesen standen. Die meisten Namen waren Japanisch, einige aber auch auf Englisch.

Ungefähr acht JetPac-Firmen wurden dort aufgelistet: Pharmazeutika, Bedarfsgüter, Düsentreibstoffe, Logistik, Software und so weiter.

Ein paar Meter weiter glotzte eine Gruppe von Soldaten durchs Fenster einer Bar, während sie tiefe Züge aus Dosen mit Sapporo-Bier nahm.

»Ich finde, wir haben uns einen guten Schluck verdient«, sagte ich.

KAPITEL 61

Das Innere der Bar ähnelte dem jeder Bar an jedem Ort, deren Gäste sich hauptsächlich aus dem US-Militär rekrutierten: geräumig, gemütlich und mit einem großzügigen Flaschenregal, aus dem attraktive junge Frauen so gut wie jedes amerikanische Bier von Budweiser bis zur kleinsten Mikrobrauerei ausschenken konnten.

Soweit das schwache Licht es zuließ, sah ich Embleme und Schwingen verschiedener Einheiten von Comfairwestpac, Atsugi. Über der Jukebox hing der Propeller einer Hellcat aus dem II. Weltkrieg.

»Schreibtischhengste«, dröhnte eine Stimme.

Ein riesiger Afroamerikaner in teurem Anzug näherte sich uns.

»Gentlemen«, sprach er uns an. »Was wünschen Sie? Was kann Chef heute für Sie tun?«

»Sie sind der Chef hier?«, fragte Henry.

Der Mann nickte. »Richtig. Ich bin Chef. Wie in der Sendung mit den Kindern.«

»Ich schaue kein Kinderprogramm«, erwiderte Henry herablassend.

»*South Park*«, murmelte ich.

Der Mann drückte mir warmherzig die Schultern. Sein dunkles Gesicht strahlte, und Schweißperlen tanzten auf seiner Stirn. »Sie haben es erfasst – Atsugis ganz besonderer Isaac Hayes; das ist was für die Damen. Wir haben hier alle wichtigen Zutaten, Bro, und ich weiß, wie man sie mischt!«

Mit zusammengekniffenen Augen musterte er Henry. »Sie sind nicht vom Stützpunkt. Sie sind Brite. Doch nicht etwa 'n Spion oder ein gottverdammter Hetzer, oder?«

»Ich bin im Immobiliengeschäft«, erklärte Henry.

Chef wirkte entzückt ob dieser Neuigkeit. »Sie kennen sich auf dem Tokioter Häusermarkt aus?«

»Besser als sonst jemand.«

Chef winkte uns zu einer Nische, drängte uns hinein und setzte sich zu uns. »Den Minato-Distrikt – kennen Sie den?«

»Selbstverständlich.«

Chef rieb sich die riesigen Hände, offenbar ohne Henrys Indignation zu bemerken. »*Verdammt.* Sechshundert Quadratmeter Grundstück, gute Aussicht. Nette Nachbarn, ein schöner Hof hinter dem Haus und keinen Cent über sechs Millionen Dollar. Was können Sie für mich tun?«

»Zufälligerweise eine ganze Menge«, antwortete Henry.

Chef schnipste eine Kellnerin heran und wies sie an, uns Cognak zu bringen.

»Ich bin sehr froh, dass Sie hier aufgekreuzt sind«, sagte er.

»Sechs Millionen ist eine gehörige Summe«, sagte Henry. »Ich kann gar nicht erwarten herauszufinden, was Sie für Cognak berechnen ...«

Chef grinste noch breiter und wies auf ein außerordentlich attraktives Mädchen in einem roten Kimono, das mit einem Soldaten an der Bar saß. »Meine kleinen Schätzchen bringen schon was ein.«

»Wie exotisch«, sagte Henry.

»Das ist das Wort. *Verdammt.* Exotisch. Stellen Sie sich vor, meine Herren, ich habe acht Jahre gebraucht, um dieses Geschäft aufzubauen. Wir haben als Striplokal angefangen, sind dann zu *namiata* und *haadensha* übergegangen – Sie wissen schon: Muschiathletik; Bananen zerteilen, Zigaretten rauchen, Eier legen, sogar verdammte Buchstaben schreiben. Ich liebe das

Dramatische, verstehen Sie. Leute, die in der Badewanne an sich rumspielen, sind nicht mein Fall. Ich bin für Realismus: Hausfrauen und Amateurinnen fürs *esute kurabu* – das ist ein Clubabend für ästhetische Massage, wo die besten Fingerfickerinnen diesseits von Yokohama zu uns kommen. Die Ladys entschuppen den ganzen Tag Fische oder tippen auf ihren Tastaturen – wenn sie die Finger dann abends einem Sergeant in den Arsch stecken, wirkt es wahre Wunder gegen Sehnenscheidenentzündungen, und bezahlt werden sie auch noch dafür.«

Er drohte uns nacheinander mit dem Finger. »Nichts mit Kindern jedenfalls, kein *danshoku ni fukeru*. Jedenfalls nicht wissentlich.«

Er klopfte sich gegen die Nase. »Aber ich bin kein Lude – ich bin Geschäftsmann, alles mit Rechnungen und so einem Scheiß. Ich habe sogar ein paar Semester BWL studiert. Und überhaupt – ich bin in North Carolina als Anwalt zugelassen.«

»Unser Freund hier ist Anwalt«, sagte Henry.

»Echt? Ohne Scheiß? Wo?«

»New York«, antwortete ich.

»Je in Japan praktiziert?«

Ich nickte.

»Wie heißt das wichtigste Wort im japanischen Rechtssystem?« Er legte den Finger an die Lippen, damit Henry mir nicht die Antwort verriet.

»Ich will verdammt sein, wenn ich die Antwort weiß«, sagte Henry.

»Ich kenne sie auch nicht«, gab ich zu.

Chef gab sich übertrieben schockiert. »*Zaruho*«, sagte er und blickte uns an, als müssten wir wissen, was der Ausdruck bedeutete.

Wir sahen ihn verständnislos an.

»Gesetzeslücke«, erklärte Chef. »Wie konnten Sie hier als Anwalt tätig sein, ohne dass Sie das Wort für Gesetzeslücke kennen? *Überall* hier gibt es eine Lücke, ein Schlupfloch. *Verdammt*, Prostitution ist hier illegal, aber ich habe die ganze Zeit, in der ich im Geschäft bin, noch keine einzige Razzia erlebt – und das nicht nur, weil ich Schutzgeld zahle, sondern weil ich das *zaruho* kenne.«

»Zahlt hier jeder Schutzgeld?«, fragte ich. »Sogar die Typen von nebenan?«

Chef wedelte mit der Hand nach mir. »Aufgepasst, was Sie sagen, kleines Plappermaul. JetPac kümmert sich um seine Angelegenheiten und ich mich um meine; allerdings hätte ich schon gern ein paar von den Büromädchen bei meinem *esute kurabu* dabei. Ich habe nachgefragt, aber ich bekam zur Antwort, ich soll mich verziehen. Liegt wahrscheinlich daran, dass ich schwarz bin ... Die meisten Japanerinnen mögen die Farbe nicht, aber wenn sie erst auf den Geschmack gekommen sind, wollen sie gar nicht mehr zurück zur blassen Nudel.«

»Sind Sie dabei auf einen Toshio Nakashima gestoßen?«, fragte ich.

Chef verzog das Gesicht. »Der hat hier Hausverbot.«

»Warum?«

»Weil er ein Kokser ist und ein Kotzbrocken. Behauptet, er wäre Medizinprofessor, aber das kauf ich ihm nicht ab – wenn der je in einem Krankenhaus war, dann nur, um sich am Giftschrank zu bedienen.«

»Wann haben Sie ihn das letzte Mal gesehen?«

»Vor ungefähr zwei Wochen.« Er schüttelte den Kopf. »Bot mir ermäßigte HIV-Tests für meine Mädchen an. Ja, für wen hält der mich denn? Meine Mädchen bekommen nur das Beste – nicht irgendeinen kokssüchtigen Hinterhofscharlatan.«

»Und was ist mit einem gewissen Itoh?«, fragte ich. »Sind Sie dem schon mal begegnet?«

Chef hob die Hände. »Jetzt mal halblang, Cowboy.«

»Wieso?«

»Wie schon gesagt, ich kümmere mich um meine Angelegenheiten.«

»Colonel Delaforce?«

Chef wandte sich Henry zu. »Sagen Sie Ihrem Freund mal, er soll sich seine Anwaltszulassung lieber nicht zu Kopfe steigen lassen. Ich vergebe ihm, weil er Ihr Freund ist, aber nur, wenn er von jetzt an brav ist. Diese Burschen sind schwere Brocken, und ich tratsche nicht über sie. Ein Schnupfdoktor ist eine Sache, Bro; aber die beiden ...«

Er atmete zischend aus und wackelte mit dem Finger.

»Sie sind eine Weile hier«, sagte ich. »Es gab ein Mädchen namens Akiko – vor ungefähr vier Jahren. Ich habe gehört, sie war oft hier.«

Chef lachte theatralisch. »Sie sind echt ein Scherzbold. Ein Mädchen? Vor vier Jahren? Machen Sie sich überhaupt 'ne Vorstellung davon, wie viele ...« Er schüttelte den Kopf. »Und die Meisten hier benutzen keine Namen, Mann; jedenfalls keine echten.«

»Was ist mit einem Mann namens Riggs?«, fragte ich.

Chef machte große Augen. »Sie meinen Riggy; *neko* Riggy?«

»Er war in Rammstein stationiert, aber hier zu Besuch.«

Chef lachte leise. »Ramm. Das ist gut. Ist bei einem Autounfall gestorben, nicht wahr?«

»Er war mit Akiko verheiratet«, sagte ich.

»Die Flitterwochen können nichts Tolles gewesen sein.«

»Wie meinen Sie das?«

»Scheiße, Sie sind wirklich nicht firm in der japanischen Sprache, was? Wissen Sie nicht, was *neko* heißt?«

»In meinem Wörterbuch steht es jedenfalls nicht«, entgegnete Henry trocken.

Chef rollte mit den Augen. »Na schön, eine Sprachlektion: *Neko* kommt von *neru-ko*, was den Partner bezeichnet, der sich hinlegt, der ihn sich von dem *tachi-kata* – dem stehenden Partner – in den Arsch stecken lässt. Riggy war *okama*. Und zwar durch und durch.«

Das Wort *okama* kannte ich. »Er war schwul«, sagte ich.

»Meine Güte, Sherlock, Sie sind ein Blitzmerker. Wenn Riggy geheiratet hat, dann nicht aus Liebe zu einer guten Frau.«

»War er viel hier?«

Chef wiegte den Kopf. »Da, weg, da, weg. Hat in der Logistik gedient, ein schönes Wort dafür, Zeug von hier nach Rammstein und zurück zu fliegen. Immer an Bord einer Hercules, und wenn nicht, dann hat er sich von Chef was Leckeres verschaffen lassen. Der Typ war *nyu hafu*. Er sparte sein ganzes Kleingeld, um sich wie eine Muschi behandeln zu lassen. Aber warum nicht? Juckt mich nicht.«

Die Kellnerin brachte eine Flasche Cognak, zwei Gläser und zwei Dosen Rootbeer, von denen Chef eine mit einem Zug leerte. »Aber Sie ... Ich weiß nicht, was für ein Hühnchen Sie mit den Männern zu rupfen haben, die ich nicht erwähne, und ich will es auch nicht wissen, aber wenn Sie meinen Rat wollen, dann lassen Sie es wegflattern. Was auch immer diese Burschen vorhaben, es wird heftig sein. Mehr möchte ich nicht sagen – das wäre unnachbarschaftlich.«

Er wandte sich an Henry. »Wann zeigen Sie mir was in Minato? Ich plane, noch vor Thanksgiving dort einzuziehen. Geld liegt bereit und juckt in der Tasche.«

Die Lampen ratterten, und in Henrys Cognakglas gab es eine Sturmflut.

»*Verdammt*«, rief Chef aus. »Wie viele Beben haben wir denn heute?« Er wandte sich an Henry. »In Britenland haben Sie keine Erdstöße, oder?«

Henry antwortete nicht, sondern nickte zum Eingang des Lokals. »Der Mann dort im Anzug«, sagte er düster, »ich glaube, er ist nicht auf ein Glas hier.«

Von meinem Platz aus konnte ich die Tür nicht sehen, und ich hatte nicht vor, mich umzudrehen und zu schauen.

»Hat er uns gesehen?«, fragte ich.

»Ich glaube nicht«, sagte Henry. »Er wird von der Straßenbeleuchtung beschienen, und wir sitzen für ihn im Dunkeln. Noch.«

Chef rammte seinen Daumen unter den Aufreißring einer neuen Dose Rootbeer. »Ich hätte Sie rausschmeißen sollen.« Er schüttete einen kräftigen Schluck hinunter und rülpste. »Aber ich bin zu nett und habe es nicht getan, und das heißt, wenn Sie in der Scheiße stecken, dann stecke ich mit drin. *Verdammt.*«

Er stand auf. »Halten Sie sich bedeckt. Hotlips ist gleich hier und zeigt Ihnen den Hinterausgang.«

Mit beträchtlicher Geschwindigkeit verließ er uns.

Nach einigen Sekunden kam eine Frau in mittleren Jahren mit einem zerfransten Kimono an unseren Tisch.

»Hotlips?«, fragte Henry voller Zweifel.

Sie verneigte sich und trat mit einer Geste, die uns bat, ihr zu folgen, zur Seite.

Unsicher erhob ich mich und entdeckte Chef. Er stand am Eingang, den Arm um die Schultern eines Mannes im dunklen Anzug gelegt. Sie standen mit dem Rücken zu uns.

Henry zögerte, ehe er der Frau folgte, und warf einen bedauernden Blick auf die Cognakflasche.

»Scheiße noch mal«, fuhr ich ihn an.

An der Tür zur Küche stieß er zu mir.

KAPITEL 62

Henry klopfte gegen das Lenkrad des Mietwagens, den wir gerade bei einer Avis-Agentur unmittelbar außerhalb von Atsugi geholt hatten. »Zeit, zu Wooton Towers zurückzukehren.« Er musterte das Armaturenbrett. »Nicht gerade eine Camilla, aber ich werde sie trotzdem taufen. Ich taufe dich auf den Namen ›Slapper‹.«

»Wir können nicht in deine Wohnung«, sagte ich.

»Es ist fast neun«, sagte Henry. »Bis wir dort sind, ist es halb zehn durch. Wenn sich der Verkehr benimmt . . .«

»Überleg doch mal, Henry. Dein Jaguar steht neben Gebäude 17, und ich wette, du hattest irgendetwas mit deinem Namen und deiner Adresse darauf im Wagen.«

»Nun, so gesehen . . .«, begann Henry.

»Ich würde sagen, deine Wohnung ist erst einmal tabu«, sagte ich. »Außerdem haben wir heute noch genug zu tun.«

»Mir war es lieber, als du noch Dr. No warst. Mit kurzem oder langem O.«

»Begreifst du denn nicht? Weißt du nicht, was ich auf dem Hügel gesehen habe?«

»Eine Drogenküche.«

»Du meinst, ich rede von Rauschgift, ja? Kokain oder Heroin, so etwas?«

Henry zog die Augenbrauen hoch. »Es besteht kein Grund zu solch verdammter Herablassung. Dein Pseudo-Professor Toshio Nakashima ist drogensüchtig und scheint dort ein und aus zu gehen. Mein schwaches Hirn absorbiert diesen Umstand und fügt einen schmutzigen Schuppen voller Pülverchen und brodelnder Reagenzgläser hinzu und zieht daraus, was auch auf der Hand liegt, den Schluss, dass bewusstseinsverändernde Substanzen vielleicht eine Rolle spielen. Vielleicht bin ich rückständig, aber ich bin nicht blöd.«

»Nein«, sagte ich. »Ich habe eine ausgewachsene Arzneimittelfabrik gesehen, in der gefälschte Markenmedikamente produziert werden. Der Karton im Altenheim war voller Packungen von Markenmedikamenten – Pfizer, Avantis, Roche, Merck –, aber sie stammten aus Gebäude 17 und waren allesamt gefälscht. JetPac handelt nicht mit Rauschgift. Markenfälschungen können genauso lukrativ sein … und genauso gefährlich.«

»Wie passen da Cindy und Sonoko ins Bild?«

»Ich bezweifle, dass sie die leiseste Ahnung haben, was da vorgeht.«

»Also, was meinst du damit? Dass die alten Burschen da Kreide mit Zuckerglasur verkaufen?«

»Die Inhaltsstoffe werden schon echt sein und die Zusammensetzung auch, theoretisch jedenfalls. Aber man stellt sie für Centbeträge her, und es ist kaum auszudenken, was noch in der Mischanlage landet.« Gebäude 17 hatte aus der Vogelperspektive durchaus sauber gewirkt, aber wir hatten beobachtet, wie ein Mann in einem ›Sterilanzug‹ durch Dreck und Schlamm gegangen war. Gott allein wusste, was wirklich in dieser Fabrik vorging und wie tödlich die Mischungen waren, die letzten Endes dort produziert wurden.

»Glaubst du, Aldous wusste, was da vorgeht?«

»Ich weiß es nicht, aber Pharmazeutika sind ja nur ein Teil des Geschäftsfeldes. Du hast Sonoko gehört. Zum Beispiel kommen noch Itohs Düsentreibstoffdeals hinzu.«

»Warum jetzt Aufsehen erregen? Selbst wenn Akiko umgelegt wurde, weil sie ihre Bosse verärgert hat, warum tötet man dann vier Jahre später eine Reihe von Frauen in den USA? Warum vernichtet man Aldous und Sleban?«

Er hatte Recht. Hier ging es nicht nur um Geld; da war noch etwas anderes. Wut war im Spiel – gleich unter der Fassade wurde ein Krieg ausgefochten.

»Tommy Itoh kam vor ein paar Tagen zu mir ins Büro«, sagte ich.

»Was hat er gesagt?«

»Das ist es ja; eigentlich nichts. Er hat mir ein paar Spreadsheets gezeigt, ein paar Beleidigungen abgesondert; dann ist er im Äther verschwunden. Er hat gesagt, er suche Hilfe, weil man ihn entlassen habe.«

»In dem Fall«, sagte Henry, »schlage ich respektvoll vor, wir suchen Mr Itoh, ehe es dir ergeht wie ihm.«

Ich verzog das Gesicht. »Er hat keine Nachsendeadresse hinterlassen, und ich war nicht in der Stimmung, ihn danach zu fragen.«

»Ich habe die *oba-san* gefunden, oder?«, entgegnete Henry. »Wenn Itoh ein Haus besitzt, dann bedarf es nur eines meiner Schergen, es zu finden. Ein, zwei Stunden nimmt es trotzdem in Anspruch, und bis dahin bin ich nicht bereit, mir deine zerfurchte Physiognomie auch nur noch eine Sekunde länger anzusehen. Ich bestehe darauf, dass wir uns frische Kleidung besorgen – so entsetzlich sie auch aussehen mag – und uns ein bisschen Schlaf leisten.«

»Aber wohin sollen wir gehen? In einem Hotel fragt man nach Ausweisen, nach Kreditkarten; du weißt, wie es hier läuft. Selbst ein Kapselhotel ...«

»Den Fehler wollen wir doch kein zweites Mal begehen«, entgegnete Henry streng. »Was ich im Sinne habe, nimmt Bargeld, stellt keine Fragen und ist sehr, sehr behaglich.«

KAPITEL 63

Ich starrte zu meinem Spiegelbild an der verspiegelten Decke hoch.

Henry klopfte gegen die Glasscheibe des großen Verkaufsautomaten, der unweit des Bettes stand, um meine Aufmerksamkeit zu erregen. Er wies auf einen langen, dünnen und sehr knorrigen Stab aus purpurnem Gummi in einem der vielen Fächer. »Mein lieber Mann, ich habe ein fieses Gefühl, wozu dieses Teufelsding gut ist …«

Vor einer halben Stunde hatte ich von der verregneten Chūō-Autobahn aus eine irrwitzige Ansammlung von Türmchen und Brustwehren erblickt, und als Henry kurz darauf die Ausfahrt genommen hatte, kannte ich unser Ziel mit ziemlicher Sicherheit.

Ein *rabu hoteru* – ein Love Hotel.

Wie regenbogenfarbene Ozeanriesen heben sich diese Gebäude von der Ödnis der Vorstädte ab. Sie zeigen eine sinnlose Architektur wie aus einem Kindertraum: fensterlose, mit Kitsch überhäufte Gebilde, wo man Zimmer stundenweise mieten kann, die Eingänge nicht einsehbar sind und Verschwiegenheit garantiert wird.

Ganz wie Henry versprochen hatte, waren die Zimmer sehr, sehr behaglich.

Henry stürzte einen großen Cognak hinunter, rückte seine seidenen Boxershorts zurecht, zog die Decke aus schwarzem Satin zurück und stieg zu mir ins Bett.

»Vertrau mir, Alec«, sagte er. »Du wirst froh sein, dass ich das angebotene Wasserbett abgelehnt habe.«

»Ich vertraue dir, Henry.«

»Das sagst du jetzt …« Er stützte sich auf den Ellbogen und blickte mich mit zur Seite geneigtem Kopf an. »Aber morgen früh wirst du mich respektieren.«

KAPITEL 64

Gegen acht Uhr weckten mich die schneidenden Töne von »Rule Britannia« – Henrys liebstem Klingelton.

Ich erhob mich und sah, dass am Fußende des Bettes frische Kleidung lag.

Henry beendete sein Gespräch.

»Erwischt«, erklärte er triumphierend.

»Itoh? Das leuchtet mir nicht ganz ein. Er hatte mehr Grundbesitz, als er zählen konnte.«

»Na, wenn das so ist, dann versteckt er sein Eigentum hinter Firmennamen. Ein einziger Scherge, vor dem ich die allergrößte Hochachtung empfinde, konnte eine einzige Adresse ausgraben. Es ist aber eine sehr schöne Adresse. Im Hanzōmon-Distrikt – passt gut zu einem japanischen Derivatenhändler, der für eine Yank-Bank arbeitet.«

»Ehe wir dorthin gehen, brauchen wir noch etwas.«

»Du meinst Frühstück?«

»Nein. Ruf in der Universitätsklinik an und frag nach, ob Dr. Ichise Dienst hat. Ich möchte ihr etwas geben.«

Ich griff in meine Jackentasche und nahm eine kleine Hand voll Asche heraus, die ich in Sonokos Wohnung aus der Urne gestohlen hatte.

Henry verzog angewidert das Gesicht. »Ist das das, was ich glaube, das es ist?«

»Bring das bitte Dr. Ichise«, sagte ich. »Ich weiß nicht, ob irgendetwas Nützliches die Einäscherung übersteht, aber Ichise wird es wissen.«

»Und wozu das Ganze?«

»Um herauszubekommen, woran Akiko gestorben ist. Dazu bin ich hier, Henry. Um die Autopsie durchzuführen, die vor vier Jahren unterlassen wurde.«

Kurz nach zehn Uhr ließ Henry mich außerhalb des Universitätsgeländes zurück und überbrachte einen in Love Hotels üblichen, billig parfümierten rosa Umschlag mit Akikos Asche.

Als er wiederkam, war es fast elf.

»Hast du sie abgeliefert . . .?«

»Natürlich habe ich sie abgeliefert, verdammt«, fuhr er mich an. »Du kannst wirklich eine kleine Nervensäge sein, weißt du das?«

»Was hat sie gesagt?«

»›Guten Morgen.‹ Aber es war nicht ernst gemeint.«

»Den Umschlag hat sie aber genommen?«

Henrys Gesicht verdüsterte sich. »Ja, Alec. Sie hat ihn genommen. Sie hat sich gewunden und gekrümmt und so getan, als hätte ich ihr einen kleinen Sprengsatz in die Hand gedrückt, aber sie hat das Kuvert genommen.«

Wir verließen die Universität und krochen durch den dichten Vormittagsverkehr auf das Tokioter Zentrum zu. Unser Ziel war der Hanzōmon-Distrikt. Zwanzig Minuten später fuhren wir an dem Graben vorbei, der den Kaiserpalast umgab. Träge fließendes braunes Wasser schlug gegen die dunklen Felsen unter dem undurchdringlichen Sichtschutz aus Zypressen und Zedern, die das teuerste Grundstück der Erde vor neugierigen Blicken abschirmten.

Als der Palast hinter uns verschwand, fuhr Henry an den Straßenrand und parkte.

»Hanzōmon Towers.« Mit einer gewissen Bewunderung sah Henry an dem Apartmentblock hoch. »Was immer man sonst gegen ihn sagen kann, dein Mr Itoh besitzt einen tadellosen Geschmack. Ein echtes Juwel, findest du nicht?«

Ich sah mir das stahlgraue Gebäude an. Seine Schroffheit milderten nur ganz leicht die Kletterpflanzen. Sie rankten sich um die quadratischen Säulen, die bis zum zweiten Stock hinaufreichten.

»Zu Fuß drei Minuten bis zum U-Bahnhof Hanzōmon; bis Kōjimachi sieben. Stahlbau. Blick auf den Kaiserpalast. Haustiere nach Vereinbarung.« Er senkte den Kopf und seufzte. »Manchmal wünschte ich, ich wäre noch im Wohnimmobiliengeschäft ...«

Apartment 1512 befand sich im obersten Stock. Das Penthouse.

Ich hielt den Klingelknopf gedrückt, bis ich ein ärgerliches Fußstapfen und das Rattern von Schlössern hörte.

Eine sehr hübsche, junge Chinesin öffnete. Sie konnte kaum Zwanzig sein und trug ein winziges, weinrotes Negligé. Sie schwang sich das dunkle Haar aus dem Gesicht und blickte uns aus schläfrigen Augen an.

»Ist Tommy Itoh daheim?«, fragte ich.

»Hä?«

»Tommy Itoh.«

»Nicht hier«, sagte sie gereizt und gähnte.

»Wissen Sie, wo er ist?«

Sie schnaufte und zuckte mit den Schultern. »Sie Freunde?«

»Ja.«

»Mrs Itoh?«, fragte Henry.

Ihr verächtliches Lachen genügte als Antwort.

»Sie ihn sehen, Sie ihm sagen, er mich anrufen«, sagte sie.

Ich blickte an ihr vorbei in den riesigen Flur. Er war mit Kartons vollgestellt.

»Ziehen Sie aus?«, fragte ich.

»Wird verkauft«, sagte sie mürrisch. »Er müssen Geld zahlen. Schulden Geld. Er schulden sogar mir scheißeviel Geld.«

»Vielleicht geht es«, überlegte Henry flüsternd. »Für Chef ... nicht ganz, was er wollte, aber ...«

»Himmel, Henry.«

»Sagen Sie Itoh, ich wollen mein Geld«, sagte das Mädchen. »Ich verlassen Apartment nicht, ehe er mir gibt.«

»Wo ist er?«

»Wo er immer.« Sie hob die Finger an die Lippen und tat spöttisch, als spiele sie ein Blasinstrument.

»Ein Jazzclub?«

»Sein blöder Club.« Sie stampfte unwillig mit dem Fuß. »Blöder Mann, blöder Club. Alles, was er noch haben, aber nicht verkaufen. Vielleicht nichts mehr wert jetzt.«

»Wo?«, fragte ich.

Sie gab uns eine Adresse im Shinjuku-Distrikt. »Und Sie ihm sagen, ich wollen mein Geld.« Sie schluckte, und Tränen liefen ihr über das Gesicht. »Er mich ficken, mich benutzen, als ob ich nichts bin. Fünf Jahre von meinem Leben ich ...«

»Meine Liebe«, fragte Henry, »können wir irgendetwas für Sie tun?«

»Wir sind nicht das Rote Kreuz, Henry«, warf ich ein. »Suchen wir einfach nach Itoh.«

Noch während ich sprach, knallte uns das Mädchen die Tür vor der Nase zu.

KAPITEL 65

Shinjuku unterschied sich von den meisten anderen Tokioter Stadtvierteln. Auf jeder einzelnen schäbigen, von Bars und Musicclubs gesäumten Straße schien Ärger zu lauern.

Wir ließen den Wagen in Bahnhofsnähe stehen und schlossen uns der Flut von Pendlern an, die sich aus dem Eingang auf die Straße ergoss.

Ich führte Henry durch eine Gasse, die für Fahrzeuge gesperrt war, und blieb nach ungefähr fünfzig Metern vor einem zweistöckigen Gebäude stehen, das im Gegensatz zu seinen Nachbarn durch nichts zu verstehen gab, was in seinem Innern vor sich ging.

Die Fenster waren geschwärzt, die Ziegelmauern ebenfalls schwarz gestrichen. Das Haus wirkte, als warte es nur noch auf die Abrissbirne.

»Es hieß immer, dass er einen Club besitzt«, sagte ich.

»Wenn dem so ist«, bemerkte Henry trocken, »hat er das Wort ›exklusiv‹ neu definiert: Es gibt absolut keinen Eingang.«

Erneut musterte ich die Fassade.

»Doch«, sagte ich. »Sieh dort.«

Henry folgte meinem Finger. »Na, da will ich doch verdammt sein.«

Knapp unter dem Dachgesims sahen wir eine unbeleuchtete Neonreklame in Form einer Klarinette.

Ich drückte die Hand gegen die beinahe unsichtbare Tür darunter und folgte einem schmalen Korridor zu einer Treppe nach unten, über die das sanfte Spiel einer Klarinette zu uns drang.

Wir gingen der Musik nach und gelangten in einen lang gestreckten, düsteren Raum wie einen Kanal mit einer Theke auf ganzer Länge. Es roch nach kaltem Zigarettenrauch mit einem Beigeschmack von Wein.

Hinter der Theke lagen mehrere hundert Flaschen in einem Regal, das in die Wand eingelassen war. Neben ihm ruhte ein großer Kühlschrank mit Glastür, in dem einige Flaschen mit Weißwein und Sekt standen.

Und hinter der Theke hielt ein alter Mann in Frack Wache.

Henry beugte sich über den Tresen und musterte den Kühlschrank. »Zum Teufel, warum habe ich von diesem Lokal noch nie gehört?« Er klang plötzlich angeregt. »Le Montrachet 1986. Das nenne ich einen Weißwein.«

»Ist Itoh-*san* hier?«, fragte ich den Alten.

Er antwortete nicht.

Die Musik kam vom anderen Ende der Theke, wo der Tresen um eine Ecke bog und außer Sicht verschwand. Ich drängte mich an dem Dutzend Barhockern mit Aluminiumgestell vorbei, bis ich durch das Zwielicht eine weitere Gestalt ausmachen konnte.

Auf einem Stuhl saß Tommy Itoh, die Hände säuberlich im Schoß gefaltet. Die Musik drang aus einem kleinen CD-Player neben ihm auf dem Boden. Darauf lag ein ungeöffneter Klarinettenkasten.

Itoh sah auf. Er nahm mich kaum wahr, und Henry schien er gar nicht zu bemerken.

»In New York wollten Sie mich sprechen«, sagte ich. »Aber als ich in mein Büro zurückkehrte, waren Sie fort.«

Sein Gesicht blieb vollkommen reglos.

»Wir waren gerade in Hanzōmon Towers …«

»Ich wohne nicht mehr in Hanzōmon Towers«, erwiderte Itoh.

»Sie haben dort was Persönliches zurückgelassen«, entgegnete ich. »Und sie ist stinksauer auf Sie.«

Schulterzuckend zündete sich Itoh eine Zigarette an.

»Davor haben wir Gebäude 17 einen Besuch abgestattet ...«

Itoh schwieg.

»Gebäude 17 gehört JetPac. Sie erinnern sich doch an JetPac? Wegen JetPac hätte unsere Tokioter Zweigstelle vor vier Jahren fast schließen müssen.«

»Sind Sie hier, um über die Vergangenheit zu reden?«, fragte Itoh.

Ich schüttelte den Kopf. »Ich rede von der Gegenwart. JetPac ist wieder aktiv. Sie werden gefeuert, und JetPac steht wieder auf der Klientenliste von Eastern Trust. Was ist passiert? Hat man Sie zur Vordertür rausgeworfen, während die anderen sich durch die Hintertür eingeschlichen haben?«

»Ich bin zu Unrecht von Eastern Trust entlassen worden und unterhalte keinerlei Verbindung mehr zur Firma, weder als Angestellter noch als Klient. Ich begreife nicht, wieso Sie mir unterstellen, mit JetPac in Verbindung zu stehen.«

»Vor vier Jahren hatten Sie enge Kontakte – *und* Sie haben dafür gesorgt, dass Eastern Trust fünfundzwanzig Millionen Dollar Bestechungsgeld an JetPac gezahlt hat.«

Itoh grunzte. »Wie gesagt – das war damals. Heute lag mein Hauptaugenmerk darauf, mein Beschäftigungsverhältnis bei Eastern Trust zu schützen, aber das ist jetzt akademisch; es ist vorbei. Als ich in New York war, hatte ich noch Hoffnung, die Lage zu retten, und deshalb bin ich zu Ihnen gekommen: um Sie um Ihre Fürsprache zu meinen Gunsten bei Carly Earl zu bitten.«

»Ich habe Ihnen schon in New York gesagt, was ich von der Idee halte. Seitdem hat sich meine Position nicht geändert.«

»Meine Arbeit ist für mich das Allerwichtigste, und ich war bereit, mich zu demütigen, um sie zurückzubekommen. Jetzt brauchen Sie sich keine Mühe mehr zu geben. Miss Earl wollte mich nicht einmal empfangen.«

»Haben Sie mir nicht zugehört, Itoh? Ich habe Gebäude 17 gesehen. Ich weiß, dass JetPac wieder Geschäfte mit Eastern Trust macht. Also ersparen Sie mir bloß Ihr Gesülze, dass Ihnen der Job das Allerwichtigste auf der Welt wäre.«

»JetPac wurde, ganz wie Sie sagen, vor vier Jahren eine Gebühr gezahlt. Ich weiß nicht, wer dahintersteckte oder was er tat. Die Gebühr wurde gezahlt, um mir ein Geschäft mit dem US-Militär zu sichern, das auf dem Preis für Düsentreibstoff beruhte. Mehr weiß ich nicht darüber.«

»Ihre Gebühr war ein Bestechungsgeld«, sagte ich.

Itoh senkte den Kopf. »Ja. Es war dumm von mir, aber ich habe daraus gelernt.«

»Wenn man auf fünfundzwanzig Millionen Dollar sitzt, kommt Reue ziemlich billig.«

Itohs Gesicht wurde hart. »Wenn Sie damit sagen wollen, ich hätte von dem Bestechungsgeld profitiert, dann irren Sie sich.«

»Vielleicht mussten Sie die Summe mit Ihren Freunden teilen, aber versuchen Sie bloß nicht, mir weiszumachen, der Großteil sei nicht in Ihre Tasche geflossen.«

»Ich habe es aufgegeben, Ihnen etwas weismachen zu wollen.«

Ich atmete tief durch. »Wie haben Morty Pelzer und Sie sich mit dem Finanzministerium einigen können? Während ich mein Kind zu Grabe getragen habe, wie haben Sie da die fünfundzwanzig Millionen Dollar erklärt? Sie müssen ziemlich pfiffig vorgegangen sein. Wie viel hat es gekostet?«

Itoh sah mich regungslos an. »Was die Angelegenheiten von Eastern Trust angeht, bin ich Ihnen keine Rechenschaft mehr schuldig.«

»Hier geht es nicht nur um Eastern Trust und ein paar Schmiergeldzahlungen!«, brüllte ich. »Kurz nach dem Geschäft sind zwei Menschen gestorben: Akiko und Jerome Riggs. Aber der Tod eines Niemands aus den *Buraku* und eines tuntigen Nachschubsoldaten ist jemandem wie Ihnen wohl egal, was?«

»Ich fordere Sie heraus, irgendeine dieser entsetzlichen Anschuldigungen zu belegen.«

»Alles an Ihnen belegt sie.«

Itoh sah aus, als wolle er sich jeden Augenblick auf mich stürzen, doch er behielt Fassung. Er drückte seine Zigarette aus und zündete sich sofort eine neue an. »Als Sie hier noch Anwalt waren, haben Sie sich wenigstens auf sinnvolle Argumente und umfassende Recherchen verlassen. Jetzt jagen Sie schlicht und einfach Schatten hinterher.«

Es dauerte eine Weile, ehe er wieder sprach. »Mr Pelzer war ein Pragmatiker; er schlug nur eine Lösung vor und wollte sich auf keine andere einlassen. Die Gebühr musste Eastern Trust zurückerstattet werden.«

»Also hat JetPac fünfundzwanzig Millionen hingeblättert, nur weil Morty es verlangte? Das glaube ich nicht.«

»Sie haben recht. JetPac hat keinen Cent zurückbezahlt.«

»Und ich würde auch nicht annehmen, dass das US-Militär Eastern Trust über eine rechtswidrige Zahlung subventioniert hätte.«

»Wieder richtig.«

»Woher also kam das Geld?«

»*Ich* habe es bezahlt«, sagte Itoh.

»Jetzt machen Sie mal halblang. Das soll ich Ihnen glauben?«

»Mir zu glauben oder nicht zu glauben ist nicht mehr Ihre Aufgabe. Ich sage Ihnen nur, dass ich die Schuld von meinem eigenen Geld zurückgezahlt habe. Ich habe mir einen Großteil zu sehr unerfreulichen Konditionen leihen müssen, und es hat mich alles gekostet, was mir je gehört hat. Sie werden feststellen, dass ich keinerlei Immobilien mehr besitze; ich habe nicht einmal mehr ein Auto. Ein Blick in meine Personalakte hätte Ihnen verraten, dass ich keine disziplinarischen Schwierigkeiten mehr hatte, seit Sie Japan verlassen haben. Meine Führung war vorbildlich. Und jetzt hat man mir wegen geringfügiger Verstöße gegen meine Risikolimits gekündigt. Das ist meine Belohnung, dass ich der Firma unermüdlich gedient habe.«

»Sie sind eine Belastung ohne Beispiel«, erwiderte ich.

»Das *war* ich, Mayne-*san*. Ich gebe zu, ich habe mich unklug verhalten. Aber vier Jahre lang war ich danach vernünftig – und habe dennoch Gewinn eingebracht. Eastern Trust war mein Leben. Das ist mein letzter Besitz.« Er wies auf die Bar. »Ich weiß nichts über die gegenwärtigen Aktivitäten von JetPac oder Gebäude 17.«

»Jemand in Atsugi, der sich Chef nennt, kannte Ihren Namen.«

Ich achtete sorgsam auf seine Reaktion. Nichts. Sein Gesicht hätte aus Stein gemeißelt sein können.

»Er schien anzunehmen, dass Colonel Delaforce und Sie auf die eine oder andere Weise in Verbindung stehen.«

»Ich hatte vor vier Jahren bei dem Düsentreibstoff-Geschäft mit Delaforce zu tun«, sagte Itoh. »Seitdem habe ich nicht mehr mit ihm gesprochen. Er ist ein unehrlicher Mensch. Er war es, der darauf bestanden hat, dass die Gebühr an JetPac gezahlt wird. Ich habe Morty Pelzer geschworen, dass ich mit diesem Mann keine Geschäfte mehr machen würde, solange ich bei Eastern Trust beschäftigt bin.«

Itoh war nicht mehr bei Eastern Trust beschäftigt. Und wenn Delaforce und JetPac zusammenhingen, so sah es ganz danach aus, als mache Eastern Trust wieder Geschäfte mit Delaforce.

»Aber was ist mit Ihnen?«, fragte Itoh. »Wenn man den Zeitungen glauben kann, haben Sie selbst große Schwierigkeiten. Und nur um Ihre eigene Schuld zu erleichtern, versuchen Sie jetzt, Sleban zu entlasten und Aldous zu rechtfertigen. Er muss Sie ja nachhaltig betört haben.«

»Ich möchte nur die Wahrheit wissen.«

»Wird sich Ihre Frau mit der Wahrheit zufrieden geben?«, fragte er. »Ich hoffe es inständig. Ist sie noch immer so schön? In ihrem Gesicht habe ich große Intelligenz entdeckt. Ich fragte mich, was sie an einem Mann wie Ihnen attraktiv findet; einem ängstlichen Mann, der den Leuten, die sein Gehalt verdienen, nicht gestatten will, ihre Aufgaben zu erledigen.«

»Lassen Sie meine Frau da raus, Itoh ...«

Er zuckte mit den Schultern. »Ich war es nicht, der darauf bestanden hat, dass sie ins Sleban-Programm kommt, Mayne-*san*. Hat Ihr Hass auf mich Sie auch dafür blind gemacht?«

»JetPac macht Geschäfte mit Eastern Trust«, erwiderte ich. »In Atsugi wusste man von Ihnen. So viel ist Tatsache.«

»Vielleicht kennt man dort den Namen ›Itoh‹. Aber mich kennt man nicht. Ihre Wahrheit müssen Sie woanders suchen. Verlieren Sie Professor Aldous nicht aus dem Auge. Soweit ich weiß, hat er mehr als zwanzig Jahre an Sleban gearbeitet, und trotzdem ist er bereit, es aufzugeben. Also ist es entweder ein Fehlschlag, oder etwas anderes steckt dahinter, das ihm wichtiger ist.«

»Sleban war sein Leben«, sagte ich.

»Sind Sie sich da so sicher?«, entgegnete Itoh. »Warum hat er es dann nicht mit allem verteidigt, was er hatte?«

Das war noch immer die größte der Fragen, auf die ich keine Antwort wusste.

Als sich Itoh von seinem Stuhl erhob und den Raum verließ, machte ich keinen Versuch, ihn aufzuhalten.

KAPITEL 66

Ich wandte mich an den alten Mann hinter der Theke. »Wissen Sie, wohin er gegangen ist?«

Er starrte mich reglos an.

»Haben Sie einen Romanee-Conti 1980?«, fragte Henry.

Der Alte drehte sich um und griff ins Weinregal.

»Mein Gott«, wisperte Henry. Nur wenige Augenblicke später tauchte er seine Nase tief in ein großes Weinglas. »Er braucht ein bisschen, um sich zu öffnen, aber er ist ein echter Prachtkerl.«

Henry stellte das Glas auf die Theke. »Nicht, was ich nach allem, was ich gehört habe, erwartet hätte.«

»Itoh? Er war immer entwaffnend. Aber er ist ein Gewohnheitslügner. Lass dich von ihm nicht täuschen.«

»Er hat mich getäuscht, Alec«, entgegnete Henry widerstrebend.

»Was willst du damit sagen?«

»Gefälschte Markenmedikamente und eine tote *burakumin?* Fünfundzwanzig Millionen unter den Dielenbrettern versteckt? Das passt doch nicht zusammen. Der Itoh, den ich gesehen habe, hatte etwas von einem *geek*, einem erfinderischen Geist, aber keinem Schurken. Tut mir leid, Alec. Ich weiß, du hast ihn immer für den Teufel in Menschengestalt gehalten, aber er ist nicht der Einzige, der findet, dass du in der falschen Richtung forschst.«

»Du kennst ihn nicht so, wie ich ihn kenne«, sagte ich zornig.

Henry legte mir vorsichtig die Hand auf die Schulter. »Ich

weiß, du gibst ihm die Schuld am schlimmsten Tag deines Lebens …«

»Du meinst, ich will ihn aus persönlichen Gründen fertig machen?«

»Ich glaube, er hat dich sehr tief verletzt, und deshalb möchtest du ihn insgeheim als Schuldigen dieser ganzen Bescherung sehen.«

Ich nickte widerstrebend. Henry hatte gesehen, was er gesehen hatte.

Vielleicht hatte ich es auch erkannt.

»Er sagte, dass vor vier Jahren Delaforce hinter dem Geschäft mit JetPac gestanden hat.«

»Dagegen hätte ich nichts anzuführen«, sagte Henry.

»Deshalb ist es wahrscheinlich, dass er auch hinter den neueren Geschäften steckt.«

Henry nickte.

»Sonoko hat uns gesagt, dass JetPac einem Amerikaner und einem Japaner gehört. Es ist noch nicht schlüssig bewiesen, aber der Amerikaner könnte …«

»Delaforce sein«, vervollständigte Henry den Satz.

»Er ist Rechnungsprüfer auf Atsugi. Ihm steht das ausgefeilteste und umfassendste Verteilungsnetz der Erde zur Verfügung; er hat den perfekten Vorwand, alles, was er versenden will, überallhin auf der Welt zu schicken, ohne dass Fragen gestellt werden. Und in dem Augenblick, in dem seine Firma wieder Geschäfte mit Eastern Trust macht, geht das Sterben los. Warum? Und was zum Teufel hat er mit Aldous zu tun?«

»Eine gerechtfertigte Frage, aber ich bezweifle, dass er so freundlich sein wird, sie uns zu beantworten.«

Henry trank von seinem Wein. Seine Augen funkelten in momentaner Ekstase; dann konzentrierte er sich wieder auf mich. »Weißt du, es würde dir nicht zur Unehre gereichen, wenn du jetzt deinen Hut aufhängen und nach Hause fliegen würdest …«

Ich schenkte mir ebenfalls Wein ein und schwenkte ihn im Glas umher. »Solange ich der Sache nicht ganz auf den Grund gegangen bin«, erwiderte ich ruhig, »habe ich kein Zuhause.«

Ich wollte das Glas an die Lippen heben, hielt jedoch mitten in der Bewegung inne.

»Wenn ich wüsste, was JetPac mit Eastern Trust zu tun hat ... Wenn ich wüsste, ob Itoh gelogen hat ...«

»Ich sehe keinen Weg, die eine oder die andere Frage zu beantworten.«

»Ich schon«, entgegnete ich und stellte mein Glas ab. »Die Informationen gibt es bei Eastern Trust, Zweigstelle Tokio.«

»Und dort werden sie auch bleiben«, sagte Henry. »Du hast keine Chance, dort hineinzugehen und hinreichend lange allein vor einem Computer zu sitzen, um die Informationen herauszuholen.«

Ich schüttelte den Kopf. »Hör zu. Du hast gesagt, Eastern Trust habe dich engagiert, einen Mieter für eine der leeren Etagen zu finden.«

»Und diese Etagen sind wirklich leer. Dort ist nichts mehr; ganz bestimmt aber kein Computer. Es tut mir leid, aber du bellst den falschen Baum an.«

»Nein, keineswegs. Der Chef der Liegenschaftsabteilung würde dich bestimmt empfangen, oder?«

Henry lächelte kläglich. »Er sitzt mir ständig im Nacken.«

»Mach einen Termin mit ihm. Ich komme mit.«

»Du kämst nie an der Pforte vorbei.«

»Wir betreten das Gebäude über die Tiefgarage«, sagte ich. »Wir benutzen die Nottreppen hinter den Aufzügen. Auf diese Weise muss man sich nicht anmelden.«

Henry schnaubte. »Auch auf die Gefahr hin, dich auf das Offensichtliche hinzuweisen ...« Er begann die Finger seiner linken Hand abzuzählen. »Erstens muss ein Wachmann die Schranke hochfahren, damit du in die Garage kommst. Zweitens brauchst du einen Schlüsselkode, um von der Garage zu den Aufzügen zu kommen. Drittens wimmelt es in dem Gebäude von Menschen, die dich erkennen würden. Viertens musst du ein ruhiges Plätzchen finden, um mit deinem Computer zu spielen, und dazu brauchst du einen Sicherheitspass, der dir die Innentüren öffnet ... Ich könnte noch weitermachen.«

»Ein Treffen spät abends«, erwiderte ich, »wenn keiner mehr im Haus ist, den Liegenschaftstypen richtig wütend machen und ihn zwingen, für dich länger zu bleiben. Was die anderen Hindernisse angeht, so fällt uns schon was ein.«

»Das ist bekloppt.«

»Nein«, erwiderte ich. »So geht es – und was ich auch finde, ich übergebe es der Polizei. Ich werde mich stellen. Du wirst in einem anderen Teil des Gebäudes sein, und niemand erfährt, dass du irgendetwas damit zu tun gehabt hast.«

»Ich kann dich so etwas nicht tun lassen«, sagte Henry.

In meiner Tasche vibrierte das Handy.

Ich erkannte die Nummer auf dem Display nicht, aber ich drückte die grüne Taste und hörte zu; dann schaltete ich es ab und steckte es wieder in die Tasche.

»Dr. Ichise«, sagte ich.

»Das ging aber schnell. Ich habe ihr den Umschlag doch erst vor ein paar ...«

»Sie weiß noch nichts, aber sie möchte sich morgen früh mit uns am Meiji-Schrein treffen. Sie sagt, bis dahin hat sie etwas für uns.«

Ich schwieg kurz. »Ich mache es mit dir oder ohne dich, Henry. Ich kann Japan nicht mit leeren Händen verlassen.«

KAPITEL 67

Am gleichen Abend um halb elf fuhren wir am Rand des Grabens entlang, der den Kaiserpalast umgab. Wir hatten uns den Nachmittag und den Abend bedeckt gehalten – recht wörtlich sogar: Wir waren in eine Tiefgarage gefahren und hatten im Wagen gesessen, Musik gehört und geredet; genauer gesagt hatte Henry sich mit beneidenswerter Begeisterungsfähigkeit über Religion, Sex und den Zustand des Immobilienmarktes verbreitet.

Vor uns erhob sich das ACU-Gebäude, das vielleicht ein langweiliger Glasturm im Stil der Achtzigerjahre sein mochte, aber es befand sich auf einem Stück bester Marunouchi-Immobilie, direkt am Wasser, mit unverbautem Blick auf das Palastgelände. Eine Ecke seines zwanzigsten Stocks war für ein Jahr mein Büro gewesen.

Wir kamen an einer BMW-Vertretung vorbei. Vier Jahre zuvor war an der gleichen Stelle eine Ladenzeile gewesen, darunter ein Blumengeschäft, aus dem ich Hannah manchmal einen Strauß mitgebracht hatte.

Bald befanden wir uns parallel zum ACU-Gebäude und bogen in die Tiefgarage ein. Ich blickte in den Lichthof, ein gewaltiges Goldfischglas, wo an der Pforte ein Wachmann stand. In seiner Nähe lag ein riesiger Felsblock in einem Flecken aus geharktem Kies, Eastern Trusts privater Zen-Garten.

Ich spürte, wie Henry auf seinem Sitz herumrutschte, als der Wagen über den Kamm der Rampe setzte und wir auf die blinkende Überwachungskamera zufuhren, die über der Schranke hing.

»Das geht schon klar«, wisperte ich, während ich mein Gesicht von der Videokamera abwandte.

Wir wurden langsamer. Henry öffnete das Fenster und beugte sich zur Gegensprechanlage vor. »Henry Wooton von Pacific Realty«, dröhnte er selbstbewusst. »Mr Frank Chinnery erwartet mich.«

Die Antwort schien eine Ewigkeit auf sich warten zu lassen.

Henry wandte sich mir zu. »Schlechter Start; ich habe kein gutes Gefühl, Alec. Noch ist es nicht zu spät, es dir anders zu überlegen.«

In diesem Augenblick zitterte der Wagen. Das übelkeiterregende Rumpeln des Erdstoßes spürte ich eher, als dass ich es hörte.

Es hörte fast so rasch auf, wie es begonnen hatte.

»Hölle«, wisperte Henry, »wenn das kein Omen war, dann weiß ich nicht, was ...«

Aus der Gegensprechanlage bellte eine Stimme.

»Man redet mit dir, Henry«, sagte ich ruhig.

Er streckte wieder den Kopf aus dem Fenster.

»Nein, das ist prima«, sagte er ins Mikrofon. »Ich habe den Kode für den Aufzug. Sie brauchen niemanden herunterzuschicken. Übrigens, ich bringe einen Kollegen mit.«

Ich hörte das Summen eines Servomotors und sah zu, wie die Kamera über die Wagenfront strich. In diesem Moment das Gesicht abzuwenden konnte nur Misstrauen wecken. Ich musste hoffen, dass man hier kein hochauflösendes Bild verwendete. Es bestand eine gute Chance, dass mein Gesicht in den Nachrichten zu sehen gewesen war. Ich kam mir vor wie ein Steckbrief, den man in die Windschutzscheibe geklebt hatte.

Die Schranke hob sich langsam, und wir fuhren in den Bauch des Gebäudes.

Die Garage war leer, und wir hielten dicht am Aufzug.

»Gut«, murmelte ich.

»Was?«

»Baris Reeves ist nicht da.«

»Woher willst du das wissen?«

»Wir stehen auf seinem Parkplatz.«

»Ach du lieber Himmel.« Henry gab den Kode ins Tastenfeld des Aufzugs. »Und ich wäre nicht überrascht, wenn Frank Chinnery ebenfalls nicht hier ist. Er war ziemlich sauer, weißt du? Es hat ihm auch gar nicht gepasst, mir den Garagentürkode geben zu müssen. Wahrscheinlich werde ich die Etage selbst anmieten und aus eigener Tasche bezahlen müssen.«

»Du kommst mit Chinnery schon klar«, erwiderte ich. »Du bist bei allen von Eastern Trust beliebt.«

Die Türen glitten zu, und wir fuhren zum Erdgeschoss hoch. Wir kamen hinter den Hauptaufzügen heraus.

Der Empfang war gut dreißig Meter entfernt. »Warte hier«, sagte Henry. »Ich hole den Pass. Wenn sie dich ansehen, verbeuge dich um Gottes willen schön tief, und lass sie nicht deine hässliche Visage sehen.«

Ich senkte den Kopf und sah dem Minutenzeiger meiner Uhr zu, wie er sich im Kreise drehte.

Als ich wieder aufblickte, starrten mich Henry und der Wachmann an.

»Kommen Sie hierher«, rief Henry. Seine Stimme hallte von den Glaswänden des Lichthofs wider.

Ich machte mich auf den Weg, und mein Magen zog sich zusammen, denn das Gesicht des Wachmanns kam mir entfernt bekannt vor.

Als ich nur noch etwa fünf Meter entfernt war, lachte Henry, schlug dem Wächter auf den Rücken, kam mit langen Schritten zu mir und winkte mich zum Aufzug zurück.

»Was zum Teufel treibst du für ein Spiel?«, fragte ich wütend, als ich den Knopf zum zwölften Stock drückte.

»Er sucht nach einer Wohnung in den westlichen Vorstädten,

und ich habe ihm gesagt, du wohnst dort und würdest ihm gern ein paar Tipps geben.«

»Bist du wahnsinnig geworden?«

»Aber keineswegs. Alles Psychologie, alter Junge. Ich ließ dich halb herankommen, und dann sagte ich ihm, dass wir uns verspäten.«

Henry stieg im zwölften Stock aus.

»Ruf mich auf dem Handy an, wenn du bei Chinnery fertig bist«, sagte ich. »Wir treffen uns im achten Stock am Aufzug und fahren dann zusammen runter.«

Henry klopfte sich auf die Tasche. »Ich habe dir den Pass doch gegeben, oder?«

»Aber sicher. Trotzdem werde ich versuchen, ihn möglichst nicht zu benutzen, solange es nicht absolut nötig ist. Jedes Mal, wenn man damit eine Tür öffnet, zeigt es sich auf dem Überwachungsmonitor.«

»Der Junge da unten ist eine faule Schlafmütze«, sagte Henry.

Mir war er ziemlich scharf vorgekommen.

Ich ließ die Türe zugleiten.

KAPITEL 68

In der zwanzigsten Etage war der Hauptempfang von Eastern Trust, und als ich dort gearbeitet hatte, waren die Glastüren, die aus dem Aufzugbereich führten, nie abgeschlossen gewesen.

Hatten sich die Dinge geändert?

Die Tür schwang auf. Im ersten Moment stand ich im Dunkeln und warf einen Blick über die Sofas hinweg aus dem Fenster. Die Aussicht dominierte das Gelände des Kaiserpalasts. Es erstreckte sich weit bis zu einer scharfen Linie aus schimmernden Wolkenkratzern.

Die Konferenzräume befanden sich links von mir. Die Computer dort waren für mich nutzlos – sie waren nicht mit dem Großrechner vernetzt.

Rechts lag eine Bürozeile, die während meiner Zeit benutzt worden war, um Angestellte unterzubringen, die in ihrer eigenen Abteilung keinen Platz mehr fanden: untergeordnete Angestellte niedriger Qualifikation. Und diese Zimmer waren nie abgeschlossen – was ich mehrmals beanstandet hatte, nur um ignoriert zu werden.

Ich folgte dem Gang auf ganzer Länge des Gebäudes und bog um die Ecke.

Statt einen freien Korridor vor mir zu haben, stand ich vor einer Sicherheitstür.

Ich überlegte kurz, in einen anderen Teil des Gebäudes zu gehen. Nein. Dazu hätte ich mehrere Sicherheitstüren öffnen müssen und dadurch meine Entdeckung beschleunigt.

Ich drückte den Pass auf den Tastenblock. Das Schloss öffnete sich mit einem Klicken.

Vor mir lagen vier Büros.

Als ich die Klinke an der ersten Tür niederdrückte, drehte sich mir der Magen um vor lauter Unsicherheit, wie viel Zeit mir nun bleiben würde, um herauszufinden, was ich über Tommy Itoh wissen wollte.

Die Tür zum ersten Büro war abgeschlossen – auf altmodische Weise, mit einem Schlüssel. Mit anderen Worten, die Passkarte nutzte mir nichts.

Die beiden nächsten Türen waren ebenfalls versperrt.

Die vierte öffnete sich in eine Art Besenkammer; keine Spur von einem Schreibtisch, geschweige denn einem Computer.

Anscheinend diente die Kammer als Abstellraum, und eher aus Zorn als allem anderen trat ich gegen eine große Kiste mit der Aufschrift ›Samurai Trades, Jan.–März‹. Sie flog beiseite, und auf dem Fußboden vor mir stand ein Computermonitor, daneben eine leere Sapporo-Bierdose und eine Untertasse voller Zigarettenstummel.

Ich wischte die Spinnweben beiseite, die Tastatur und Bildschirm verdreckt hatten, kniete mich auf den Boden und drückte mit angehaltenem Atem den Netzschalter.

Ich spürte das statische Knistern, als der Computer hochfuhr.

Als der Bildschirm aufleuchtete, verlangte eine Dialogbox ein persönliches Passwort.

Mit bebenden Fingern gab ich *Hannah* ein.

Ich rief die Tokioter Klientenliste auf. Sie protzte mit den meisten großen Finanzinstituten der Welt und multinationalen Konzernen; dazu kam eine gute Auswahl an rein japanischen Firmen. Unter anderen Umständen hätte ich vor Stolz gestrahlt.

JetPac fehlte.

In New York hatte mir Alice gesagt, JetPac mache Geschäfte mit uns. Alice beging keine Fehler.

Vielleicht war JetPac kein Klient der Tokioter Zweigstelle. Vielleicht war die Firma Kunde der New Yorker Zentrale. Mir gefiel die Idee nicht; nicht weil sie vielleicht falsch war, begriff ich, sondern weil sie, wenn sie stimmte, darauf hinwies, dass Itoh mir die Wahrheit gesagt hatte, als er behauptete, er habe in letzter Zeit keine Geschäfte mit JetPac gemacht.

Ich brauchte fast fünf Minuten, um auf die New Yorker Datenbank umzuschalten, und weitere fünf, um die Klientenliste auf den Bildschirm zu rufen.

Diese Besetzungsliste war noch länger, und JetPac spielte immer noch nicht mit.

Wenn die Firma ein Klient war, dann musste sie irgendwo im System zu finden sein. Die Hauptliste war nicht immer aktuell. Manchmal waren neu hinzugekommene Klienten noch nicht eingetragen, oder sie zeigte Kunden, die uns gekündigt hatten oder mit denen wir die weitere Zusammenarbeit ablehnten.

Ich ging in die Listen, die jede Abteilung über ihre eigenen Kunden führte. Ich begann mit dem Derivatenhandel. Nichts.

Sie zeigte sich auch nicht in den anderen wichtigen Geschäftszweigen: Beteiligungen, Anleihen und Investmentbanking.

Wo zum Teufel steckten die Burschen?

Ich blickte auf die Uhr.

Das dauert zu lange.

Mehr wichtige Geschäftszweige gab es nicht. Ich hatte nichts gefunden; ins Gebäude einzudringen erwies sich als Zeitverschwendung.

Denk nach, Alec. Denk nach.

Wenn es kein Hauptgeschäftszweig war ... Wie sah es bei den Nebengeschäften aus, die, auf die niemand etwas gab, die aber als Rückgrat des Gesamtgeschäfts dienten? Unsexy, ungeliebt, aber unverzichtbar.

Geschäftszweige, deren Namen ich kaum kannte: Maklergeschäft, Depotservices, Treuhanddienste, Aktienanleihen. Devisenhandel.

Devisenhandel. Die versteckte Telefonleitung von Bens Büro nach Atsugi; die Hauptvermittlung hatte mir gesagt, dass die Nummer zur Abteilung für Devisenhandel gehörte ...

Ich rief die Kundenliste der Devisenabteilung auf.

»Erwischt«, flüsterte ich. JetPac war als Kunde aufgeführt, aber als ich überprüfte, welche Transaktionen sie über Eastern Trust vorgenommen hatte, handelte es sich keineswegs um einfache Geschäfte mit Fremdwährungen, sondern um ausgewachsene Derivatengeschäfte: komplex, beträchtlich und auf der Grundlage von Düsentreibstoffpreisen.

Mal sehen, wer ihr wirklich seid. Ich grub in den Daten nach Hintergrundinformationen über JetPac.

»Scheiße, Scheiße, Scheiße.«

Der Lohn meiner Mühen bestand in einer Reihe von Fehlermeldungen; ich rannte vor eine Ziegelmauer, auf der nichts geschrieben stand.

Ich hatte eine Verbindung zwischen Delaforce und Eastern Trust: Von einer Abteilung, die für JetPac Transaktionen vornahm, war mehrfach seine Nummer angerufen worden. Das war etwas, aber nicht genug.

Vier Jahre zurück – sieh dir das Geschäft an, das du damals schon hättest überprüfen müssen. Das Friss-Scheiße-und-stirb-Geschäft.

Ich loggte mich ins Tokioter Archiv ein.

Himmel. Ich hatte gewusst, dass Itoh irre war, aber ich hatte vergessen, wie irre wirklich ... Der Umfang seiner Geschäfte war gewaltig und ohne Ausnahme phantastisch komplex. Jedes einzelne davon hätte für die Eastern Trust Bank Tokio das Ende bedeuten können; doch so wurde auf seinem Schreibtisch in jenem Jahr ein Profit von einhundertundfünfzig Millionen Dollar verdient.

Trotz der hektischen Aktivität trat das Düsentreibstoffgeschäft dennoch hervor – anderthalb Milliarden Dollar waren selbst hier schwer zu verstecken.

Ich bohrte hinter den großen Zahlen nach und sah mir das Geschäft im Einzelnen an.

Und es lag in seiner ganzen byzantinischen Pracht vor mir. Einen Augenblick lang nahm ich die Struktur in mich auf: das Fadenspiel der Kapitalflüsse, die Kehrtwendungen, wenn die Preise bestimmte Niveaus erreichten und wiederum defensive Sicherungsmechanismen auslösten. Kontrollierte Kettenreaktionen; kein Atommüll und das Risiko der Kernschmelze auf fast null reduziert. Ich sah eine Geldfabrik, deren Bauteile maßgefertigte Zahnräder und Schwungräder aus reiner Mathematik waren.

Ich war kein Mathematiker, aber ich hatte genügend Abschlüsse erlebt, um ein Meisterwerk zu erkennen, wenn ich eines sah, und was ich hier sah, war majestätisch: höchst profitabel für Eastern Trust, aber vollkommen fair und sauber gegenüber dem Geschäftspartner – Uncle Sam. Das Militär konnte sich über dieses Geschäft nicht beschweren. Beide Seiten hatten ihren Gewinn.

Dennoch hatte das Räderwerk einen Makel: eine unberechenbare Variable in Form von schmutzigen Zahlungen; ein illegales Schmiergeld.

Wo war sie? Die Struktur sah großartig aus; nichts, wo es nicht hingehörte, kein offensichtliches Indiz. Im Spreadsheet fand sich sogar eine Zeile für Gebühren, die mich, als ich nachhakte, mit einer dicken, großen Null neckte.

Das war nicht möglich. Es waren fünfundzwanzig Millionen an illegalen Rückvergütungen geflossen. Itoh hatte es damals nicht bestritten und behauptete heute, er habe sie zurückgezahlt.

Wenn das Spreadsheet keine Gebühr auswies – wo sonst verriet sie sich in den unendlich vielen Tröpfchen des Datenflusses?

Ich blickte auf die Uhr. Ich war beinahe zwanzig Minuten hier gewesen.

Vielleicht hatte der Wachmann nicht das Klicken bemerkt, das in seinem System erklungen war, als ich die Sicherheitstür geöffnet hatte.

Er muss es tausendmal am Tag hören – er überprüft es doch kaum jedes Mal.

Ich starrte auf den Bildschirm. Die Leute glaubten gern, es sei einfach, Löcher in Konten zu verbergen, und fünfundzwanzig Millionen könnten mit einem Blinzeln ›verloren‹ gehen. Das war Blödsinn. Wenn das Geld an jemanden gezahlt worden war, dann musste es irgendwo stehen – vielleicht an der falschen Stelle, irgendwo neben etwas Legitimem aufgeführt, aber zu finden sein musste es trotzdem.

Man folge der goldenen Regel: Folge dem Geld – dem echten Geld. Jemand musste den Scheck ausgestellt haben.

Kein echter Scheck natürlich, sondern eine bargeldlose Überweisung, aber das Prinzip war das Gleiche. Und es gab nur eine Stelle, wo sie erfolgt sein musste: die Buchhaltung. Kein Cent kam in das Gebäude oder verließ es, ohne die Buchhaltung zu passieren.

Ich brauchte eine gute Minute, um die alten Buchhaltungsdaten zu finden, und weitere zwei, bis ich eine Möglichkeit entdeckt hatte, die Bücher für eine bestimmte Woche vor vier Jahren anzuzeigen.

Als ich die entscheidende Woche gefunden hatte, verließ mich der Mut: Beinahe zehn Milliarden Dollar waren während der fünf Tage durch das System gesprudelt, ein Geldstrom, der in einer Vielzahl unterschiedlicher Währungen empfangen und wieder ausgespien worden war, von und an Tausende von Kunden, Banken und Regierungen. Fünfundzwanzig Millionen waren ein einziges Bläschen; ein Rundungsfehler.

Wo zum Teufel war das Geld?

Das Handy in meiner Tasche vibrierte.

Scheiße.

Ärgerlich klappte ich es auf.

»Alles erledigt«, sagte Henry. »Wir sehen uns auf der Achten.«

»Nein«, zischte ich. »Ich bin noch nicht fertig. Zögere es hinaus.«

»Kann ich nicht. Chinnery hat eine Telefonkonferenz mit New York, die gerade beginnt. Ich kann hier nicht rumhängen wie ein Spanner auf einer Hochzeit.«

»Denk dir was aus.«

»Mist.«

»Übrigens: Ich musste den Pass benutzen; also ist er registriert worden. Dazu kannst du dir auch was überlegen, während du wartest.«

»Alec, es geht nicht. Du musst ...«

Ich hörte nicht mehr zu. Dem Bildschirm gehörte nun meine ganze Aufmerksamkeit.

Vielleicht war die Zahlung nicht auf einmal erfolgt.

Ich klappte das Handy zu und legte es auf den Fußboden.

Zwölfeinhalb Millionen. Der Leitstern des Buchhalters – wenn ein Rechenkünstler nach einer bestimmten Summe fahndete, dann suchte er nach einer Zahlung, die halb oder doppelt so groß war wie der Zielbetrag.

Zwölfeinhalb Millionen. Und ein paar Einträge später eine weitere Zahlung über den gleichen Betrag. Insgesamt fünfundzwanzig Millionen Dollar.

Ich grub mich hinter die Zahlen.

Das Handy auf dem Fußboden summte laut und begann sich zu drehen wie eine Fliege, die zwar getroffen, aber noch nicht tot war.

Verpiss dich, Henry!

Beide Zahlungen waren an die JetPac GmbH gegangen, eine deutsche Tochter von JetPac.

Das Handy hörte auf zu vibrieren und legte im nächsten Moment wieder los.

Ich klickte doppelt auf den Namen der Gesellschaft, um Einzelheiten zu erfahren.

Während das System die Informationen abrief, öffnete ich das Handy.

»Schon gut, schon gut«, wisperte ich ärgerlich. »Ich habe es geschafft, fast jedenfalls. Ich will nur noch ...«

»Tut mir leid, Alec«, unterbrach mich Henry. »Ich konnte nicht mehr ...«

Er verstummte, und ich hörte gedämpfte Stimmen.

Meine Hände erstarrten. Ich drehte den Kopf, blickte in die Dunkelheit; dann schaute ich wieder auf den Schirm.

Der Firmensitz JetPac GmbH war in München registriert.

Ich hörte eine Tür zuknallen.

Sie überprüfen die Büros nacheinander.

Wer waren Aktionäre und Direktoren? Ich scrollte hinunter, um sie zu finden.

Die nächste Tür wurde zugeschlagen.

Ein Aktionär – eine amerikanische Gesellschaft namens Lakeside Solution Inc.

Nie davon gehört.

Wieder knallte eine Tür.

Ich bin der nächste.

Licht strahlte in den Raum, und ich sah Baris Reeves zwischen zwei Wachleuten. Und Henry, mit gesenkten Schultern, eine bedauernde Miene im Gesicht.

»Okay, Mayne«, sagte Reeves. »Weg mit dem Stift. Der Test ist vorbei. Ihre Zeit ist um.«

Ich wandte mich wieder zum Bildschirm.

Wer sind die verfluchten Direktoren? Wer hat diese Klitsche geleitet?

Jemand packte mich unter den Achselhöhlen. Ich schüttelte die Hand ab, ohne den Finger von der Scrolltaste zu nehmen.

Da sind sie.

Zwei Direktoren.

»Es reicht!«, brüllte Reeves.

Der Bildschirm knisterte und erlosch. Ein graues Nachleuchten lief über das staubige Glas. Als ich mich umdrehte, hatte einer der Wachleute den Netzstecker des Computers in der Hand.

Aber ich hatte gesehen, wer die beiden Direktoren gewesen waren.

Ein Ehepaar.

Akiko und Jerome Riggs.

Sie hatten Delaforce als Strohmänner gedient und waren dafür umgebracht worden.

KAPITEL 69

Kaum waren wir im Aufzug, da drehte sich Baris Reeves zu Henry um.

Henry stöhnte auf und sank zu Boden. Reeves trat mit einem zufriedenen Gesichtsausdruck zurück. Die beiden Wachleute wandten ihre Gesichter den Wänden zu und zeigten damit, dass sie nicht gesehen hatten, wie der leitende Direktor der Eastern Trust Bank Tokio dem Chef einer externen Immobilienberatungsfirma das Knie in die Weichteile gerammt hatte.

Ich half Henry auf. »Warum zum Teufel machen Sie so was?«

»Er hat meinen Parkplatz genommen«, entgegnete Reeves. Er blickte auf die Uhr. »Die Polizei müsste mittlerweile hier sein. Aber das wollte ich mir nicht entgehen lassen. Das ist meine Entschädigung für den ganzen Bürokratenscheiß, den ich mir von Ihnen gefallen lassen musste, Mayne.«

»Sie steckten mit drin?«, fragte ich. »Fünfundzwanzig Millionen … geteilt durch wie viele? Ich könnte mir vorstellen, dass Akiko und Jerome nicht viel davon zu sehen bekommen haben.«

Reeves lächelte gelassen. »Ich brauche Ihre dummen Fragen nicht zu beantworten. Schon bald leuchtet Ihnen die Lampe ins Gesicht, und so ein guter Anwalt, dass Sie Ihre Augen offen und Ihren Hintern zuhalten können, sind Sie nicht.«

»Carly Earl wird wissen wollen, was hier vorgeht«, erwiderte ich. »*Sie* können Sie nicht auch verhaften lassen.«

Reeves schlug die Hände vor den Mund und äffte ein entsetztes Gesicht nach. »Oje, Carly. Lieber Gott, nein, nicht Carly«, jammerte er spöttisch.

Die Aufzugtüren öffneten sich.

Reeves blieb einen Augenblick lang stehen und hielt die Tür mit der Hand auf. »Sie sollten mal Zeitung lesen, Mayne. Carly Earl ist vor einer Stunde als Vorstandsvorsitzende von Eastern Trust zurückgetreten.«

Mir blieb nicht genügend Zeit, diese Neuigkeit auf mich wirken zu lassen; die Drehtür rotierte und spie zwei Polizisten in den Lichthof.

»Nicht gerade ein Sondereinsatzkommando.« Reeves klang enttäuscht. »Aber andererseits sind Sie ja auch nicht gerade ein großer Fisch.«

Die Polizisten kamen ohne Hast näher.

»Ich rufe uns einen Anwalt, sobald wir im Streifenwagen sitzen«, sagte Henry, den Kopf hoch erhoben, die Stimme unerschütterlich.

»Ich bin Anwalt«, brummte ich.

Henry grunzte. »Ich bin nicht ganz sicher, ob du im Moment mit deinen Referenzen die hiesige Polizei beeindrucken könntest.«

In meinem Bauch bildete sich ein Ball aus Schmerz: die Pein, völlig versagt zu haben.

So dicht dran.

Ich sah Henry an. »Es tut mir leid«, sagte ich.

Er zuckte mit den Schultern. »Ach, dafür gibt es den Gesprächskreis.«

Jemand packte mich am Arm.

Wie in Trance ging ich, von der Polizei abgeführt, zur Drehtür.

Ach, Hannah!

»Ich habe gehört, das Essen in japanischen Gefängnissen ist lausig«, rief Reeves mir nach. »Vielleicht bekommen Sie ...«

Die Worte erstarben ihm in der Kehle.

Der Schmerz in meinem Bauch schlug um, vom Krampf zu heftiger Übelkeit. Ich wandte mich Henry zu. Sein Gesicht war ein zuckender, huschender Schatten, fast als wäre er ein Film, der im Projektor feststeckte. Ich wollte in die Tasche greifen und die Tabletten herausholen, die ich von Dr. Ichise bekommen hatte, doch was sich vor mir abspielte, ließ mich mitten in der Bewegung innehalten.

Ich musste Wahnvorstellungen haben. Der riesige Felsblock im Zen-Garten schaukelte hin und her, und dann, mit einem munteren Satz, als wiege er nichts, sprang er aus seiner Verankerung und wälzte sich, Marmorsplitter verstreuend, durch den Lichthof.

Ringsum hörte ich Sirenen, Gebrüll und Schreie. Niemand fasste mich mehr am Arm. Einen Augenblick lang kam es mir so vor, als wäre ich gar nicht mehr im Lichthof, sondern schaute mir im Fernsehen einen Katastrophenfilm an.

Dann riss mich ein brutaler Stoß aus meiner Trance.

Ich setzte mich in Bewegung und taumelte zur Tür. Ein Polizist hatte sich so weit erholt, dass er sich neben dem Ausgang postierte, offenbar in der Absicht, mir den Weg abzuschneiden. Er schwankte, aber irgendwie gelang es ihm, aufrecht stehen zu bleiben. Ich ging weiter.

Im nächsten Moment überholte mich der riesige Felsblock, ein rumpelnder Monolith, der offenbar noch dringender entkommen wollte als ich, sich dazu aber nicht unnötig anstrengen musste.

Die hohe Glaswand des Lichthofs wurde blind, als der Fels hineinkrachte. Dann stürzte das Glas in einem Diamantenschauer zu Boden.

Ich rannte durch das Loch, das einmal die Fassade des ACU-Gebäudes gewesen war. Ich floh weiter und bemerkte vage, dass Henry mir dichtauf folgte. Er rannte ebenfalls. Manchmal wich er anderen aus, die noch unsicher waren, wo sie sich in Sicherheit bringen sollten; manchmal stieß er mit ihnen zusammen. Der Boden unter mir verhielt sich wie ein Wasserbett. In meinen Ohren brauste der Donner, aber in dem Getöse bemerkte ich, dass der Verkehr angehalten hatte und die Autos in unsinnigen Winkeln zueinander standen. Ich wand mich zwischen ihnen hindurch.

Das Erdbeben ließ nach; der Donner wurde zu einem rumpelnden Grollen, und der Boden erreichte wieder ein gewisses Maß an Stabilität.

Fast rannte ich eine Frau um, die einfach nur dastand, die Handtasche an die Brust gedrückt. Sie schrie ihre Angst hinaus, stand aber stocksteif da, eine Märtyrerin in dem sinnlosen Kataklysmus, der über die Stadt gekommen war.

Henry lief neben mir, das Gesicht hellpurpurn. Er atmete pfeifend, schmerzerfüllt.

Wir rannten immer weiter, kreuz und quer durch die Seitenstraßen, wichen ängstlichen Menschentrauben aus und sprangen vor den Trümmern einer Welt beiseite, die sich in Stücke schüttelte. Ich war auf der Flucht, hinaus aus Tokio, hinaus aus Japan, zurück in die USA. Zurück zu Hannah.

Ich stolperte über etwas und stürzte zu Boden.

Henry blieb stehen und kniete sich neben mich. Ich hob den Kopf, noch immer nicht in der Lage, meine Umgebung ganz in mich aufzunehmen. In meinen Ohren gellte das schrille Sirenengeheul, und die Gestalten um mich herum sahen nicht mehr wie Menschen aus; sie waren zu Marionetten der Naturgewalt geworden.

Ich rappelte mich auf und erwartete, die gesamte Stadt vernichtet zu sehen, Trümmerhaufen zu entdecken, wo Sekunden zuvor noch Wolkenkratzer gestanden hatten.

Himmel, wir hatten Glück gehabt.

Einen Augenblick lang traute ich meinen Augen nicht. Die

Gebäude standen noch immer. Auf der Straße lagen Glasscherben, aber nicht viele, und Menschen mit Besen kehrten sie bereits zu säuberlichen Häufchen zusammen. Die Autos fuhren wieder normal. Ein Feuerwehrwagen rumpelte vorbei, ohne Sirenen, ohne Blaulicht.

Auch das Schreien hatte aufgehört. Keine Hysterie. Die Menschen klopften sich den Staub von den Kleidern, wechselten ein paar Worte und trösteten einander in gemessenem Ton.

Was sagten sie? Dankten sie still dafür, dass dieses Erdbeben, obzwar heftig, nicht das wirklich große gewesen war? Dass sie diesmal noch verschont geblieben waren?

Henry stöhnte.

»Alles okay?«, fragte ich.

»Slapper steht immer noch in der Tiefgarage.«

KAPITEL 70

»Wie lange noch bis zu unserem Termin mit Dr. Ichise?«, fragte Henry.

Es war vier Uhr morgens. Ichise hatte gesagt, sie käme um zehn zum Meiji-Schrein.

»Nach diesem Erdbeben? Wer weiß?«

Henry schüttelte den Kopf. »Ich habe den Eindruck, wenn die gute Frau Doktor gesagt hat, sie sei zu einem bestimmten Zeitpunkt an einer bestimmten Stelle, dann erscheint sie dort auch, und wenn der ganze Schnee verbrennt. Inzwischen können wir einen Ersatz für Camilla und Slapper beschaffen. Es ist recht alarmierend: Wir verbrauchen die Automobile schneller als die Dukes, wenngleich vielleicht etwas geschmackvoller.«

Eine Stunde später richtete Henry eine Fernbedienung auf eine der fünf abgeschlossenen Garagen in der Nähe seines Büros.

»Diesen Wagen werden wir nicht taufen«, erklärte Henry mit Nachdruck, als wir in einem der Firmenwagen wegfuhren, die den leitenden Angestellten von Pacific Realty zur Verfügung standen.

»Es ist jetzt keine Spekulation mehr«, sagte ich.

Henry sah mich verwundert an. »Was?«

»Dass Akiko ermordet wurde. Im System von Eastern Trust habe ich entdeckt, dass sie und Riggs als Mittelsmänner für illegale Zahlungen an JetPac fungiert haben. Wahrscheinlich waren sie auch Kuriere – Akiko lebte in Japan, Riggs in Deutschland. Er hatte hinreichend Vorwände, in Militärflugzeugen mitzufliegen. Und wir wissen, dass sie kein echtes Ehepaar waren. Etwas ging schief, oder sie waren nicht mehr nützlich.«

»Wenn das stimmt«, entgegnete Henry, »dann weißt du auch, was daraus folgt, oder?«

Allerdings. »Aldous und Nakashima haben keineswegs ein Problem bei einer klinischen Studie vertuscht – sondern einen Mord.«

»Richtig.«

»Vielleicht kann Dr. Ichise uns sagen, woran Akiko wirklich gestorben ist«, sagte ich.

»Richtig.«

»Es tut mir leid, Henry ...«

»Du hast dich schon entschuldigt.«

»Meinetwegen ist dein Geschäft nur noch ein Scherbenhaufen. Ich hätte dich nicht mit hineinziehen dürfen.«

»Das ist mein Problem, lieber Junge, nicht deins.« Er versuchte angestrengt, mir nicht ins Gesicht zu sehen.

»Du hattest doch alles«, sagte ich. »Warum hast du es riskiert?«

Henry schwieg eine Weile. »Weißt du, wo ich zur Schule gegangen bin?«

»*Was?* Na, in diese Aristokratenschmiede, in Eton. Und dann kam Oxford, oder? Was hat das denn damit zu tun, dass ...«

»Ich war weder auf der einen noch der anderen. Und ich bin auch nicht in einem vornehmen Haus aufgewachsen, wie ich dir vorgemacht habe – wie ich jedem vorgemacht habe. Ich wuchs in einer düsteren Häuserreihe in einer schrecklichen Stadt namens Slough auf.«

»Das brauchst du mir nicht sagen; es macht keinen Unterschied ...«

»Sollte es aber«, entgegnete Henry erregt, das Gesicht von einer Leidenschaft belebt, die ich noch nie an ihm gesehen hatte.

»Du musst eines begreifen, Alec: An mir ist nichts echt. Alles ist oberflächliche Erfindung; ich bin nicht einmal eine Nachahmung von jemandem, der wirklich existiert. Gedeihen kann jemand wie ich nur als Exilant in einem Land, wo man nur das Klischee zum Maßstab hat. Aber du ...«

»Wir alle tragen Masken, Henry«, entgegnete ich.

»Aber manche sind schwerer als andere, und meine hat mich schon zu lange heruntergezogen. Ich kann nicht mehr atmen; ich kann nichts mehr *tun*. Als ich von dem Sleban-Debakel gehört habe und du aufgetaucht bist, dachte ich: So, Henry, jetzt kommt deine Chance. Da hast du einen Kerl mit einem Ziel, einem Ziel, das wichtig ist; er *unternimmt* etwas. Vielleicht handelt er jetzt erst, weil er denkt, dass er die Sache vor vier Jahren vermasselt hat, aber besser spät als nie.«

»Du hast überhaupt nichts zu beweisen; du hast schon mehr als genug getan.«

»Nein.« Er atmete tief durch. »Lass mich dir etwas erzählen, das geschehen ist, kurz nachdem du Tokio verlassen hast. Meine Mutter ... sie war furchtbar krank ...«

»Das tut mir leid«, sagte ich. »Das hast du in deinen E-Mails nie erwähnt.«

»Ich habe mich so geschämt.«

»Geschämt?«

»Ihr war es fast ein Jahr lang schlecht gegangen, ehe ich mich bequemt habe, nach England zu fliegen und sie zu besuchen. Aber dann ...« Seine Knöchel wurden weiß, als sie das Lenkrad umklammerten. »Ich habe sie ins Krankenhaus gebracht – Privatstation, keine Kosten gescheut. Jeden Tag habe ich sie besucht. Ich habe die Fachärzte, Schwestern und Pfleger kennen gelernt. Wir hatten eine nette Zeit. Sie haben alle gesagt, sie würde sich erholen, und ich habe ihnen völlig vertraut. Dann ist sie gestorben.«

»Was fehlte ihr denn?«

»Darum geht es gar nicht«, sagte Henry. »Mir geht es darum, dass ich erst nach ihrem Tod nachzulesen begann, woran sie gelitten hatte und welche Behandlungen möglich gewesen wären – einschließlich der Therapien im Experimentalstadium. Ich habe meine Hausaufgaben gemacht, als es zu spät war, und mir dämmerte, dass das feudale Zimmer, das Satellitenfernsehen und das halbwegs anständige Essen für sie im Grunde genommen nur ein hochgestochenes Leichenschauhaus waren. Wenn ich meinen Finger aus dem Hintern gezogen hätte, als noch Zeit war, hätte sie vielleicht überlebt – oder wenigstens wäre ihr Leben bis zum Tod schöner gewesen. Ich saß bei ihr am Bett und hielt ihre Hand, aber in Wirklichkeit war ich nicht da. Ich öffnete meine Brieftasche, hörte mir Musik aus den Kopfhörern an und blätterte in *Country Life.*«

»Mir scheint, du bist ein bisschen hart zu dir«, bemerkte ich.

»Sie war meine einzige Verwandte, Alec. Sie hat mich vergöttert, und ich hätte um sie kämpfen müssen. Ich hätte merken müssen, dass wir uns nicht von der persönlichen Verantwortung freikaufen können, ganz gleich, wie viel wir bezahlen oder wie viele ausgezeichnete Spezialisten wir engagieren: Wir müssen überwachen, abschätzen, hinterfragen und den Kerlen in den Hintern treten. Das Leben ist zu kostbar, um sich diese Mühe nicht zu machen. Am meisten aber müssen wir uns unbeliebt machen – und gerade dazu war ich nicht bereit; nicht einmal für meine liebe Mum.«

»Unbeliebt zu sein – darauf verstehe ich mich am besten.« Ich versuchte zu grinsen. »Frag nur Tommy Itoh oder deinen alten Kumpel Baris Reeves.«

Wir schwiegen eine Weile.

»Und wenn es ums Vermasseln geht, Henry«, fuhr ich fort, »dann hast du einen Experten zur Seite.«

Er runzelte die Stirn. »Vielleicht hättest du an der Sleban-

Front die verkehrsübliche Sorgfalt etwas schärfer anwenden sollen, aber das heißt noch lange nicht, dass man dich für den verfluchten Schlamassel verantwortlich machen darf.«

Ich schüttelte müde den Kopf. »Die Katastrophe war vorprogrammiert ...« Ich zögerte. »Ich wollte Hannah so sehr ihr Leben zurückgeben, aber ich wollte sie auch beeindrucken. Tatsache bleibt, Henry, dass ich alle Vorteile hatte, die Geld kaufen kann, aber ich hatte wohl nie das Gefühl, sie verdient zu haben. Der Tag, an dem Hannah mir ihr Jawort gegeben hat, war der glücklichste Tag in meinem Leben, aber selbst dann konnte ich nie ganz das Gefühl abschütteln, sie bräuchte nicht lange, um zu begreifen, dass sie einen furchtbaren Fehler begangen hat. Und jetzt ist genau das geschehen.«

KAPITEL 71

Der Bahnhof Harajuku ist ein niedrig gelegenes, halb aus Holz errichtetes Gebäude, das mehr an eine Szene auf einer schweizerischen Postkarte erinnert als an eine U-Bahn auf einer Tokioter Straße. Kurz vor zehn ließen wir den Wagen dort stehen. Wir wollten den Harajuku-Park durchqueren und dort auf den Weg gelangen, der zum wichtigsten Tempel Tokios führt.

Vor uns lag ein weiter, gepflasterter Platz, eingegrenzt vom Blattwerk riesiger Zypressen. Hinter ihnen, und von unserem Standpunkt nicht sichtbar, befand sich der Meiji-Schrein.

Dr. Ichise hatte gesagt, sie warte in der Nähe des Eingangs.

Aber zuerst mussten wir den Platz überqueren.

Henry schauderte. »Wenn ich das sehe, zweifele ich an Japans Zukunft.«

Viel hatte sich nicht geändert, seit Hannah und ich hierher zu kommen pflegten. Im Sonnenschein boten die Jugendlichen noch immer ihr Monstrositätenkabinett dar.

Mädchen und Jungen. Die Mädchen: porzellanweißes Fleisch in zerrissenen Fischnetzhosen, hellgrünes Haar, Schuluniformen, Chiffon, Draht, ausgepolsterte Brüste, Miniröcke von einer Kürze wie in den Mangas, blutbefleckte Schwesterntrachten. Die Jungen: als Junkies verkleidet, als Chirurgen mit Stethoskopen und verdächtigen Blutspritzern, die Arme tätowiert mit Bildern aus Videospielen und *Anime*-Filmen, als grimmige Weltraumcowboys in langen Trenchcoats; einer trug einen zweiten Kopf aus Gummi, der neben seinem Schädel hin und her pendelte wie die Puppe eines Bauchredners.

Eine Hand voll Touristen durchwanderte dieses Theater des Grotesken und machte immer wieder einen Schnappschuss; manche klappten auch nur den Mund auf. Die Polizei kam nur selten auf den Platz: Die Jugendlichen waren zu sehr von ihrer hochorganisierten Subversion vereinnahmt, um Schwierigkeiten zu machen. Ihre Anarchie regulierte sich selbst.

Das Geplapper der Ansammlung liebenswerter Subversiver verhallte hinter uns, als wir den Platz verließen und den Weg zwischen den Bäumen hindurch nahmen. Auch hier waren Menschenmengen unterwegs, aber sie gingen nun langsam, in einer Stimmung entspannter innerer Einkehr.

Wir bogen in eine breite Straße ein und sahen die kahlen schwarzen Säulen und Traverse des *torii*, des Tores zum Schrein.

»Drinnen?«, fragte Henry.

»Nein. Irgendwo zwischen uns und dem *torii*.«

Die nächsten hundert Meter gingen wir langsam und bemühten uns, die Augen fest geradeaus zu richten, aber gleichzeitig kurze Blicke auf die Passanten in der Nähe zu werfen.

»Ich weiß, wir sollen nicht sagen, dass alle Japaner gleich aussehen«, brummte Henry. »Aber verdammt, sie tun es.«

Links von uns befand sich ein Stand, der Wunschtäfelchen, Andenken und Räucherstäbchen verkaufte. Nicht mehr lange, und der Schatten des *torii* fiel auf uns.

»Vielleicht steht Dr. Ichise Erdbeben weniger gelassen gegenüber, als wir gedacht haben«, knurrte Henry.

Jemand strich an mir vorbei, doch als ich mich zu ihm umdrehte, sah ich nur die gelassene Prozession der Besucher, die zum Tempel strömte.

Ich blickte zu Boden und entdeckte ein säuberlich gefaltetes Stück Papier vor mir.

Die Japaner werfen nur selten Abfall auf den Boden, und an einem heiligen Ort wie dem Meiji-Schrein kommt es noch seltener vor. Ich bückte mich und hob den Zettel auf.

In sauberer Handschrift stand dort eine einfache Botschaft.

Hinter dem Geschäft.

Das einzige Gebäude, auf das die Beschreibung annähernd passte, war der hölzerne Stand, an dem wir gerade vorbeigegangen waren. Ich reichte Henry den Zettel, und er nickte und steckte ihn sich in die Tasche.

Wortlos gingen wir den Weg zurück, den wir gekommen waren, und hinter den Stand.

Dr. Ichise stand neben einer Zypresse; genauer gesagt schien sie sich an den Stamm zu drücken, als sei das die Lösung ihres Dilemmas, nicht gesehen und dennoch von uns gefunden zu werden.

Kaum sah sie uns, da huschte sie hinter den Baum außer Sicht. Als wir näher kamen, stöhnte sie leise und glitt, den Rücken an die Rinde gepresst, in eine unbequeme Sitzhaltung zu Boden.

»Was ist los?«, fragte ich. »Was ist passiert?«

Einige Sekunden lang brachte sie kein Wort heraus und schluckte nur wie unter einem inneren Zwang.

Ich befürchtete schon, sie könnte zu hyperventilieren beginnen.

»Beruhigen Sie sich«, sagte ich sanft und kniete mich neben sie. »Atmen Sie langsam. Lassen Sie sich Zeit.«

Sie blickte mir scheu in die Augen. »Was ha-habe ich getan?«, stammelte sie.

»Sie haben nichts Falsches getan«, sagte ich.

»Oh doch.« Sie klang verzweifelt. Sie schloss die Augen so fest, dass die Tränen zwischen ihren Lidern hervorgequetscht wurden und auf die Wangen spritzten. »Sie haben das Mädchen umgebracht. Sie wurde ermordet.«

»Das vermuten wir auch«, sagte ich.

»Und ich habe geholfen, ihre Ermordung zu vertuschen«, keuchte sie. »Ich habe ein furchtbares Verbrechen begangen.«

»Nein. Sie wurden benutzt; Sie haben sich nichts vorzuwerfen. Niemand kann Sie für Ihr Verhalten kritisieren.«

Sie bebte am ganzen Leib, und ihre Stirn fiel auf die Knie.

»Hören Sie zu.« Ich nahm sie beim Arm. »Versuchen Sie aufzustehen. Wenn Sie so weitermachen, fallen wir auf. Sagen Sie doch, was geschehen ist, dann können wir überlegen, was wir unternehmen. Wir entscheiden gemeinsam, okay?«

Sie schlug meine Hand beiseite und erhob sich quälerisch langsam.

»Das Mädchen, das ich behandelt habe, war nicht Akiko«, sagte sie schließlich.

»Wie können Sie sich da sicher sein?«

»Ich bin die Akten durchgegangen und habe herausgefunden, dass in der fraglichen Nacht eine andere Patientin an Pulmonalstenose gestorben ist.«

»Wäre es möglich, dass zwei Menschen in der gleichen Nacht an der gleichen Ursache gestorben sind?«

»Das kann man nicht ausschließen, aber ich glaube es nicht. Professor Nakashima hätte es mir gegenüber erwähnt.«

»Vielleicht wusste er nichts von der anderen Patientin. Die Universitätsklinik ist ein großes Krankenhaus.«

»Er hat es gewusst«, erwiderte sie im Brustton der Überzeugung.

»Wie können Sie sich da so sicher sein?«

Sie senkte den Kopf. »Er hat ihren Totenschein ausgestellt.«

Aha … Also hatte es eine Leiche gegeben, für die zwei Totenscheine ausgestellt worden waren: einer von Dr. Ichise auf Akikos Namen, der andere von Professor Nakashima unterzeichnet, auf den wirklichen Namen der toten Patientin lautend.

»Ich möchte wissen, was Akiko zugestoßen ist«, brummte

Henry. »Mit dem Müll zur Hintertür rausgeschoben. Arme Kleine. Hat Ihnen die Asche vielleicht etwas verraten?«

Ichise schüttelte den Kopf. »Ich weiß nicht, was sie aus der Asche erfahren wollten. Kein diagnostischer Beweis übersteht eine Einäscherung; deshalb liefert solches Material normalerweise keine Informationen.«

Ich stürzte mich auf das Wörtchen *normalerweise.* »Und in diesem Fall?«

»Ich kann Ihnen nur sagen, dass sie tot ist, aber nicht, woran sie gestorben ist.«

»Wie meinen Sie das?«

»In der Asche war ein Zahnstück, ein oberer Backenzahn. Ich habe Kontakt zu den Zahnarztpraxen in Atsugi aufgenommen und herausgefunden, wo sie Patientin gewesen ist. Ein Kollege von mir, der im Labor arbeitet, hat das Zahnstück mit ihrer Gebissidentifizierungskarte verglichen. Es besteht kein Zweifel, dass die Asche von Akiko stammt.«

Sie schlug die Hände vors Gesicht.

»Aldous und Nakashima haben mich gezwungen, alles zu verraten, woran ich glaube. Vielleicht war das die gerechte Strafe für Aldous, dass sein Programm so kurz danach eingestellt wurde.«

»War die Finanzierung der einzige Grund dafür?«, fragte ich.

»Soweit ich weiß, ja.«

Ich erinnerte mich daran, was mir an der Klinik aufgefallen war: das neue Gebäude, die Ausstattung, die teuren Möbel. »Aber nachdem Aldous fort war, muss das Krankenhaus Millionen erhalten haben«, sagte ich. »Das Sleban-Programm hätte im Vergleich doch nur Peanuts gekostet.«

»Richtig«, pflichtete Ichise mir bei. »Aber so geht es eben: Wer das Geld zahlt, darf auch Bedingungen stellen.«

»Wollen Sie damit sagen, dass die Finanziers Aldous' Programm gestoppt haben?«

»Nicht nur seines, sondern viele Programme; sie hatten ihre eigene Vision für die Klinik. Zum Glück für mich gab es für die Erforschung von Herzkrankheiten reichlich Mittel.«

»Wer war der Geldgeber? Die japanische Regierung?«

»Nein, die Ihre.« Sie klang überrascht, dass ich nicht schon wusste, was sie mir verriet. »Oder genauer, das amerikanische Militär.«

»Wie bitte?«

»Der Ausbau der Klinik wurde größtenteils vom US-Militär finanziert«, wiederholte Ichise. »Professor Nakashima betrachtete es als seinen größten Erfolg als Dekan.«

»Warum sollte das amerikanische Militär ein Krankenhaus in Tokio finanzieren?«

»Gewisse Einrichtungen stehen ausschließlich für amerikanische Soldaten bereit. Allerdings heißt es oft, es sei eine politische Geste gewesen, wegen der Unruhen, die amerikanische Stützpunkte in unserem Land verursacht haben.«

»Das stimmt«, sagte Henry. »Du erinnerst dich vielleicht an den Tumult in Okinawa, als ...«

Ich schnitt ihm das Wort ab. »Wissen Sie, wer aus dem Militär für die Finanzierung zuständig war? Kam das Geld vielleicht aus der Atsugi Naval Air Facility?«

»Selbstverständlich«, antwortete Ichise. »Atsugi ist der wichtigste amerikanische Stützpunkt in diesem Teil Japans. Ich weiß allerdings nicht, was Professor Nakashima beredet hat, um sich die Finanzierung zu sichern; allerdings habe ich einige hohe Offiziere des Stützpunktes wegen ihrer Herzprobleme behandelt. Ich glaube, dem Herz tut die Militärbasis nicht sehr gut.«

»Gehörte Colonel Delaforce zu Ihren Patienten?«

Ichise runzelte die Stirn. »Ich kann unmöglich über einzelne Patienten Auskunft geben.«

»Ich glaube, über diesen Passus im hippokratischen Eid sind wir schon lange hinaus, Doktor.«

Sie zögerte kurz.

»Ja. Er ist herzkrank. Ich habe ihm bereits drei Bypässe eingesetzt. Trotzdem raucht er noch immer Zigarren und rechtfertigt es mit der Behauptung, er habe schließlich für das neue Gebäude bezahlt.«

»Wussten Sie, dass er der Rechnungsprüfer von Atsugi ist?«, fragte ich. »Er muss an den Verhandlungen mit Nakashima teilgenommen haben.«

»Über so etwas reden wir nicht.«

Colonel Perry Delaforce. Der Finanzier einer Universitätsklinik, in der man den Tod einer jungen Frau vertuscht hatte; einer jungen Frau, die bei einem Geschäft mit Düsentreibstoff den Strohmann gespielt hatte. Der Mann mit einer Telefonleitung ins Büro von Ben Reilly bei der Eastern Trust Bank. Der Mann, dem Toshio Nakashima kurz vor seinem Tod ein Paket geschickt hatte, an die Adresse einer schmutzigen Arzneimittelfabrik auf einem schäbigen Felsen, von dem aus man auf den Fliegerhorst Atsugi blickte.

»Sie sollten sich vorerst ein sicheres Versteck suchen«, riet ich Ichise. »Ich fürchte, ich habe Sie in sehr reale Gefahr gebracht.«

»Und was werden Sie unternehmen?«, fragte sie.

»Wir werden Professor Nakashima aufsuchen. Diesmal muss er mir die Wahrheit sagen.«

»Sie werden den *sensei* nicht sprechen können«, widersprach mir Dr. Ichise.

»Wieso nicht?«

Sie senkte den Kopf. »Er ist tot. Er hat sich heute Morgen erschossen.«

Erschossen? Und was war mit dem Messer, sauber in Leinen eingeschlagen?

»Ich bezweifle, dass er sich das Leben genommen hat«, erwiderte ich.

»Ich wiederhole nur, was seine Sekretärin mir vor einer Stunde gesagt hat. Sie kam völlig aufgelöst zu mir und berichtete, der *sensei* habe sie angerufen und sie gebeten, zu ihm nach Hause zu kommen und Papiere auszusortieren. Kurz darauf erhielt sie einen weiteren Anruf und wurde darüber informiert, dass er Selbstmord begangen habe.«

»Wo ist die Sekretärin jetzt?«, fragte ich. »Im Krankenhaus? Bei der Polizei?«

Ichise sah erstaunt drein. »Selbst im Tod betrachtet sie den *sensei* als ihren Herrn. Sie ist, wie angewiesen, zu ihm nach Hause gegangen.«

»Wo ist Nakashimas Haus?«, fragte ich hastig.

Ichise nannte mir eine Adresse im edlen Distrikt Minato.

»Hast du vor, jetzt sofort dorthin zu fahren?«, fragte Henry.

»Nakashima befiehlt seiner Sekretärin, zu ihm nach Hause zu kommen, damit sie seine Privatpapiere sortieren kann, und ein paar Minuten später ist er tot. Ich finde nicht, dass wir überstürzt handeln.« Ich wandte mich an Ichise. »Ist Nakashima verheiratet? Wird außer der Sekretärin noch jemand im Haus sein?«

Sie schüttelte den Kopf. »Er hat sich vor vielen Jahren scheiden lassen, und Toshio war sein einziges Kind.«

»Bringen Sie sich in Sicherheit, Dr. Ichise«, sagte ich bestimmt.

Sie hob das Kinn. »Nein. Ich werde in die Klinik zurückkehren und mich um meine Patienten kümmern. Irgendwann wird die Polizei kommen; dann sage ich alles aus.«

»Ich glaube nicht, dass Sie sich im Augenblick wegen der Polizei sorgen müssen.«

Doch sie hatte sich schon in Bewegung gesetzt und ließ uns stehen.

KAPITEL 72

Während wir den Weg entlanghasteten und uns vom Meiji-Schrein entfernten, klappte ich mein Handy auf.

»Wen rufst du an?«, fragte Henry.

»Den Fliegerhorst. Delaforce.«

Ich wählte die Nummer der Vermittlung und bat, mich zum Rechnungsprüfer durchzustellen. Ein Mann ging an den Apparat und teilte mir mit, dass Delaforce nicht zu sprechen sei. »Vielleicht kann Ihnen jemand anders helfen«, fuhr er fort. »Wer bitte ist am Apparat?«

»Mein Name ist David Schwab. Ich bin von der Amerikanisch-Japanischen Gesellschaft für Immunologische Forschung.«

»Aus welchem Grund rufen Sie diese Dienststelle an?«

»Colonel Delaforce hat in entscheidender Weise am Ausbau der Klinik der Universität von Tokio mitgearbeitet. Ihr Direktor, Professor Hideo Nakashima, ist gestorben, und wir müssen uns wegen des Gedenkgottesdienstes für den Professor dringend mit dem Colonel in Verbindung setzen. Wir hoffen, der Colonel willigt ein, bei der Andacht eine kurze Ansprache zu halten.«

»Ich kann Sie zu seinem Adjutanten durchstellen«, schlug der Mann vor.

»Der Colonel und der Professor waren enge Freunde; deshalb möchte ich ihm seinen Tod persönlich mitteilen. Danke für Ihre Rücksichtnahme.«

»Tja, ich fürchte, das wird schwierig.«

»Wieso?«

»Der Colonel ist soeben für mehrere Tage in einer wichtigen Angelegenheit nach Kyōto aufgebrochen.«

»Können Sie mir vielleicht eine Nummer geben, unter der ich ihn dort erreichen kann?«

»Nein, Sir. Ich bin nicht befugt, eine solche Nummer herauszugeben. Ich hätte Ihnen nicht einmal mitteilen dürfen, dass er nach Kyōto unterwegs ist. Ich fürchte, Sie müssen mir Ihre Nummer hinterlassen, und ich versuche, ihn zu finden und zu bitten, Sie anzurufen.«

»Bitte, tun Sie das; dafür wäre ich Ihnen sehr verbunden.«

»Können wir sonst noch etwas für Sie tun?«

»Nein, danke, Sie haben mir sehr geholfen.«

»*Pass auf!*«, brüllte Henry, als ich auflegte, aber zu spät: Ich stieß mit einer Teenagerin zusammen, die ein gebauschtes schwarzes Hochzeitskleid anhatte.

Während ich ihr aufhalf, sah ich, dass sie auf dem Kopf ein riesiges blaues Geweih trug.

Wir waren wieder auf dem gepflasterten Platz mit den Freaks.

»Sei vorsichtig«, ermahnte mich Henry. »Einige von den scheußlichen Biestern beißen.«

Ein paar Meter entfernt schützte sich ein Mädchen mit einem zierlichen Schirm aus schwarzer Spitze vor der prallen Sonne. Ihr eindrucksvolles Gesicht fiel durch das kunstvoll gezeichnete Spinnennetz auf ihrer Wange umso mehr auf. In seiner Mitte hatte sie ein kleines Insekt gemalt, so lebensecht, dass ich versucht war, die Hand auszustrecken und es zu retten. Das Mädchen nahm einen Schluck aus ihrer Dose Dr. Pepper, und etwas schäumte ihr auf das schwarze Spitzentop. Wütend rieb sie mit einem filigranen weißen Taschentuch an dem Fleck.

»Verschwinden wir von hier«, murmelte ich.

Wir gingen an einem Maschendrahtzaun vorbei, wo kleine Gruppen von Mädchen hockten oder knieten, während sie sich mit ihren schwarzen oder pinken Kosmetikkoffern beschäftigten und schwatzten, kicherten und verstohlen die Jungen beäugten. Hinter ihnen, im Schatten einer hohen Zypresse, schmetterte ein Quartett aus Pseudopunks eine bewundernswert überdrehte Version von »Smells Like a Teen Spirit« vor einem Publikum von drei lässigen, Kaugummi kauenden, stachelhaarigen Grunge-Hühnern.

»Wie lange brauchen wir bis zu Nakashimas Haus?«, fragte ich.

»Weit ist es nicht. Meinst du, Delaforce ist dorthin unterwegs?«

Nicht wenn der Offizier in Atsugi die Wahrheit gesagt hatte. Dennoch glaubte ich kaum, dass Professor Nakashima seine Sekretärin ohne guten Grund dorthin geschickt hatte.

Als ich den Kopf hob, sah ich einen jungen Mann, der zielstrebig auf mich zukam. Er trug einen blutbespritzten Arztkittel und um die Stirn geschnallt einen bizarren, beleuchteten Augenspiegel. Der Bursche war wie in Trance; unter Drogen, dachte ich flüchtig, als ich bemerkte, dass er durch mich hindurch auf etwas zu schauen schien, das weit hinter mir lag.

Ich blickte hinter mich.

Henry brüllte auf, und als ich herumfuhr, stieß er den Jugendlichen von mir weg.

Der Junge taumelte, gewann das Gleichgewicht zurück, schaute uns mit unverhohlener Feindseligkeit an und verschwand wieder in der Menge.

Henry wandte sich mir zu.

»Was war denn da los?«, fragte ich ihn.

Er hörte mir nicht zu. Sein Gesicht war verwirrt, als habe er etwas verlegt und frage sich, wo er es gelassen hatte.

Dann senkte ich den Blick und sah, dass er die Hände um den Bauch verkrampft hielt. Zwischen seinen Fingern glitzerte es rot.

Henrys Augen folgten meinem Blick, und in stiller Erkenntnis, dass es furchtbar falsch war, was er da sah, zog er die Lippen von den Zähnen zurück.

Er nahm die Hand vom Bauch.

»Nicht!«, brüllte ich und sprang vor.

Doch seine Hand hatte sich schon von dem blutgetränkten Hemd gelöst, ehe das Wort meine Lippen verließ.

Wie in Zeitlupe rutschte die schlitternde Masse von Henrys Eingeweiden aus seinem Bauch und seilte sich wie am Ende einer Nabelschnur zum Boden ab.

Bestürzt blickte er mich an, und die Farbe wich aus seinem Gesicht, während ein Strom von Blut an seinem Unterkörper hinunterlief.

Er brach zusammen, und ich kniete mich neben ihn. Ich hörte verwirrte Stimmen. Eine Menschenmenge sammelte sich um uns.

»Nicht bewegen«, sagte ich. »Bleib ganz ruhig liegen. Wir bekommen dich schon wieder in Ordnung, Henry.«

Ich sah auf. »*Kyuku-sha*«, brüllte ich in die faszinierten, entsetzten Gesichter ringsum: einen Krankenwagen.

Henry schloss die Finger um mein Handgelenk. »Geh, Alec«, wisperte er rau.

»Auf keinen Fall«, erwiderte ich bestimmt.

Ein Mann kniete an Henrys anderer Seite. Er atmete vernehmlich ein, als er Henrys Hemd hob wie ein Automechaniker, der eine Motorhaube öffnete.

»Genug Leute hier«, sagte Henry. Seine Stimme hatte fast alle Kraft verloren. »Hat keinen Sinn, wenn du ...«

»Nein«, bekräftigte ich.

Er presste die Augen zu. »Schlüssel. Nimm die Autoschlüssel.«

Ich griff in seine Tasche und holte sie heraus.

»Henry, ich ...«

»Geh«, schnaufte er. »Zahl es ihnen heim. Lass ... das hier ... nicht umsonst ...«

Er riss die Augen auf, und sein Gesicht verzerrte sich im Todesschmerz.

»Teufel ...«

KAPITEL 73

Ich fuhr. Vor mir waren ein übelkeiterregendes Verkehrsgetümmel, Henrys Gesicht und ein Nest schlängelnder, bluttriefender Vipern.

Er hatte mir das Leben gerettet. Wenn er den Killer nicht zur Seite gestoßen hätte, dann wären es meine Eingeweide gewesen, die …

Zahl es ihnen heim.

»Ach, Henry«, seufzte ich. Der weiseste, netteste Narr. Als ich ihn der drängelnden Masse von Freaks überlassen hatte, die uns umgeben hatte, war er fast mit Sicherheit schon tot gewesen.

Zahl es ihnen heim.

Wenn ich das tun wollte, musste ich Trauer und Bedauern vorerst zurückdrängen. Wut war im Augenblick die einzige nützliche Emotion, das verbleite Superbenzin, das mich antreiben würde, um die Trümmer so vieler zerschlagener Leben durchforsten zu können.

Die Opfer: Akiko, die vergifteten Studienteilnehmerinnen, Hannah, alle, die auf Sleban hofften, der liebenswürdige Mr Saito. Henry.

Die Täter: Delaforce und Nakashima. Und Itoh?

Und was war mit Aldous? Hatte er in dem Flugzeug gesessen, als es am Boden zerschellte? Oder war er der Pilot? Wenn er fähig war, einen Mord zu vertuschen, was hatte man dann noch von ihm zu erwarten?

Der Minato-Distrikt ist eine ruhige Oase aus baumgesäumten Straßen mit freistehenden Villen, die Diplomaten und leitenden

Angestellten gehören. Henry hatte Hannah und mir von dieser Umgebung abgeraten, als er uns ein Haus gesucht hatte; er hatte gesagt, hier würden wir an Langeweile eingehen.

Bei Professor Nakashimas Adresse fuhr ich an den Straßenrand.

Das Haus selbst war hinter dem dichten Gebüsch kaum sichtbar. Ein schmaler Pfad schnitt durch die Pflanzen, flankiert von zwei Bächen in Bambusrinnen, deren Profile lose aufeinanderruhten, sodass sich Wasser über die Blumenbeete ergoss.

Zwei Granitpagoden standen am Fuß der Stufen, die zum Vordereingang führten. Am oberen Ende der Treppe lehnte die Fußmatte an der Seite der Veranda; zwei gerahmte Fotografien – eine von Toshio, eine von seinem Vater – standen, von Rosenblättern umgeben, auf dem nackten Marmor. Beide Männer zeigten ein grimmiges Gesicht, als hätten sie für genau diesen Zweck posiert.

In der Luft hing eine Andeutung von Rauch. Vielleicht von Räucherstäbchen? In dem trostlosen Schrein auf der Schwelle brannte jedenfalls keines.

Ich klingelte und wartete, doch niemand kam an die Tür.

Ich stieg die Stufen hinunter und blickte am Haus hoch und zu den Seiten. Es gab zahlreiche Fenster, doch an allen waren die Rollos heruntergelassen.

Eine kleine Steinbrücke führte über die Bambusrinnen; dahinter verschwand ein schmaler Weg im Buschwerk.

Ich überquerte die Brücke, und die Blätter schlossen mich ein. Ich erinnerte mich an meine schwankenden Schritte in den Stollen bei High Trees Lodge.

Hier bestand der Boden aus gestampfter Erde, in die man in regelmäßigen Abständen kleine Pflastersteine gesetzt hatte. Schon bald sah ich den Himmel über mir und fand mich im Garten hinter dem Haus wieder.

Der Brandgeruch wurde stärker.

Vor mir lag ein kleines, sauberes Rasenstück, das auf einer Seite von Obstbäumen begrenzt wurde – Kirschen, vermutete ich. In Zweifelsfällen sind es in Japan immer Kirschbäume. Auf der anderen Seite des Gartens, dicht am hinteren Ende, stand ein Pavillon; aus einem Busch dahinter ringelte sich eine Rauchfahne gen Himmel.

Ich setzte zu einem Sprint zum Busch an. Dabei sah ich eine Bewegung, und jemand kam aus dem Blattwerk.

Es war Nakashimas Sekretärin.

Sie warf einen Blick auf mich und verschwand in die Richtung, aus der sie gekommen war.

Als ich zum Pavillon kam, sah ich Flammen von einem Papierstoß aufsteigen. Ich versuchte, das Feuer auszutreten.

Nach einigen Sekunden waren die Flammen erloschen, und ich stand in einem Fleck aus angesengtem Papier und glühenden Aschefetzen.

Ich kniete nieder und stocherte mit einem Stock in der Asche herum. In der Mitte war eine Ansammlung unverbrannter Papiere; ich schälte zwei Zentimeter heißes, verkohltes Zeug weg, ehe ich etwas fand, das sich annähernd lesen ließ. Es sah nach Universitätspapieren aus, von denen einige auf Englisch geschrieben waren und eine Vielzahl von Medikamenten und die Namen derjenigen auflisteten, denen sie verschrieben worden waren, ihre Kosten und die voraussichtliche Behandlungsdauer.

Seite für Seite löste ich ab und ging die Liste der Therapien durch, die mir zum größten Teil unbekannt waren; ich nahm an, dass die meisten hier verordneten Medikamente sich noch im Experimentalstadium befanden und nicht im regulären Handel erhältlich waren.

Nach fünfzehn oder zwanzig Seiten entdeckte ich ein Medikament, das ich kannte. Obwohl das Wort zum Teil verbrannt war, war genug übrig geblieben, um mir seinen Namen entgegenzubrüllen.

Sleban.

Die japanische Studie hatte vor über vier Jahren geendet, doch wie ich an der Datumszeile am Kopf jeder Seite erkannte, war diese Liste noch keine zehn Monate alt. Mit der amerikanischen Sleban-Studie konnte sie nicht zusammenhängen – zumindest nicht offiziell.

Wem war das Medikament verschrieben worden?

Sie hieß Ukina Eguchi. Und ihr Eintrag behauptete, ihre Behandlung dauere seit fast fünf Jahren an.

In dem Kästchen, in dem vermerkt war, wie lange sie in Zukunft noch Sleban erhalten solle, stand ›unbegrenzt‹.

Ich blätterte wie wild weiter und suchte die Listen nach Patienten in ähnlicher Situation ab.

Soweit ich sagen konnte, gab es keine.

Ukina Eguchi schien einzigartig zu sein. Für mich war sie folglich von unschätzbarem Wert.

Ich klappte das Handy auf und rief das Krankenhaus an.

Man brauchte nur gut fünf Minuten, um Dr. Ichise zu finden.

»Was wollen Sie?«, fragte sie feindselig. »Ich habe Ihnen alles gesagt, was ich weiß.«

»Ich brauche eine Adresse. An der japanischen Sleban-Studie hat jemand teilgenommen, der das Medikament noch immer erhält.«

»Unmöglich«, versetzte Ichise. »Die Studie ist vor vier Jahren abgebrochen worden. Das Medikament kann nicht mehr verschrieben werden. Das wäre gesetzwidrig.«

»Und trotzdem wird es verschrieben. An eine Person namens Ukina Eguchi ... Können Sie nachsehen, ob Sie die Adresse dieser Person in Ihren Unterlagen finden?«

»Ich will es versuchen«, versprach sie mit unverhohlenem Widerwillen. »Es kann aber eine Weile dauern. Rufen Sie in einer halben Stunde wieder an.

»Nein, ich warte.«

»Ich bin mir nicht sicher, ob ich ...«

»Doktor ...«, sagte ich sanft. »Bitte. Diese Frau könnte beweisen, dass Sleban ungefährlich ist. Ich muss sie finden.«

Ich entfernte mich von dem ausgetretenen Brandhaufen und hielt mir das Handy ans Ohr. Ich hörte Tastaturklappern, Lautsprecherdurchsagen, das Piepen eines Gerätes in der Nähe – Krankenhausgeräusche.

»Laut unseren Unterlagen hat an der Studie keine Ukina Eguchi teilgenommen«, erklärte Ichise nach einigen Minuten.

»Sie muss aber«, entgegnete ich so ruhig ich konnte. »Ich habe hier ein Dokument, in dem steht, dass ihr das Medikament fast fünf Jahre lang verordnet worden ist. Sie muss an der Studie teilgenommen haben.«

»Nun, sie hat es nicht«, erwiderte Ichise knapp. »Ich habe getan, was Sie wollten; also lassen Sie mich jetzt in Ruhe.«

»Nein, warten Sie«, rief ich. »Ich stehe hier in Nakashimas Garten, wo seine Sekretärin seine Akten verbrennt. Vielleicht hat sie noch keine Zeit gehabt, Computerdaten zu löschen. Hatte Nakashima Privatpatienten?«

»Einige«, antwortete Ichise.

»Dann sehen Sie bitte nach, ob sich eine Ukina Eguchi bei den Privatpatienten findet.«

»Das ist schwierig. Ich müsste dazu die Dateien des Dekans abrufen – das ist höchst vorschriftswidrig.«

»Das weiß ich; aber könnten Sie es trotzdem tun?«

Sie antwortete nicht darauf.

»Bitte versuchen Sie es. Wenn es nicht geht, lasse ich Sie zufrieden.«

Es klang, als halte Ichise die Hand über die Sprechmuschel; ich hörte nur gedämpfte, unartikulierte Laute.

Dann wurde die Geräuschkulisse wieder normal.

»Sie war tatsächlich seine Patientin«, sagte Ichise. »Nur passt dabei nichts zusammen.«

»Wieso?«

»Ich finde keinerlei Angaben zu ihrer Erkrankung oder dem Therapieweg, den der *sensei* für sie vorgesehen hat. Hier steht überhaupt nichts.«

»Aber eine Adresse?« Ich hörte, wie meine Stimme schrill wurde.

»Ja. Da.«

»Wo wohnt sie, Doktor?«

»In Kyōto.« Sie las mir die Anschrift vor. »Werden Sie …?«

Ich klappte mein Handy zusammen.

Kyōto, wohin Colonel Delaforce unterwegs war; fünfhundert Meilen südwestlich von der Stelle, an der ich stand.

KAPITEL 74

Kurz nach Sonnenaufgang am nächsten Tag stand ich auf dem Parkplatz einer Raststätte an der Chūō-Autobahn und betrachtete die länger werdenden Kielwellen eines Fährboots, das über den Biwasee pendelte. Aus der Ferne sah es aus wie ein großer Wasserläufer. Der Morgennebel glitt die schroffen Schluchten der Berge am anderen Ufer hinunter und trieb wie Trockeneisdampf auf dem Glasspiegel des Wassers.

Ich prostete der verhangenen Sonne mit dem Kaffeebecher zu.

»Auf dich, Henry«, flüsterte ich; dann warf ich ihn ärgerlich in den Abfall und ging zum Auto.

Ich hatte einen Großteil Honshūs, der größten der vier Hauptinseln Japans, von Osten nach Westen durchquert, doch bis Kyōto waren es noch zwei Stunden.

Kyōto. Die Stadt der Tempel. Sie unterschied sich von Tokio wie Paris von New York.

Mit einer Karte auf dem Schoß fuhr ich Richtung Zentrum, vorbei an den Touristenbussen, die Menschenmassen in die riesigen, dunklen Tempelkomplexe spien. Abseits der Tempel wimmelte es auf den Gehsteigen von Kindern in Schuluniformen, auf den Rücken quadratische Tornister wie Fallschirme. Alle gingen sie brav mit ihren Eltern oder in eng geschlossenen, disziplinierten Gruppen.

Rechts von mir verlief ein breiter Kanal, träge und trüb; er stank von der Hitze. Sobald ich ihn überquerte, gelangte ich in das Wohnviertel, wo ich, wie mir von einem Tankwart versichert worden war, die Adresse finden würde, die Dr. Ichise mir vorgelesen hatte.

Nachdem ich ungefähr zwanzig Minuten lang immer wieder falsch abgebogen und zurückgefahren war, erreichte ich eine Straße mit bescheidenen, einstöckigen, einzeln stehenden Wohnhäusern – respektablen, einfachen Gebäuden mit stark gewellten Dachziegeln und gewundenen Dachvorsprüngen, hell und heimelig.

Ich hielt an der kleinen Grasfläche vor Ukina Eguchis Haus. Ein blau-oranges Plastikdreirad lag auf der Seite, an dem Handgriff eine Baseballmütze mit der Aufschrift ›Hello Kitty‹.

Ich ging zur Haustür und drückte auf den Klingelknopf unter einer kleinen Platte, die mir bestätigte, dass ich richtig war. Die Tür war eine Schiebewand aus einem täuschend durchscheinend wirkenden Material, doch wenn man hindurchzuspähen versuchte, weigerte es sich standhaft, mehr als einen vagen Eindruck vom Innern des Hauses preiszugeben. Vor allen Fenstern waren Jalousien heruntergelassen.

Nach einigen Minuten rüttelte ich vorsichtig am Türgriff. Die Tür war verschlossen.

Sollte ich auf Ukina Eguchis Schwelle sitzen bleiben, bis sie auftauchte?

Ich klingelte erneut und wartete.

Nachdem ich weitere fünf Minuten hatte verstreichen lassen, rüttelte ich erneut am Türgriff, um zu prüfen, wie kräftig das Schloss war. Ich bemerkte sofort, dass es keiner großen Kraftanstrengung bedurfte, um sie zu öffnen.

Ich sah mich rasch um: niemand in Sicht. Ich legte die Hand auf die Klinke und spannte mich, um echten Druck auszuüben.

Etwas bewegte mich, nach links zu schauen. Eine Frau in mittleren Jahren stand in der Tür des Nachbarhauses und blickte mich erschrocken an.

Ich ließ die Hand sinken und überquerte die Grenze zum Nachbargrundstück. »Ich bin ein Freund von Ukina Eguchi«, erklärte ich der Frau auf Japanisch. »Ich komme aus den Vereinigten Staaten und habe sie telefonisch nicht erreichen können. Wissen Sie vielleicht, wo sie ist?«

Die Frau verneigte sich und antwortete, sie wisse es nicht.

»Bringt sie das Kind zur Schule?«, fragte ich mit einem Blick auf das Dreirad.

»Ihre Tochter wohnt nicht hier. Sie ist fort.«

»Aber Frau Eguchi wohnt doch hier, oder?«

»Ja.«

Wir hörten ein Auto, das an der Straße hielt, und ein breites Lächeln trat auf das Gesicht der Frau.

»Wie schön. Da kommt sie ja.«

Als ich mich umdrehte, sah ich eine junge Frau in einem schwarzen Jogginganzug aus dem Auto steigen. Mit einer Einkaufstüte ging sie auf das Haus zu.

Die Nachbarin verbeugte sich mehrmals vor mir. »Ich hoffe, Sie genießen Ihren Aufenthalt.« Sie zog sich in ihr Haus zurück.

Ich überquerte wieder die Grenze zwischen den Grundstücken.

Als Ukina Eguchi mich sah, blieb sie stehen. Ihre Haltung drückte Unsicherheit und Angst aus, und im ersten Augenblick glaubte ich, sie wolle ihre Einkaufstasche fallen lassen und zum Auto zurückrennen.

Ich hob die Hand zu einem freundlichen Winken und hoffte, dass sie das nicht als Drohung auffasste. »Bitte gehen Sie nicht«, rief ich ihr zu. »Ich bin ein Freund der Professoren Nakashima und Aldous. Ich möchte Sie nur kurz sprechen.«

Nachdem sie einige Sekunden gezögert hatte, folgte sie dem Gehsteig und bog auf ihr Grundstück ein.

»Wer sind Sie?«, fragte sie auf Englisch.

Ich war zu keiner Antwort fähig. Ihr Gesicht hatte mich in Bann geschlagen.

Sie neigte fragend den Kopf zur Seite.

Das Foto, das ich im Altenheimzimmer der *oba-san* gesehen hatte, und der gerahmte Abzug in Sonokos Wohnung waren beide verblichen gewesen, doch aus dem Gesicht des Mädchens hatte die Verheißung einer vollendeten, erwachsenen Schönheit geleuchtet; in der Wirklichkeit allerdings war es noch einmal anders. Sie war eine der betörendsten und schönsten Frauen, die ich je gesehen hatte.

»Was ist denn?«, fragte sie.

»Ak ... Akiko ...«, stammelte ich.

Ihr Gesicht verspannte sich. »Ich heiße Ukina Eguchi.«

»Nein. Sie sind Akiko.«

»Sind Sie Alec Mayne?«

Ich nickte.

Erneut hatte ich den Eindruck, sie wolle auf dem Absatz kehrtmachen und davonlaufen.

»Wie haben Sie mich gefunden?«, fragte sie schließlich.

KAPITEL 75

Wir standen in einem ordentlichen, spartanischen Wohnzimmer, und als Erstes fiel mir das völlige Fehlen von Fotografien auf – beinahe unerhört in einem japanischen Haus. Ein paar Bücher, ein Korb mit Kinderspielzeug und die aktuelle Ausgabe der japanischen *Vogue*, aber nichts, das etwas über die Familie verriet. Oder die Vergangenheit.

»Schickt Aldous Sie?«, fragte Akiko.

»Nein. Er hat mir nichts von Ihnen erzählt. Bis Sie vor ein paar Minuten auf mich zugekommen sind, hatte ich angenommen, Sie wären tot. Jeder glaubt das.«

Akiko senkte den Kopf. »Und so sollte es auch bleiben. Seit ich vor vier Jahren ins Krankenhaus ging, war ich Ukina Eguchi, und niemand hat mich je belästigt.«

»Ich fürchte, das wird sich ändern.«

»Hier bin ich in Sicherheit«, entgegnete Akiko.

»Nicht mehr. Wo ist Ihre Tochter?«

»Wenigstens sie ist in Sicherheit.«

»Woher wissen Sie das?«

»Sie ist bei Menschen, die sie beschützen werden. Aldous-*sensei* sagt, sie kann bei ihnen bleiben, bis die Angelegenheit erledigt ist.«

»Erledigt? Von wem? Aldous? Haben Sie ihn gesprochen? Wissen Sie, wo er ist?«

»Er hat mich angerufen«, antwortete Akiko. »Er hat mir gesagt, ich soll hier bleiben.«

»Das dürfen Sie nicht. Delaforce weiß, wo Sie sind.«

Akiko keuchte leise. »Das ist nicht möglich. Aldous-*sensei* hat versprochen …«

»Er ist nicht mehr in der Lage, irgendetwas zu garantieren. Delaforce weiß, wo Sie sind, und ist hierher unterwegs. Sie müssen mir verraten, wo Ihre Tochter ist.«

»Ich sagte es schon: Kara ist in Sicherheit.«

»Wo ist sie?«, beharrte ich. »Sie kennen meinen Namen. Aldous muss Ihnen von mir erzählt haben.«

»Ja«, sagte Akiko. »Er spricht sehr gut von Ihnen. Er sagt, ohne Sie hätte er in Amerika keine Chance bekommen.«

Aber er hatte mir nicht genügend vertraut, um mich einzuweihen.

»Bitte vertrauen Sie mir«, sagte ich. »Sagen Sie mir, wo Kara ist. Nach allem, was ich über Delaforce weiß, könnte sie in Gefahr sein.«

»In Kurama«, antwortete sie nach langem Schweigen.

»In Ihrem eigenen Heimatdorf? Himmel!«

»Sie ist bei den Priestern im Bergkloster. Dort kann ihr nichts gefährlich werden. Ich glaube nicht …«

»Sie sollten das Kloster sofort anrufen und sagen, man soll sie vorsichtshalber woandershin bringen.«

Akiko sah mich erstaunt an. »Dort leben nur Priester und Mönche. Sie haben kein Telefon.«

Ich machte Anstalten, das Wohnzimmer zu verlassen. »Ist Kurama weit von hier?«

»Es liegt in den Bergen außerhalb der Stadt. Allzu weit ist es nicht.« Ihre Hände zitterten, und ich sah, dass sie große Angst hatte. »Sie haben recht. Wir müssen auf der Stelle dorthin und Kara fortbringen.«

Mir schoss der Gedanke durch den Kopf, dass sie sich am besten irgendwo verstecken sollte, während ich nach Kurama fuhr. Sie war mein Beweis: eine Frau mit Lupus, die sich strahlender Gesundheit erfreute. Am liebsten hätte ich sie luftdicht verpackt und sicher aufbewahrt, bis ich sie einer erstaunten Welt präsentieren konnte.

Aber ich wusste, dass sie damit nie einverstanden wäre. Wie konnte sie auch jetzt nicht zu ihrer Tochter fahren?

Wir verließen das Haus.

»Nehmen Sie noch immer Sleban?«, fragte ich, als wir in meinen Wagen stiegen.

»Natürlich«, antwortete sie. »Ich leide nach wie vor an Lupus.«

»Und wie ist es Ihnen in den letzten vier Jahren ergangen?«

Sie lächelte gezwungen. »Ich war keinen einzigen Tag krank.«

KAPITEL 76

Akikos Geburtsdorf schmiegte sich in die Berge nördlich von Kyōto. Sie sagte mir, dass wir, solange ich ihre fernen, verwischten Gipfel im Blick behielt, früher oder später aus den Vorstädten herausgeleitet würden und ins Hochland gelangten.

Tatsächlich schien die Stadt kein Randgebiet zu kennen; sie hörte einfach auf. Waren wir im einen Moment noch von Häusern umgeben, sahen wir im nächsten die Straßen von bewaldeten Anhöhen ersetzt, aus denen hin und wieder ein Landhaus oder ein Bauernhof ragte. Im Licht der Sonne, die mittlerweile hoch am Himmel stand, blitzten ihre Satellitenschüsseln.

Und dann sahen wir gar keine Gebäude mehr; die Gebirgswände rückten näher, und die steile, baumgesäumte Anhöhe rechts fiel steil zur Straße ab. Zu unserer Linken befand sich ein schnell dahinrauschender Fluss, der nach Kyōto strömte und sich längs der Straße durch das Tal wand. Zwischen beiden schoben sich die Eisenbahngleise hindurch.

»Sie müssen sehr wütend auf mich sein«, sagte Akiko.

»Warum?«

»Weil ich so viel Leid verursacht habe. Aldous und Nakashima-*sensei* haben eine neue Identität für mich aufgebaut. Ich hätte nie gedacht, dass der Preis für die Rettung meines Lebens so hoch ausfallen könnte.«

Akiko wandte den Kopf ab und blickte aus dem Fenster. Wir bogen um eine scharfe Kurve, und das Tal öffnete sich ein wenig. Zu beiden Seiten der Straße drückte sich ein kleines Dorf an die Berghänge. Die Gebäude hatten keinen Hof hinter dem

Haus, aber an einigen sah man Sonnenterrassen, die über den Fluss ragten. Ich sah die Bewohner dort sitzen und ihr Mittagessen verzehren, während der Fluss unter ihnen hinwegrauschte.

Eine hübsche Szene aus Akikos Kindheit; damals musste ihr so etwas wie eine Vision aus einem anderen Leben vorgekommen sein.

»Für mich gab es nichts in diesem Tal«, sagte sie, »nur ungelernte Hofarbeit oder Zimmermädchen im Kurhotel. Ich führte nicht einmal mehr meine Aufgaben am Tempel aus. Ein Mädchen aus dem *buraku* ohne Ausbildung hat keine große Zukunft.«

»Sind Sie deshalb mit Sonoko nach Tokio gegangen?«

»Wir haben als Kellnerinnen gearbeitet, und eine Weile hatten wir an allem Spaß. Ich glaube, Sonoko hätte nichts dagegen gehabt, wäre alles geblieben, wie es war.« Sie senkte den Kopf. »Für sie wäre es vielleicht besser gewesen, wenn sie geblieben wäre, wo sie war ...«

Kurz schwieg sie.

»Ich wurde gebeten, auf dem Fliegerhorst von Atsugi zu arbeiten«, fuhr sie schließlich fort. »Ich ging, um bei einer Gala dort Getränke zu servieren. An diesem Tag lernte ich Colonel Delaforce kennen.«

Ich bremste und hielt kurz vor dem Dorf an, damit eine Wandergruppe aus Leuten in mittleren Jahren, die von einem Waldweg kamen, die Straße überqueren konnte. Strahlend in ihren glänzenden schwarzen Jogginganzügen, schwangen sie die Gehstöcke wie Skilangläufer, die der Schnee im Stich gelassen hatte.

Akiko lächelte. »Er war sehr gut aussehend und höflich und schien schon viel über mich zu wissen, auch dass ich eine *burakumin* war. Er sagte, es sei eine Schande, dass wir wie Ausgestoßene behandelt würden und dass in den USA so etwas niemals zulässig wäre.« Akiko lächelte. »Ich wusste nicht viel über Amerika, aber ganz habe ich ihm nicht geglaubt.«

Sie seufzte. »Er war clever und sehr charmant. Zu Anfang machte er mir gegenüber niemals unpassende Andeutungen, auch wenn wir spät abends noch essen gingen. Er sagte, dass ich etwas Besseres verdient hätte, als bis an mein Lebensende als Kellnerin zu schuften. Und eines Abends verkündete er mir, er könne mir eine andere Arbeit verschaffen, einen sehr guten Posten im Büro am Fliegerhorst. Ich dankte ihm und lehnte mit der Begründung ab, ich könne Sonoko nicht im Stich lassen. Er sagte, sie könne ebenfalls dort Arbeit bekommen. Sonoko und ich waren sehr froh und glaubten, wir hätten unser Glück gemacht.«

Wir durchquerten ein weiteres Dorf, und erneut hielt ich für Wanderer an. Diesmal bestand ihre Uniform aus silbernen Jogginganzügen, und sie erweckten den Eindruck von greisen Astronauten, die einen Synchron-Weltraumspaziergang veranstalteten.

»Aber das war dumm von uns«, fuhr Akiko fort. »Ich hätte wissen müssen, dass nichts im Leben so einfach ist.«

»Wie hätten Sie das auch merken sollen? Es ging eine Stufe die Leiter hinauf. Was konnte daran falsch sein?«

»Jemand verriet mir, dass einer der Chefs Itoh hieß«, entgegnete sie.

»Und diesen Namen kannten Sie?«

Akiko nickte. »Die Itoh-Familie sind in Kyōto mächtige *yakuza*. Man fürchtet sie sehr.«

»Aber Sie waren doch in Tokio. Ich dachte, *yakuza* halten sich von fremdem Territorium fern.«

»Colonel Delaforce hat mich ausgelacht und gesagt, es sei ein verbreiteter Name; dieser Itoh habe nichts mit der Kyōtoer Familie zu tun.«

»Wann begannen Sie misstrauisch zu werden?«

»Er bat mich, Pakete zu überbringen. Hauptsächlich in Tokio. Jedes Mal führte er mich hinterher in teure Restaurants aus. Einmal gingen wir ins Disneyland Tokio – dort war ich noch nie gewesen. Es war sehr schön. Danach schickte er mich nach Osaka und dann nach Nagoya. Nach einigen Monaten reiste ich durch ganz Japan, und er bezahlte mich in bar, zusätzlich zu dem, was ich im Büro verdiente.«

»Wussten Sie, was in den Paketen war?«

»Ich habe nie danach gefragt. Ich redete mir ein, dass sie wichtige Dinge für das amerikanische Militär enthielten und es mir nicht zustehe, danach zu fragen. Doch tief in meinem Herzen muss ich gewusst haben, dass ich ein Unrecht beging. Aber dann geschah etwas, was meine Gedanken von diesen Überlegungen ablenkte.«

»Und was?«

»Ich wurde krank.«

»Und dann schlug Toshio Nakashima Ihnen vor, Sie ins Sleban-Programm aufnehmen zu lassen?«

Angewidert verzog Akiko den Mund. »Er war ein widerlicher Mensch, aber ich muss ihm wohl dankbar sein – wenige Tage nach Beginn meiner Behandlung ging es mir gut. Auch habe ich es ihm zu verdanken, dass ich ...« Sie hielt inne, und ihre Wangen röteten sich. »... Professor Aldous kennen lernte.«

Seinen Namen auszusprechen schien ihr Schmerz zu bereiten.

»Einem Mann wie ihm war ich noch nie begegnet.« Sie sah mich herausfordernd an. »Aber vielleicht sind Sie ja jemand, der meint, dass Unterschiede in Kultur, Herkunft und Alter uns verbieten sollten ...« Sie senkte den Kopf.

»Nicht im Geringsten«, erwiderte ich sanft. »Ich müsste lügen, wenn ich behaupten würde, ich wäre nicht überrascht. Aber nicht Ihretwegen, sondern weil er mir gegenüber nie auch nur die leiseste Andeutung gemacht hat.«

»Der *sensei* ist ein Mann von großer Spiritualität und ...« –

einen Augenblick lang suchte sie nach dem richtigen Wort – »und Leidenschaft.«

Sie hatte nun Tränen auf den Wangen. Am liebsten hätte ich den Wagen angehalten und sie in die Arme genommen, aber ich hielt die Augen unbeirrt auf die Straße gerichtet.

»Und was ist schief gegangen?«, fragte ich, nachdem sie Zeit gehabt hatte, sich wieder zu fassen.

»Eines Abends gestand mir Colonel Delaforce, dass er mich liebe und Sex mit mir wolle. Ich entgegnete ihm, ich sei dankbar für alles, was er für Sonoko und mich getan habe, dass ich seine Gefühle jedoch nicht erwidere.«

»Wie hat er reagiert?«

»Zuerst glaubte ich, er würde mich mit Gewalt nehmen, doch stattdessen prügelte er mich. Er hat mich sehr schlimm verletzt. Er sagte, dass er sich noch keine Frau mit Gewalt nehmen musste und dass ich mich ihm nach einiger Zeit schon freiwillig hingeben würde.«

»Wann haben Sie herausgefunden, was wirklich vorging?«

»Nachdem Delaforce mich zum vierten oder fünften Mal verprügelt hatte, verhöhnte er mich und sagte, ich sei Kurierin für illegale Waren gewesen: Rauschgift, gefälschte Medikamente, schmutziges Geld, alles mögliche Schreckliche. Ich hatte Angst; ich glaubte, ich müsste ins Gefängnis. Ich stellte mir vor, wie ich hinter Gittern gefoltert und vergewaltigt wurde. Delaforce sagte mir aber, ich bräuchte mich nicht zu fürchten, und jetzt, wo ich mich bewiesen hätte, könnte ich wichtigere Aufgaben für ihn erledigen, und er würde mich schützen.«

»Hat er Ihnen auch befohlen, Riggs zu heiraten?«

Sie nickte. »Sie halten das vielleicht für etwas sehr Verwerfliches. Aber ich glaubte, keine andere Wahl zu haben – und das war immer noch besser, als mich ihm zu schenken ...«

»Es ist schon gut«, sagte ich. »Sie brauchen sich vor mir nicht zu rechtfertigen.«

Akiko sah mich dankbar an. »Delaforce fand, wir gäben ein ideales Team ab: Kuriere zwischen Rammstein in Deutschland und Atsugi, ein idealer Vorwand für illegale Kurierdienste. Manchmal flogen wir in Militärmaschinen mit; manchmal nahmen wir zivile Flüge.«

»Und man machte Sie zu Direktoren der deutschen Tochter von JetPac?«

Akiko wirkte überrascht. »Davon habe ich nichts gewusst. Delaforce hat Riggs und mir dauernd Papiere zur Unterschrift vorgelegt, aber wir wussten beide nicht, worum es darin ging.«

Sie lächelte sanft. »Riggs«, flüsterte sie. »Er war der erste *okama*, den ich je kennen lernte. Uns war beigebracht worden, Homosexuelle als abstoßend und schmutzig zu betrachten – schlimmer als *burakumin*. Aber er war nett und freundlich.

Ich hatte solche Angst. Ich war eine Verbrecherin und tat schlimme Dinge. Ich war in einer Welt des Bösen gefangen und schämte mich so für das, was ich tat, aber Delaforce drohte, mir und, noch schlimmer, der *oba-san* etwas anzutun, sollte ich versuchen, mich davonzumachen. Er sagte, ich sei nicht besser als meine Vorfahren, die niedere Tätigkeiten verrichteten und ihrem Schicksal auch nicht entkamen.

Einmal beförderte ich Impfstoffe nach Deutschland, die in die Türkei verkauft werden sollten, weil es dort ein Erdbeben gegeben hatte. Delaforce fand es lustig, dass diese Arzneien die armen Leute eher umbringen als heilen würden. Ich vernichtete die Flaschen und sagte Delaforce, sie seien zu Bruch gegangen. Dafür hat er mich furchtbar verprügelt. Aber das hatte ich verdient – ich fühlte mich schmutzig und schlecht. Ich hatte nicht verdient zu leben und dachte daran, mich zu töten.«

Ein Ausdruck unendlicher Traurigkeit legte sich auf ihr makelloses Gesicht.

»Und dann lernte ich Aldous kennen.«

»Haben Sie ihm gesagt, was Sie für Delaforce getan haben?«

»Zuerst nicht«, antwortete sie zaghaft. »Nein, nein, ich sagte es nicht. Ich wollte nicht alles zwischen uns kaputtmachen. Jeder Augenblick, den ich mit ihm verbrachte, war etwas Besonderes.« Sie schwieg kurz. »Als er dann meine blauen Flecke sah ...«

Wehmut trat in ihr Gesicht. »Er hielt mich fest«, sagte sie leise. »Eine Stunde lang wollte er mich nicht loslassen. Er schwieg. Er verurteilte mich nicht. Er schenkte mir Sicherheit. Er ließ mich wieder zu hoffen wagen. Und dann sagte er mir, dass ich entkommen müsse; ich müsse ein neuer Mensch werden. Er versprach, dafür zu sorgen.«

Vor uns erweiterte sich wieder das Tal, und ein zweiter Fluss mündete in den ersten. Schäumend ergoss er sich über ein kleines Wehr. Daneben stand, auf einem Tieflader festgebunden, ein gewaltiges Bildnis, das wenigstens fünf Meter hoch aufragte. Es war hellrot und hatte wütende Glotzaugen. Aus der Mitte des Gesichts entspross ein Auswuchs von Nase, die unanständig wirkte wie ein Dildo. Ihr gefährlich unproportioniertes Gewicht ruhte an einer Stahltrosse, die zwischen der wulstigen Nasenspitze und der glänzenden Stirn gespannt war.

»*Tengu*«, wisperte Akiko. »Bei *Tengu* denke ich immer an Delaforce. Ich wusste, wenn ich ihm nicht entkommen kann, dann muss ich sterben.«

Nun begriff ich, weshalb Aldous nicht einmal entfernt belustigt gewesen war, als Hannah angemerkt hatte, er sehe aus wie ein *Tengu*.

»Alles ging sehr schnell«, fuhr Akiko fort. »Aldous rief mich eines Abends zu sich und sagte mir, in der Universitätsklinik liege eine Frau in meinem Alter im Sterben. Aldous und Nakashima planten, zwei Totenscheine auszustellen, einen auf ihren Namen, den anderen auf mich. Aldous sagte, ich müsse sofort verschwinden. Aber als ich das Haus verließ, kehrte Delaforce zurück.«

Bei der Erinnerung verspannte Akiko sich sichtlich. »Als er

sah, dass ich eine Reisetasche trug, schob er mich wieder ins Haus und verlangte zu erfahren, was ich tat.«

»Und was haben Sie ihm gesagt?«

»Ich hatte Angst und konnte nicht denken. Ich sagte ihm, dass ich mich in jemanden verliebt hätte und gehen würde. Delaforce war sehr wütend; er war außer sich vor Zorn ...«

Ihr Blick wurde flehend; sie bat mich, nicht zu fragen, was Delaforce ihr angetan hatte.

»In gewisser Weise hatte ich Glück, dass er mir wehgetan hat«, sagte sie schließlich.

»*Glück?*«

»Delaforce hat mich sehr schwer verletzt ... Er bekam Angst ... Ich bat ihn, Aldous zu rufen ...«

»Und Aldous und Nakashima richteten es so ein, dass ein Krankenwagen Sie abholte, und dann erklärten sie, Sie seien tot im Hospital angekommen, korrekt?«

Akiko nickte. »Delaforce glaubte, er hätte mich umgebracht ... Und in gewisser Weise stimmte das auch. Als Aldous meine Verletzungen untersuchte, entdeckte er, dass ich schwanger war. Das sagte er mir, bevor er mir offenbarte, dass wir uns niemals wiedersehen könnten; es sei zu gefährlich.« Sie wandte sich von mir ab und schaute wieder in die Berge. »Seither habe ich ihn immer nur in den Augen unserer Tochter sehen können.«

Sie drehte sich zu mir um. »Aber jeden Tag seit damals habe ich mir die Frage gestellt: Was hat mich in seinem Herzen am Leben erhalten?«

Das Tal beschrieb einen Bogen, und am Hang vor uns brach ein schwarzes Tempeldach durch den dichten Zedernwald.

»In diesem Tempel war ich eine *miko*«, sagte Akiko.

»Ein Schreinmädchen?«

Sie nickte und blinzelte. »Ich war damals sehr unschuldig.«

Nach einem weiteren Bogen gelangten wir ins Tal von Kurama.

KAPITEL 77

Kurama war ein Straßendorf, das auf dem Talboden lag wie Schlick, den ein schnell strömender Fluss hinterlässt. An seiner linken Flanke erhob sich steil der dicht bewaldete Hang des Berges Kurama.

Wir fuhren an mehreren kleinen Geschäften vorbei, erreichten den Bahnhof und ließen das Auto dort auf dem Parkplatz stehen.

Ein Hund stieß ein zielloses Bellen hervor, und von irgendwo in der Nähe hörte ich ein rhythmisches Klacken auf Asphalt – wahrscheinlich das Geräusch von Gehstöcken einer weiteren Wandergruppe. Davon abgesehen wirkte das Dorf wie ausgestorben.

»Gestern Abend war das Bambuserntefest«, sagte Akiko. »Heute sind alle sehr müde.«

Sie blieb stehen und starrte die Straße hoch.

»Dort oben liegt das Haus meiner Großmutter«, sagte sie.

Mit einer trotzigen Kopfbewegung richtete sie ihren Blick auf die lange Steintreppe, die links von uns steil in die Höhe führte, und nach einem Augenblick des Schweigens begann sie, in beeindruckendem Tempo die Stufen hinaufzusteigen.

Am oberen Ende führte eine weitere Treppe zu einem schmucklosen Torbogen, hinter dem der Tempel lag. Links führte ein Weg zu einem weiteren, größeren und schmuckvolleren Bau.

»Ist das dort das Kloster?«, fragte ich außer Atem.

Akiko sah mich an, als hätte ich den Verstand verloren. »Natürlich nicht. Das Kloster ist in der Nähe des Gipfels. Wir haben es noch weit.«

Ich spürte ein Rumpeln und fragte mich im ersten Moment, ob die Erdstöße Tokios mich bis nach Kurama verfolgt hätten, doch als ich rechts von mir durch die Bäume sah, entdeckte ich eine Seilbahn, die sich in einem arg steilen Winkel durch den Wald zog.

Akiko wies auf einen Weg, den hohe Pfosten säumten. An ihnen hingen leuchtend rote Laternen. Nach wenigen Sekunden umschloss uns der Wald. Die hohen Stämme seiner Zedern verschwommen über uns. Wir hörten ein betörendes Gemisch aus Knarren, Vogelrufen und dem Huschen kleiner Nager im Unterholz aus Farnen und Bambusschößlingen.

Ein Wanderer ging an uns vorbei. Wir überholten zwei alte Frauen, die mit auf dem Rücken verschränkten Händen einherschlenderten.

Die Gegend war zwar dünn besiedelt, aber nicht verlassen.

Wir folgten nun einem gepflasterten Weg, der sich relativ leicht gehen ließ. Ich wollte nur ungern von ihm abweichen und den Berg auf einer anspruchsvolleren Route ersteigen, doch je mehr Zeit verging, desto öfter blickte ich über die Schulter zurück. »Sollten wir den Hauptweg nicht lieber meiden?«, fragte ich. »Wenn Delaforce weiß, dass Ihre Tochter auf dem Berg ist, hat er hier vielleicht Männer postiert. Wir sind hier ziemlich exponiert …«

Akiko zögerte und sah nach rechts. »Sie haben Recht«, sagte sie und verließ den Weg. Sie hielt sich an dem Farn fest, zog sich auf den Hang und drang in den Wald vor.

Der Aufstieg war anstrengend. Den Boden bedeckte federndes Moos, das sich weigerte, Schuhen Halt zu verleihen, die nicht zum Klettern ausgelegt waren. Aus der Entfernung sahen die Farne durchweg harmlos aus, aber wenn man sie packte, verbrannte man sich an ihren Stängeln die Hände, und ihre Wedel peitschten einem grausam ins Gesicht. Die Bambussprösslinge waren sogar noch boshafter.

Ohne Pause stiegen wir gut zwanzig Minuten lang auf, und während dieser Zeit hörte ich nichts außer den Geräuschen, mit denen ich durch das Unterholz streifte, mein Grunzen, wenn ich mich hochzog, und das Pochen des Blutes in meinem Kopf.

Der Boden wurde eben, und wir fanden uns auf einem kleinen Plateau wieder, dem eine riesige Zeder Schatten spendete. Ein Mieder aus eng gebundenen Strohgarben war in sieben Metern Höhe um den Stamm geschnallt, und gleich darüber hing ein Halsband aus Papierstreifen in der Form von Doppelrauten.

»Die Geister sind hier«, sagte Akiko.

Sollte das nun eine gute oder eine schlechte Neuigkeit sein?

Ich schaute nach unten: Die Steigung war so steil, dass ich mir überhaupt nicht vorstellen konnte, wie die riesigen Zedern Halt fanden.

Waren wir wirklich dort hochgeklettert?

Ich klopfte meine Taschen auf der Suche nach dem Handy ab. Ich fand keine Spur davon. Wahrscheinlich lag es irgendwo unter uns im Dickicht der Farne und Bambussprösslinge.

Ich zuckte mit den Schultern und blickte nach oben, wo wiederum eine Holztreppe zu einem weiteren Tempel führte.

»Ich habe Durst«, sagte Akiko und begann die Stufen hochzusteigen.

Oben angekommen, umgingen wir den verlassenen Tempel und gelangten auf einen schmalen Pfad, der hinter ihm wieder in den Wald führte. Einige Sekunden später hörte ich das verlockende Plätschern fließenden Wassers und bemerkte, dass meine Kehle völlig ausgetrocknet war.

Wir bogen um eine Ecke und kamen an einen tiefen Spalt in der Felswand, in dem ein Sturzbach zwischen mit üppigem Farn bewachsenen Ufern herabströmte. Eine rote Holzbrücke überspannte die Kluft; eine Brücke von einem unzugänglichen Punkt zum anderen. Ich wusste genau, wie diese Brücke sich fühlte.

Akiko sah mich ernst an, als ich den Weg verlassen und zum Bach hinaufklettern wollte. »Nein«, sagte sie. »Nicht hier. Das darf man nicht.«

Ein wenig weiter erreichten wir einen vorn offenen Holzunterstand. Aus den Mäulern zweier glotzäugiger, bronzener Drachenköpfe floss Wasser und rann in einen breiten Trog, der ständig überlief. An den sehnigen Hälsen der Drachen hingen langstielige Bambustassen wie die, mit der ich Wasser über Lauras Grabmarkierung gegossen hatte.

Mit klebriger Zunge fuhr ich mir über die trockenen Lippen. Das Rauschen des Wassers donnerte in meinem Kopf.

Akiko wies auf eine Anschlagtafel, auf der eine Reihe von Bildern am Beispiel eines kleinen Mädchens mit Rattenschwänzchen die korrekte – und komplizierte – Art zeigte, wie man an diesem Rastplatz Wasser zu schöpfen hatte.

»Bitte befolgen Sie das Protokoll«, sagte Akiko und wusch sich sorgsam die Hände.

Protokoll hin oder her, ich habe nie etwas Köstlicheres getrunken.

Danach entfernten wir uns wieder vom Weg und stiegen erneut durch den Wald nach oben.

KAPITEL 78

Eine Stunde später war der Trunk aus den Drachenköpfen nur noch ein halb vergessener Traum. Selbst Akiko stolperte, verlor in Abständen den Halt und glitt hilflos einige Schritt herab, bis sie mit mir zusammenstieß; zweimal glaubte ich, wir würden beide den Berghang hinunterstürzen. Am Ende erreichten wir jedoch eine sanfte Böschung, über die ein sauber gepflasterter, von Laternen gesäumter Weg verlief.

Einige Meter entfernt nahm eine lange Treppe mit altertümlich wirkenden Stufen ihren Anfang und schien sich zum Himmel zu erheben.

Akiko starrte die Stufen hinauf. »Das ist der Weg zum *honden*, dem Hauptsaal. Dort finden wir das Kloster, und auch Kara.« Bebend schlug sie die Hände vors Gesicht. »Ach Gott«, heulte sie auf.

Ich ging zu ihr und legte ihr den Arm um die Schultern.

»Was, wenn er sie gefunden hat? Was, wenn ich zu spät komme?«

»Wahrscheinlich geht es ihr gut«, sagte ich beruhigend. »Und sie kann es gar nicht erwarten, ihre Mutter wieder in die Arme zu nehmen.«

Akiko wischte sich die Tränen mit den Handrücken ab; dann machte sie sich wieder auf den Weg.

Der letzte Schritt führte auf einen großen, gepflasterten Platz.

Unmittelbar vor uns stand ein breiter, niedriger, nüchterner

Tempel. Gewaltige weiße Kugeln mit schwarzen Streifen kreuz und quer hingen über einer Bühne, die auf ganzer Breite verlief.

Direkt hinter dem Tempel ragte der Berg weiter in die Höhe, aber die bewaldete Krümmung seines Gipfels lag nun in Sicht.

Links des Platzes stand eine Vielzahl von Nebengebäuden, von denen oberhalb einer Reihe dichter Büsche gerade die Dachziegel zu sehen waren.

Akiko wies darauf. »Das Kloster.«

Wir liefen die dem Abhang zugewandte Seite des Platzes entlang. Während unseres Aufstiegs hatte sich Nebel unter uns gesammelt und uns vorwärtsgedrängt, ohne uns je zu erreichen. Nun sah es so aus, als ruhten die Berge körperlos auf den Wolken und trieben über der Welt unter uns, ungesehen von ihren Bewohnern.

Wir kamen an einer Statue vorbei: einem geduckten Löwen aus Stein, einem Aslan von einem Löwen mit prächtiger Mähne und ernstem, gebieterischem Gesicht. Sein Anblick wäre noch einschüchternder gewesen, hätte er vor der Brust kein großes Leinenlätzchen getragen.

Als wir den Rand des Platzes erreichten, bog Akiko ab und schoss durch eine Lücke im Gebüsch. Ich folgte ihr, als sie einen Weg entlangrannte, der zum nächststehenden Gebäude führte.

Ehe wir es erreichten, öffnete sich eine von mehreren weißen, durchscheinenden Türen an seiner Vorderseite, und ein onkelhafter Mann kam heraus. Er trug eine Halbbrille und ein cremefarbenes Gewand mit schwarzem Kragen.

»Uno-*sensei!*«, schrie Akiko. »Wo ist Kara? Wo ist sie? Ist sie in Sicherheit?«

Sie warf sich dem alten Mann zu Füßen und umfasste den Saum seines Gewandes. Er blickte daraufhin ernst auf sie hinab und zog sie auf die Füße.

»Kara ist in Sicherheit«, versicherte er ihr auf Japanisch.

»Wo ist sie? Lassen Sie mich zu ihr. Bitte lassen Sie mich zu ihr ...«

»Bald; sie kommt bald wieder«, sagte der Priester.

»Um Gottes willen, Sie haben das Mädchen doch nicht etwa aus dem Kloster gelassen, oder?«, brüllte ich.

Der Priester sah mich streng an. »Junger Mann. Sie ist mit unserem Bruder Misaki unterwegs, der die Berge so gut kennt wie ich. Kara braucht ihren Spaziergang. Sie ist ein Kind, und Kinder müssen jeden Tag gehen, sonst benehmen sie sich schlecht.«

Akiko hatte unkontrolliert zu zittern begonnen. »Ich habe Ihnen vertraut«, wimmerte sie. »Ich habe Ihnen vertraut. Jetzt werden sie Kara stehlen.«

»Niemand wird dieses Kind auf dem Kurama-*yama* stehlen«, erklärte der Priester gelassen. »Niemand wagt es, hier solch ein Sakrileg zu begehen. Kommen Sie herein, und ruhen Sie sich aus, während wir auf die Rückkehr der Kleinen warten.«

»Welchen Weg sind sie gegangen?«, fragte ich.

Der Priester sah mich verblüfft an. »Wer sind Sie, dass Sie in diesem Ton mit mir reden?«

Ich trat auf ihn zu. »Welchen Weg?«, wiederholte ich, wobei ich deutlich machte, dass er sich nicht irrte, wenn er mein Verhalten bedrohlich empfand.

Er verzog das Gesicht und zeigte nach oben.

»Zum Gipfel?«, fragte ich.

»Die Wurzeln«, wisperte Akiko entsetzt. »Das war immer Aldous' Lieblingsplatz.«

Ich erinnerte mich an das knorrige, verdrehte Souvenir in Aldous' Esszimmer auf High Trees Lodge.

Akiko blickte wild um sich und rannte von uns weg einen Balkon entlang, der an der Seite des Gebäudes verlief.

»Warten Sie!«, rief ich. Wenn Delaforce die Kleine schon in seiner Gewalt hatte, würden wir sie kaum dadurch retten, dass wir unbewaffnet den Berg hinaufhetzten; so etwas bedeutete eher Selbstmord für uns.

Doch ich wusste, dass sie nicht anhalten würde: Ihre Tochter war über uns im Wald; einen eindringlicheren Hilferuf gab es nicht.

Auch ich hörte ihn: Das Kind war kostbar, so kostbar; und wenn ihr echter Vater nicht zu ihr kommen würde, dann wollte ich Vater sein. Diesmal wollte ich da sein.

Ich rannte Akiko hinterher und sah noch, wie sie ein Geländer überkletterte und sich in einen Ziergarten fallen ließ, der an die bewaldete Steigung zum Gipfel grenzte.

Ich folgte ihr und setzte ebenfalls über das Geländer. Zu spät bemerkte ich, dass es auf der anderen Seite weit tiefer hinunterging, als es aus der Entfernung ausgesehen hatte.

Ich landete schwer auf der Schulter, und noch der letzte Milliliter Luft wurde mir aus den Lungen gepresst. Langsam rappelte ich mich wieder auf und kämpfte um Sauerstoff. Einige Sekunden vergingen, bis ich mich so weit erholt hatte, dass ich die Verfolgung fortsetzen konnte.

Am Waldrand blieb ich stehen.

Ich lauschte auf zerbrechende Äste und das Ächzen zertrampelten Unterholzes, aber es herrschte Stille.

»Akiko!«, rief ich.

Keine Antwort.

Mist.

Ich ging zwischen die Bäume und kletterte weiter.

Nach dreißig Metern kam ich an einen Weg, der quer vor mir entlanglief, in einem Winkel zur Steigung. Dankbar nutzte ich ihn.

Weiter vorn lichtete sich links von mir der Wald, und der Weg führte zu einer großen, umwandeten Plattform, die einen Ausblick über das Blätterdach zum Kloster und der gewaltigen schwarzen Kuppel des Hauptsaals bot. Hinter mir war ein modernes Betongebäude in die Bergwand eingesetzt, und ein Schild verriet, dass es sich um ein Museum handelte.

Daneben führte ein weiterer Weg bergauf, zum Gipfel, wie ich vermutete.

Nach zehn Metern blieb ich stehen und lauschte. Ich war sicher, dass ich es mir nicht nur einbildete: ein Schrei aus Not oder Schmerz.

Da, wieder – leise, kaum hörbar; es hätte von einem verletzten Tier kommen können, doch das bezweifelte ich.

Ich begann zu rennen.

Vor mir entdeckte ich Akiko. Sie saß auf dem Weg und hielt sich den Fußknöchel.

»Als ich vom Balkon gesprungen bin«, sagte sie wütend. »Das Gehen fällt mir schwer.«

Als ich ihr aufhalf, bewegte sich etwas am Rand meines Sichtfelds. Ich fuhr herum und starrte ins Laubwerk.

Ungefähr fünfzehn Meter entfernt lehnte ein Mann im schwarzen Anzug nonchalant an einem Baum. Er schien sich keine Mühe zu geben, sich zu verbergen, und war ganz offensichtlich kein Priester oder Mönch.

Ich blickte den Weg hinunter und entdeckte an der Ecke, um die ich vor wenigen Augenblicken gekommen war, einen anderen Mann im gleichen Aufzug.

Uns blieb keine andere Wahl, als weiterzuklettern.

»Wir hätten am Hauptsaal Halt machen sollen«, sagte Akiko nach einer Minute. »Wir hätten ein *ema* im Schrein dort platzieren sollen.«

Ein *ema* war eine kleine Tafel aus Holz, auf die man ein Gebet schrieb – eigentlich einen Wunsch –, den die Geister gewähren sollten.

Irgendwo an einem Ort namens Chichibu, gleich außerhalb von Tokio, gab es eines dieser kleinen übernatürlichen Antragsformulare mit meiner Handschrift darauf. Ich hatte einen einfachen, einen sehr einfachen Wunsch geäußert: ›Bringt Laura sicher zur Welt.‹

Und das war mir auch gewährt worden. Nur dass sie zehn Minuten später hatte sterben müssen.

»Ich glaube, Sie werden Ihr Gebet sprechen müssen, statt es zu schreiben«, sagte ich.

Ich blickte hinter uns. Beide Männer waren noch immer da. Sie hielten Abstand, aber sie beobachteten unseren Aufstieg. Sie waren die Schäferhunde; wir waren die Schafe.

KAPITEL 79

Plötzlich blieb Akiko leicht schwankend stehen.

»Hier ist es«, sagte sie.

Links von uns lag eine hohe, von Farn bestandene Böschung … hinter der einer unserer Verfolger lauerte. Rechts fiel der Wald ab, einen weiteren Berghang hinunter, und ein zweiter Mann in schwarzem Anzug deckte diesen neuen, möglichen Fluchtweg ab.

Vor uns wurde der Weg ebener.

Wir hatten den Gipfel erreicht.

Akiko hoppelte vom Weg und begann, sich durch den Farn zu schlagen.

Der Wald im Wald erstreckte sich etwa zehn Meter weit.

Angesichts dessen, was Akiko im Kloster gesagt hatte, hätte mich der Anblick, der auf uns wartete, vielleicht nicht erstaunen sollen. Dennoch war es so.

Die Baumstämme standen weiter auseinander als zuvor, und weil diesmal kein üppiges Unterholz aus Farn und Bambus wuchs, behinderte nichts den Blick zwischen ihnen hindurch.

Der Waldboden jedoch war alles andere als kahl: Ein ausgedehntes Netz aus gewundenen, ineinander verflochtenen Wurzeln bedeckte ihn, ein Bett aus Schlangen zwischen den uralten Zedern.

Wir standen am Beginn eines undeutlich erkennbaren Weges, der sich zwischen den Bäumen hindurchwand und zu einem kleinen Tempel führte. Vor dem Gebäude hing ein weißer Vorhang, auf den eine große schwarze Muschel gemalt war.

Unsere drei Verfolger befanden sich nun beinahe parallel zu uns, und einer von ihnen zeigte auf den Vorhang.

Akiko humpelte den Pfad entlang, und als wir näher an den Tempel kamen, sah ich, dass ein anderer Mann auf der Kante einer Estrade saß, die seinen Eingang umfasste.

Er stand auf und trat auf uns zu.

Seine Augen unter dem strengen, militärischen Haarschnitt waren kristallblau.

Im Näherkommen hob er die Zigarre vor den Mund und blies sie an, bis sie aufglühte.

Seine Hand zuckte vor und packte Akiko am Handgelenk. Ehe sie Widerstand leisten konnte, fuhr er ihr mit dem brennenden Ende über den nackten Arm und drückte die Zigarre unter Funkenstieben auf ihren Fingerknöcheln aus.

Ich stieß einen unartikulierten Schrei aus, aber Akiko gab keinen Laut von sich. Sie zog nur den Arm an die Brust und hielt ihn vorsichtig, als gehöre er jemand anderem. Für mich bestand nicht der leiseste Zweifel daran, dass Colonel Delaforce sie nicht zum ersten Mal derart misshandelte.

Mir wurden die Arme rau auf den Rücken gedreht, und ein dünner Streifen aus einem harten Material schnallte meine Handgelenke zusammen und schnitt sich mir tief ins Fleisch. Ich wurde zu Boden gedrückt, und die unnachgiebigen Wurzeln pressten sich mir schmerzhaft in die Kniescheiben.

Akiko kniete nun; auch ihr waren die Hände auf den Rücken gebunden worden, und zwar mit kabelbinderähnlichen Plastikhandschellen.

Delaforce ging im Kreis um sie herum, starrte auf sie hinab und rollte dabei die Zunge durch den Mund, als wolle er ihn von den Überresten eines gerade verzehrten Essens befreien.

»Warum?«, fragte er schließlich. »*Warum?*«

Er hob Akikos Kinn, öffnete ihr gewaltsam den Mund und rammte ihr die Finger in den Mund, als suche er etwas. Ich hörte ein Übelkeit erregendes Knacken, und er hob eine Brücke mit zwei Zähnen hoch, die er ihr aus dem Oberkiefer gebrochen hatte.

»Du dreckige, hinterlistige Schlampe«, rief er wütend und warf die glitzernden Backenzähne zwischen den Farn. Ich wusste, wo die echten Zähne waren; Dr. Ichise hatte in dem Umschlag, den Henry ihr zur Analyse gegeben hatte, die strategisch platzierten Fragmente entdeckt.

»Wie lang hattest du das geplant?«, fragte Delaforce. »Da spielst du mir die Angestellte des Monats vor, und die ganze Zeit über planst du mit Aldous, diesem Dreckskerl, deinen Abgang.«

Akiko hielt die Augen fest auf den Boden gerichtet. Sie war stocksteif und zeigte nicht den leisesten Anklang eines Zitterns.

Delaforce winkte einem seiner Helfershelfer, der von einer großen Rolle einen Streifen silbriges Maskierband abriss und es Akiko auf den Mund klebte. Dann machte er bei mir das Gleiche, und weil er schon dabei war, schlug er mich auch gleich zu Boden.

Mit der Faust packte Delaforce Akiko am Haar und zerrte ihr Gesicht vor seines. »Ich hole dich aus der Gosse deines *buraku* raus, aber unter diesem hübschen kleinen Gesicht hat sich nichts geändert, oder? Du bist immer noch ein Nagetier.«

Er ließ sie los und hob den Kopf. Er schnüffelte, als wäre er ein Hund, der versucht, eine Witterung aufzunehmen.

»Er ist nahe«, sagte er.

Er sprach von Aldous; das war die einzige Erklärung.

Delaforce musste meine Gedanken abgehört haben.

»Glaub ja nicht, dass ich mit meinem Herz hier heraufgestiegen wäre, wenn ich nicht gewusst hätte, dass Aldous uns folgen würde.«

Er winkte einem der Männer, die Wache standen, und stieß den Finger in Richtung eines Dickichts ein kleines Stück bergab.

KAPITEL 80

»Hier bin ich.«

Aldous stand auf der Estrade an der anderen Seite des Tempels, genau entgegengesetzt zu der Richtung, in die Delaforce gezeigt hatte.

Als er auf uns zukam, sah ich, dass er hinkte. Sein cremefarbener Leinenanzug war voller grüner Flecken. Offensichtlich hatte er die gleiche Route bergauf genommen wie ich.

»Damit muss jetzt endlich Schluss sein«, sagte er zu Delaforce. »Das ist eine Sache zwischen Ihnen und mir. Ich bin für alles, was geschehen ist, allein verantwortlich, auch dafür, dass Sie getäuscht wurden.«

Delaforce sah ihn ungläubig an. »Das hier ist nicht irgendein College-Seminar, und ich bin keiner Ihrer Studenten, dass Sie mich belehren dürften. Sie haben mich zum Narren gehalten. Diese Nutte hat mich zum Narren gehalten.«

»Wo ist das Kind?«, fragte Aldous. »Das Mädchen hat Sie nicht zum Narren gehalten.«

»Als Toshio mir sagte, was Sie getan haben, hätte ich ihm fast den Hals umgedreht, weil er es gewagt hatte, so etwas auch nur anzudeuten. Warum sollten Sie für so ein Stück Dreck alles riskieren? Aber dann erwähnte er, dass sie schwanger war, als sie spurlos verschwand, und plötzlich leuchtete mir das Ganze ein.«

Er sah Aldous mitleidig an. »Sie dämlicher, sentimentaler …«

Ohne den Satz zu beenden, ging er zu der Estrade und nahm ein Dokument auf.

»Das ist Toshios Testament«, sagte er und blätterte in den Seiten. »Auch wenn er das kaum gewusst haben dürfte, als er es schrieb.«

Ganz gewiss hatte er nichts gewusst. Als Toshio die Seiten in das FedEx-Paket steckte und es an Gebäude 17 adressierte, dachte er wahrscheinlich nur an Rache.

»Ganz schön viel Hass auf diesen Seiten«, sagte Delaforce. »Welcher Teufel hat Sie bloß geritten, dem Kerl zu sagen, dass Sie ihm einen Anwalt bei Eastern Trust, der überhaupt nichts von Wissenschaft versteht, vor die Nase setzen wollten? Kam Ihnen nie der Gedanke, dass ein irrer Kokser, der Ihr dunkelstes Geheimnis kennt, vielleicht bereit sein könnte, Sie bei mir anzuschwärzen, wenn er glaubt, dass Sie ihn hintergehen? Eine Schande, dass er weder Akikos neuen Namen wusste noch wo sie lebte. Das hätte mir einiges an Arbeit erspart. Aber ... na ja ...«

Er warf das Dokument wieder auf die Estrade.

Ehe ich ganz begriff, was geschah, ging er zu Aldous und richtete eine Pistole auf ihn. Ein ohrenbetäubender Knall ertönte, und Aldous sank zu Boden. Ich spürte, wie Akiko sich neben mir versteifte, als sich über seiner Kniescheibe ein roter Fleck auf dem cremefarbenen Stoff seiner Hose auszubreiten begann, aber beide kannten Delaforce zu gut, um ihm den Triumph zu gönnen und ihre Schmerzen zu zeigen.

Wieder ein Knall. Diesmal hatte Delaforce ihm irgendwo in den Oberkörper geschossen. Er bückte sich und hob Aldous' Kopf an seinem Haar hoch; dann schlug er ihn brutal gegen die Planken.

Aldous' Kopf rollte hin und her, aber er hatte die Augen noch offen; sie blickten wie trunken nach links und rechts. Er gab keinen Laut von sich.

Delaforce trat von der Estrade zu Akiko. »Das Magazin ist voll«, sagte er. »Aber für unziemliche Hast habe ich zu lange gewartet.«

Akiko beugte den Kopf vor, als bereite sie sich auf den Gnadenschuss vor.

Einer der Helfershelfer des Colonels stellte sich neben mich; ein anderer bezog Position bei Aldous, dessen kurze, rasselnde Atemstöße über die ganze Lichtung zu hallen schienen.

Delaforce stellte sich über Akiko, den Pistolenlauf auf ihren Nacken gerichtet. Er schüttelte den Kopf. »Du warst wirklich die beste beschissene Kurierin, die ich je hatte. Noch ein Jahr oder zwei, und ich hätte dich gehen lassen; eine kluge Nutte wie du hätte am Ende vielleicht ein wirklich heißes Geschäft am Laufen gehabt wie dieses Arschloch von Chef.«

Eine Flut von Gedanken schoss mir durch den Kopf – praktische, sentimentale, ängstliche, rachsüchtige Gedanken.

Ehe ich wusste, wie mir geschah, rannte ich auf Delaforce zu und bemerkte nur vage die Hände, die nach mir griffen, an mir zerrten, mich aufzuhalten versuchten.

Ich warf mich nach vorn. Delaforce trat zur Seite, und ich prallte mit der Brust gegen die Kante der Holzplanken. Ich war mir sicher, eine Rippe brechen zu hören; trotzdem warf ich mich heftig herum und versuchte erneut, mich auf mein Ziel zu stürzen.

Delaforce hielt die Pistole jetzt auf mich gerichtet.

»Zurück«, bellte er. »Sie sind noch nicht dran.«

Als ich versuchte, Delaforce den Kopf in den Bauch zu stoßen, legte mir jemand von hinten den Arm um den Hals. Der Stoß, den ich landete, war darum nicht kräftig genug, um irgendwelchen Schaden anzurichten, doch als Delaforce zurücktrat, stolperte er und geriet leicht ins Wanken. Ich warf mich wieder auf ihn, obwohl einer der Helfershelfer mich festhielt. Alle drei stürzten wir zu Boden.

Der Kampf war kurz; nach wenigen Augenblicken spürte ich kaltes Metall an meiner Schläfe, und Delaforces gerötetes Gesicht starrte wütend auf mich hinab.

»Ich glaube, es ist Zeit für eine kleine Planänderung«, sagte er.

Ich schloss die Augen und wartete.

Ich versuchte, an Hannah zu denken, versuchte, mir verzweifelt ihr Gesicht vor ein inneres Auge zu rufen, vor dem grelle, schmerzhafte Lichtfunken vorbeizuckten. Ihr Bild schob sich zusammen und auseinander, wurde scharf und verschwamm. Sie lächelte, sie weinte …

Und dann ließ der Druck auf meine Schläfe nach.

Mich drückten keine Hände mehr zu Boden, und kein Arm umklammerte meinen Hals.

»Was geht hier vor?« Die Stimme war klar und selbstsicher und trug eine überraschende Autorität in sich.

KAPITEL 81

Als ich aufblickte, fuhr sich Delaforce mit der Hand über den Kopf, als wolle er sein fast nicht vorhandenes Haar glätten. Der andere Arm hing lose herunter; er hielt noch immer die Pistole, aber sein Finger war außerhalb des Abzugsbügels.

»Sie hatte ich nicht erwartet.« Er klang gereizt und besorgt zugleich. »Aber natürlich sind Sie mir immer willkommen.«

Ich folgte seinem Blick und sah Tommy Itoh neben Aldous stehen, der nach wie vor zusammengesackt am Boden lag.

Einer der Männer flüsterte ihm etwas ins Ohr, doch seine Aufmerksamkeit galt ganz und gar Delaforce.

Itoh nickte brüsk, und der Mann trat zurück.

Delaforce rollte mit den Augen. »Ich möchte nicht respektlos erscheinen, aber ich würde hier gern fertig werden.«

Itoh ließ sich nicht anmerken, ob er ihn gehört hatte. »Wo ist das Kind?«

Delaforce wies mit dem Daumen hinter sich zum Schrein. »Da drin. Ihr geht es gut; genau wie ich Ihrem Vater versprochen habe.« Er grinste unterwürfig. »Ich habe euch einen Haufen Geld eingebracht; also könnten Sie mir jetzt vielleicht erlauben, alles zu einem sauberen, ordentlichen Abschluss zu bringen, ohne dass etwas vergessen wird. Sie ist jetzt noch ein Kind, aber Sie wissen ja, wie Kinder sind – irgendwann werden die kleinen Scheißer erwachsen.«

Itoh trat näher an ihn heran. »Wie Sie schon sagten, erfordern die Umstände eine Änderung der Vereinbarungen, die Sie mit meinem Vater getroffen haben. Ich besitze die Autorität, sie in Kraft zu setzen.«

Delaforces Grinsen wurde breiter. »Braver Junge. Der Apfel fällt nicht weit vom Stamm; ich habe ja immer gesagt, Sie kommen nach Ihrem Vater.«

Onkelhaft legte er Itoh den Arm um die Schulter, woraufhin Itoh eine Pistole aus der Tasche zog und Delaforce den Lauf unters Kinn drückte.

Die Miene des Colonels gefror. »Was soll denn ...«

Itoh ließ ihn nicht zu Ende reden. Er drückte den Abzug.

KAPITEL 82

Itoh und ich standen am Rand des Platzes vor dem Hauptsaal und blickten über das Gebirge auf einen Horizont, der im Dämmerlicht zu einer wellenförmigen Silhouette geworden war.

»Was ist da oben eigentlich passiert?«, fragte ich. »Und wer zum Teufel sind Sie wirklich, Itoh?«

Er ließ das Schweigen zwischen uns lange währen.

»Ich bin nicht, was mein Vater sich wünschte. Und ich bin nicht der Mensch, den Sie auf dem Berggipfel gesehen haben.«

»Als ich in Tokio war, waren Sie da ...?«

»Ich bin seit vielen Jahren kein Mitglied der Familie mehr gewesen. Doch für einige Stunden hat mein Vater nun unsere Blutsverwandtschaft anerkannt, weil er Delaforce gestattet hatte, mich zu bestehlen, und sich dafür schuldig fühlte. Mit meinem Vater bin ich nun quitt, und wir werden keine weiteren Geschäftsbeziehungen mehr pflegen.«

»Was wollen Sie nun tun?«

Itoh lächelte. »Ich werde wohl nicht zur Eastern Trust Bank zurückkehren.« Er bückte sich und hob Toshios Dokument auf.

Mit einer Verneigung reichte er es mir. »Bestimmte Passagen sind entfernt worden, weil sie sich auf meinen Vater bezogen, und eine Bedingung meiner Einmischung war, dass sein Name niemals im Zusammenhang mit den jüngsten Ereignissen fallen soll. Ihr Leben wurde geschont, weil ich ihm gesagt habe, ich hätte Ihr feierliches Versprechen, dass Sie seine ... Anonymität ... wahren würden ...«

»Natürlich.«

Er nickte. »Die Leute meines Vaters haben Ihnen einen Flug ab Narita gebucht, und die Behörden werden Sie nicht am Verlassen des Landes hindern. Ich kann jedoch nicht garantieren, was geschieht, sobald Sie in die Vereinigten Staaten zurückkehren.«

»Ich denke, das werde ich feststellen müssen.«

»Aber vielleicht sollte ich Ihnen jetzt schon sagen, was in den Zeitungen stehen wird, wenn Sie zu Hause ankommen.«

Ich lächelte. »Sie haben eine Presseverlautbarung herausgegeben?«

Der Blick, mit dem Itoh mich bedachte, verriet mir, dass er letztendlich genau das getan hatte. »Es wird gemeldet werden, dass die Leiche von Colonel Delaforce in der ausgebrannten Ruine von Gebäude 17 gefunden wurde.«

»Und was ist mit Aldous?«, fragte ich. »Was wird man über ihn erfahren?«

Im Augenblick lag Aldous im Kloster bewusstlos auf einem Futon, und Akiko und seine Tochter saßen bei ihm. Der Arzt räumte ihm eine etwas mehr als fünfzigprozentige Chance ein, dass er durchkommen würde. Mehr allerdings nicht.

»Selbst wenn er überlebt, ist er tot«, sagte Itoh. »Zumindest was die Außenwelt angeht.«

»Hat er dabei ein Mitspracherecht?«

»Ich glaube, wir wissen beide, was er will, und jetzt ist es möglich.«

»Ja«, murmelte ich.

»Zwei andere Dinge sollten Sie ebenfalls wissen, ehe Sie gehen«, fuhr Itoh fort. »Erstens: Ben Reilly wurde verhaftet. Ich glaube, er war ein Freund von Ihnen. Die Behörden werfen ihm vor, an der Kontamination von Sleban beteiligt gewesen zu sein. Vielleicht ist er sogar für Toshio Nakashimas Tod verantwortlich – Selbstmord hat er jedenfalls nicht begangen, und Dr. Cooper hat ihn gewiss nicht getötet. Sie wählen sich Ihre Freunde nicht gerade weise aus, Mayne-*san.*«

Trotz allem, was ich hatte erfahren müssen, konnte ich mir nicht vorstellen, dass Ben einen anderen Menschen vergiftet hatte.

»Sie sehen aus, als zweifelten Sie ...«

»Ja, ich zweifele. Weiß Ihr Vater denn nicht Bescheid?«

»Vielleicht. Wie auch immer, es ist Sache meines Vaters; ich werde ihn nicht fragen, und Sie erhalten keine Gelegenheit dazu.«

»Was ist das andere, das ich wissen sollte?«

Itoh zögerte.

»Ihre Frau ist wieder im Krankenhaus. Ihr geht es sehr schlecht.«

DRITTER TEIL

KAPITEL 83

Als ich auf dem Kennedy Airport von der Flugzeugrampe stieg, traten zwei Beamte vor mich.

»Mr Alec Mayne?«

Ich nickte.

»Bitte folgen Sie uns, Sir.«

Ich wurde rasch durch den Flughafen geführt, am Einreiseschalter vorbei, und in einen aufwändig abgesicherten Bereich gebracht. Am Ende eines langen Korridors blieben wir stehen, und einer der Beamten wies auf eine unbeschriftete Tür.

Im Zimmer dahinter trat eine Frau mit ausgestreckter Hand auf mich zu. »Willkommen daheim, Mr Mayne; ich bin Celia Hagan; vielleicht erinnern Sie sich an mich, ich war ...«

»Bonny Coopers Anwältin«, sagte ich. »Wir haben uns in Bonnys Wohnung gesehen.«

Ich spürte, dass jemand hinter mir stand, und fuhr herum.

»Hallo, Alec.«

Es war Callum.

Nach einem Moment der Befangenheit legte er die Arme um mich und drückte mich. Ich kam mir dämlich vor – nicht weil er seine Zuneigung demonstrierte, sondern weil ich in diesem Augenblick nichts lieber getan hätte, als mein Gesicht an seiner Schulter zu vergraben und loszuflennen.

»Was haben Sie über Hannah erfahren?«, fragte ich. Noch von Japan aus hatte ich ein Dutzend Mal versucht, sie anzurufen, aber sie konnte oder wollte mich nicht sprechen, und das Krankenhaus hatte sich geweigert, mir irgendeine Auskunft zu ihrem Zustand zu geben.

Callum runzelte die Stirn. »Sie lebt und ist bei Bewusstsein, Alec. Aber sie ist schwer krank.«

»Ich muss zu ihr.«

Er schüttelte den Kopf. »Bitte, Alec. Ich glaube, es dauert noch eine Weile, ehe Ihre Frau Sie empfangen wird. Bis dahin wird das Krankenhaus Sie jedes Mal abweisen.«

Ich war dreizehntausend Meilen weit gereist und ihr keinen Schritt näher gekommen.

Ich wandte mich an Celia Hagan. »Können Sie mich von hier fortbringen?«

»Dazu bin ich hier.«

»Was haben Sie vor?«, fragte Callum.

Nachdem ich mit der Lektüre von Toshios Dokument fertig gewesen war, hatte ich noch von Japan aus lange mit Callum telefoniert.

»Erinnern Sie sich daran, dass ich gesagt habe, ich müsse drei Telefonate führen?«

Callum nickte.

»Ich habe sie geführt.«

KAPITEL 84

Callum und ich gingen auf die Pforte der Eastern Trust Bank zu.

»Sollen wir nicht lieber auf die anderen warten?«, fragte Callum.

»Technisch gesehen bin ich hier nach wie vor beschäftigt.«

Callums Gesicht verriet, dass er allein diese Tatsache kaum als hinreichende Befugnis betrachtete, um ins Gebäude eingelassen zu werden.

Einer der Wachleute sah mich düster an.

»Es tut mir leid, Mr Mayne, ich kann Sie nicht hereinlassen. Der Vorstandsvorsitzende hat eindeutige Anweisungen erteilt.«

»Hier gibt es keine Vorstandsvorsitzende mehr«, erwiderte ich. »Sie hat gekündigt.«

Statt einer direkten Antwort reichte mir der Wachmann ein Kuvert. »Das hier sollen wir Ihnen geben, wenn Sie auftauchen.«

Ich blickte Callum an.

»Wollen Sie es nicht öffnen?«, fragte er.

Wozu? Ich wusste, was darin stand; trotzdem hatte ich schon den Fingernagel unter der offenen Kante der Lasche.

Nachdem ich den Brief rasch überflogen hatte, atmete ich scharf aus und reichte ihn Callum. »Es steht tatsächlich sogar etwas Neues darin.«

Callum zog ein ernstes Gesicht, während er las. »Dabei ist die Leiche noch nicht einmal kalt«, flüsterte er mir wütend zu.

Der Text las sich zum größten Teil wenig überraschend. Ich

hatte während meiner Beschäftigung Hunderte von Kündigungsschreiben aufgesetzt. Erstaunt hatte mich nur die Identität des Unterzeichners: Hudson Falmer, ehemals Chef der Investmentbankingabteilung, und jetzt, wie es schien, Vorstandsvorsitzender.

Von hinter uns hörten wir näher kommende Schritte. Schritte von hochhackigen Schuhen.

Carly Earl und Debra Brassen.

»Was halten Sie uns auf?«, fragte Carly herrisch. »Wir müssen sofort weiter.«

»Miss Earl«, stammelte der Wachmann. »Ich dachte ... nun ... ich denke, ich muss Mr Falmer anrufen, bevor ... ich bedaure sehr ...«

»Bedauern«, versetzte ihm Carly, »werden Sie es, wenn Sie die Schranke nicht öffnen. Beachten Sie nicht, was Sie in den Nachrichten gehört haben; ich habe hier trotzdem noch immer weitgehend das Sagen.« Sie wies auf Debra Brassen. »Sobald gewisse Formalitäten erledigt sind, werde ich in meinem Büro ein Interview geben.«

Noch mehr Schritte waren zu hören, und als ich mich umdrehte, hetzte ein Kamerateam durch die Halle auf uns zu.

Die Hand des Wachmanns schwebte über dem Telefon, doch dann blickte er Carly ins Gesicht und zog die Hand zurück.

Und öffnete die Schranke.

KAPITEL 85

Ich lag auf dem Boden von Bens Büro und hatte den Arm bis zur Schulter unter die Stahlplatten geschoben. Meine Finger tasteten sich im Bogen zentimeterweise zu der verwaisten Telefonbuchse vor.

»Was zum Teufel hat das zu bedeuten?«

Hudson Falmer brüllte laut genug, dass die Fenster klirrten, doch meine Hand bahnte sich unbeirrt ihren Weg durch Staub und Kabelstränge.

Mit dem Daumen streifte ich über Hartplastik. Eine Telefondose.

Ich zog den Arm aus dem Loch.

»Raus hier!«, brüllte Falmer. »Ohne Ausnahme, alle *raus!*« Er stapfte zum Kameramann und knallte ihm die Hand aufs Objektiv.

»Leuchten Sie hier hinein«, sagte ich zu einem Teammitglied. Der Mann kniete augenblicklich nieder und richtete seinen Handscheinwerfer in das Loch.

»Ein bisschen nach links«, sagte ich. »Sehen Sie die Dose?«

Der Beleuchter nickte.

»Gehen wir jetzt in Falmers altes Büro.«

»Ich werde die Polizei rufen«, knurrte Falmer.

»Die Polizei ist schon unterwegs, Hudson«, entgegnete Carly Earl gleichmütig.

Falmer versuchte, Carly den Weg zu versperren, als sie Bens Büro verließ und ins benachbarte Zimmer treten wollte.

»Nicht«, sagte Carly eisig. »Es wird alles gefilmt. Eine Schande, dass man nicht auch Ihre kleine Ansprache aufzeichnen konnte, mit der Sie mich so glattzüngig überzeugt haben, dass ich besser von meinem Posten zurücktreten solle – zu meinem eigenen Besten und zum Besten von Eastern Trust. Eine Glanzleistung in Doppelzüngigkeit und Heuchelei.«

In Falmers ehemaligem Büro hatte ein IT-Spezialist bereits eine Reihe von Teppichfliesen entfernt und schraubte gerade die Stahlplatten ab, die darunterlagen. Mit dem Finger wies er auf einen Plan, der neben ihm lag.

»Die Abzweigung müsste genau hier sein«, sagte er und winkte den Kameramann näher. »Einer Ihrer Leute soll im Nebenzimmer in das Loch reinleuchten und mir sagen, ob die Dose verschwindet, wenn ich an einem Kabel ziehe.«

»Das ist doch absurd«, ereiferte sich Falmer. »Was versuchen Sie damit zu beweisen?«

»Ich glaube, das wissen Sie ganz genau«, entgegnete ich.

Falmer verzog höhnisch das Gesicht. »Also finden Sie in meinem Zimmer ein Kabel, das in Reillys Büro führt – na und? Das beweist überhaupt nichts, außer dass Sie ein sehr verzweifelter und dämlicher Hurensohn sind.«

»Für sich allein genommen ist das in der Tat kein schlüssiger Beweis«, räumte ich ein; »aber im Fernsehen sieht es besser aus, als eine Kamera auf das Testament von Toshio Nakashima zu richten – auf den Absatz, wo er sich auf eine Besprechung mit Colonel Delaforce und noch jemandem bezieht.«

»Na und, gottverdammt noch mal? Wie kommen Sie denn auf die Idee, dass ich dieser ›noch jemand‹ bin?«

»Weil die Besprechung auf dem Chateau Chopard stattgefunden hat. Wenn Sie nun nicht gerade anführen wollen, dass es davon mehr als eines gebe und in dem Schriftstück von einem Chateau Chopard die Rede sei, das *nicht* Ihnen gehört …«

»Okay«, rief der IT-Spezialist. »Sagen Sie mir, ob die Buchse sich bewegt.« Er hielt eine Reihe von Kabeln und Drähten in der

Hand, die er ein paar Zentimeter über den Boden gehoben hatte.

Nach kurzem Zögern wählte er ein Kabel aus und zog fest daran.

Wir alle drehten uns zu der gläsernen Trennwand um und sahen auf den Mann, der in Bens Büro am Boden kniete.

Er hob triumphierend die Hand mit aufgestelltem Daumen.

Falmer sah Debra Brassen finster an. »Sie glauben doch nicht im Ernst, dass Sie diesen Dreck senden können? Ich werde Sie und Ihren Sender bis in die Steinzeit verklagen, wenn Sie auch nur daran denken!«

»Wie Mr Mayne schon sagte«, erwiderte Debra Brassen, »ist ein Bild besser als tausend Worte, und Dokumente sind nur fast so gut. Aber trotzdem kann eine ganz schöne Wucht dahinterstecken.« Sie wandte sich mir zu. »Alec, was war noch gleich dieses andere Papier, das Sie mitgebracht haben?«

»Das Ergebnis einer Nachforschung über eine Gesellschaft namens Lakeside Solutions Inc.«, antwortete ich. »Ihr gehören die Anteile an JetPac. Eine meiner Mitarbeiterinnen hatte ein ganzes Dutzend miteinander verbundener Firmen zu durchforsten, bis sie eine sehr schläfrige Körperschaft fand, deren einziger Anteilseigner ein gewisser Hudson Falmer ist.«

Falmers Miene erstarrte, als der Kamerascheinwerfer ihm voll ins Gesicht leuchtete.

»Und deshalb ist das Fernsehen solch ein einflussreiches Medium«, fuhr Brassen fort. »Es kann den Ausdruck auf dem Gesicht eines Mannes festhalten, dessen Welt in Scherben fällt.«

KAPITEL 86

Einige Stunden später betrat ich Hannahs Krankenzimmer.

»Bist du das, Alec?«

Ihr gelang es, schwach und abweisend zugleich zu klingen.

Ich setzte mich ans Kopfende ihres Bettes, spürte ihre Wärme, hörte ihren flachen Atem.

»Ich habe ihnen gesagt, sie sollen dich nicht reinlassen«, sagte sie eisig.

»Wie hätte ich darauf verzichten können, hierher zu kommen und dich zu sehen?«

Sie wandte das Gesicht von mir ab.

»Man hat Ben wieder auf freien Fuß gesetzt«, sagte ich.

Ihre Antwort kam prompt und in beißendem Ton. »Er hätte überhaupt nie festgenommen werden dürfen.«

Ich nahm ihre Hand. Sie spannte sich bei meiner Berührung an, aber ich ließ sie nicht los.

»Was hast du erwartet?«, fragte Hannah. »Dass ich dich empfange wie den heimkehrenden Helden?«

»Sleban ist völlig ungefährlich, musst du wissen«, sagte ich.

»In den Nachrichten sagen sie aber etwas anderes. Die Garderoben der Fernsehsender müssen unter dem Gewicht der Talare zusammenbrechen, wenn ich mir überlege, wie viele Professoren schon Sleban in der Glotze verteufelt haben.«

»Ich habe vor vier Jahren an Aldous und Sleban geglaubt, und ich glaube heute noch immer daran.«

»Was ist mit dem toten Mädchen?«, fragte Hannah. »Hat die sich jeder nur eingebildet?«

»Oh, sie hat existiert.«

Es klopfte an der Tür.

Hannah wirkte augenblicklich nervös und entzog mir ihre Hand. »Ich erwarte niemanden. Vielleicht ist es Ben, aber ich habe ihn nicht hergebeten«, brach es als Schwall aus ihr hervor.

»Das ist nicht Ben«, entgegnete ich.

Ich ging zur Tür und öffnete.

Callum stand vor mir und grinste breit. »Hier ist sie, sicher und wohlbehütet.«

Er ging zur Seite und ließ Akiko ins Krankenzimmer treten.

»Ich warte unten im Korridor«, flüsterte Callum rau.

Akiko ging zum Bett. »Ich bin die Frau, von der es heißt, sie wäre vor vier Jahren während der Sleban-Studie gestorben«, sagte sie leise. »Ich heiße Akiko.«

Hannah erhob sich leicht und musterte Akiko eingehend.

»Ihr scheint es ziemlich gut zu gehen«, stellte sie schließlich fest.

»Ich bin keinen Tag krank gewesen, seit ich angefangen habe, Sleban zu nehmen«, sagte Akiko.

»Sie klingen wie eine Fernsehreklame«, bemerkte Hannah.

»Nein«, entgegnete Akiko ungerührt, »ich sage die Wahrheit.«

Hannah brauchte einige Minuten, um sich zu fassen. Vielleicht machte ich mir etwas vor, aber ich glaubte, den ersten Hauch eines Lächelns zu entdecken. »Sie haben einen langen Flug hinter sich«, sagte sie. »Möchten Sie sich setzen? Ich kann uns Tee kommen lassen.«

Akiko verneigte sich. »Das ist sehr freundlich von Ihnen, aber ich muss zum Flughafen zurück.«

»Sie sind doch gerade erst angekommen ...«

»Ich weiß, aber ich muss mit der nächsten Maschine zurückfliegen.« Sie sah mich besorgt an.

»Wie geht es ihm?«, fragte ich.

»Ihm geht es noch immer sehr schlecht«, antwortete Akiko. »Aber er bestand darauf, dass ich fliege. Er sagt, wenn ich wiederkomme, trennen wir uns nie wieder.«

»Wer ...?« Hannah schlug die Hand vor den Mund. »Ach du lieber Gott ... Sie sprechen von Aldous, richtig? Jeder hält ihn für tot, aber er ...«

»Richtig«, schnitt ich ihr das Wort ab. »Er hat Akiko schon einmal eine neue Identität verschafft, und jetzt macht er das Gleiche wieder, diesmal für sie beide.«

»Himmel«, flüsterte Hannah und starrte Akiko an. »Und Sie sind hierher gekommen, nur um mir zu zeigen, wie gut es Ihnen geht?«

»Nicht nur aus dem Grund.« Akiko neigte den Kopf zur Seite und lächelte. »Sie wissen, dass es japanischer Brauch ist, Geschenke zu bringen, wenn man Freunde besucht ...« Sie bückte sich und hob eine Tragetasche hoch, die neben ihren Füßen gestanden hatte. »Ich habe hier etwas für Sie. Von Aldous-*sensei* und von mir.« Sie zögerte kurz. »Und unsere besten Wünsche begleiten es.«

Hannah war schrecklich, was Geschenke anging; sie schnappte sie sich gewöhnlich und riss das Papier mit rasender Eile herunter. Sie mochte keine Überraschungen.

Doch diesmal nahm sie die Tasche fast zaghaft, öffnete sie langsam und blickte hinein.

Als sie den Kopf hob, rannen ihr die Tränen über die Wangen. »Sleban-Tabletten«, wisperte sie. »Tausende.«

»Wir können Ihnen mehr schicken, wenn nötig«, sagte Akiko. An mich gewandt, fuhr sie fort: »Sie wurden nicht in Gebäude 17 hergestellt.«

Ich hätte sie vor Freude am liebsten an mich gedrückt und nie wieder losgelassen, doch ich begnügte mich mit einer knappen, aber von Herzen kommenden Verbeugung.

»Ich muss jetzt gehen«, sagte Akiko; dann beugte sie sich zu Hannah vor und küsste sie auf die Wange. »Ich bin nicht hergekommen, um für Ihren Mann ein gutes Wort einzulegen oder mich anderweitig in Ihre persönlichen Angelegenheiten einzumischen. Ich möchte nur sagen, dass Aldous-*sensei* und ich viel glücklicher wären, wenn wir wüssten, dass Sie beide glücklich miteinander sind.«

KAPITEL 87

Diesmal erwiderte Hannah den Druck, als ich ihre Hand nahm, und ich zog sie an mich, drückte sie fest, ließ mich von dem Augenblick verschlingen.

Ich spürte den Briefumschlag in meiner Brusttasche und den einzelnen Bogen steifes Zeichenpapier, den er enthielt: ein Inhaberpapier für eine Firma auf den Kaimaninseln namens Nemco. Eine Firma auf den Kaimaninseln, der Sleban gehörte. Den Beglaubigungsschein hatte ich von Roy Carp.

Er wollte eine Riesensumme dafür, aber ich nahm an, dass ich sie mit Carlys Abfindung und dem Geld aufbringen konnte, das Tommy Itoh und Aldous glaubten, beschaffen zu können.

Roy drängte außerdem auf ziemlich rasche Antwort, aber ich rührte keinen Muskel, ohne die ganze Angelegenheit genau mit Hannah durchzusprechen, und dafür hatten wir alle Zeit, die wir brauchten.

Es musste fast eine Stunde vergangen sein, als ich mich von ihr löste.

Sie zog mich noch einmal an sich. »Wir haben wohl ein paar große Entscheidungen zu treffen ...«

»Das scheint mir auch so.«

»Mrs Slatsky möchte zum Beispiel, dass wir ihr Pebble und Shell abnehmen. Anscheinend hat ihre übermäßig strahlende Präsenz bei Alphonse eine Hautentzündung ausgelöst.«

»Oh ...«

»Heißt das ja?«

»Natürlich heißt das ja.«

Hannah wand sich ein wenig. »Alec?«

»Ja?«

»Du hast nicht nach Ben gefragt.«

»Ich brauche nichts zu fragen«, sagte ich. »Und ich brauche auch nichts zu wissen.«

Ich weiß nicht, wie mich dereinst die Welt sehen wird, aber ich selbst komme mir wie ein Knabe vor, der am Meeresstrande spielend hier und da einen glatteren Kiesel oder eine schönere Muschel als gewöhnlich findet, während der große Ozean der Wahrheit in seiner Unermesslichkeit unerforscht vor mir liegt.

Sir Isaac Newton

»Dies ist ein extrem packender und lebendiger Kriminalroman.« *Vestkysten*

Dan Turèll
MORD IM
STRASSENGRABEN
Krimi
240 Seiten
ISBN 978-3-404-15630-6

An einem kalten Winterabend wird eine Frau von einem Streifschuss getroffen – auf offener Straße, mitten in Kopenhagen. Während die Frau in einem Krankenhaus um ihr Leben kämpft, fällt ein weiterer Schuss, in derselben Straße. Wieder ist das Opfer ein unschuldiger Passant. Er stirbt. Als kurze Zeit später ein weiterer sinnloser Mord im gleichen Stadtteil geschieht, bricht dort Panik aus. Die Polizei hat keine Spur, die sie verfolgen kann. Der Mörder scheint wahllos zu töten ...

Bastei Lübbe Taschenbuch